新潮文庫

黒地の絵

傑作短編集（二）

松本清張著

目次

黒地の絵

二階

一

竹沢英二は二年近く療養所に居たが、病状は一向に快《よ》くならなかった。入所患者にすすめられ、俳句雑誌に投稿したりして、一時期、句作に熱中したこともあったが、近ごろはそれにも飽いてきた。恢復《かいふく》の希望が薄れてくると、療養生活には倦怠《けんたい》と絶望を感じるばかりである。

療養所は、海近くの松林の中にあったが、東京からは二時間を要する。幸子は、月二回ここを訪れた。一日と十五日。これは家業の印刷屋の休日であった。

「どうだ、商売の方は?」

英二は妻の顔を見ると最初に訊《き》いた。十年も経営してきたのだから、気遣うのは無理もなかった。幸子は営業成績を数字にメモしたもので見せた。売上掛金から、紙代、インキ代、活字代、機械の償却費、修理代、外交員一人、職人五人、小僧二人の給料、雑費、それらを差し引いたのが生活費と英二の療養費である。一日に行ったときは、きまって先月の数字を見なければ気の済まない人であった。

「女手でよくやってくれてるね」

夫は讃《ほ》めた。月々、黒字になっている。

「あなたがお留守だから一生懸命ですわ」

幸子はいった。

「有難う。おれがいる時よりは成績がいい」

「いいえ。あなたに帰って頂いたら、どんなに助かるか。ただ、経費を必死に切り詰めていますの。女の力では、そんな消極的なことしか出来ません」

「得意先の会社や商店も、お前が回っているのだろう？」

「三宅《みやけ》さん一人じゃ手がまわりませんわ。電話がかかったら私が自転車でとび出して行きます。ついでに近い所を回ってきます。皆さん、同情して下さるのか、よくして頂けますわ。ほかの印刷屋と競争になっても、単価があまり違わなければ、うちに下さるようになさいます」

「商売に慣れたんだね。お前は頭脳もいいし、他人に愛嬌《あいきょう》がいい」

「そんなこと、ありませんわ。二年かかってコツが分かったのでしょうか。罫《けい》ものの面倒な見積りもまごつかなくなりました。ただ、近ごろ、長期の手形を貰《もら》うので、材料の支払いが苦しくなりましたが」

夫婦にとっては、商売の話は一つの愉《たの》しみであった。大した儲《もう》けではないが、赤字よりは明るかった。

「おれも、お前のお陰で、左うちわでベッドに寝ていられる訳だな」

英二は枕《まくら》につけた顔を捻じて、横で果物を剝《む》いてくれる幸子を満足そうに見たものであった。

それが、ここ二三カ月から英二は、何を聞いても気の浮かない顔をした。以前のように眼は輝かず、無気力に天井を見ることが多かった。

「幸子、おれはもう家に帰りたい」

或《あ》る日、訪ねて行った幸子に夫は言った。

「ここに寝ていても、家に居ても同んなじことのようだ。二年辛抱したが、まだこんな状態だからな」

「何を仰言《おつしや》るのです。病気に性急《せつかち》はいけませんわ。気長に養生して下さい。あなたより三年も四年も永くここに居る人があるじゃありませんか」

幸子は反対した。

「そんな長期患者は、もう見込みのない人さ」

夫は眼尻《めじり》に皺《しわ》をよせて嗤《わら》った。

「どうせ、そういう組に入るのだったら、家で寝ていたいのだ。機械の音を聞いた方が、まだおれに活気が戻る。商売の方だって、寝ていてお前の相談に乗れる」

「商売の方はいいんです。今まで通り、何とかやれそうです。それよりも、そんなに気を苛立《いらだ》てずに、俳句でもお作りになって、落ちついて療養して下さい。私が月に二回でお寂しかったら、三回でも四回でも面会に参りますわ」

幸子は夫を宥《なだ》めようとした。英二の髪はぱさぱさに乾き、鼻梁《びりよう》は尖《とが》り、眼だけが光っていた。

「いや、毎日、お前と一緒に居たいのだ」

夫は冗談めかして言った。

「そりゃ、私だって。でも、困りますわ、そんなご無理をおっしゃって」

「無理じゃないさ。この四角い病室に二年間、こもっていて見ろ、大てい飽き飽きする。窓から見える景色は毎日が同じものだ。朝、眼がさめる。やれやれ今日もこいつとまたにらめっこかと思う。看護婦の検温が日に四度、医者の回診が午前と午後、食事が三度。みんな同じ顔が入ってくる。ちっとも変わらない。読む本は患者仲間で交換し合っても、三日もすると一冊も残りがなくなる。あとは天井と向き合ってるだけだ。人間の感性はすり減ってゆくばかりだ。おれは、こんなところで死にたくない」

「死ぬ——」

幸子は声を呑《の》んだ。眼が狼狽《ろうばい》して夫を凝視した。

「あなた」

「いいんだ。すぐに死にゃしないさ。ただ、こんなところに抛《ほう》り込まれていると、夜中なんか眠れぬまま下らないことを先々と考えるのだ。これはいけないと思うよ。おれに必要なのは気力だよ。これじゃ精神的に参って病気まで悪くして了《しま》うよ」

「だって、ここは空気もいいし、手当も行き届いていますわ。うちは埃《ほこり》っぽいし、手当もここのように充分には出来ませんわ」

「手当は、付添看護婦でも付けてくれたら、ここと五十歩百歩だ。なるほど階下から工場の紙埃などが上がってくるだろうが、換気に気をつければいい。とに角、おれはこの療養所に居るのが我慢出来なくなったのだ。気分が滅入《めい》って仕方がない。耳に印刷機の音を聞き、お前の顔を始終見て、商売の方まで指図出来たら、元気が出てくる。活気が違うのだ。こりゃ大切だな。いま、おれが欲しいのはこれだ。思っただけでも元気になれそうだよ。頼む、幸子。ここでは気分から死んで了いそうなんだ」

夫は懇願して説いた。昔からいい出したらきかぬ人だった。十五年間、一緒にいて幸子はこの夫の性質を知っている。

しかし、子供が無かった。それが彼女の意識のどこかに、結婚して間もない錯覚をいつまでも揺曳《ようえい》させていた。それは美点でもあり、落度かもしれなかった。二カ月の後、結局、幸子が夫の主張を諾《うべな》いて退院させたのは、その落度の方だといえそうである。

療養所を出た日は寒い日だった。英二は車の中に何枚もの厚い毛布に包み込まれ、外に流れる風景を子供のように物珍しげな眼で、うれしそうに、きょろきょろ眺めていた。外光をうけると、唇に沾《うるお》いが無く、皮膚が艶《つや》を失って白いせいか、毛孔《けあな》が醜く目立った。

幸子は見て後悔した。もう一度、この車を療養所へ引き返させたい衝動がつき上がった。

二

わが家の二階に寝ると、夫は眼を細めて喜んだ。手を拍《う》たんばかりにであった。

「いいなあ。やっぱり自分の家だ。この気持はおれのように二年も他所《よそ》で寝ていたものでないと分からないよ」

階下から紙を叩《たた》く機械の騒音が上ってきていた。職人の話し声が聞こえる。

「これだよ、おれが夢の中でも聴きたかったのは。いいな。何ともいえない。元気が出そうだよ、幸子」

夫は床の中で燥《はしや》いでいた。

「よかったわ。でも、心配だわ」

幸子は懼《おそ》る懼《おそ》る夫の顔を観察した。

「何がだい？」

「だって、療養所から途中で無理に、退院したんですもの。向こうの先生も、とても気遣ってらしたわ」

「大丈夫だ」

夫は力んだ。

「あんな無味乾燥な所に寝ているより、こっちがよっぽど気持が爽快《そうかい》なんだ。病気は気のものというじゃないか。何だか、たった今から快くなってゆきそうな気がするな。お前もずっと傍に居てくれるしな」

「そりゃ私もうれしいけれど、何だか心配でしょうがないの。大丈夫？　そんなにお喜びになって。大事にして下さらないと困りますわ」

「大丈夫だよ。お前がそんなに心配するのだったら、付添看護婦を頼んでくれ。それだったら、入院しているのと同じだ。いや、専用で看《み》てくれるから、療養所に居るよりもいいかもしれない」

夫はいった。

無論、幸子はそのつもりだった。階下に降りると外交員の三宅が立っていて低声で訊いた。

「奥さん。大将の具合、どうだす？　もう連れて帰りやはってよろしのんか？」

三宅は五十年輩だが、大阪から来ていた。

「快くて帰ったんじゃないのよ」

幸子が説明すると、三宅は首を傾けた。

「そら大将の気持かて分かりますけどな、ちょっとお早うおまへんか？」

その時期でないことは幸子に分かっていた。しかし、英二にせがまれてどうしようもなかったのだ。夫の言い分、というよりも、その心情に負けたのだ。療養所の医者は不機嫌だった。幸子の申し出を無謀だといった。

それなら、どれ位、療養所に置いたら治癒《ちゆ》するのかと幸子は訊いた。その答えに医者がある期間の数字をいってくれたら、彼女も無理に夫のいう通りにはならなかったかもしれない。医者は返辞に曖昧《あいまい》だった。沈黙に等しいその返答が幸子に夫を連れ帰らせる決心を固めさせたのだ。同じことなら、夫の喜ぶようにさせてやりたかった。実際夫の言う通り、絶望感を抱いて療養所に寝ているよりも、家に帰って元気づけば、案外、恢復のきっかけとなるかも知れないのだ。幸子はその淡い希望にとり縋《すが》っていた。

幸子は、電話帳を繰って、派出看護婦紹介所を探した。あんまり遠くない所に、電話番号を二つ持っている会があった。電話を二つもひいている所に信頼感が湧《わ》いた。いかにも優秀な看護婦を置いて流行《はや》っていそうな会に思われた。

受話器には初め取次らしい女が出たが、用件を言うと、男のように太い女の声に変わった。「私がお世話しているのですが、どういう御病気ですか?」

先方の会長が問うた。幸子が答えると、病状をいろいろ質問した。状態によって料金が異《ちが》うらしかった。

「そういう病人でしたら、若い人よりは経験の多い年輩の人がいいでしょう。丁度、いい看護婦がいますから、早速、お伺いさせます」

料金は食事つきで一日五百円だといった。幸子は頼んだ。

二階に上がると、夫は眼を塞《ふさ》いでいた。窪《くぼ》んだ眼窩《がんか》に疲労が沈んでいた。二時間も車に乗せた結果が覿面《てきめん》に出た思いで、幸子はぎくっとなった。やっぱり無理をして連れて帰るのではなかった。またしても後悔に悚《すく》んだ。

夫は薄く眼を開けると、幸子を見て笑った。

「いい気持で、うとうとしていた」

ここにお坐《すわ》り、と顔でうながした。

「お疲れになったのじゃない？」

幸子は蒲団《ふとん》の下に手を入れて、夫の温《ぬく》い手首を撫《な》でた。

「平気だ」

夫はいって、唇をある形にした。それは二年振りであった。幸子は顔の上に伏せた。かすかな口臭が彼女の唇を開けて熱く流れ込んだ。夫は咽喉《のど》を動かして妻を吸った。

夫の熱っぽい手が、幸子の身体《からだ》を蒲団の中に匿まおうとした。彼女は身を退《すさ》らせた。

「いけません。もう、わが儘《まま》をお出しになっちゃ駄目よ」

夫は弱く笑ったが、眼が粘って光っていた。

「療養所に居らっしゃる時と同じ気持をもって下さらなきゃ嫌だわ。いい気になって、油断なさると取り返しがつかなくなりますよ」

幸子はたしなめた。

「いま、派出の看護婦さんを頼みました。これから、ちゃんと看護婦さんの言うことを守って下さいね。お医者さんは前の関口さんをお願いしましょう」

「看護婦が今日から来るのか?」

「間もなく来るでしょう。あなたが快くなる見通しがつくまで、ずっと居て貰いましょうね」

夫は詰らなそうな顔つきをした。

「あら、どうしてそんな顔なさるの?」

「他人が傍にずっと居ると、折角、お前の顔を見ながら、何にも出来ない」

「まだ、そんなことを仰言るのね」

幸子が睨《にら》むと、夫は再び彼女の頭に腕を捲《ま》き、耳のそばで低い声で或ることを質問した。

幸子は頰を赧《あか》らめて言った。

「私にはお店の仕事がありますわ。忙しくて、何にも考えませんの、だから、あなたも一生懸命、快くなることばかりを考えて下さいね。私もその先を愉しみに働きますわ」

離れると、夫は自分の顔の上に蒲団をかぶせた。

頼んだ派出看護婦というのは一時間後に来た。

幸子とあまり違わず、三十五六歳くらいに見えた。背が少し低く、まるい眼に愛嬌があった。色が白く、若い時はかなりきれいだったと思われるが、眼の下にはたるんだ皺があり、髪が少なくて、やはり年齢だけの顔であった。この年齢になるまで派出看護婦で働かなければならないとは、どんな境遇のひとであろうかと幸子はひそかに思った。

会長の紹介状みたいなものを差し出して、丁寧に挨拶《あいさつ》した。世馴《よな》れたところはあったが、下品でないところに、幸子は好感をもった。紹介状によると坪川裕子という名だった。

「坪川さんは、どのくらい、このお仕事をやってらっしゃいますの?」

幸子は茶を出して訊いた。

「はい。十八のときに免許をとりまして病院勤務をしてからずっとでございます。結婚して六年くらい休みがありますけれど」

坪川裕子はつつましやかに答えた。

「で、ご主人は? あら、こんなことを伺って悪いわ」

「いいえ。四年前に亡《な》くなりました。子供を田舎の実家に置いているものですから」

彼女はどこでもそれを訊かれ慣れているのか、別段、怯《ひる》みもせずに答えた。

「そう。それは大変ですわね」

幸子は、やはり、いけないことを訊いたと思った。最初でなく、もっと後になって聞けばよかったと思った。

然《しか》し、坪川裕子にはそんな暗い様子はなかった。何よりも経験が長いことが安心であった。若い人と異って、家庭の体験があれば病人の世話も行き届くに違いないと思われた。会長が電話で、いい人があるといったのは、間違いなさそうであった。

「それではお願いしますわ。病人は二階で寝ていますの」

「はい」

坪川裕子は持ってきたトランクから白衣をとり出すと、手早く着替えた。きびきびした動作であった。

「看護婦さんが見えましたわ。坪川さんと仰言る方です」

二階に上がり襖《ふすま》を開けて、入ると幸子は夫に言った。坪川裕子は幸子の後に坐って病人にお辞儀をした。

夫は首をもたげて看護婦を眺めた。坪川裕子も竹沢英二を見た。

幸子の気がつかないことが、二人の遭遇した視線に起こった。

三

坪川裕子は、世話の行き届いた看護婦であった。することに誠意が籠《こも》っていた。それは一つ一つ処理する動作を見ていると分かるのだ。動作には職業的な美しさがあった。熟練の手捌《てさば》きが律動的である。

が、それだけではない。職業的というものはどこか冷たさがあるものだ。それは傍観していても嗅《か》ぎとれる。坪川裕子にはそれがなかった。親身になって世話をする、という真心が充《み》ちていた。くりくりした眼を動かして、病人の注意に油断がなかった。

幸子は、二日も経《た》つとそれが分かった。

「あなた、いい看護婦さんに行き当たったわね」

幸子は、坪川裕子が席をはずしているときに夫にいった。

「まあね」

夫は頭を上げ、自分の片手で枕の位置を直しながら応《こた》えた。どこか気のないような答え方だった。

「よかったわ。ずっといて貰いましょうね」

幸子の方が乗気だった。

「あの人に任せると大丈夫だわ。私、安心してお店の用事が出来そうね」

「そうだな」

夫は懶《ものう》そうにいったが、眼は輝いていた。

「店の方も大事だからな。そのお陰でおれがこうして寝ていられるんでね。まあ精を出してくれ、おれも寝ているが、今度は見て上げられる」

「ぜひね。店は主人がいないとやっぱり駄目なものよ。たとえ寝ていてもね。私、張合いが出たわ」

坪川裕子が戻って来た。夫婦が話し合っているのを見ると、会釈《えしやく》して、枕元の水差しの水を取り替えにすぐに出て行った。遠慮しているのだった。

「坪川さんはね」

と幸子は低声でいった。

「未亡人ですって。子供が一人、実家に預けてあるといってたわ」

「そうか」

夫は別段興味を起こしていそうになかった。

「あら、ご存知でしたの？」

「いや、知らない」

夫は少しあわてて首を振った。

「知らないが、そんなこと、お前、もう訊いたのか？」

夫の眼差《まなざ》しには、ちょっと非難があるようだった。

「うっかりね。あとで悪いと思ったけれど。苦労してんのね。苦労しているから、万事がよく気がつくのだわ」

夫は大儀そうに眼を瞑《つむ》って、それには相槌《あいづち》を打たなかった。坪川裕子が水差しを抱えて忍びやかに帰ってきた。――

関口医師は三日置きに往診に来てくれた。急変する病状ではなかった。恢復《かいふく》する見込みも遠かった。医師の様子にそれが出ていた。幸子がきいても、別に変わりはないといい、季節が変わり、春になったら快《よ》くなるでしょうと頼りないことだった。が、療養所での医師の態度を見てきている幸子には、さして失望も起こらなかった。

その関口医師が、最初の往診の日に、二階から降りて来て、

「奥さん。いい看護婦さんを雇いましたね」

と見送りに立つ幸子にいった。「そうでしょうか。紹介所から寄越した人ですが」

幸子は医師を見上げた。

「われわれは一目で分かりますよ。あの人は、年齢がいっているだけに経験が深いで

すね。よく、気がつきます。ああいう看護婦をつけておくと、下手な医者にかかるよりもいいんですよ」

幸子は心強く思った。そんな人なら、いつまでも居て貰《もら》いたい。五百円の約束だが、少しお礼を出してもいいと考えた。

坪川裕子は控え目だった。初めて会ったときとは少々印象が違う。もっと、はきはきと振舞う人かと思ったら、幸子に対しては言葉も少なく、眼を伏せて丁寧にものをいった。

「坪川さん。遠慮なさらないでね。永く居て頂くのだから、うち同様に気軽にして下さいね」

幸子は彼女にいった。看護婦は頭を下げて、はい、といった。幸子は、遠慮深い女だと思い、もう少し明るさがあってもいいのではないかと感じた。それとも、派出看護婦は、病人の家を回っているのだから自然とそうなるのであろうかと思ったりした。

しかし、病人の世話をよく看てくれれば、それでいうことはないのだ。その点では坪川裕子は立派であった。幸子が、いつ二階に上がって行っても、彼女は患者の枕元《まくらもと》に坐り、病人の様子を見戍《みまも》っていた。退屈であろうと幸子は雑誌を置いているのだが、それを読んだ形跡も無く、机の上にきちんと載っているだけだった。

「今は、ご気分がよろしいようです」

坪川裕子は、幸子を見ると相変わらず丁寧な口吻《くちぶり》で報告し、体温表を見せたりした。だが、すぐその後では、決まって座を外した。

「遠慮深いひとね」

と幸子は見送って夫に言った。

「新婚夫婦じゃあるまいし、二人きりで置くこともないのにね」

夫は笑うかと思うと、顔を天井に向けて、ぼんやりした眼をしていた。

「でも、親切に世話してくれるでしょう?」

幸子は夫を覗《のぞ》いて言った。

「不親切ではないね」

夫は、ぼそりと応えた。

「私よりいいでしょう?」

何気なく言ったのだが、夫の眼に急にこわい表情が出た。その思いがけない反応に、幸子の方が微《かす》かにあわてた。

「私がお店の仕事の合間を見て、お世話するよりも行届いていいでしょう。私だと、どうしても粗末になりますわ」

幸子は言い直した。何故《なぜ》、そうつけ加えねばならないのか分からなかった。

「うん」

夫の眼は、そのとき和んでいた。

幸子は階下に降りながら、夫はどうしてあんな眼をしたのであろうかと考えた。坪川裕子が来てから、もう四五日経っていた。その四五日以来、夫は何となく神経質になっていた。幸子を見る表情が、苛々《いらいら》したようで、笑いが無かった。よく世話してくれるようでも、やはり他人を置いたので、夫の神経を尖《とが》らせているのかと思った。

店の仕事は忙しかった。電話で注文が来る。記帳がある、見積りがある、印刷の進行状態、遅れた言い訳、刷り上がった品物を小僧に届けさせる、材料屋への支払、手形の割引、得意回りと集金、苦情をきく、刷り直し、校正、そのうち外交員の三宅が帰って来て見積りの相談など瞬時も幸子は手が放せなかった。

幸子は、あまり二階に上がって行く暇がなかった。それは恃《たの》みに出来る付添看護婦をつけた安心もあるからだと信じていた。それでも、むつかしい見積りや、面倒な問題に当面すると、夫のところに行く用事になった。

しかし、階段に足をかけるたびに、幸子は心の中に素直に急いで上がれない躊躇《ちゅうちょ》が起きた。理由の無いことである。が、看護婦というよりも、ひとりの女が二階で夫とひっそりと対《むか》い合っている意識が突然に起こってくるのは、どういう訳であろう。なぜ、女に意識がかかるのか。幸子は、階段をわざと足音たてて、ゆっくりと上がった。小さな工場からは印刷機械の音が響いているので、足音はそれに負けないように立てねばならなかった。そうしなければ悪い気がした。もとより必要の無い遠慮である。襖を開けると、大てい夫と坪川裕子とは、入って来た幸子に、揃《そろ》って眼を向けていた。幸子のほうが何となくたじろいで、頬が熱くなった。瞬間、自分が他人のような錯覚を起こした。

四

夜は、病間との境の襖を開け放して、一つ部屋に幸子と坪川裕子とが寝た。交替で夜通し起きている程の病状でもないので、敷居際《ぎわ》に坪川裕子が横たわり、次に幸子が寝た。坪川裕子の方が、英二に近かった。それは、看護婦だから仕方がない。妻の位置よりも、看護婦のほうが病人本位では大切であった。夜中に、いつでも起きる態勢が必要だった。

実際、坪川裕子は、忠実に任務を実行していた。英二が低声で一言いうと、がばとはね起きて用事をした。蒲団の裾《すそ》の方に器物をさし入れ、じっと待っていることもあれば、背中を撫でていることもあり、薬を飲ませていることもあった。幸子は、時々、眼を醒《さ》ましてそれを見る。昼の疲れで気づかないで眠っている時もあるのだから、それを知るのはたまのような気がした。

そのことは看護婦の勤務なのだ。が、妻の任務とも言えた。ここでは看護婦が妻のすることの半分を奪っていた。或《ある》いはそれ以上かもしれない。幸子は、気づいても起き上がることが出来なかった。

夫と看護婦との、その時の会話は極めて短く、事務的で、そして低かった。一方は病人の命令であり、一方はその受け応えであった。が、幸子の醒めている耳には、ひどく秘密めいて響いてならなかった。夫婦間に、或ることが行なわれる前後の低声を容易に連想出来そうだった。そういえば、夫は近ごろ、幸子に少しも唇を求めない。それは、もっとあってもいいのだ。幸子が夫の前に居る時は、坪川裕子は必ずといってもいいほど、何かしら用事をこしらえて座を外しているのだから、夫は何でも出来る筈《はず》であった。二年間、療養所生活をした夫は、衰えた身体だが、もっと激しく妻の皮膚を求めるのが普通ではなかろうか。現に、療養所から連れて帰った日は、夫の手は妻の香を探ろうとしていた。

夫は、近ごろ、幸子だけと居ても、さっぱりとした顔をしていた。幸子が衝動的に夫の頭を抱え、唇を押しつけても、落下してくるものを仕方なく受け止めるというほどの熱意しかなかった。時には、煩《うる》さそうに、或いは、何かを懼《おそ》れるように顔を振った。

「止《よ》せよ」

と叱《しか》るように言った。そんな時の彼の眼は、以前ほどの粘っこい光は無かった。無論、幸子の頬を赤らめさせるような質問もしなかった。

夫は、幸子と二人きりでいると、何かおどおどしていた。それが妙な苛立ちとまじった。夫は何を憚《はばか》っているのか。そうだ、それは憚っているという形容が当たりそうだった。それなら対象は看護婦しか無い。勿論《もちろん》、彼女は他人には違いないが、夫は不当に意識し過ぎているようだった。これは病人の尖った神経からだろうかと考えるのだ。

幸子は、仕事のことを相談に行っても、英二が全く気乗りしないことに気づいた。あれほど、それに熱意をみせて愉《たの》しそうな顔をした彼ではないか。見積りや、銀行のことなどを話しに二階に上がっても、夫は聞き流すだけで、

「それは、お前のいいようにしてくれ」

と答えるだけだった。積極的な表情は何も無かった。幸子は弾んで持ってきた用事

の遣《や》り場を失った。

「まだ、本当に気力が出ないんだね。頭もぼんやりしている」

と夫は妻にきかれて理由を述べた。

「療養所から出るときは、実際にもっと元気が出ると思ったんだがね。まだ、どうもいけない」

「印刷機械の音を聞いたら元気が出たと帰った日に仰言《おつしや》ったわ」

幸子は夫の顔を見詰めていった。機械の騒音は階下で鳴っていた。

「うむ。あの時はそう思ったがね。頭が重いせいか、今ではその音がわずらわしいくらいだ」

それなら、又、療養所にお帰りになるといいわ、と幸子は言いかけて、それは声にならなかった。

幸子は胸が詰って階下に下りた。この寂寥《せきりよう》の原因ははっきりしない。入れ違いに坪川裕子が階段を上がって行った。少し下をうつむき、いつものつつましやかな姿勢だ。幸子はそれを眼の端に入れて、動いている機械の傍に戻った。原因は彼女だろうか。直感は茫乎《ぼうこ》としていて容《かたち》が見えなかった。彼女は、たった一週間前に来た年増《としま》の派出看護婦ではないか。どこにも直感と結びつく不安な線は無かった。

しかし、夫と坪川裕子と二人だけの会話を聞いたことがなかった。幸子が聞いているのは、彼女自身が介在している時のみである。患者と看護婦の事務的な、乾いた短いやりとりだけだった。それは二人だけの会話では無い。もっと、長い、笑いの混った会話を耳にしていない。それを聴いていたら、このような動揺は無いであろう。彼女の不在の間に、夫と坪川裕子との未知の言葉の交換が行なわれていそうな想像があった。

坪川裕子は、相変わらず愛嬌《あいきよう》のあるまるい眼をして幸子に行儀のよい言葉を使った。敬語はいつまでも崩れなかった。いかにも自分は派出看護婦であり、雇主に対する関係を心得たような態度であった。亡夫の子を実家に預け、その養育費と貯金にひたむきになっている女としか見えなかった。髪が少なく、眼のふちの小皺《こじわ》に苦労の痕跡《こんせき》があった。幸子は彼女と対っている時だけは安心出来た。

が、幸子は看護婦が傍から離れ、うつむき加減で二階に上がって行くと、再び妙に落ちつきを喪《うしな》うのだった。そのような不安を与える何物も坪川裕子はその容貌《ようぼう》にも、身体にも、年齢にももっていそうになかった。いや、どのように分析しても、それは無い。だのに、幸子に動揺が起こるのは何故だろうか。或いは二階がいけないのであろうか。

夫の病床に、坪川裕子が一人で居ることのためか。それは看護婦だから、分かり切ったことなのだ。では、襖で締め切った二階の部屋に夫と彼女だけを密閉し、幸子が階下に隔絶された位置から起こる不安なのか。それは、幸子が坪川裕子に看護婦よりも女を感じたからにほかならなかった。そこにくると、またもとの漠然とした直感に返った。

或る晩、幸子は夜中に眼をさました。病間には暗い電灯がいつもついている。その薄い光線の下で、夫と坪川裕子とが何かしていた。幸子は、はっとなった。心臓の速さが全身に伝わった。

が、よく見れば、いつもの通り、看護婦が夫に起こされて用事を済ませ、そのあとで背中を撫でているのであった。幸子を驚愕《きようがく》させたのは、赤い色彩だった。看護婦が白衣の上に羽織を着ているのである。暗い光線の下ではそれが長襦袢《じゆばん》のように見えたのだ。

いや、それとても、もっと明るい灯の下では、色彩は年齢相応にくすんだものに違いない。

夜更《よふ》けの冷気では白衣だけでは寒いに相違なく、羽織を被るのが普通であった。

だが、そのように考えても、幸子の愕《おど》きは去らず、神経がとぎ澄まされた。耳に、夫と坪川裕子との低い声が聴こえてくる。言葉は明瞭《めいりょう》でなく、短語もきき取れなかった。ものを言うたびに、舌がぴたぴたと湿性の音を出した。

幸子は、耳を掩《おお》いたかった。

五

昼間、幸子の前に置かれている夫と坪川裕子とは、依然として自宅療養患者と付添看護婦であった。言葉は短くやはり事務的だった。二人は視線も合わさなかった。明るい陽射《ひざ》しの入った座敷には、夜の薄暗い内密めいた雰囲気はあとかたも無かった。冷静に考えれば何でもないことだった。患者と看護婦に位置づければ、奇異はなかった。病室だけの二人、夜中の看護、少しも異様ではなく、異常なのは幸子の神経かもしれなかった。だが、不思議だった。どうしてこの疑惑が起こるのか。坪川裕子は、さして美人でもなく、若くもなく、そしてこの家に来て、たった十数日ではないか。考えられないことだ。そんな短時日に男女の悪事は結ばれるものだろうか。

しかし、幸子の前に居る二人は、あまりに何喰わぬ顔であり過ぎた。感情が無かった。幸子が眼に見えない部分を心の中で次第に拡大してくるのは、その裏側に在る空白である。彼女が不在のときの、夫と坪川裕子の囁《ささや》きや動作であった。

坪川裕子には、いささかの変化も無かった。相変わらず、勤勉で、幸子に丁重だった。彼女が十数日前、初めて此処《ここ》に紹介状を持って現われた時と全く同じであった。遠慮深く、言葉は控え目だった。それから幸子が夫の前に坐《すわ》る時は、やっぱり、そっと立ち上がってその場をはずした。

幸子は、手探りようがなかった。勝手に猜疑《さいぎ》とひとり相撲をとっているような気がした。これは恥ずべきことかもしれない。しかし、たしかに、この意識は外れた矢ではなさそうだった。どこかに手応《てごた》えを感じた。どこかに——それは依然として形のないものであった。

夫の場所に行くことが、幸子は次第にこわくなった。当然に夫に相談しなければならないことでも、二階に上がることを躊《ため》らった。何か威圧のようなものを二階から感じるのだ。異常な、ただならぬ雰囲気が熱風のように階段から吹き下りてくる。彼女は夫への用事を殆《ほとん》ど圧殺した。訳の分からぬ我慢だった。

夫の病間に行くのは、幸子のほかに、医者の関口さんと、外交員の三宅がいた。幸子は二階から降りてきたこの人たちの様子に特別の徴候は無いかと窺《うかが》った。

幸子は、関口さんの診察のときには、わざと二階に行かなかった。そのほうが、医者が病間の空気を感じるのに鋭敏に思われたからであった。

関口さんは二階から降りて靴を穿《は》くまで、別段な様子は無かった。口からも、病状のこと以外は変わった言葉は吐かれなかった。三日に一度来るのだが、いつも同じことであった。幸子は安心し、同時にもの足りなかった。

が、その関口さんが、或《あ》る日来て、たった一度だけこんなことを言った。

「ご主人は、だんだん元気になられますね」

「あら、そうですか。そんなに？」

幸子は思わず眼を瞠った。

「いや、病気の方は大して変化はありませんがね。気持がひどく元気そうなんですよ。何よりですよ。薬よりも精神的なことで随分異《ちが》いますからね」

幸子は知らないことを聞いたと思った。幸子が知っている夫は、いつも詰らなそうな顔をして枕に頭をのせているのだ。不機嫌で、笑ったことがない。何をいっても生返事だった。快活なところは少しもなかった。

すると、医者に見せた顔と、自分に向ける顔は異うのであろうか。いや、夫がわざわざ医者にそう振舞うはずがない。夫がそのような状態のときを、医者がたまたま目撃したというのであろう。幸子は、関口さんの一言から、自分の不在のときの夫の一部分を見た思いがした。夫が、坪川裕子を傍に寄せて、うれしそうに話し合い、笑っている光景が想像にうかんだ。

三宅は、医者にくらべると、英二のところに近づく度合は頻繁であった。毎日、一度か二度は仕事のことで話しに行くのだ。何かを察知するのは、三宅の方がもっと可能だった。

が、この大阪弁を使う外交員は、饒舌《じょうぜつ》であったが、そのことには全く触れなかった。触れないというのは、無いからであろうか。どうもそうとは取れなかった。いってはならないから幸子には沈黙しているようだった。案外、職人たちにはこっそりと教えているのではなかろうか。幸子は、自分だけが聞こえない声に包まれているように思われた。

幸子は、尖ってくる神経が堪《たま》らなかった。これから早く脱《のが》れねば参りそうだった。二階の圧迫から解放されたかった。

それを言い出す機会は、思ったより早くきた。ある日、どうしても夫に相談しなければならない仕事の用事が出来た。客が来て、待っているのだ。猶予《ゆうよ》は出来なかった。幸子は二階に足を踏み鳴らして上がった。抵抗するものを押しかえすような気持だった。

階段を上がり切ると、坪川裕子があわてて襖《ふすま》をあけて出て来た。手には何も持っていない。幸子に、ちょっと会釈《えしやく》するように頭を下げて、階段を下へ脱れて行った。幸子は、うつむいた坪川裕子の頰に泪《なみだ》が流れているのを見遁《みのが》さなかった。

幸子は、看護婦が階下に遁《に》げて行ってから、はじめて激しく動悸《どうき》が鳴り出した。彼女はしばらくそこに踞《うずくま》った。いま、すぐ夫の傍へ行けば、夫の頰にも泪が流れているのではないか。その恐怖があった。

坪川裕子の頰に光っていた泪が、今までの得体の知れなかった茫漠とした渇を、急速に凝固させた。幸子の眼の前の容《かたち》の無かったものが、はっきりと形になって出た。抽象が、一筋の泪を見たことで現実に具象化された。幸子は、決心をつけて起ち上がった。

夫は眼を閉じて寝ていたが、睡《ねむ》っていないことを幸子は知った。眼尻《めじり》に泪のあとは無かった。急いで拭《ふ》き去ったのであろうか。瞼《まぶた》が薄赤くなっていた。

夫は眠った格好をしていたが、表情を硬《こわ》ばらせていた。幸子がそこに居ることを明らかに意識して動揺を抑えているのだった。

幸子は、坐って、

「あなた」

といった。夫は二度目の声に薄い眼をあけた。眩《まぶ》しそうだった。

「坪川さんは帰って頂きますわ」

　思ったよりも、ふだんの声が出た。

「代わりの方を呼びましょうね」

　夫はわずかに唇の端を痙攣《けいれん》させたようだった。それ以外は、いつもの平静な表情で特別な反射は無かった。

「よかろう。お前のいいようにしてくれ」

　夫は懶惰《らんだ》に答えた。聞きようによっては、観念して投げやりな自棄的な調子であったが飽くまでも妻の前を糊塗《こと》するようにもとれた。

　階段を下りると、入れ違いに坪川裕子が上がりかけていた。いつもの習慣だ。幸子は、

「坪川さん」

　と呼びとめた。坪川裕子は、はい、と返事し、幸子に軽くお辞儀をした。頬には、もう泪の痕跡は無かった。幸子は、彼女を座敷に入れた。

　二人だけで相対すると、坪川裕子は肩をすぼめ、頭を少し下げていた。少ない髪であった。幸子は自分が宣言する立場に立っていることを意識した。

「都合で、今日から帰って頂くことにしました。いろいろとお世話になりましたが」

幸子は、いいながら、自分の頬がひき吊《つ》るのを覚えた。坪川裕子の肩が少し慄《ふる》えたように思えたが、よく分からなかった。

坪川裕子は両手を畳の上に揃《そろ》えて、頭を下げた。それは承諾の表示であった。

「不束《ふつつ》かで、お世話が行き届きませんでした」

彼女は丁寧に挨拶《あいさつ》した。どの家に行ってもそういう挨拶をしているような調子であったが、それで終わったのではなかった。

「済みませんが、明日のおひるまで、置かせて下さい。あと始末のこともありますので、それまで旦那《だんな》様のお世話をさせて頂きとう存じます。明日ぶんのお給金は頂戴《ちょうだい》いたしません」

屹《きっ》とした言い方であった。さしうつむいているので、よく見えないが、唇を嚙《か》んでいるに違いなかった。それを幸子に承諾させずには置かないような気魄《きはく》が坪川裕子の全身から炎のように立ち昇っていた。——

(明日分のお給金は頂戴しません)その言葉が、幸子の心にいつまでも残った。然《しか》し、その夜は、彼女は坪川裕子といつものように一しょに寝たが何事も起こらなかった。

六

翌日のひるすぎになっても、坪川裕子は二階から降りて来なかった。

階下で仕事に追われていた幸子は、心が騒ぎながらも、二階を覗《のぞ》くひまが無かった。いや、正確には畏怖《いふ》が彼女の足を悚《すく》ませたのだ。

二階からは、こそとも物音がしなかった。機械が紙を刷っているので、騒音に妨げられて何も聴こえる筈はないのだが、幸子は耳に神経を集めた。手は無意識に動いているだけで、心はそこに無かった。

或る予感が、遂《つい》に幸子を駆り立てた。彼女は蒼《あお》い顔をして、階段を二階に走り上がった。

締った襖の前で、幸子は息を呑み、聞き耳を立てた。膝《ひざ》が慄えた。しかし、この壁は突破せねばならなかった。襖をがらりと開けた。

男と女が蒲団《ふとん》をかぶって寝ていた。行儀のいい格好ではない。かけた蒲団は乱れていた。それは、そのまま少しも動かなかった。

思った通りが、正直に現実になっていた。正直すぎた。幸子は、あたりが一時に夜なかになったかと思った。すべての音が消えた。そのくせ、逆上は起こらず、起こるはずのことが当り前に起こったのだという意識がした。それを錯覚とも思わなかった。

幸子は、蒲団の端をめくり、夫と坪川裕子とが顔をよせて、息を引いていることを確かめた。夫は落ち窪《くぼ》んだ眼窩《がんか》に瞼を閉じ、坪川裕子は、くりくりした眼を塞《ふさ》いでいた。眼のふちの皺は、もとの通りであった。二人の口からは泡があふれて、敷布の上にこぼれていた。夫は伸びた髪を乱し、坪川裕子は、少ない髪をほんの二三筋、頬によじれさせているだけであった。

幸子は、蒲団の端を戻し、しばらくそこに坐った。下から機械の音がしていた。こんな場合、仕事の手順がいろいろと浮かぶのは奇妙であった。枕元《まくらもと》には睡眠剤の大瓶が空になって二本ころがっていた。

夫は幸子から突然遁げた。連れ去ったのは坪川裕子であった。この背の低い、三十五歳の派出看護婦が、この家に来て一カ月も経《た》たぬうちに、夫を掠奪《りゃくだつ》したのだ。途中の計算が全く示されてなかった。結果が、一足とびだった。

幸子は敷蒲団の下に、白い封筒の端がはみ出ているのを見た。幸子は、手を伸ばした。これが計算書だった。遺書も二通、夫の分と坪川裕子の分とがぴったり重なっていた。

幸子は夫の遺書の封を破った。落ちついた字ではなかった。

「突然、こんな結果になって詫《わ》びの言いようがありません。永い間の君の親切を決して忘れない。申し訳ない、というよりほか言葉が無いから、それだけを書いて、薬を呑もうかと思ったが、やっぱり一通りの事情をいったほうがいいと考えたから簡単にふれておく。詳しいことを書いても、君には苦痛であろうから。

坪川裕子は、僕が君を知る前の恋人だった。事情があって結婚出来なかった。その経緯の説明は省く。とにかく、彼女と別れて、僕は君と結婚し、彼女は別な男と結婚した。以来、十六七年、互いに消息が無かった。

裕子が、突然、付添看護婦としてこの部屋に現われたとき、僕は仰天した。彼女も息が詰るくらい愕いたという。幸か、不幸か、それは君に悟られずに済んだ。それが僕たちがこうなる運命の緒だった。それからのことは書くこともない。君は敏感に察していたようだから。どんなに隠しても、妻の直感は鋭いものと知った。

裕子は不幸な人生を歩いた。僕の身体《からだ》がとうから恢復《かいふく》の見込みの無いことも分かっている。同情がそこから合い寄ったというのは、月なみのようだが、以前に結婚出来なかった愛情が再び燃え出したのだ。だが、これは現実には遂げられることではない。君の存在、環境、そのほかの煩《わずら》わしい事情が妨げている。

幸い、僕も裕子も、生きるより死ぬ条件の方にぴったり鉗《はま》っている。それで――」

　幸子は、手紙をここまでよむと、投げ出した。坪川裕子の遺書は読む必要もない。それを書き遺《のこ》した二人は、彼女の横に蒲団を被《かぶ》って寝ている。幸子は取り残された。妻は完全に置き去られ、夫はひそかなる掠奪者に連行された。いいようのない孤独感が幸子にわいた。身体が宙に泳ぎ出そうだった。長いこと手を突いて彼女は坐りつづけていた。二人が短時間に結ばれた理由は知らない時のことだ。四、五日前からその情事が始まったと書かれても、同じことだった。

　取り残された者がここに居る。世間の嘲《あざけ》りと憐愍《れんびん》と漠然とした非難とが彼女に集まるであろう。無論、いわれのないことだった。しかし、不当にも世間は残された人間へ無慈悲にそれを加えるものだ。幸子は、自分の身体がずり下るのを覚えた。この世から最も軽蔑《けいべつ》と憐《あわれ》みを受ける存在になりつつあった。死んだ者が負けというのは、この場合、嘘《うそ》だ。疵《きず》を負ったのは生きて遺った者だった。不合理だが、実際は、そうなのだ。世間は敗者に仮借がない。

　幸子は、静かに遺書を破り、火鉢の中で火をつけた。何度にも分けて裂いた紙を燃した。火はその毎《たび》に炎を勢いよく上げた。

　最後の火が鎮《しず》まり、白い紙の部分は悉《ことごと》く黒い灰になった。灰は少しの空気の動きにも揺れて舞い立ちそうになった。

それから彼女は、蒲団の下から坪川裕子の身体を取り出し、抱えようとしたが重かったので、ひきずるようにして夫から遥《はる》か遠い場所に移して寝かせた。衣類の皺を正し、胸に手を組んでやった。

夫の横が空いた。その場所こそ幸子のものだった。そこに幸子が横たわったとき、彼女は初めて掠奪者から夫をとり戻すのであった。坪川裕子は、ただの随伴者に変わり、幸子が勝利を得るのであった。

幸子は、便箋《びんせん》に新しく手紙を書きはじめた。宛名《あてな》は、後とりに決めた、現在まだ実家から高校に通っている姪《めい》の母、つまり姉に宛てたものだった。

「――夫の病気は全治の見込みがありません。夫は絶望し、生きる気力を失っています。私は、夫と一緒にどこまでも参ります。夫から離れて、私という人間は無いのです。勝手な行動をお許し下さい。

看護婦の坪川さんが一しょに死んでくれるそうです。私は懸命にとめたのですが、どうしてもきいてくれません。彼女にも、そうしなければならぬ切羽つまった事情があるのでしょう。坪川さんのことだけが、私の心残りです。……」

幸子は、文字を綴《つづ》りながら、自分がどのように夫を愛していたかに初めて思い当たった。いかなる詐術《さじゅつ》も、その愛のためには宥《ゆる》されると思った。どこまでも夫に密着するためには——

幸子は、箪笥《たんす》を開け、夫の不眠のために用意してある睡眠錠剤の大きな瓶をとり出した。夫が彼女の場所を横に空けて待っている。

坪川裕子は幸子の夫の竹沢英二を掠奪した。幸子は、今それを奪いかえした。しかし、実際の掠奪者は幸子かもしれないのだ。

無論、薬を悉く呑んでいる幸子には、その懐疑は無かった。

拐帯行

一

森村隆志は外から会社に帰ってきた。事務所はビルの内にあった。廊下を歩いていると、硝子戸《ガラスど》に幕を下ろしているよその事務所がいくつか目についた。今日は土曜日である。三時を過ぎた今は、昼までで帰った会社が多い。

隆志は自分の事務所のドアを押した。ここはまだ社員が居残っている。それだけに小さな会社だなと土曜日になると彼はいつも思うのだ。ドアが開くと同時に、熱気が顔に当たった。外はもうオーバーが重たくなったのに、ストーブを相変わらず焚《た》いている。スチームの設備の無いビルだった。社員が四五人、ストーブを囲んで懶惰《らんだ》な格好で腰かけていたが、森村隆志の顔を見て、お帰り、と言った。

隆志はオーバーを脱ぎ、手提鞄《かばん》をもって会計のところに歩いて行った。会計部は腰板で仕切られ、低い開き戸がついている。現金の取扱いのため、一般の机から隔離された、檻《おり》のようであった。檻の中では、頭の毛の薄い会計主任が背を屈《かが》めて新聞を見ていた。

その前の机で、隆志は鞄を開いた。会計主任が眼鏡を外し、隆志を見上げて、

「ご苦労さん。どうだね、寄りはいいかね？」

と言った。月曜日に大口の手形を落とさなければならない。主任は集金に気を揉《も》んでいた。

「今日は、半分です」

淀《よど》みなく言えた。言ってしまって、隆志は自分の行為が決定的になったことを感じた。鞄から札束と小切手を取り出した。鞄の中は二つに仕切られ、一方にはまだ札束が残っていた。白い厚味が潜んでいる。彼は鞄の蓋《ふた》をし、止め金の音を鳴らした。

「栗栖《くりす》商会が現金で五万円、小切手で十二万円、東洋工業が現金十二万円、渡瀬産業、現金九万円、御手洗商事、小切手二万八千円——」

会計主任は再び眼鏡をかけ、隆志の言う内訳をメモし、小切手と現金の付合せをしはじめた。金高を数え、赤鉛筆でチェックしていった。

「これだけです。あとは月曜日にしてくれというのが五件あります」

隆志は報告した。五件分、三十五万円、全部現金で鞄の中に残っていた。

「そうか。困ったな。月曜日の二時までに集まればいいが」

主任は、手形を落とす時間を気遣って顔を顰《しか》めていた。

「出来るだけ、午前中に集めるように回ってみます」

「そうか。ぜひ、そうしてくれ給《たま》え」

会計主任は老眼鏡を光らせて若い隆志の顔に笑顔を与えた。

手提鞄をもって、隆志は自分の席に歩いた。鞄はわざと机の上に抛《ほう》り出して、ストーブの仲間に入った。

「どうだ、今日は土曜日だから少し早く切り上げて池袋に飲みに行こうか」

一人が隆志に言った。

「今日は駄目です」

年少の彼は、一番後輩であった。

「何故《なぜ》だ?」

「映画を見に行く約束があるんです」

「女の子とか。ああ、いつか歩いてるとこを見たぜ。あれは何処《どこ》の社の子だ?」

隆志は説明しないで笑った。見られたのは本当であろう。随分、いろんなところを西池久美子と歩いている。渋谷、井《い》ノ頭《かしら》、多摩川、鎌倉——日曜日の夜はときどきネオンの看板がひっそりと光っている旅館街を彷徨《ほうこう》した。

話は飲みに行く相談に還《かえ》った。あの店は借金が払ってないから当分駄目だと言う者がいる。相談は借金の話に移った。それから月給の少ないことに変わった。不景気な雑談が衆を恃《たの》んで自棄的な景気をつけていた。

隆志は、机の上に投げ出した鞄を見向きもしなかった。しかし、意識は絶えずそこに惹《ひ》かれている。三十五万円の札束が四つに分けて中に納まっていた。どう使おうと勝手な、自分の金であった。隆志は寡黙《かもく》に人の話を聞き入り、時々、ストーブに石炭を投げた。

時計が四時を過ぎた。皆は散って帰り支度にかかった。隆志は自分の机の抽出《ひきだ》しを開けて検《しら》べてみた。会社の伝票用紙、封筒、鉛筆、便箋《びんせん》、そんなものばかりである。私物は一つも無かった。四五日前から、それとなく準備にかかったものだった。

「お先に失礼します」

残ったものに挨拶《あいさつ》して、隆志は鞄をさげて立ち上がった。オーバーを着るとき、檻の中の会計主任を見たが、背を曲げて帳簿の上で算盤《そろばん》を一心に動かしていた。

隆志は、この事務所の中を改めて眺めた。今日限りで見納めであった。少しも未練は無い。古ぼけた、縁の切れた存在であった。ドアを締めたとき、その隔離は一層意識の中で明確になった。

廊下から階段を下りた。手提鞄を片手で振った。殆《ほとん》どの事務所が茶色の幕を降ろし、人影がなかった。今日は土曜日である。土曜日に意義があった。計画は前からそれを考えていた。

明日は日曜日で事務所は死んでいる。月曜日の午前九時を過ぎないと機能は蘇《よみがえ》らない。今から四十一時間後である。つまり彼の行為が発覚するまでの時間であり、追跡されるには、充分に余裕のある距離であった。ゆっくりと遠いところに逃げられる。三十五万円と同じくらいに贅沢《ぜいたく》な時間であった。

五時半までには少し間があった。隆志は京橋から銀座を往復した。街は人出が相変わらず多い。男も女も子供も、どのような生活をもって歩いているのか。若い男女は腕をくんで喋《しゃべ》りながら歩調を揃《そろ》えている。莫迦々々《ばかばか》しいと思った。今の気持に少しも密着の無い存在だった。街の色も虚《むな》しいものとしか映らない。遠い光景だ。行き交う勤め人は身ぎれいな服装をしているが、財布の中は千円と無いに違いなかった。定期券入れに千円札をたたんで大事にかくしているくらいであろう。鞄の中の三十五万円を眼の前で撒《ま》いてやったら、どんなに仰天するか。本気にやれないことではない。向こうから来る気取った若い女の顔だって、いきなり突き飛ばせるのだ。それも出来るのである。——死ぬと決めてしまったら、これほど暴力的に自由なことはなかった。

隆志は、京橋から車を拾って東京駅に着いた。三分とかからなかった。

料金を払ったとき、運転手が、

「勿体《もったい》ない金の使い方をする」

と厭味《いやみ》を言った。

隆志が十五番ホームを上がって行ったとき、人の群れている中から、西池久美子が手を振って近づいて来た。顔を上気させ、スーツケースを提げていた。

横に着いている列車は、特急博多行「さちかぜ」であった。

二

窓から東京の夜景が流れた。密集した灯は次第に凝結を緩め、薄くなり、疎《まば》らになった。東京が遁《に》げ去ったのだ。それからの窓は、暗黒が走った。

窓から眼を放した西池久美子が、

「東京も、遂《つい》にお別れね」

と言った。口の中に入れているガムの薄荷の臭《にお》いがした。

「寂しいかい?」

森村隆志が言った。久美子は細い首を振った。暗い空に、羽田の航空管制の灯が回っているのを二人は何となく見詰めていた。

特二の車内は、昼光色に輝いて、贅沢な旅客たちへ光を添えた。客は白いカバアに頭を凭《もた》れ、それぞれの姿勢を作っていた。みんな、屈託なく旅を愉《たの》しみに行くように見えた。男客は煙草《たばこ》の煙を吐き、女客は蜜柑《みかん》か菓子を食べていた。

「ねえ、どこでやるの？　決めちゃったの？」

久美子が訊《き》いた。ガムを指先でつまみ、口から出して捨てた。

隆志は手帳を拡《ひろ》げ、指先で突いた。博多——阿蘇《あそ》——日奈久《ひなぐ》——指宿と鉛筆書きがしてあった。

「随分、回るのね。ユビヤドって何処よ？」

「ばかだな。イブスキと読むんだ。鹿児島県さ。日本の南の涯《はて》の温泉だ」

「お金、あるの？」

隆志は網棚にも上げず、自分の横に置いた手提鞄に眼を遣った。

「あるさ。みんな使っちゃった時をね、最後にするんだ。日本の涯なら、丁度《ちようど》、僕たちの運命にふさわしい。それまでね、うんと贅沢に遊ぼう」

久美子は顎《あご》をひいてうなずいた。この女はそれほど彼が金を持っている理由を知らない。死ぬことだけを承知している女だった。

西池久美子には両親が無かった。五年前から叔父のところで育てられてきた。叔父は下級官吏をしていて、来年くる停年退職後の身の振り方に奔走している。吝嗇《けち》で、家庭は息が詰りそうで潤《うるお》いが無かった。義理の叔母は、久美子に白い眼ばかりを向けていた。久美子の働く給料の大部分を吸い上げて、給料日だけは機嫌がよかった。久美子は希望が無いと言った。

森村隆志が、彼女と愛を結んだ半分の理由が、その同情から出発していた。彼は、長野県と山梨県とが境を接する山奥の農家の三男で、実家は兄夫婦のものになってい た。たとえ父の代でも百円の送金も受けられなかった。故郷に帰ってみたのは、父の葬式の時が一度きりである。

乾燥した境遇の相似が、久美子を知ったとき、水が通うよりも容易に愛を流れ合わせた。二人は溺《おぼ》れた。しかし、耽溺《たんでき》のあとには、現実の乾きが再び二人を包んだ。丁度、泳いだあと、皮膚が乾くようなものである。人間はいつまでも、水の中に浸っては居られない。

死のう、と本気に言い出したのは、どちら側か分からなかった。尤《もっと》も、詰らないから死にたいわ、と言ったのは久美子が先のようである。そうだな、生きていても仕方がないな、と隆志は空を向いて賛成した。それから後に隆志が、死にたいな、というと、久美子は、そうねえ、とうなずいた。こういう繰り返しが何度かあった。井ノ頭の池の傍だったり、代々木の夜の木立の中だったりした。

何となくその会話が時日とともに一つの意志に移入されて行った。それは、前途に運命的なものを形づくった。そこまで踏み出さねば、ほかに途《みち》が無いように思われた。無論、環境の乾燥がそれを助けたのだが、二人で死ぬ、という行為は、それ自体に甘美な感傷があった。つまり、乾きがその甘さを求めさせたともいえそうであった。森村隆志は、はっきりその意志を久美子に伝えた。彼女に異論はなかった。実行は、いつでも隆志の申し出でに従うと言った。

隆志は死ぬなら、その瞬間を贅沢にやりたいと思った。今までの生活が、あまりに惨《みじ》め過ぎた。これを死まで続けるのは情けなさすぎた。一時間でもいい。思うような豪華な味を愉しみたかった。その雰囲気は、一日ならいいと思い、二日なら、尚《なお》いいと思った。どうせ、死ぬと決めているのだ。恐ろしいものは無い筈《はず》だった。秩序も、道徳も気遣う必要はない。最後まで、見窄《みすぼ》らしいサラリーマンで終わるのは不合理だった。彼は虚無的な空想を伸ばした。

遂に、会社の金をその雰囲気の資本にしようと彼は決心した。死ぬ前に、すぐ捕まっては詰らない。せめて五日間くらい自由な時間が欲しかった。死にくらべて、僅《きん》少《しよう》な要求である。そのため、彼は社金の持ち出しを土曜日に設定した。日曜日が、まる一日浮いてくる。絶対に安全な一日であった。

あと四日間だ。隆志は、九州に場所を択《えら》ぶことを決めた。理由は、九州に行ったこともなければ、行きたいと他人に口走ったこともない。無論、縁故もないからだった。大ていの逃亡者が失敗するのは、前に旅行したことがあるとか、知人が居るとかを求めて行くから、すぐ捜索の手が伸びるのだ。隆志にとって、九州は何らの因縁も無い。土地カンも無い。どの追及者の連想も、此処《ここ》には及ばない。先《ま》ず、四日間くらいは安全であろうと思った。

彼は一週間前に、集金から少し削って、この「さちかぜ」の特二券を二枚買っておいた。久美子には、行先は九州とのみ知らせて置いて、この日を限って家出を促した。絶えず運命的な目標を前途に置いていた甘い死がいよいよ現実となった。久美子は一瞬眼を閉じたが、喜んで行を共にすると言った。実際、いま横に坐《すわ》っている彼女の様子を見ても、不安も無く、憂鬱《ゆううつ》も窺《うかが》われなかった。いかにも最後の旅を愉しんでいるように見えた。贅沢をするのだ、と隆志が言っても、疑いもしないようだった。隆志は拐帯した金のことは絶対に彼女に洩《も》らすまいと思った。——

「ねえ」

と久美子が言った。座席《シート》の角度が変わるのを愉しみながら、仰臥《ぎょうが》していた。

「こんな贅沢な汽車に乗るの、はじめてだわ」

「そうかい」

と隆志は、煙草に火をつけて答えた。憫《あわれ》むような笑いが出ていた。この女は、三等車の固い椅子《いす》にしか坐ったことがない。

「ねえ」

と座席の陰で彼の手を求めた。

「あの、席、どうして空いているのかしら」

それは、向かい側の三つ目の座席だった。二人ぶんが空いていて、海老茶《えびちゃ》のビロード地に白い布のカバアが全体を見せていた。

「予約の人が先で乗るためだ。そうだ、次が熱海だったな。熱海からでも乗るんだろう」

隆志は答えた。窓の外には相模湾《さがみわん》の暗い海がひろがっていた。彼は週刊誌を拡げた。

列車が停まって、窓の外に明るいざわめきが起こった。熱海だった。

「そら、乗って来たわよ」

久美子がおかしそうに言った。

空いて客を待っていた斜め向こうの二つの席には、中年の紳士と妻らしい人が坐った。

三

空席のままというのは、見る眼に感じが不安定である。中年の夫婦がそこを埋めたので、隆志も、久美子も、何となく落ちついた。

落ちついたといえば、この夫婦の乗客は、いかにも渋い安定感をその身装《みなり》や態度にもっていた。夫の方は、四十七八であろうか、やや多い加減の白髪まじりの頭髪をきちんと分け、櫛《くし》の筋目がきれいだった。洋服の柄もネクタイの好みも、教養を偲《しの》ばせている。彼はやや痩《や》せていたが、柔和な眼をしていた。熱海の灯が窓の下に動いているのを一瞥《いちべつ》すると、ポケットからパイプを取り出し、真白いハンカチで磨きはじめた。

妻は、夫のオーバーを丁寧にたたみ、自分のコートを脱いで一緒に網棚にあげた。コートは銀鼠《ぎんねず》色地に狐《きつね》色の大きな筋のあるシールだったが、下の着物は黒っぽい塩沢に、渋い茶色の錦紗《きんしゃ》の羽織だった。光を消した艶《つや》が全体に沈んでいる。四十前であろうか、細長い面で上品な感じであった。支度が終わると、夫の横の席に落ちつき、黙って、雑誌を開いていた。静かな眼差《まなざ》しである。

夫はパイプを燻《くゆ》らした。妻は雑誌を措《お》き、夫の用の済んだハンカチをとって、きちんとたたみ、ポケットに返した。その序《つい》でに、膝《ひざ》にこぼれていた煙草の粉を払ってやった。

夫は、一言か二言、何か言った。妻は顔を寄せてそれに応《こた》えた。微笑が二人の頰にあった。静かな話し方である。妻は、すんなりとした格好のいい姿勢で掛けていた。

隆志と久美子は、斜め前のこの夫婦に、しばらく眼を惹かれた。

「品のいいご夫婦ね」

久美子が囁《ささや》いた。隆志はうなずいた。思っていたことを久美子が言った。この夫婦は、周囲のどの乗客にも見当たらない、おだやかな上品さと、静寂な愛情を、その雰囲気にもっていた。

それからも、時々、隆志の眼は、向かいの二人に走った。夫はパイプをくわえて本をよんでいる。妻は、スーツケースからウィスキーの角瓶をとり出して蓋《ふた》をとっていた。夫はパイプを放し、小さなコップを手に持った。妻は瓶をそれに傾け、蓋をした。動作がリズムを持ったように垢《あか》抜けていた。夫は何か言った。妻は笑って首を振った。恥らいのみえる振り方だった。ウィスキーを勧められたのを断わったのである。

隆志は眼をそむけ、久美子を見た。久美子は背中を後ろに倒し、眠っていた。子供らしい寝顔だ。隆志の愛情だけを信じている顔だった。が、この時、彼は妙に久美子が離れた存在に感じられた。

　離れた、というのは当たらないかもしれない。とにかく、一瞬に距離を感じたのは実際だった。今まで、あれほど密着していたものが、急に遠のいた。何故か説明が出来なかった。しかし、それが向かいの夫婦の影響であることは確かだった。——考えてみると、こっちの二人には過剰な愛情はあるが、生活が無かった。先方は、控え目な愛情の底に、安定のある生活の基礎があった。それが眼に見えない圧迫となってくる。隆志が、久美子を僅《わず》かな間でも遠く感じたのは、そのせいだった。

　隆志は眼をふせた。向かいの妻も、顔に真白いハンカチを当てて睡《ねむ》っていた。かたちのいい眠りかたであった。夫は、まだパイプを握って、本に眼を晒《さら》していた。……

　博多には午《ひる》を過ぎて着いた。乗客は身支度をした。隆志は網棚のスーツケースを下ろしてやり、久美子に与えた。

「着いたのね」

　とうとう着いたという意味が口吻にあった。窓の外には見知らぬ駅が構えていた。

　隆志は鞄《かばん》を握った。三十五万円の札束はさほどの重さではない。時計を見ると、九時から四時間も過ぎていた。明日の今ごろは発覚の時間かも知れない。檻《おり》の中の会計主任が、得意先の方々に電話をかけて色を失っているのが眼に見えるようである。

降りる時に、隆志は向かい側の夫婦に眼を遣《や》った。夫はトランクを提げ、通路に立って何となく隆志の方を視《み》ていた。やはり、おだやかな眼だが、彼はあわてた。妻は、コートを着て、夫の後に従っていた。すらりとした背である。夫のオーバーの肩を指で撫《な》でていた。隆志は、久美子を先に立てて歩いた。

駅の前に出ると、旅館の客引きが寄ってきた。案内されたところは、街から入りこんだ小さな旅館であった。部屋は六畳くらいの狭さ、障子を開けると、隣の家の物置きがすぐに見えた。

服装で、客引きに値打ちを踏まれたのだ、と隆志は気づいた。隆志のオーバーは三年前に買ったものだった。久美子のものも色が褪《あ》せて裾《すそ》の方には汚斑《しみ》が見える。彼の靴も、彼女の沓《くつ》も、皺《しわ》が寄ってくたびれていた。その二揃いの靴が、宿の下駄箱の中に入っているかと思うと、彼は赭《あか》くなった。旅館の者は、彼の持っている手提鞄の中に、浪費してもいい三十五万円があるのを知らない。

女中が茶と菓子を出して、引き退《さが》ったあと隆志は言った。

「デパートに行こう」

「デパートに？」

久美子は愕《おどろ》いて眼をあげた。

「うん。買いものに行くのだ。僕たちは、もっと上等な服を着る必要がある」

否応《いやおう》を言わせないものがあった。外出する、と宿には言って、デパートの場所を訊《き》いた。

東京と同じくらいに立派なデパートがある。隆志はまず自分のオーバーと洋服を買った。既製服だが、英国製である。その場で着てみたが、軽くて手触りが異《ちが》い、春の日向《ひなた》のように暖かった。これと、靴とに十万円近く払った。久美子には、しり込みするのを、テリレンスのスーツに、アストラカンのオーバーを強いた。着てみると、よくお似合いです、と女店員が半分妬《ねた》ましそうな眼つきで言った。サファイヤブルーの色に、高貴な光沢が散っていた。久美子の服装に七万円を払った。日ごろ、買いつけた安物のネクタイよりも気軽な買い物であった。

久美子は、眼を瞠《みは》った。

「大丈夫？」

さすがに不安な眼だった。

「大丈夫さ。一昨日限り社をやめてね。退職金をもらったのだ」

久美子は、納得して安心した。

旅館に帰ると、番頭も、女中も、眼をむいていた。隆志は、ざま見ろ、と思い、ほかの旅館に移るからと言った。女中が、あわてて、もっといい部屋があると告げたが、構わずにそこを出た。出るとき、千円の茶代を置くと、女中は畳に頭をすりつけてお辞儀をした。

Hホテルは、博多で一番の高級ホテルだった。フロントの前に立っても、蝶《ちよう》ネクタイの係り《クラーク》は、怪しみもしないで二人に一揖《いちゆう》した。隆志はペンをとって、すらすらと偽名を記帳した。紺色の制服を着た女給仕が荷物を持って先に立つと、彼も久美子も、買ったばかりの新しい靴で緋《ひ》色の絨毯《じゆうたん》を踏んだ。

その夜の夢は、豪華だった。

四

翌日の朝、二人は博多を発《た》ち、熊本に向かった。手帳に誌《しる》した予定の行動で、熊本から阿蘇に行くのだ。途中の景色は、明るい陽の下にあった。

今ごろは、会社が警察に訴えて、森村隆志の行方を捜索しているに違いなかった。追及は彼の故郷に先ず及ぶかもしれない。彼の友人、彼がかつて旅したところ、そういう所が捜されている。九州とは誰も気がつくまい。それが分かるまでには、まだ時日がある。

鞄の中には、まだ十七八万円残っていた。服装で金を費《つか》い、ホテル代も二人で一万円とられた。惜しくはなかった。まだ、これだけの金が残っていれば、三四日の旅の夢には少しも困らなかった。

阿蘇に着いたのは、遅い午後だった。観光バスに揺られて登山した。黄いろく枯れた山が眼の下に沈んでいった。バスガールの案内が絶えず喋舌《しゃべ》る。甘い調子であった。二人は移り交う景色を見ていた。遠いところに霞《かす》んで海が見える。雲の下の草の上には、放牧の馬が群れていた。

火口の上は、褐色の絶壁だった。地鳴りがして煙が上がっていた。二人はそれを見詰めていた。

「自殺する奴《やつ》は、何処《どこ》から飛び込むんだろう?」

ほかの見物客が話しながら、二人の背後を通った。煙で、下は見えなかった。隆志も久美子も、そこでは別なことを語った。が、気持の中では、自殺者のことを話し合っていた。

外輪山が、外壁のように囲んでいた。その内側に広い平野が沈んで横たわっているが、外輪山の囲みは、妙に息苦しさを与えた。囲まれていることの圧迫感であった。そこに追い込んで、脱出することを拒否しているような山の姿であった。陽が、その外輪山の陰に落ちはじめた。

「降りようか」

隆志が言った。久美子はうなずいた。彼女の顔も、蒼白《あおじろ》くなっていた。

バスで下ると、坊中《ぼうちゅう》という駅に戻った。

「いい旅館はないかね?」

隆志が言うと、運転手はドアを開けて二人を迎え入れた。自動車は、しばらく平原を走っていたが、やがて山を登りはじめた。箱根か日光のように、滑るような白い道がついている。平原の畑では麦踏みを見たが、ここでは藪《やぶ》の中で鶯《うぐいす》が啼《な》いていた。

山の中腹に、白い壁のホテルがあった。昏《く》れなずむ山の中に、ホテルの灯は窓に明るく輝いていた。自動車が旋回して玄関につくと、白い服のボーイが飛び出して来た。

ここでも、帳場《フロント》は上等な客として隆志と久美子を扱った。ボーイは赤い絨毯の階段を先導した。すれ違いに、外人の夫婦が降りて来た。

不思議なことに、隆志は映画の中の人物になったと感じた。身のこなしが自然とそうなった。彼は股《もも》を伸ばして廊下を歩いた。汚いビルの事務所でダルマストーブを囲み石炭をくべていたもう一人の彼は消し飛んだ。

「夢みたいだわ」

久美子は部屋に入って呟《つぶや》いた。観光ホテルは阿蘇山中第一の旅荘である。部屋は色彩と調度に贅沢《ぜいたく》が充《み》ちていた。隆志は久美子に近づき、両手を拡《ひろ》げて抱いた。こんな身ぶりをしても、おかしくはなかった。

ロビーに出ると、落日の名残りが、遠い平野と海を淡く照らしていた。海の向こうには雲のような薄い色の山が見えた。山と、棚引く雲とは頂上のあたりで交わり合っていた。

「きれいね」

と久美子は手摺《てす》りに摑《つか》まって溜息《ためいき》をついた。

「あれ、どこの山？」

「雲仙だろう」

言ってしまって、隆志は、随分遠い所に来たと思った。東京が遥《はる》か彼方《かなた》の存在になっている。そこでの生活も、感情も。——

これから別な生活がはじまる。それは三日か四日であろう。その先の瞬間のことを彼は茫乎《ぼうこ》として考えた。しかし、まだ、その現実は知っているだけで隙《すき》があり密着が無かった。隙間は空気のような不安が揺れて埋めていた。夕食を摂《と》ったあと、隆志は久美子を誘って散歩に出た。あたりは夜が来ていて、山の気配が冷たく匂《にお》った。灯の遠いところまで二人は歩いた。暗い空の下に、黒い山がすぐ近くで立っていた。二人は手を組んだ。時々は立ち止まって、唇を合わせた。互いの唇は夜気で冷えていた。黒い世界は涯《はて》がないように思われ、どこまでも続きそうだった。音が死に、枯草が匂った。

「――闇《やみ》をくぐって二筋に
一つは暮れる山に入り
一つは遥かの海に行く」

久美子がくちずさんだ。

「何だい、それは?」

隆志が咎めた。

「詩よ。外国の……」

詩は分かっている。詞《ことば》が甘美で不吉だった。久美子にも不安が漂っている。息苦しさを甘美な口先で紛らわしていた。彼女は自分の行先の近づいてきたことを知っている。隆志は感情がこみ上がった。

帰りにかかると、雨が一滴落ちて来た。案外、遠くまで歩いて来たことに愕いて、足を早めた。ふと、後ろに何かを感じて振り返ると、二匹の牛が蹤《つ》いて来ていた。久美子は悲鳴をあげて隆志の腕につかまった。放牧の牛は、ゆっくりと二人のあとから歩いていた。

「怕《こわ》いわ」

大丈夫だよ、と隆志は言った。牛との距離は遠去かった。雨滴の数が多くなった。

ホテルの玄関が見えるところまで近づくと、傘をさして二人の男女が歩いていた。傘の陰と、暗いのとで顔は見えなかったが、女はホテルの着物を着ていて、すらりとした背だった。傘は、遠いホテルの灯から遠去かった。

隆志は、不意に、「さちかぜ」で見たあの中年の夫妻を直感した。

「いまの人、汽車の中で見た人ではないかね？　ほら熱海から乗った夫婦の人さ」

久美子は、振り返ったが、傘は闇の中に、もう入っていた。気がつかなかったわ、と彼女は言った。

部屋に戻ったが、隆志は気持がどこかに落ちて行くことを感じた。さきほど、闇の中で覚えていた感情とは、急激な落差があった。何か、がくんとしたものだった。この沈みは今、あの夫妻と遇《あ》ったと感じたときから始まった。あの落ちついてパイプをくわえている夫の風手《ふうぼう》と、おだやかな上品さを湛《たた》えている妻の動作を思い浮かべて、隆志は言いようのない気持の崩壊に陥った。小揺ぎのない巨巌《きよがん》のように安定した先方いたが、外人が去るとジルバをかけて踊り出した。こんな急速な踊りをしなければ遣《や》る瀬《せ》がなかった。それは、自分で自分を湧《わ》き立たせたい気持だった。
ホールに降りると、外人夫婦がタンゴをかけて動いていた。隆志はそれを見詰めて
「踊ろうか」と隆志は言った。
の生活が、彼を圧迫した。

五

翌日、阿蘇から熊本に出ると、二人は城のあとなど見て回った。何も眼に映るものは無かった。彼らは、怠惰に市中を彷徨《ほうこう》した。

午後の汽車で下りに乗った。下りは、更に南の涯《はて》に近づくことであり、いよいよ東京から遠去かることであった。

数時間で、日奈久という駅に降りた。手帳の第二のコースである。

旅館は海に近く、白壁の塀を回した大きな家であった。

女中は、広い座敷に通した。十畳の間と六畳の控の間、ほかに応接セットなど置いた別間があった。二人の服装を見て、一番上等の部屋に通したらしかった。蘇峰書《そほうしょ》の一軸の前には香炉が煙を上げていた。

「東京のお方でございますか？」

女中が宿帳の字を見て言った。

隆志は、思わず怯《おび》えた眼をした。女中の顔は丁寧に笑っていた。

「東京のお方は滅多においでになりませんので」

女中はお愛想を言っているのだった。この辺で見るべき場所など教えた。東京と書くのは拙《まず》かったと、隆志は思った。

今ごろは捜査はどの辺まで進捗《しんちょく》しているのであろうか。故郷、知人、友人の先は全部洗われているに違いない。犯人は、この辺に立ち回る模様——という新聞記事の一句が頭に泛《うか》んできた。当局にその見込みが無いと分かれば、追及の線は新しく立て直されるであろう。いや、それはもう始まっているかもしれなかった。見えない線がすぐそこまで伸びて来ていそうであった。

あと二日だな、と彼は思った。

軒の下には星空があった。久美子は海の方を見ていたが、ここからは見えなかった。

「海に行って見ない？」

隆志は誘った。久美子は、素直についてきた。元気が無かった。

海は、冷たい風が吹いていた。家のならびから離れると、人影が無かった。汐《しお》の香りだけが強い。隆志は久美子の肩に手を措《お》いた。その肩は掌《てのひら》に伝わるほど慄《ふる》えていた。

「寒いのよ」

と久美子は言い訳するように言った。実際、風は寒い。遠くに黒い島があり、人家の灯が冷たい空気に揺れているように、ちかちかしていた。

「帰ろうか、風邪をひくよ」

隆志は言った。風邪をひくよ、という言い方が不自然で変な具合であった。

「いいの。少し歩きましょう」

海に沿って彼女は歩き出した。海は、女中が宿で説明した、不知火《しらぬい》が夏に浮かぶという有明海であった。

二日あとに死ぬよ、と隆志は、よっぽど言い出そうとしたが、声にならなかった。言ってては残酷のような気がした。久美子は、それを感じているのだ。言う必要は無いように思われ、気持の上で、充分それを語っていると考えた。言うときは、今から死ぬよ、という言葉になりそうであった。

向こうの島に灯台の灯が明滅していた。

来る時の列車の窓から見た、羽田の航空管制の灯を想《おも》い出させた。あの時は、東京を遁《に》げたすぐ後であった。

死ぬ前の豪華な旅が、このように気持を沈ませるとは思いも寄らないことだった。もっと人生の最後の充足を期待したのだ。安サラリーマンとして彼が遂げられなかった夢を、三四日の間に悉《ことごと》く燃焼させるつもりで来た。空想していたことの一部は、たしかに現実になった。しかしその場の充実は、指の間から逃げて行くように脱落するのだ。

なぜか分からなかった。が、それが彼の心の中で自然に起こった現象でないことは言えそうであった。何かの影を受けてからだった。自分より勝っているもの、もっと充実した何ものかの影であった。隆志は、それは、あの夫妻だと思った。——

向こうに、赤い火が燃えていた。黒い松林の間に炎を出していた。

「行って見ましょうか」

久美子が言った。こんな時、人間はもっと暖かい色を望むのであろうか。沖には、一つの漁火《いさりび》もなかった。

火は塩焼きであった。風が渡っている松林の下の、掛小屋のような所で火は燃えていた。大きな竈《かまど》がかかり、老人がひとりで薪《まき》をくべていた。星の下で、火の赤さは、これまで見たこともないくらいにきれいだった。

二人は黙って見物して二十分ばかりで引き返した。

宿の女中が、お寒いのに何処までいらしたのですかと訊《き》いた。

「塩焼きを見て来た」

と言うと、へえ、あんな所まで、と眼を大きくした。

「酒でも頼もうか」

と隆志は言った。酒は元来が好きではなく、これまで飲んでいなかった。

「いいわ、わたしも頂くわ」

と久美子も言った。真黒い心の中で、酒がさっき見た塩焼きの火に思えた。──

その夜、二時ごろであった。隆志は、何かの音に眼を醒《さ》まされた。

「ご免下さい」

と忍びやかな女の声だった。

久美子も横で眼を開けた。隆志は、どきりとした。

「申し訳ございませんが、警察の方が、各部屋のお客様にお会いしたいそうでございますから、ちょっと失礼させて頂きとうございます」

女中は襖《ふすま》の外で小さく言った。

隆志は、顔が蒼くなった。胸が高く鳴り出した。頭が逆上《のぼ》せて、指の先まで動悸《どうき》が搏《う》った。何か言おうとしたが、声が咽喉《のど》につかえた。待ってくれ、待ってくれ、と心の中で叫んでいたが、出た声は別なものだった。

「どうぞ」

口から出して、しまった、と思った。咄嗟《とつさ》の偽装がみすみす破綻《はたん》に突入するかと、眼を瞑《つむ》りたいくらいだった。久美子が起きて、手早く、その辺を片づけ、明るい電灯をつけた。彼女も、不安そうに隆志を見た。

襖が開いた。

「恐れ入ります」

女中が行儀よく膝《ひざ》を進めて来ようとした。それを、誰かが後ろで停めた。ジャンパーを着た男が二人づれで女中の背後から隆志たちの顔を覗《のぞ》いている。女中をとめたのは、その一人のようだった。

男の声で、二三言、何か囁《ささや》き合っていたが、刑事の一人が、急に大きな声を出した。

「どうも、失礼いたしました。もう結構ですからお寝《やす》み下さい」

隆志たちに言っているのだった。女中は詫《わ》びて襖を閉めた。刑事の跫音《あしおと》が遠去かるのを聞いて、隆志は余計に動悸が昂《たか》ぶった。彼は床の上に坐《すわ》ったまま動かなかった。

動くと心臓が破れそうだった。

「どうしたのでしょう?」

久美子が言った。声に恐怖が含まれていた。彼女も追手のことを考えているに違いなかった。しかし、それはもっと単純な、家出人の捜索のことだった。隆志が会社の金を拐帯した逃亡者であるなどとは塵《ちり》ほども思っていなかった。

隆志は、あと二日間の緊迫を現実に考えた。夜気が肩を冷たくさせた。

朝になって、茶を運んで来た女中が昨夜のことを謝った。

「事件が起きたのですって。犯人は若い夫婦づれだそうです。この日奈久に来ているという情報があったから、昨夜は、この辺の旅館は片端から調べられました。それでも、とうとう分からなかったそうでございますがね」

分からなくってよかった、と隆志は思った。

隆志は顔を洗い、庭の見える縁の椅子《いす》に腰かけた。今朝は天気がいい。陽の光に強さがあった。外の冷えた空気が、その光に溶けてゆくのが分かるようだった。

茶を呑《の》み、新聞を拡げた。社会面を捜したが、この地方の記事ばかりで、自分のことは載っていなかった。女中の言った事件のことも書いてなかった。

「あら」

と向かいの椅子に腰かけていた久美子が低く叫んだ。

「あの、ご夫婦だわ」

隆志は新聞を放して、眼を庭の方に遣った。

庭はかなり広い。池も築山《つきやま》もあった。植込みの樹《き》が多い。南らしく棕梠《しゅろ》が葉を空にひろげていた。

その樹の間を二人連れで歩いているのはまさしくあの中年の夫婦だった。夫は相変わらず端正な洋服をきてパイプをくわえていた。頭髪の手入れも変わりはない。いかにも朝の庭歩きを愉《たの》しむように、少し背を屈《かが》め、ゆっくり足を運んでいた。

妻は、夫のすぐ横にぴたりと添っていた。すらりとした姿は、夫の歩調に合わせなければ気が済まないように、緩く歩いていた。その間にも、絶えず夫の様子に気を使っていた。静かな、充実した姿だった。

「あのご夫婦も、この旅館に泊まってらしたのね」

久美子が感嘆して言った。

「うむ」

「どこのお方かしら？　熱海に泊まって、九州へ見物にいらしたのね。羨《うらや》ましいご身分のようだわ」

そうだ、羨しい夫婦だった。隆志は凝視をつづけた。夫婦は、庭を回り、池の水を見ている。水は早い春の陽射《ひざ》しに、光の粒子を撒《ま》いていた。

安定した生活が、その二人の様子に溢《あふ》れていた。夫のパイプをくわえた姿も、妻のより添った姿も、たとえば冬のおだやかな陽の光のように、凝結した静止と温みがあった。がっちりとした建築のような生活の上に踏まえた、羨望《せんぼう》すべき中年の安定だった。

——あんな人生もある！

隆志は、感動して泪《なみだ》が出そうだった。

夫と妻とは静かに語り合った。ふと、夫は顔を上げてこちらの方を見た。やさしい眼に、訝《いぶか》りの表情がみえた。それから妻の方を向いて何か言った。妻はこちらに白い顔を向け、ああ、汽車の中でお見かけした方だわ、とでも言ったように、夫に応《こた》えた。夫妻は微笑を隆志と久美子に投げた。

隆志は希望のようなものが湧いたと感じた。——

六

「それきり、その夫婦には会わなかったのかね？」

と検事は隆志に訊《たず》ねた。

「会いました。指宿《いぶすき》の旅館でも、偶然、一しょになりました。その時は、話をしました」

　隆志は検事に答えた。

「どんな話をしたのか？」

「普通の話です。旅行はいい、というようなことです。先方のご夫婦が、部屋に僕たちを招《よ》んでくれたのです。ご馳走《ちそう》をしてくれました」

「ふむ」と検事は鼻で応えた。

「指宿まで行って、お前はまだ心中するつもりだったのか？」

「とに角、指宿に行くことは行きました。今から考えてみると、死にたいという気持は、だいぶん変わっていたと思います」

「どう変わっていたのか？」

「死んでもいい、死ななくてもいいという気持です。いや、死にたくないと思ったかもしれません。その方が強かったようです」

「それは、何故《なぜ》だ？」

「あの夫婦が、僕にそれを与えました。実際、僕は羨しかったのです。ああいう人生をいつかは持ちたい、そう思ったのです」

「しかし、お前は会社の金を拐帯して逃げたのだ。それが出来るのか？」

「出来ると思いました。罪は清算します。しかし、そのあとは懸命に努力して、自分の人生を建て直したいと思いました。その勇気を、あの夫婦から学びました」

「それで、自首して出たのか?」

「そうです」

検事は、しばらく隆志の顔を見詰めていたが、煙草《たばこ》を一本とり出して彼にすすめ、自分でも喫《す》った。それから、ぽつりと言った。

「あの夫婦は、君たちの方を羨しがっていたかもしれないよ」

「え、どうしてですか?」

「君たちが、無邪気に若い青春を愉しんでいるように見えたに違いない。何の心配もなくね」

「何の心配も無く?」

「そうだ」

検事はうなずいた。

「先方は君たちより、もっと大きな苦労をもっていたのだ。あの男はね、六百万円の横領犯人だったのだ。或《あ》る会社の会計課長でね。君たちが細君だと思っていた女は、バーのマダムで彼の愛人だった。君たちは、あの二人から勇気を得て東京に帰ったが、当人たちはそのあとで情死したよ。薬を宿で嚥《の》んでね」

隆志が息を詰めて、言葉を失っている間、検事は彼の刑量を考え、執行猶予《ゆうよ》を論告しようと思っていた。

黒地の絵

一

（一九五〇年六月＝ワシントン特電二十八日発ＡＰ）米国防省は二十八日韓国の首都ソウルが陥落したことを確認した。

（ワシントン三十日発ＵＰ）目下帰米中のマックアーサー元帥副官《げんすい》ハフ大佐は三十日国防省で次のように語った。四万の米軍が朝鮮に派遣されるだろう。それは日本駐在の第一騎兵師団一万と総司令部直轄《ちょっかつ》部隊三万である。

（大田《たいでん》特電七月一日発ＵＰ）韓国に派遣された米軍部隊は一日午後大田に到着した。さらに後続部隊も輸送途上にあるものとみられている。

（総司令部二日午後八時五十分発表）第二十四歩兵師団長ウィリアム・ディーン少将は朝鮮派遣全米軍の総司令官に任ぜられた。

（総司令部四日発表、ＡＰ）米軍部隊は三日夜、韓国前線ではじめて北朝鮮軍にたいする戦闘行動にはいった。

（韓国基地十一日発ＵＰ）米軍地上部隊は大田北方で十一日朝、圧倒的に優勢な北朝鮮軍と激戦を交えたが、重大な損害をうけて十一日正午ふたたび後退した。

（総司令部十二日発表）米軍は錦江《きんこう》南岸へ撤退した。

（十五日発ＵＰ）北朝鮮軍は十五日夜、錦江南岸の公州《こうしゅう》を占領した。

（韓国基地十七日発ＵＰ）錦江沿岸の米軍は十六日北朝鮮軍の前線突破後、やむなく新位置に後退した。北朝鮮軍は強力な掩護《えんご》砲火のもとに大田に向かって猛進撃をしており、米軍前線に阻止できぬほどの大部隊を投入している。

（十七日発ＵＰ）米軍は十七日大田飛行場を放棄した。

（ＡＰ東京支局長記）米国は韓国戦線にさらに歩兵部隊二個師団を投じた。

（米第八軍司令部にてＡＰ特派員二十五日発）北朝鮮軍は二十四日夜、韓国西南端の海南《かいなん》を占領しさらに東部に進撃、同夜求江《きゅうこう》も占領した。大田南方における北朝鮮軍のこうした動きは大田――釜山《ふざん》間鉄道の南部を東方にかけて切断する広範囲な遠回り作戦を可能にし、米・韓両軍の補給路をおびやかしている。

（ワシントン二十四日発ＡＰ）トルーマン大統領は米国兵力を約六十万増加し、新たにどんな戦闘が発生しても米国としてこれに対処しうるようにするため、総額百五億一千七百万ドルにのぼる追加支出案を二十四日議会に提出した。

＊

太鼓は祭の数日前から音を全市に隈《くま》なく鳴らしていた。祭礼はそれが伝統をもった囃子《はやし》として付随していたから、祭の日の前より、各町内で一個ずつ備品として共有している太鼓を道路の端に据えて打ち鳴らすことは習慣だったのだ。一つは、それを山車《だ し》にして市中を練り歩く子供たちが撥《ばち》さばきをおぼえるためであり、一つは太鼓の音を波のように全市にただよわせて祭の前ぶれの雰囲気を掻《か》きたてるためであった。暑い七月十二日、十三日が毎年の小倉《こくら》の祇園祭《ぎおんまつり》の日に当たっていた。

祭の日が近づくと、撥は子供たちの手から若者たちに奪われ、そのかわり、音は見違えるように冴《さ》えて活気づいてくるのであった。打ち手は二人ぐらいで、鉢巻をし、浴衣《ゆかた》の諸肌を脱いで、台に据えた太鼓に踊りあがって撥を当てるのだ。祭の当日には、全市の各町内で太鼓叩《たた》きの競演があるから、腕を自慢する青年たちは汗をかいて撥をふるった。たたき方には、乱れ打ちなどいくつかの曲芸めいたしぐさがあるが、音は単調な旋律の繰り返しであった。どどんこ、どん、どん、どどんこ、どん、どん、というように一貫して、ほかに変化はなかった。しかし、聞く者には、この音が諸方から耳に乱れてはいり、混雑した祭の錯綜《さくそう》に浸らせた。

太鼓の音は、こうして祭のくる何日間も前から小倉の街中に充満するのであった。昼は炎天の下に気だるく響いているが、夜になるとにわかに精気を帯びて活発になった。音は街の中だけではなく、二里ぐらい離れた田舎にも聞こえた。離れた所で遠く聞いた方が、喧騒《けんそう》な音を低くし、統一し、鈍い、妖気《ようき》のこもった調和音となって伝わった。そこで聞いた方が、その中心にいるよりも、よけいに祭典を感じさせた。

ジョウノ・キャンプは、街から一里ばかり離れた場所にあった。戦争中は陸軍の補給廠《しょう》であったが、米軍が駐留してからも、そのまま補給所に使用した。二万坪はたっぷりあった。木造の灰色の建物は白いコンクリート壁に建ちかわり、周囲には有刺鉄線の塀が張りめぐらされ、探照灯をそなえた見張台が立った。この内には米兵が何百人かいて、おもに兵士の被服の修理や食糧の製造をしているということであった。アーチ型の正門からは、コカコーラの瓶を荷造りして積んだトラックが、よく駅に向かって走り出たりした。

しかし、七月のはじめから、このキャンプの内の兵士は数がふくれあがっていた。ふくれあがっては萎《しぼ》み、またすぐにふくれた。兵士はどこからか汽車で運ばれてはここにはいり、すぐにどこかに出て行くが、また同じくらいな人数がよそから来て充足した。市民たちは、その行先が朝鮮であることを知っていた。が、どこから彼らが運ばれてくるのかは知らなかった。

その何回目かの膨満をはたすために、七月十日の朝、一群の部隊がキャンプにはいった。彼らは五六本の列車輸送を要したほどの人数であったが、ことごとく真っ黒い皮膚を持っていた。不幸は、彼らが朝鮮戦線に送りこまれるために、ここをしばしの足だめにしたばかりではなかった。不運は、この部隊が黒い人間だったことであり、その寝泊まりのはじまった日が、祭の太鼓が全市に鳴っている日に一致したことであった。

なぜ、それが不運か、あるいは、危険かは、日本人にはわからなかったが、さすがに小倉MP司令官モーガン大佐はその危惧《きぐ》を解していた。彼は市当局にたいして、祭典に太鼓を鳴らすのはなるべく遠慮してほしいと申しいれた。

市当局は、その理由を質《ただ》した。質問のときに、この伝統のある祭は、太鼓祇園ともいって長い間のこの地方の名物であり、太鼓はこの祭典には不可欠である、と力説することを忘れなかった。司令官は渋い顔をして、とにかく、太鼓の音は迷惑だと主張した。市当局は言った。それはどういうわけか。当地駐留師団長のディーン少将が朝鮮軍指揮官として渡韓して留守であるから、その遠慮のためか。それとも、北朝鮮共産軍のために米軍が韓国に圧迫されつつある現在の戦況にたいして、自粛のために太鼓の音をやめよと命令されるのか、ときいた。大佐は首を振って、理由がそうではないことを示した。が、別に明瞭《めいりよう》な解説を述べず、言い方が曖昧《あいまい》であった。ここで市当局は押し返した。いま太鼓をやめては、祭典ははなはだ寂寥《せきりよう》となり、ひいては市民現在の朝鮮の戦況に結びつけて不安を感じるであろう、人心を安定し、勇気をもたせるためにも、ぜひ祭典は例年どおりに実行させていただきたい、と言った。司令官は眉《まゆ》をひそめて黙した。彼はそのとき危惧の理由が言えなかった——ことは、後でわかったのだ。

黒人部隊が到着した日は十日であった。彼らは岐阜から南下した部隊で、数日後には北朝鮮共産軍と対戦するため朝鮮に送られる運命にあった。彼らは暗い運命を予期して、絶望に戦慄《せんりつ》していたということは多分に想像できるのだ。北朝鮮軍は米軍が阻止できぬほどの大部隊の海で南下をつづけつつあった。大田を放棄し、光州を退却し、西南部からも圧迫をうけ、米軍は釜山の北方地区に鼠《ねずみ》のように追いこまれていた。そこにこの黒人部隊が投入される予定だったのだ。戦地に出動するまで五日と余裕はなかったに違いない。そのことは彼らが一番よく知っていた。彼らが共産軍の海の中に砂のように没入してゆく運命であることも。

到着した十日の日も、むろん、小倉《こくら》の街に太鼓の音はまかれていた。キャンプのある一里の距離は、その音を聞くのに適度であった。音は途中で調和し、遠くで舞踏楽を聞くようだった。

黒人兵たちは、不安にふるえている胸で、その打楽器音に耳を傾けたに違いなかった。どどんこ、どん、どん、どどんこ、どん、どん、という単調なパターンの繰り返しは、旋律に呪文《じゅもん》的なものがこもっていた。彼らはむき出た目をぎろぎろと動かし、厚い唇を半開きにして聞き入ったであろう。音は、深い森の奥から打ち鳴らす未開人の祭典舞踊の太鼓に似かよっていた。そういえば、キャンプと街との間に横たわる帯のような闇《やみ》が、そのまま暗い森林地帯を思わせた。

黒人兵士たちの胸の深部に鬱積《うっせき》した絶望的な恐怖と、抑圧された衝動とが、太鼓の音に攪拌《かくはん》せられて奇妙な融合をとげ、醱酵《はっこう》をした。音はそれだけの効果と刺激とを黒人兵たちに与えたのだった。遠くから聞こえてくるその音は、そのまま、儀式や、狩猟のときに、円筒形や円錐《えんすい》形の太鼓を打ち鳴らしていた彼らの祖先の遠い血の陶酔であった。

彼らは、それでも、まる二日の間、兵営に窮屈そうにひそんで不安げに太鼓を聞いていた。二日目は、街ではいよいよ本式の祭礼の初日で、撥の音は高潮に達していた。ひそかなざわめきが彼らの間に起こった。聞こえてくる旋律は、肉体のリズム的衝動にしたがっていた。肩を上下に動かし、自然と掌《てのひら》をひらひらさせる、あの黒人の陶酔的な舞踊本能をそのかさずにおかないものだった。

黒人兵士たちは、恍惚《こうこつ》として太鼓の音を聞いていた。その単調な、原始的な音楽は、ここに来るまで雑多に入りまじり、違音性の統一した鈍い音階となってひろがってきた。彼らは頸《くび》を傾《かし》げ、鼻孔を広げて、荒らい息づかいをはじめていた。

兵営《キャンプ》の周囲は土堤《どて》が築かれ、その上にとがった棘《とげ》の鉄線の柵《さく》が張りめぐらされてあった。見張台からは照射灯が地上に光を当てていた。しかし、これはふだんから兵士の脱出をさまたげなかった。というのは、土堤のところどころには、排水孔の土管がはめこんであり、兵営の庭から道路脇《わき》の溝に通じていたのだ。土管は、大きな図体《ずうたい》の人間が一人はって行くに十分な直径をもっていた。兵士たちは、夕方からこの土管を通って外出し、一夜を女のところで過ごし、早朝に土管から帰営するのであった。幸いなことに、土管の出入口は照射灯の光の届かない暗部にあったから、行動は自由であった。日本の旧軍隊の苛酷《かこく》なまでに厳しい内務規律を経験した者には、すぐに納得できぬことだったが、動哨《どうしょう》のときにも銃を肩にずり上げて煙草《たばこ》を口にくわえ、腰かけている懶惰《らんだ》なアメリカ兵の姿態になれてきた目には、そのような脱柵も奇異には思えなくなった。土管は兵士たちの夜の通用口《パス・ゲート》であった。

七月の灼《や》けるような陽が沈んで、空に澄明《ちょうめい》な蒼《あお》色の光線がしばらくたゆたっていたが、それが萎むと急速に夜がはびこってきた。遠い太鼓の音は熾烈《しれつ》を加えて、暮れたばかりの夜の帯をわたってきた。日本人の解さない、この打楽器音のもつ、皮膚をすべらずに直接に肉体の内部の血にうったえる旋律は、黒人兵士たちの群れを動揺させて、しだいに浮足立たせつつあった。彼らは二日間もその呪術的な音を耳にためていたのだ。

風が死に、蒸暑い空気がよどんでいる九時ごろであった。兵士たちの影が（通用口）の入口にひっそりと集まった。彼らは高い背をかがめ、土堤の陰にうごめいていた。一人ずつが土管の筒の中をはって膝《ひざ》で歩いた。土管は物にふれあって金属性の音を立てた。音は靴の鋲《びょう》ではなく、もっと重量のある音響をたてた。自動小銃の台尻《だいじり》や、腰の拳銃《けんじゅう》が土管を引っかく音だった。いつもの疎《まば》らな、白い顔をした兵士の陽気な（外出）ではむろんなかった。

太鼓はあいかわらず聞こえてくる。黒い兵士たちは土管の入口で順番を待ちながら、肩をふるわせ、拍子をとって足踏みしていた。自動小銃と手榴弾《しゅりゅうだん》がそれぞれの幅広い背にあった。武装は完全だった。死を回避する恐怖は、抑圧された飢えをみたす本能に流れを変えていた。見張台の照射は、土堤の草や、石ころ道や、田圃《たんぼ》の一部をむなしく輝かしていたが、その間隔の暗闇には、黒人兵士たちがしだいに黒い影をふやしつづけていた。太鼓の鈍い音律が、彼らの狩猟の血をひき出した。この狩猟には、蒼ざめた絶望から噴き出したどす黒い歓喜があった。

兵営の位置は、小倉の街の中心から南に寄っていた。東には四〇〇メートルぐらいな山脈があり、西にはもっと低い丘陵があったが、間はかなり広い平野になっていた。兵営の北側は街に近く、そのほかの側は田圃や畑の中に、聚落《しゅうらく》や村落が散在していた。農家もあり、市街の郊外をかたちづくった住宅群もあった。蒸暑い夜のために、それらの灯は雨戸にさえぎられることもなく、暗い闇の中に密集したり、はなれたりして光っていた。

黒人兵たちは、その灯を目標に歩いた。地理は皆目わかっていなかった。それは数日後の彼らの生命がわからないのと同じであった。彼らは、知らされなくても、海の向こうの戦況に敏感であり、米軍の一歩一歩の敗退が、彼らの生命に直接かかっていることを知っていた。退却する味方と、追ってくる敵との隙間《すきま》に、彼らは投入されるのだ。木が焼かれ、砲車の破片が散っている戦場に腕と脚とをもがれて横たわっているおのれの姿の想像は、ある確率で彼らの胸にせまっていたに違いないが、その現実までには、百数十時間か、それ以上の距離がまだあった。彼らは、一時間でも一分でも、そこに近づく意識を消そうとかかっていた。それは祈りに近いものだった。もともと、アフリカ奥地で鳴らす未開人の太鼓には、儀式の祈りがある。彼らの祖先がアメリカ植民地開拓の労働力として連れてこられたとき、白人から教えられた神の恵みに感激し、奴隷《どれい》の束縛された生活のうちに光明を見いだして創造した黒人霊歌《ニグロ・スピリチュアル》にも、アフリカ原始音楽のリズムが、神とは別な、呪術的な祈りのリズムが流れて潜んでいる。——

太鼓はやまずに遠くから鳴っていた。鈍い、呪文的な音だった。黒人兵士たちは生命の絶望に祈ったのかもわからなかった。彼らは、道をかまわず歩いた。靴は、伸びた草をたおし、田圃をつぶして、人家の灯を目ざして歩いた。狩猟的な血が彼らの体にたぎりかえっていた。闇は、狩猟者のはいくぐって行く森林であった。

黒人兵たちは五六人が一組だったり、十五六人が一組だったりした。統一はなかった。白人兵は一人もいずに、黒人兵の将校もまじっていた。彼らは兵営の西南部の広い地域にかけて、数々の村落に散った。自動小銃をにない、手榴弾を背負った兵士の群れは、どれくらいの組に分かれていたか見当がつかなかった。誰が誘い誰が誘われたということでもなさそうだった。彼らは一組ずつの単位で行動していたが、組と組の間は連絡もなく、命令者もなく、ばらばらであった。言えそうなことは、彼らが戦争に向かう恐怖と、魔術的な祈りと、総勢二百五十人の数が統率者であったことだった。

空は晴れ、山の上のさそり座が少しずつ位置をずらせていた。

前野留吉は、家の中にいて、遠くで人の騒ぐ声を聞いた。話し声は、はっきりしなかった。

「祭から近所の誰かが戻ったのかな」

留吉は、蚊帳《かや》の内で読んでいた本から顔を上げて耳を傾けた。

妻の芳子《よしこ》は、電灯の下で留吉の作業服のつくろいをしていた。留吉は近所の小さな炭坑で事務員として働いていたが、この炭坑はいつつぶれるかわからない不況にあった。

家は、六畳と四畳半の二間であった。家賃が安いのは、家が古いのと場所が辺鄙《へんぴ》なためだった。近所は五六軒あったが、互いに畑で離れていた。前は道路で、向かい側に田圃がひろがっていた。

芳子は、針をとめて声に聞き入るようにした。声はすぐに静かになった。

「大村さんとこでしょうか」

彼女はシュミーズ一枚だけで、髪の生えぎわに汗をうかせていた。蚊が耳もとで羽音を立てて通ったので、顔を振って柱の時計を見あげた。十時が過ぎていた。大村という家は、一〇〇メートルぐらい離れて十五六戸ばかりかたまった中の諸式屋だった。日用品も、菓子も、果物も、酒も、日に三回通うバスの切符もその家で売っていた。

「遅くまで行っていたんだな」

留吉は雑誌を一枚めくって言った。

「もう、祭も今夜は終わりごろだろう」

芳子は、そうね、と言った。もう太鼓の音は聞こえてこなかった。

「表の戸は閉めたか」

留吉は言った。

「いま、閉めるわ」

芳子は言った。

「戸を閉めると、やっぱり暑い。もう少し風を入れておくか。いや、そういえば今夜は風がちっともない」

このとき、遠い距離から炸裂《さくれつ》の音が二発起こった。ずいぶん遠方からで、音は小さくてみじかかった。

「いまごろ、花火を上げていやがる」

その声の下から、もう一発きこえた。音は前よりも低く、暗い夜の底を通ってきたような感じであった。

「何だか、いつまでも騒々しいな」

留吉は雑誌を投げ出し、髪を指立てて掻いた。花火のことだけではなく、さっきのざわざわした声をまた聞いたからであった。こんどはもっと近くだったが、あいかわらず言葉の正体はさだかでなかった。

隣の小屋の鶏が羽根をたたいて駆ける音がし、犬が吠《ほ》えた。靴音が乱れて地上に響いた。口笛が低くした。

戸が鳴ったとき、留吉は蚊帳の中で起きあがり、四つんばいになって、表に来た、ただごとでない物音を判断しようとしていた。芳子は立ちあがっていた。

表の声は、騒音をやめたが、一つの言葉がはっきりと飛びこんできた。

「コンニチハ、ママサン」

声は咽喉《のど》から発音したように異様で複雑であった。

「あんた、進駐軍だわ」

芳子は夫に向かって言った。まだ怖《おそ》れはなかった。このあたりには、ときどき、米兵が女を連れて通りかかり、物を売りつけることがあった。

「いまごろ来て、しようがないな」

留吉は蚊帳から這《は》い出た。ランニング・シャツにパンツ一枚だけだった。彼は、表の暗いところに大きな男が五六人かたまって家の中を覗《のぞ》いているのを見た。

留吉の背後の薄い電灯が、大男たちの目を反射していた。体全体は影のように暗かったが、目だけは紙をはったように白かった。その目がみんな留吉に向かって剝《む》かれていた。

「パパサン、コンニチハ」

一人が、太くて渋い声で言った。五六人の雲つくように高い背は、身動きもせずにせまい入口にかたまっていた。

留吉は黙ってうなずいた。

「ビール」

と、大男はいきなり注文した。

「ビール、ナイ」

留吉は手を振った。この返事を聞いて、はじめて彼らの静止した姿勢が動揺した。

「サケ！」

一言叫ぶと、大男は靴音を立てて、ぐっと留吉の前に顔を突き出した。貝殻の裏のように光沢のある白い目が電灯に映えてきらめいた。そのほかの鼻も頬も顎《あご》も真っ黒であった。厚い唇だけが桃いろがかって色がさめていた。その唇から酒臭い息が留吉の顔をうった。

「サケ、ナイ。ナイ」

留吉は手をあおぐように振った。はじめて彼は、相手がいつもの調子と違っているのに気づき狼狽《ろうばい》した。背中に銃を負っているのが目にはいると、不安が急激に湧《わ》いてきた。

後ろにいる男が、何か早口でしゃべった。犬が咽喉で啼《な》いているような声だった。その言葉は短く、それに応《こた》えたような三人の声はもっと短かった。

留吉は強い力で突きとばされた。大男たちは靴を畳に踏みつけ、障子を鳴らしてあがってきた。

芳子は蚊帳の陰に走りこみ、立ちすくんだ。一人の黒人兵は太い指で彼女をさし、げらげらと笑った。青い蚊帳の傍で、彼女の白いシュミーズがふるえていた。黒人兵たちは口笛を鳴らした。

「カモン、ママサン」

と、一人が黒い指で下からあおぐように手招きした。彼らは暗緑色の軍服を着ていたが、それが体に密着して皺《しわ》が立たぬほど図体が張っていた。広げた胸元の皮膚は黒光りがしていた。彼らは芳子を覗いていたが、一人が畳の上で足踏みした。この小さな舞踏は、家中の建具をふるわせた。

留吉は、黒人兵たちの前に立った。彼の背はすぐ前の男の胸までしかなかった。彼は上から圧縮されながら叫んだ。

「サケ、ない。帰ってくれ」

黒人兵たちは、目を留吉に移した。彼らは肩の自動小銃のベルトに手をやり、それをずりあげた。戦闘帽をとって天井にほうりあげた。髪は焦《こ》げたように縮れていた。留吉は真青になった。五六人の黒い兵隊からは、酒の臭《にお》いと、すえた動物的な臭いが強烈に発散していた。

二人の兵は体を折りかがめて狭い台所におりた。懐中電灯の光が揺れて移動しているのが、ここからも見えた。戸棚の崩れる音や、器物の割れる音がした。それは十分間もつづいた。

二人の黒人兵が戻ってきたとき、一人は手に五合瓶をさげて、それを友だちに高々とさしあげて見せた。青い透明な瓶の上部には、猿のような黒い指が巻きつき、瓶の底には二合ばかりの液体が揺れていた。黒人兵たちは感嘆した。

留吉は、飲み残しの焼酎《しようちゆう》があったことを思いだした。忘れていたというよりも、まったくそれは頭の中になかった。兵隊の好物はビールという考えだけがあった。彼らが、今、二合の焼酎を持ち出してきたことで、留吉は内心で多少安心した。一つは、彼らの要求をともかくみたしたことである。二合を五六人が飲みおわるのはまたたくまに違いない。留吉は動悸《どうき》させながら、黒人兵たちの様子をうかがった。

彼らは、肩から自動小銃をはずして畳の上に投げ出し、そこにあぐらをかいた。腰にはまだ拳銃のベルトが巻きついていたが、それも邪魔そうに解《と》いた。胴が急にゆるんで腹が突き出た。留吉は気をきかしたつもりで台所から六個の茶碗《ちやわん》を重ねて持ってきてやった。動物に餌《えさ》をやって早く追いたてる算段だった。

一人がボタンをはずして暗緑色の上着を脱いだ。下にも同じような色のシャツを着ていたが、黒光りのする盛りあがった皮膚は、シャツの色をあざやかに浮かせて見せた。つぎつぎとほかの友だちがそれをまねた。巨大な六つの黒い山塊だった。

二合の焼酎は六個の茶碗に貧しげに分配された。彼らは、うす赤い唇にたちまちそれを流した。厚い唇の端からは滴《したた》りが顎に流れて光った。彼らは白い歯をむき、量感のひそんだ渋い声や鼻にかかった声で早口にしゃべりあった。その喧騒《けんそう》の中から、蚊帳を吊《つ》った奥で、かすかに襖《ふすま》の閉まる音を、留吉は耳ざとく聞いた。

黒人兵は、もう以前から酔っていた。どこかで飲んできたことは、彼らがはいってきたときからわかっていた。扁平《へんぺい》な鼻は太い鼻孔を押しひろげて正面からのぞかせ、暑そうに息づいていた。

一人が空瓶をとると、そこに突ったっている留吉の方へかかげて見せ、何か言った。留吉は首を振った。自然と彼の顔には卑屈な笑いが出ていた。突然、瓶は宙をとび、留吉の立っている横の簞笥《たんす》に当たって砕けた。留吉は色を変えた。

「ママサン！」

と、一人が膝を立てて立ちあがった。目が蚊帳の方に向かい、大きな体が揺れていた。すわっていた間に、今までの酔いが出たのか、足がふらついていた。

「ママサン・ノウ」

と、留吉は言った。彼はさっきの襖の閉まる音で、芳子が押入れに這いこんだことを察していた。ノウというのは、いないというつもりだった。

「ノウ？」

黒人兵は、おうむ返しに言い、胸を張り、深呼吸するように両肩をあげた。この男の目は異様に光って留吉を見すえた。黒い、しまりのない、まるい顔にも、はっきりと日本人同士のように敵意の表情が見えていた。彼は、留吉の言葉を、正直に拒絶《ノウ》とうけとったらしかった。すわっている一人が、いきなり笑い声をあげ、一人が名前を呼んで声援した。

留吉は目の前の男が緑色のシャツを脱ぐのを知った。留吉は恐怖におそわれ、逃げようとしたが、芳子が押入れに隠れている理由で生唾《なまつば》のんで踏みとどまった。

シャツを脱いだ男は、上半身を裸体にした。真っ黒く盛りあがった肉が犀《さい》の胴体のようにはれあがっていた。それは黒の鞣革《なめしがわ》みたいに、動くと鳴りそうだった。留吉の目には、正面の黒い中に桃色の一羽の鷲《わし》が翼を広げているのが見えた。鷲の首は、みぞおちの上部に嘴《くちばし》を上げ、翼を両乳に伸ばしていた。

黒人兵は、その刺青《いれずみ》を自慢そうに見せると、手をズボンのポケットに突っこみ、掌《てのひら》の中に握りこむように何かを取り出した。彼は留吉に向かい、片一方の肩をそびやかし、背を少しかがめて、握ったものをぱちんと鳴らした。その金属性の音といっしょに、光った刃がはね出た。

留吉はその場に棒立ちになった。血が足から頭に逆流した。膝から力が脱け、頭の中が助けを求めてわめいた。体中から汗が噴いた。彼らは口々に何か言いあい、蚊帳のあるすわっていた五人が騒いで立ちあがった。薄い布団《ふとん》が靴で蹴《け》りあげられた。留次の間へ大股《おおまた》で行った。青い蚊帳は切れて落ち、薄い布団が靴で蹴りあげられた。留吉は無意識に動こうとしたが、目の前に立ちはだかった黒人兵は、ナイフを握った手の肘《ひじ》を引いてあげた。

襖が倒れる音がし、芳子の叫ぶ声が聞こえたとき、黒人兵たちは歓声をあげた。彼らは野鳥のような声で啼き、口笛を鋭く吹いた。

「あんた、あんたあ」

と、芳子は叫んだ。留吉の立っている位置からは、芳子の姿はわからなかった。留吉は口の中に汗を吸いながら叫んだ。

「逃げろ、早く逃げろ」

しかし、芳子の体が黒人兵たちに捕獲されていることは留吉にもわかっていた。彼は無駄を叫んでいるにすぎなかった。家が地響き立てていた。芳子は悲鳴を上げつづけた。黒人兵たちは、上ずった声で笑い、きれぎれの言葉を投げあっていた。

留吉は、突然、

「エム・ピー」

と言った。ＭＰに訴えるぞと、とっさに口からほとばしり出た言葉だった。この言葉は、予期しない効果を黒人兵たちに与えた。まず、前に仁王立ちになって留吉を見すえつづけていた男の目が、不安そうに表の方に向かって動いた。

同時に、四人が次の間からぞろぞろと出てきた。彼らの顔も暗い外をさし覗いていた。四人という数は、一人だけが居残って芳子を抱きすくめているに違いなかった。彼らは声をおとして、互いに話しあった。留吉の見張番も、彼の方を気にしながら、その話に加わった。彼らの話は、早口で、気づかわしげだった。電灯の光を受けると、胸の鷲は、翼の桃色を黒地の中に浮き出していた。

その中の一人が表に走り出た。靴音が暗い外で忙しく歩きまわった。家の中の黒人兵たちは、押しだまって寄りかたまり、斥候《せっこう》の様子を息をつめたふうに見まもった。

留吉は、助かるかもしれないと思った。黒人兵たちが、このまま引きあげるかもしれないという一抹の希望を逆上《のぼ》せた頭に描いた。芳子は口でもおおわれているのか、呻《うめ》きをもらしていた。そこだけが、まだ物音を激しく立てていた。留吉は、妻に声をかけるのを控えた。下手にこの場で何か言ったら、黒人兵たちの怒りを買いもどしそうなので、そのことだけを恐れた。

斥候が外からもどってきた。この男は、皆の中でも、とりわけ背が高く、広い肩をもっていた。彼は五人の友だちに、渋いだみ声で手を振りながら話しだした。五人は白い目をいっぱいにむいて聞き耳を立てた。斥候の話は、多分、外は暗い夜がよどんで一帯を閉じこめているだけで、MPのジープなどどこにも走っていないことを報告したに違いなかった。実際、外は、耳鳴りがしそうなくらい静かであった。

斥候の役目をした一番の大男は、また誰よりも興奮していた。彼はだまされたと思ったらしかった。留吉の顔をにらみつけると、唾をとばして、火がついたようにわめいた。嘘《うそ》をついたと罵倒《ばとう》していることは、留吉にもわかった。留吉は絶望してそこにへたへたとすわりこみそうになった。その前に、彼の顎は殴られ、彼は目まいして倒れた。

五人の黒人兵は次の間になだれこんだ。芳子の声がまた起こった。黒人兵たちは、声を上げ、口笛を添え、足を踏み鳴らした。留吉は頭が朦朧《もうろう》となった。その半分の意識の喪失は何分間かわからなかったが、彼は体に縄が巻きついたことで、また正気に返った。

手が背中に回され、縄が胸から肘にかけて食いいった。飛出しナイフは目の前一尺のところで畳に突き立って光っていた。汗が留吉の目や鼻に流れこんだ。咽喉が痛いくらいに乾いた。

いつのまにか、黒人兵たちがズボンを脱ぎ、パンツだけになっていた。五人が黒い肉塊を電灯の光に輝かしていた。彼らは安心しきって、これからの供宴に陶酔しようとしていた。六人のうちの一人は芳子を取り押えているに違いなかった。芳子は、息の切れそうな声をあげ、黒人兵の妙にもの優しげな、なだめる声がまつわっていた。五人の黒人兵たちは、白い歯をあらわして留吉をわらった。彼らは垣をするように、次の四畳半の入口の前に立っていた。立っていたが、少しもじっとしていずに、絶えず体と足とを動かしていた。彼らは苛立《いらだ》っていた。みなが順番を待っているのだった。彼らは足踏みし、互いの肩をたたきあった。足踏みは旋律的にうつった。

こうした間にも、彼らの口はちょっとの休みもなかった。げらげら笑いはとめどがなかった。笑いには、あきらかに引きつったような興奮があった。声ははずみ、黒い顔は漆をかけたように汗で光っていた。

裸体になると、彼らの胴はふくらみ、腹が垂れていた。猿の胴体のように円筒型だった。一番の大男は、留吉の前に立ちはだかって、肩を律動的に上下させた。みんな足拍子をとって跳ねた。隣の部屋では、一人の黒人兵が呻きをあげた。彼らはその方に向かってはやしたてた。口々に名前を呼び、口笛を鳴らし、わめいた。

大男は、我慢できぬというように、ひとりで踊りだした。彼の黒い胸には、赤い色で女の裸体の一部が彫りこんであった。盛りあがった両の胸乳の凸部を利用して、赤い絵は立体的に見えた。彼は、体をちぢめたり広げたりした。その皮膚の皺の伸縮のたびに、刺青《いれずみ》の女陰の形は活動した。彼は、そのしぐさをかねて得意としているようだった。ほかの黒人兵は腰と足を動かしながら、歯をむいて、その男の厚い胸を見物した。黒い鞣革の地肌に、女陰の形の絵は桃色がかって浮きあがり、生き物のように動いた。

隣から黒人兵が名前を呼んだ。五人の中の一人が急いでそっちに行った。彼はこのなかでも一番の小男だった。ほかの四人は彼の背中に声を送った。順番を得た小男はそれに手を振った。

四人は、また五人になった。それは番を終わった男が新しくはいったからだ。彼はあきらかに白人の血が混じっていて、ただひとり高い鼻をもち、皮膚も灰色にさめていた。それだけに彼は美男であった。彼はその高い鼻を反らせて、パンツをずり上げ、皆に、にやにやと笑ってみせた。それから、目を留吉の顔にやると、ちょっとの間だが、弱々しい目つきをした。その男の手の甲には淡紅色のハートが描かれ、UMEKOと女の名が斜めにのっていた。

芳子の死ぬような声はやんでいた。黒人兵の声だけがあえいで呼んでいた。こちらの五人の喧騒の中に、それはきれぎれに聞こえた。留吉は、体中に火を感じていた。

一時間近い暴風が過ぎた。そのあとは畳中が泥だらけになり、雑多な器物が洪水の退《ひ》いたあとのように散っていた。障子も、襖も倒れていた。

留吉はひとりで縄を脱けた。それは黒人兵たちがいなくなったので操作が大胆になったからだ。自由になると本能的に表へ走って戸を閉めた。黒人兵たちがふたたび侵入してくる気づかいよりも、近所の誰かが忍び寄ってうかがいに来はしないかという懸念《けねん》からだった。彼は、それから水を飲んだ。汗が体中に流れていた。動悸が苦しく打ち、立っていることができぬくらい足が萎《な》えていた。

留吉は這うように畳の上を歩き、隣の部屋に行った。芳子の声は長いことまったくしていなかった。覗きこむと、青い蚊帳《かや》の波の上に、白い物体が横たわっていた。芳子は、髪を炎のように立てて、頸《くび》を投げ出し、ボロぎれのように横たわっていた。顔が歪《ゆが》み、白い歯を出して口をあけていた。意識はなかった。下着はまくれ、頸のところに押しあげられて輪のようにかたまっていた。乳も腹もむき出し、足を広げていた。下腹から腿《もも》にかけて血が流れていた。

留吉の頭から正気が逃げた。周囲が傾き、ものの遠近感がなくなった。彼は妻の体の上にかがみこみ、両手に頬をはさんで揺すぶった。芳子の艶《つや》を失った蒼《あお》い顔は、そばかすが気味悪く浮き出ていた。

「芳子、芳子」

留吉は呼びつづけた。声が思うとおりに出ずに、かれて自分のものとは思えなかった。

やがて芳子は顔をしかめ、歯の奥から呻《うめ》きをもらした。頸が動いた。彼女は自分の体の上に乗った重量を払うような格好で、背を反らそうとした。

「芳子、おれだ。芳子」

留吉は声をつづけた。芳子は黒ずんだ目《ま》ぶたを薄く開いた。鈍い白い目だった。彼女は留吉を識別したようだったが、返事をしなかった。ただ低い声だけを笛のようにもらした。

留吉は、妻の傍から離れて、畳を踏んだ。足がもつれて思うとおり歩けなかった。彼は台所に降りて、小さいバケツに水を汲《く》んだ。この単純な動作も自由ではなかった。彼は畳の上に水をまきながら妻のところにもどった。

彼はタオルを三枚ばかりバケツに漬け、水をしぼった。手に握力がなかった。それから、しゃがみこんで、ぼたぼた雫《しずく》の落ちるタオルで芳子の腹と股の間をふいた。タオルは血で真赤になった。それを取りかえてはふいた。芳子は、歯の間から呻き声をもらしながら、両足を突っぱって、彼のなすままになっていた。動物的な臭気が彼の鼻をついた。

嬰児《えいじ》が粗相したとき、母親がするような操作を彼はつづけた。あるいは、死人を棺《かん》に入れる前にする湯灌《ゆかん》を連想させた。妻の皮膚をふききよめながら、彼は現在のこの瞬間が現実とは思えなかった。少なくとも現実の中に彼があるとは思えなかった。いったい、自分が何をしているのか、どうしてこの位置にいるのか、目的は何なのかわからなくなった。つまり、自己というものが、ふっと遠のき、妻との間隔すら、つながりがぼやけてきた。頭の中に狂躁《きょうそう》が渦巻き、その遠心力が彼の思考をあらぬ方に放《ほう》擲《てき》して弛《し》緩《かん》させたようにみえた。屈辱も、醜怪も、そのぎりぎりの極限におぼれているときは、無音のようにそれを意識せぬもののようだった。

留吉は、芳子の体の上にたくれた下着をひきさげた。その下着も裂けていた。彼は彼女の浴衣《ゆかた》をとってその上をおおった。蚊が群れてきたので、彼はよじれて落ちている蚊帳を吊った。泥が突然に落ちた。畳にこぼれるその音で、彼ははじめて現実にかえった。彼らが蚊帳にのこした兵隊靴の泥が出来事を証明させた。ふしぎだが、そこに陶器のように横たわっている彼女の実体よりも、周囲の痕跡《こんせき》が現実を思い知らせた。

表に走り出ると、暗い夜はいつも見なれたままで、森や畑を閉じこめていた。遠くの空がぼうと明るいのは街の方角だった。その方向にむかって彼は駆けた。息切れがし、膝《ひざ》の関節ががくがくした。

どこかで花火の音がした。花火が今ごろ鳴るわけはない。黒人兵たちが侵入してくる前に聞いた音と同じであった。

どの家も雨戸を閉ざして灯がなかった。右手に池が青白く浮かんでいた。黒い林がかたまり、ほの白い道がその間を通っていた。

突然に横から人間の影が二三人とび出した。留吉は、はっとなった。

「どこに行くのか?」

はっきりと日本語でとがめてきた。彼らは鉄兜《てつかぶと》をかぶり、拳銃《けんじゅう》を吊っていた。懐中電灯の光を留吉の顔の正面に当てた。留吉は目がくらんだ。心臓が破れるように打った。

「警察ですか?」

と、留吉は息を切らして言った。

「そうだ。何かあったのかね?」

警官は三人とも留吉の周囲につめよった。それは、そのことが起こるのを予期したような問い方だった。

「黒人兵が来たのです。いま駐在所へ行くところでした」

留吉はあえいで答えた。

「まだ、いるのか？」

警官はすぐにきいた。黒人兵のことを知っているような口ぶりだった。

「もう帰りました」

留吉は答えた。

「何時ごろだ？」

「今から二十分ばかり前です」

「何名で来たかね？」

横の警官がきいた。

「六名でした」

「ふむ」

その警官は手帳をとり出した。別な警官は懐中電灯を手帳の上に向けた。

「あんたの名前は？」

留吉は、すぐに出なかった。答えを押さえるものがどこかに動いていた。思いがけないことをきかれたような気になった。

「名前はどういうのだ？」

警官はうながした。留吉は唾《つば》をのみこんで答えた。

「前野留吉です」

警官は、住所とその名前を二度きき返して帳面につけた。

「どういう被害があったのかね？」

警官は、留吉の顔をのぞいて言った。その声音に好色的なものが露骨に出ていた。

「酒を――」

と彼は、相手の臭《くさ》い息を避けるように、顔をしかめて言った。

「酒を、上がりこんで、飲んでいったのです」

瞬間、いったい何を訴えに駆けだしてきたのか、という反省が彼の頭の中を過ぎた。こんなことを告げに駐在所に行こうとしたのではなかった。すると、反省が別な反省を呼びおこした。熱い湯に流れこんだ一筋の水に、さらに冷たい水が底から割って出た状態に彼の頭の中は似てきた。混乱が、本心を裏切った方向へ急激に凝固した。

「被害は、それだけかね？」

警官はふたたび懐中電灯の光を留吉に当てて見つめた。いかにも、それだけですむはずはないと言いたそうな口ぶりだった。

「それだけです。酒を飲まれただけです」

留吉は悲しそうに答えた。精一杯、悲しく言ったのは、それだけを強調してほかのことを悟られまいという用心からだった。勝手に、習性的な常識がおどり出て、その答弁を警固した。

「家族は？」

「妻と二人だけです」

彼は頭が鳴るのをおぼえながら答えた。

うむ、と警官は咽喉《のど》で返事し、鼻をこすった。

「奥さんに何か乱暴をしなかったかね？」

「いいえ」

と、留吉はすぐに答えた。

「兵隊が酒を飲む間に、妻は裏から逃げていました」

警官は不満そうに黙って、もう一度、留吉の名前をあらためるように見た。警官はあきらかに疑っているようだった。三人とも、互いに何も話をしなかった。

「よろしい。明日、見に行く」

と、そのうちのおもだった警官が言った。彼は甲高い声をしていた。

「今晩は帰んなさい。危険だから、よく戸締りをしてな。もう、外を出歩いてはいけない。街は全部、交通を遮断している」

留吉は、はじめて警官が鉄兜をかぶって、こんな場所に立っている理由を知った。

「あの黒人兵が、どうかしたのですか？」

被害は自分だけではなさそうだという奇妙な安心が、彼のどこかに押しひろがった。

「君のところにはいったのは五六人だが、全部で三百人ぐらいの黒んぼの兵隊が脱走したのだ」

警官は教えた。

「まだ、捕まらんのですか？」

彼はきいた。

「捕まらん。奴《やつ》らは自動小銃も手榴弾《しゆりゆうだん》も持っている。われわれでは手がつけられない」

暗い空に光ったものが見えた。それが消えると、花火の音がした。

「どっちが撃ったのかな」

警官がその方向を向いて言った。

「MPが出ているのですか？」

留吉は体の中がずんとしびれた。

「MPだけじゃおさまらん。兵営《キャンプ》から二個中隊が出動しているのだ。数十台のジープに乗ってな。ジープの先には機関砲がとりつけてある」

警官は興がって言った。

「祇園《ぎおん》の晩だというのに、えらい余興がついた」

「ちょっとした反乱だな」

別の警官がおもしろそうに言った。

「MP司令官は、脱走兵が言うことをきかなければ、機銃で殲滅《せんめつ》すると言っている。白人と黒人は仲が悪いからな」

このとき、北の空が輝いた。

「照明弾だ」

と、警官が叫んだ。

「おもしろい。やれ、やれ。やってくれ。ああ、野戦に行った時を思いだすなあ」

銃声が、散発的に、別な方角でも起こった。留吉は、はじめて、さっきからの花火の正体を知った。

彼は黙って警官の傍から離れた。足にかすかなふるえが起こっていた。

「おい」

と、警官が彼の背中から言った。

「黒んぼはその辺の山に逃げこんでいるからな。気をつけて帰るんだよ」

遠くで、ジープらしい車の走りまわる轟音《ごうおん》がようやく聞こえてきた。黒い木々と畑のあいだに、光芒《こうぼう》が動いていた。

家に帰ると、芳子は、もとのままで蚊帳の中に横たわっていた。呻きも聞こえず、身動きもしなかった。妻のその布団《ふとん》の上に盛りあがって置かれたかたちが、青い蚊帳の色を透かせて、留吉に妖怪《ようかい》じみて感じられた。

空気は、彼が出て行った時の状態でよどみ、彼はちょうど、古い水槽の中に舞いもどった魚のように肺の中にそれを吸った。

彼は蚊帳をまくってはいった。芳子は耳のところまで浴衣をかけて、体に巻きつけるようにして転がっていた。藍《あい》色のあじさい模様が皺《しわ》だらけによじれていた。縮れた髪の毛がばらばらに立っていた。彼は妻に近よりがたいものを感じた。

何分間か黙ったままでいた。芳子は死んだようにしていたが、彼女が醒《さ》めていることは留吉にもわかっていた。蚊がうなって、彼の耳もとを過ぎた。彼は寒さをおぼえた。

彼はすわったきりで動けなかった。少しでも動くと、彼の周囲に張った空気が揺れて、その波が皮膚を刺しそうだった。だが、動作だけがかならずしもこの状態を破ったのではなかった。やがて芳子が咽喉から嗚咽《おえつ》をもらしはじめた。すすり泣きはしだいに高まり、身もだえする男の声のような号泣に変わった。

「芳子」

留吉は妻の体に手をかけた。彼女の号泣がその手を誘ったのだ。うつ伏せになり、もがいている彼女の体は堅く、彼のさわった手ははじかれそうだった。

彼は、二度つづけて妻の名をよんだ。よぶというよりも、そうせずにはおかない強いられた力にひきずられた。それはあきらかに屈辱の本体が妻であり、自分は連累者《れんるいしゃ》であるという気づかない違和感が、もっと妻の屈辱に密着せねばとつとめさせたのだ。ここには夫と妻という因縁関係よりも、実体と縁との位置関係が感情の不平等をつくったのだ。

芳子は、跳ねるように体を回転させると、両手で留吉の帯をつかんだ。ひどい力だったので彼は倒れそうになった。

「死ぬ。死ぬ」

　芳子は顔中涙と汗だらけにして叫んだ。電灯の加減で顔がかげってよくわからぬが、鼻梁《びりょう》と額にだけ光が当たり、怨霊《おんりょう》じみていた。声音も熱い息も、知っている妻とは別な人間であった。

「死ぬことはない」

　と、留吉は叫び返した。

「おれが悪いのだ。おれが腑甲斐《ふがい》ないからだ」

　この言い方に彼はおぼれた。彼は妻の上に倒れて抱いた。彼の腕の中で、妻は小動物のようにあがき、体温を伝えた。

「死ぬ。明日にでも死ぬわ」

「死ぬな。おまえが悪いのじゃない。おれが男として意気地がなかったからだ。ゆるしておくれ」

　彼は妻の頸をひき寄せた。彼女は顎《あご》を反らせていたが、すぐに彼の顔に目をすえた。くらい影の中からその目は光っていた。彼を験すような目つきであった。彼のどこかに狼狽《ろうばい》が起こった。しかし、次の瞬間の芳子の動作は、狂って彼にしがみつき、声を上げて泣きだしたことだった。

留吉は、妻の体の上をおおった浴衣をはねのけた。彼女の脚が彼からのがれようとした。彼は自分の足でそれを押さえた。

こんな行為で妻の屈辱に同化しようというのか。留吉は激しい昂《たか》ぶりの中に、まだ妻に密着しようとする自分の努力を感じた。彼の胸板を汗が流れた。が、行為の同調はあっても、意識の不接着はとり残されていた。

昭和二十五年七月十一日夜の、小倉《こくら》キャンプに起こった黒人兵たちの集団脱走と暴行の正確な経緯を知ることは誰も困難である。記録はほとんど破棄された。

しかし、彼らが二十五師団二十四連隊の黒人兵であったことはたしかであった。二百五十名はその概数である。

彼らは午後八時ごろ、兵営から闇《やみ》の中に散って行った。手榴弾と自動小銃を持ち、完全武装をしていた。彼らは民家を襲った。夏の宵のことで、戸締りしていない家が多かったから侵入は容易である。武装された集団の略奪と暴行が、抵抗を受けずにおこなわれた。

日本の警察が事態を知ったのは、九時ごろであった。しかし、外国兵にたいしては、無力だった。警察署長は全署員を召集し、市民に被害が拡大しないことにつとめた。

市内から城野《じようの》方面に向かう一線は全域にわたって交通を遮断した。それからA新聞社のニュースカーで市民に危険を知らせ、戸締りを厳重にするよう警告した。これだけが、日本側の警察がとりうる最大限の処置だった。

暗い夜の街をニュースカーがわめいて走った。それでさえ報知には制約がある。駐留軍の集団脱走とはいえない。表現には曖昧《あいまい》さがあった。が、その曖昧さが、市民にかえって緊迫感を現実に与えた。戸締りをしてください、外出しないでください、とニュースカーは連呼した。

夜のふけるとともに、城野方面の民家からの被害の情報が次々にはいり、正式に小倉署に届けられたものだけでも七十八件に達した。いずれも暴行、強盗、脅迫《きようはく》の中立てだったが、表面に出さない婦女暴行の件数は不明である。届出の中には次のようなことがある。

会社員某の家では、二十五歳の妻と夕食中、突然、表の戸を蹴《け》破って四五人の黒人兵が侵入し、サケ、ビールと真っ黒な手を出したが、某が台所の一升瓶を差しだすと、彼らは銃を放りだして飲みはじめた。某はそのすきに妻を窓から裏の物置に隠したが、酒の後、妻を探した。部屋にいないことに気づいた一人の兵隊は、小銃の台尻《だいじり》で某をなぐり二週間の傷を負わせた。また、別の某の家では、妻が嬰児と二人で留守番しているところを黒人兵に踏み込まれ、泥靴で部屋を荒らしたあと、妻の体を飢《う》えた目つきで眺めていたが、一人がシュミーズの上から彼女の乳房を玩弄《がんろう》した。が、表にMPのジープの音が聞こえると、彼らはガラス戸を破って逃げだした。

しかし、届出にはかくされた何かがある。MPのジープが来たというが、MPの活動はそれほど早くはなかった。事実、婦女がそれ以上の屈辱をうけたという申立ては一件もなかった。黒人兵が下着の上から乳房を玩弄したという言葉には、もっと奥の隠蔽《いんぺい》がある。MPのジープが到着したというのも僥倖《ぎょうこう》すぎる。

MPの活動は緩慢であった。数十名が現場付近に来たが、なすことを知らない。完全武装の相手が二百五十名もうろついていたのでは、手出しができないのは当然だった。脱走兵が発砲すると、MPも応射した。しかし、彼らは自分たちではどうにもならぬことを知った。

二個中隊の鎮圧部隊が次に出動した。彼らは装甲自動車と、二〇ミリ口径の機関砲を積んだジープを走らせた。部隊の打ち上げる照明弾が夜空を照らし、両軍の射ち出す機関銃、自動小銃の弾曳《だんえい》は赤く尾をひき、銃声は森閑とした周囲六キロの地域に聞こえた。

脱走部隊の二十五師団のM代将が、この責任は自分にある、反乱兵の説得は自分がしよう、と言いだして、ジープに乗ったのは十一時過ぎであった。城野の北一帯は田畑地で、その暗黒の中を黒人兵たちが彷徨していた。数十台のジープがそれを包囲し、ヘッドライトを照射した。強烈な光芒の縞《しま》の交差の中に、黒人兵たちが草の茂みや、稲田の中から立ちあがった。草は光線に白く輝いたが、脱走兵たちは泥にまみれた黒い姿を鼠《ねずみ》のようにさらした。M代将は拡声器で彼らを呼んだ。

黒人兵たちは両手を上げ、人数のほとんどがキャンプに追いこまれたのは数時間後であった。彼らの背にはジープの機関銃が銃先を向け、車は彼らの歩くのと同じ速さで営門までしたがった。

彼らが、翌日、どのような処罰をうけたか誰も知らない。おそらく処罰は受けられなかったであろう。必要がなかったのかもしれない。彼らの姿は二日とたたないうちにジョウノ・キャンプから消えていた。小倉から港に通じる舗装された十三間道路を深夜に米軍の大型トラックが重量を響かせて快速で通過したが、そのようなことは珍しくなかったので、黒人兵たちが、いつ、どのようにして運ばれたか、市民の中で誰一人として知る者はなかった。

「この事件に悪感情を抱くことなく、今後も友好関係をつづけたい」という意味の、キャンプ小倉司令官の市民にたいする遺憾の短い声明文が、各紙の地方版だけにのった。

事件の当日から一二日たって、付近の山の中や森林の間をさ迷っている黒人兵の何人かを、MPや小倉署員が逮捕した。彼らは酒瓶やビール瓶をさげ、足をもつらせて歩いていた。疲労した白い目は哀願に光り、幼児のように無抵抗だった。

もはや、祭はすんだのだ。太鼓の音も終わっていた。——

二

（仁川にて一九五〇年九月十五日発ＡＰ）米海兵隊ならびに歩兵部隊は十五日、韓国西海岸の仁川に大挙上陸し、北朝鮮軍を攻撃中である。マックアーサー国連軍総司令官は早くからこの作戦の陣頭指揮をとった。

（米軍司令部二十六日発表）第十軍団は北朝鮮軍が三十八度線以南に奇襲攻撃を開始してからちょうど三カ月目にソウルを奪回した。

（第八軍司令部にて十月九日発ＡＰ）米第一騎兵師団の一連隊はすでに開城北方で三十八度線を突破している。

（中古洞《ちゆうこどう》十一月一日発ＵＰ）宣川《せんせん》から西北進した第二十四師団所属部隊は一日、満州と朝鮮の国境から直線距離で二十二キロ以内の地点に進出した。

（第八軍司令部にて十一月四日発表）第八軍当局は四日、北朝鮮西部戦線で少なくとも二個師団に相当する中共軍部隊が戦闘に参加していることを確認した。

（ワシントン十一月三十日発ＡＰ）トルーマン大統領は三十日の定例記者会見で「米政府は朝鮮の新たな危機に対抗するため、どうしても必要とあらば、中共軍にたいして原子爆弾を使用することも考慮中である」と言明した。

（平壌にて十二月一日発ＡＰ）平壌駐在の国連軍部隊は二日夜同市から南方への撤退を開始した。

（ＡＰ＝東京）米第八軍は五日、放棄した平壌から南方に後退したが、その東側は依然、中共軍百万の前衛部隊によって脅威されている。

（興南十三日発ＡＰ）東北戦線の狭い橋頭陣地にあった国連軍は十三日興南港から撤退中である。しかし、これは一刻を争う問題で、長津湖《ちょうしんこ》地区から国連軍を押し返した中共軍は、国連軍に最後の圧力を加えようと集結中と伝えられる。問題は興南港を見おろす雪の山々から中共軍が攻撃してくる前に、国連軍が無事に撤退できるかどうかということである。第十軍団諸部隊の兵力は、六万と推定されている。前線報道によると第十軍団諸部隊は十万の中共軍の包囲を脱出して東海岸に到着したが、その中には満州と朝鮮の国境に進出していた米第七師団の第十七連隊がはいっている。

（米第八軍前線十二月二十九日発表）米第八軍の情報将校たちは、過去数日間の戦闘状況からみて、中共軍の一部はすでに三十八度線を突破、開城、高浪浦地区にはいっているものとみている。

＊

一九五一年元旦《がんたん》の各新聞の第一面は、マックアーサーの日本国民に与えるメッセージを発表した。彼はその中で朝鮮の目下の戦局に言及し、世界平和をおびやかすいかなる侵略者をも、米国は撃破する決意のあることを語った。しかし、それから四日後の新聞は、米軍が、三十八度線を越えてきた中共軍のため、ふたたびソウルを放棄して、水原、原州の線に後退した報道を掲載した。

おびただしい米軍兵士の戦死体が北九州に輸送されている噂《うわさ》がこの一帯に広がった。風聞は部分的だが、卑近な具体性をもっていた。それがささやかれはじめたのは、去年の秋ごろからであった。

——彦島《ひこしま》沖に停泊した潜水艦の内で、戦死体の処理がおこなわれている。普通の人夫はいやがるので、門司《もじ》や小倉や八幡《やはた》の火葬場従業員たちが連れて行かれているそうな。

最初の噂は非現実的であった。が、従業員たちが徴発されたら、火葬場の業務はどうなるだろうと思案する前に、人びとはそれはほんとうに違いないと思いこんだ。米軍の機密ということのために、すべてが神秘に聞こえ、合理的に思えた。日がたつとともに、噂は少しずつ真実性を帯びてきた。

――門司の岸壁に横づけになった潜水艦からは、たくさんな兵士の死体が陸揚げされている。その作業はたいてい夜ふけにおこなわれるが、死体は船底に冷凍されているため、固体のように凍っている。その様子が干魚に似ているため、荷揚げ人夫たちは死体のことを《棒鱈《ぼうだら》》とよんでいるげな。

《棒鱈》はすさまじい数だということだった。灰緑色の軍用トラックが数台来て、それらを積みこむのだが、死体は棺《かん》にも納められず、外被に巻かれたままを積み重ねるというのだった。その堆積《たいせき》の上にカバアをおおって人目をかくし、小倉の補給廠《キャンプ》に向かってトラックは深夜の道路を全速力で疾駆するというのである。

戦死者の《死体処理》は補給廠の建物の中でおこなわれているという噂がそれにつづいた。ここでは火葬場従業員が退場し、それに従事する専用の人夫が話にのぼった。その特殊な作業のために、法外な日給にありついていることが人びとの関心を惹《ひ》いた。それは日給ではないというのだ。死体の一体につき八百円を支払われているというのである。

八百円。すると三体処理すれば一日に二千四百円になる。話は耳に聞いた人間の目をむかせるには十分だった。高額な収入である。その高い値段は、当然に人びとに作業の陰惨な内容を空想させた。砕けた死体や、腐爛《ふらん》した肉片を手づかみする嫌らしさが想像を官能的にした。その深刻さは、高価な報酬と同じくらいな比重があった。どんなに多く金をもらっても、そのような仕事はご免だ、というのが、たいていの人間が人前で吐く言葉であった。だが、やがて、たいそうな金になるという点に、人びとの興味から羨望《せんぼう》が、血球のように分離して凝結していった。戦争している米軍のことだから、それくらいな金を支払うのは当然であろうと、誰もが一体八百円の金額に疑いをもたなかった。

死体をいじる労務者はすぐわかるという者がいた。彼の体からは異様な臭気が発散するというのである。たとえば、電車の中などに乗っていると、その臭《にお》いで彼が死体の始末をする人間だと識別できる。臭気は何ともいえぬ嫌なもので、それは死臭ではなく、強い薬の臭いだというのであった。聞く者は、電車の座席にはさまってうつむいている、青ざめた男の顔を想像した。この場合でも、むろん、一体について八百円の計算が誰の脳裏からも離れなかった。

日がたつとともに、しかし、その計算は少しずつ訂正されていった。給金はそれほど高くはなく、せいぜい日給六百円ぐらいだと口から伝えられた。朝鮮から移送される戦死体はおびただしい数に違いないが、死体処理所に雇用を希望する労務者の数も増加したことをそれは意味した。風聞はしだいに実体のかたちをとってきた。

ラジオが夜九時のニュースを終わったあと、ときどき、こんな放送がつけたされた。

――登録労務者の皆さま。駐留軍関係の仕事がありますから、ご希望の方は今夜十一時までに小倉市職業安定所前にお集まりください。

夜の十一時すぎからどのような仕事がはじまるというのであろう。放送を聞いた市民の大部分がそれを知らなかったが、なかには、それが戦死体の運搬や処理に従う関係の仕事だとわかっている者もあった。だが、いかなることをするのか内容を知る者は少なかった。

しかし、ラジオのその告知はあまり長くはつづかなかった。朝鮮戦線では、中共軍に押し返されて、米軍が撤退をつづけていた。労務者を必要とする戦死者の数がへったのではあるまい。つまり、労務者の臨時募集の告知をラジオがしなくなったということは、駐留軍の死体始末の設備が恒久化したことであった。

事実、その死体処理所は城野補給廠《キャンプ》の広い敷地の一部にある建物が当てがわれていた。旧陸軍時代も補給廠だったが、これは二階建三棟と二十棟の倉庫の古びたものが死体の処理のために使用された。

建物の入口には“Army Grave Registration Service”(死体処理班)の標識があった。この略号のA・G・R・Sを日本人労務者は《エージャレス》とつづめて呼んだ。

建物の周囲の空地には、死体を詰めて運んできた空棺がいくつもの山に野積みされ、臭気は、風のある日は近くの民家まで流れてただよい、雨の降る日は地面を滓《おり》みたいに這《は》った。

A・G・R・Sは二重の警備で守られていた。普通の補給廠《キャンプ》と、死体処理班との建物の中間には警備兵が立ち、さらに内側を動哨《どうしょう》が歩いた。彼らは厚いガーゼを詰めたマスクをしていた。が、それだけでは強い臭気を防げるものではない。彼らは、死の建物にできるだけ背中を向けて呼吸し、薄荷の強いガムを噛《か》んだ。

A・G・R・Sの建物の区分は三つに分けられていた。それは作業の構成の必要かららだった。一つは死体の外景を取りあつかうところであり、一つは内景の解剖をおこなう場所だった。あとの一つは、これらの死体を貯蔵する倉庫だったが、むろん、これが一番大規模であった。

刺激的な臭気は屍室《ししつ》に充満していた。死臭を消すためと、防腐の目的のために、ホルマリンガスが濃霧のように立ちこめ、目を刺し、鼻に苦痛を与えた。ここに働く日本人労務者にも、医者のような白い上っぱりが与えられ、マスクと手袋が当てがわれた。のみならず、パンツまで支給された。一日に三度である。日に三回までとり換えねば、臭気の浸滲《しんじん》からのがれることができなかった。

が、マスクはもとより、薄いゴムの手袋さえも、日本人労務者にとっては、しまいには邪魔であった。それは慣れだった。死体にも、臭気にも古い労務者たちは順応した。上品なことをしていては、仕事ができないと彼らはつぶやいた。

　倉庫の冷凍室から、屍《しかばね》をかついでくるのが彼らの仕事の一つだった。それは簞笥《たんす》のように几帳面《きちようめん》に棚におさまっていたが、全体で何百体と引出しの中に横たわり、冷凍した空気を吸っていた。

屍を外景室まで運んできて台にのせるのが、労務者の第一段の仕事である。台は十二ずつ二列にならんでいた。どの台に乗せるかは軍医《ドクター》が突き出た顎《あご》や、長い指でそれを指図した。死体はまだ軍服をまとっていたが、どれも完全ではなかった。軍医は新しくのせられた台に向かって敬礼し、人夫たちはそれにならった。

外被をとり去り、下着を脱がせるまでが、ここでの労務者たちの仕事であった。傷つき、破壊された戦死者たちに屈《かが》みこんで向かうのは米軍の医者たちだった。労務者は脱がせた衣服を箱に詰めて退場した。血糊《ちのり》で真っ黒になって強《こわ》ばった布片は、一〇キロ離れた、もと日本陸軍の射撃場あとの山の中に運搬されて焼かれるはずになっていた。

外景室には三十人ばかりの日本人労務者が働いていた。彼らは、軍医の死体検査のすむのを待って、次の解剖室に送らねばならない。検査は精密で時間がかかった。軍医が調べ、下士官《サージャン》が記録をとった。死体は胸に真鍮《しんちゅう》の認識票をのせていた。顔面は破壊されていても、上に凹《へこ》みのある首飾りは、儀式の時のように同じ位置に揃《そろ》えられていた。むろん、番号《ナンバー》が刻まれている。認識票は、犬のさげ札《ドッグ・タグ》と愛称がつけられていた。番号は何千万台という長々しい数字であった。

認識票《ドッグ・タグ》のない不幸な死体だって、むろん、あった。持主自身が、たいていはその体の原形を失っていた。身長、歯型、レントゲン検査が丹念に調査された。下士官は、死体がまだ生きて戦争に出発する前に控えられた台帳によって引きあわせた。精緻《せいち》な鑑別であった。台帳の数字が、当人が生きていた時の痕跡《こんせき》であり、台に横たわった物体《ボディ》が死の遺留品だった。

長い確認の仕事が終わると、下士官は死体を次の内景室に持ってゆくことを日本人労務者に命じた。ここで労務者は二三人がかりで裸の死者を運搬車《キャリヤー》に移しかえ、次の部屋に運んだ。

この部屋にも三十に近い台が二列にならんでいた。ここは解剖室のように複雑だった。が、解剖ではない、組立てだった。

死体は、さまざまな形をしていた。弾丸が一個の人間をひきちぎり、腐敗が荒廃を逞《たくま》しくしていた。目も当てられぬこれらの胴体や四肢をつくろい、生きた人間のように仕立てるのが、この部屋の美しい作業だった。軍医はメスで切り開き、腐敗を助長する臓器をとり出した。台には水が流れ、きれいなせせらぎの音を立てた。せせらぎはいったん水たまりをつくり、それから小川となっている下水に流れた。臓器はその水たまりの中でもつれあって遊んだ。

四肢を合わせるのは困難で、熟練を要する作業だった。軍属の技術者が、部分品を収集し、考古学者が土器の破片で壺《つぼ》を復原するように人間を創《つく》った。

死者には安らかな眠りが必要だった。平和に神に召された表情で、本国の家族と対面させることは礼儀であった。それは死者の権利だった。死者は《無》でなく、まだ存在を主張しているに違いなかった。

臓器を取りのぞいた空洞には、これ以上の荒廃が来ないように防腐剤の粉末が詰められた。それから股《また》をひろげ、胯《こ》動脈にホルマリン溶液にまぜた昇汞水《しようこうすい》が注射された。上部に吊《つ》られたイルリガートルには透明な淡紅色の液体がみたされ、それが管を伝わって死体の皮膚の下に注がれた。すると、青白い死人の顔はやがて美しいうす赤の生色によみがえるのである。容器の液体がへるにつれ、それはうす紅の色ガラスがしだいにずりさがるさまに似ていたが、それだけ死者はしだいに生を注入された。赤味のさしてきた頰には、さらに桃色のクリームが塗られ、顔面は寝息でも立てているようにいきいきとして艶《つや》を出した。

だから解剖室は死者のよみがえる部屋だった。醜い亀裂《きれつ》は縫いあわせられ、傷あとはかくされた。苦悶《くもん》の証跡はどこにもない。お寝《やす》みを言って、いま横になったばかりのようだった。こうして死者の化粧の工作は完成した。

それから彼らは、寝棺に身を横たえた。函《はこ》の底にはベッドがあり、周囲の壁には銅板が貼《は》られていた。死者は柔らかい毛布二枚にくるまり、ガーゼと脱脂綿とドライイスが隙間《すきま》を埋め、芳香をもった防腐剤の粉末がまかれ、顔の部分だけが知人と挨拶《あいさつ》するためにガラス窓からのぞいた。三百ドルがこの豪奢《ごうしや》な棺の値段であった。死人はこの贅沢《ぜいたく》に満足して、軍用機に乗り、本国に帰った。

このような工作の技術は、整形と薬品の注入の工程がすんだあとは、すべて六十人ばかりの軍属の手でなされた。戦争が拡大し、戦死者のおびただしい数がこの北九州の基地に集積せられるにつれて、彼らは東京から派遣せられてここに来たのだ。だから彼らは極東軍直属だった。しかし、軍医も、下士官も、日本人労務者も、彼らを陰で《葬儀屋《アンダーテーカー》》と呼んだ。

しかし、《葬儀屋》がふえても、死体はそれ以上にA・G・R・Sに集中して堆積した。米軍は共産軍を押し返した時、前に敗退した際に地中に埋めて残した戦死者を掘り起こして移送してきた。それらはたいていゴムズックの袋や天幕に包まれていたが、中身の物体は半ば白骨化していた。それから腹が樽《たる》のように膨満した巨人の死体も混じっていた。もちろんこれはずっと新しいものである。米軍が三十八度線を踏み切り、中共軍のためにふたたび押し戻された最近の死者に違いなかった。

死体は倉庫の整理棚に三百ぐらいしか収容できなかった。一日の処理能力は、八十体が限度だった。軍医たちは、終日、いらいらしなければならなかった。

しかし、いらだっているのは、順番を待っている死人たちかもわからなかった。外にあふれた死者は早く引出しの中におさまって凍った空気に体を冷やすことを望み、棚の中の死者は早くここから出て化粧されることを主張していた。死者はぶつぶつとつぶやき、不平を鳴らしていた。

軍用機と船は、あとからあとから、新しい死者を運搬した。

歯医者の香坂二郎は、自分と朝晩、同じ電車にときたま乗り合わす一人の労務者に、いつか注意するようになった。

電車は小倉の市外を走る小さなものだった。朝夕は、勤人や学生を市中に運ぶためにひどく混む。が、混雑しない電車でも、その労務者はかならず車掌台に身をおいて冷たい風に吹かれていた。その男は草色の短い外套《がいとう》を着、裾《すそ》を絞り、兵隊靴をはいていた。その服装から香坂歯科医は彼がキャンプの駐留軍労務者であることを知っていたし、のみならず、A・G・R・Sの雇員であることもわかっていた。というのは、歯科医も死体処理班の日本人医師として勤務していたからだ。が、香坂二郎がその男の顔を知っているためではなく、別な理由からだった。

その男は、三十五六ぐらいに見え、ひしゃげた制帽の下には髪がきたならしく伸びていた。毛穴が粗く見えるほど艶のない顔色をし、笑ったことがなかった。笑う相手がないせいか、いつも孤独な姿勢でたたずみ、にぶい目でぼんやり走っている外を眺めていた。

香坂は、いつかこの男に話しかけたいと思っていたので、帰りの電車を終点で降りて、その男が背中を見せて歩いて行くのに追いついた。

「君の家もこの方角かね？」

と、香坂は道に人が少なくなってからきいた。

「そうです」

男は足の速度を変えずに言った。道の端には畑が凍っていて、寒い風が渡っていた。

「君は、エージャレス勤務だね？」

と、歯科医は重ねてきいた。

「そうです。僕は先生を知っていますが、先生も僕があすこで働いていることを知っていますか？」

男はちらりと視線を動かしてきき返した。目のふちにはソバカスの浮いた皺《しわ》がよれていた。

「君の顔は知らん」

香坂は答えた。

「じゃ、どうしてわかりますか？」

「死体の臭いがついているからさ」

「マスクや手袋を脱がないようにし、下着も毎日とり換えて気をつけているのです

「だめだ。爪《つめ》の間や、髪の毛の間からはいってくる」

歯科医は言った。

「あすこには、いつごろから来ているのかね?」

「三カ月前からです」

「よく、あんな仕事をやる気になったね?」

「失職したからです。勤めていた炭坑が貧坑でつぶれたのです。僕は事務屋ですから、よそに移っても、それほど金になりません」

「死体をいじる仕事は、それほど金になるのかね」

「月給一万六千円くれます。キャンプの労務者はエージャレスで働きたがっています」

「そうだってね。東京の失職者が話を聞いてわざわざ小倉に来たそうだ。もっとも、話というのは一日に六七千円にもなると聞いたものらしい。君は、もうあの仕事になれたかね?」

「何とかやってゆけそうです。はじめは嘔《は》きそうだったので、唾《つば》を吐いたら、下士官《サージヤン》にひどくどなられました」

「できのいい方だ」

と、歯科医は言った。

「死体侮辱で馘《くび》になった者がいる。おや、君はこっちの方かね？」

わかれ道に来たので彼は立ちどまった。男はうなずいた。

「この近くでは、前に見かけなかったね？」

「一ヵ月前に越してきたのです」

「その前は？」

「三萩野《みはぎの》にいました。補給廠《キャンプ》の近くです」

「よく家が見つかったな？」

「百姓家を間借りしています」

「家族は少ないの？」

「僕ひとりです」

歯科医は、男の年齢を確かめるように顔を見た。

「奥さんは？」

「別れました。一ヵ月前」

労務者は、もう草色の服の背中を見せて歩きだした。凍った雲が暮色の中に沈みかけ、それに向かって彼は寒そうに肩をすぼめ、前屈みに歩いていた。

あくる日、香坂歯科医は昨日の労務者を探しだそうと思いながら、仕事に追われて容易にはたせなかった。彼の仕事というのは、死体の部分から歯型をしらべ、台帳の記載と照合して氏名を捜索するにあった。無数の顎の部品が彼の前に詰めかけていた。歯科医は汗をかいていた。

仕事のきりがついたので、彼は気がかりなことを果たそうと思った。横の《人類学者》が小さく口笛をふいた。彼は白骨の頭蓋《ずがい》の測定を終わったところだった。

「いけない、これも朝鮮人《コーリア》だ」

歯科医は、それを耳に聞き流しながら立ちあがった。この部屋にはあの男はいないのだ。次の解剖室に彼は歩いた。

三十人ばかりの日本人労務者がたち働いていた。この中からあの男を探すのは容易だ。マスクと手袋を几帳面につけている仲間から選べばよかった。

その男は、黒人の死者を解剖台から降ろし、《葬儀屋》のところへ運んでいた。歯科医が肩に指をふれると彼は目だけをむけた。目のふちの小皺に特徴があった。

「なれたものだね」

と、歯科医は小声で話しかけた。

「死人がこわくないかね？」

「こわくありません。黒人が多いですから」

労務者は答えた。この返事は少しばかり歯科医をおどろかせた。灰色じみた黒い皮膚の方が、普通には無気味であった。

「なるほど、黒人が多いね」

と、歯科医は見まわして、当たりさわりのない同感をした。

「何を見ているのだ？」

「刺青《いれずみ》です」

黒地の皮膚は色があせていたが、点描の赤い色だけは冴《さ》えかえっていた。絵は、人間だの、その部分だの、鳥だの、組み合わせ文字だのさまざまだった。場所はふくらんだ胴と手首が多かった。

「外人の刺青は日本人ほど芸術的ではない」

と歯科医は言って、彼のある目《ま》ざ《な》しに気がついた。

「君は、刺青に趣味があるのか？」

「おもしろいからです」

と、労務者は目を笑わせないで答えた。

「おもしろいが稚拙きわまるね。おや、あれは踊り子だな」

歯科医は解剖台をわきから覗《のぞ》いた。頭を裂かれた死人は、胸から腹にかけてフラダンスを踊らせていた。股にホルマリン溶液が注入されているところだった。

「先生」

と労務者は言った。

「黒んぼの人相はみんな同じように見えて、見分けがつきませんね。けれど、刺青を見たらすぐわかりますね」

「そうだよ。刺青の鑑別方法だってちゃんとやっている。歯や、身長や、レントゲンと併行している」

「すると、台帳があるのですか?」

「ある」

答えてから歯科医は自分に向けている彼の目にふたたび気がついた。が、彼は黙って次の運搬の仕事にかかったので、歯科医は踵《きびす》をかえした。

その日の帰り、歯科医は、電車の車掌台で風に吹かれている労務者をまた見た。

道で、歯科医は労務者に追いついた。

「君の名前をまだ知らないね、何というの?」

「前野留吉と言います」

　と労務者は、だぶだぶの外套に手を突っこんだまま言った。

「君は黒人兵の刺青に興味がありそうだね？」

「探しているんです」

「探している？」

　歯科医はおもしろがった。

「台帳に控えがあるかもしれない。どんな絵がらかね？」

「いや、いいです」

　と、労務者の留吉は、わかれ道に来てから言い捨てた。

「僕だけでおぼえていることとです」

　香坂歯科医は、だんだん前野留吉と道づれになることを望むようになった。留吉は、いかにもむっつりとして愛嬌《あいきよう》がなかった。顔色は、どす青く、皮膚がかさかさに乾燥していた。生気というものがこの男には少しもなかった。だが、それは生活の疲れというようなものでないことを歯科医はよみとっていた。歯科医がこの無愛想な男と道づれになって話したくなったのは、彼の体から立ちのぼる、正体のわからぬ倦怠《けんたい》感であった。

　歯科医はその望みを実行に移した。電車から降りて数町の間の田舎道が、いつもの場所だった。ときには空が暗い背景だけのことがあり、ときにはオリオン座が山の端《は》からせりあがっている時もあった。

「奥さんと別れたのは」と歯科医は、あるとき、きいた。

「間がうまくいかなかったのかね？」

「僕も妻も、別れたくなかったのです」

　と、留吉は言った。

「それが、どうして？」

「そういう仕儀になったのです」

「深い事情がありそうだな。それじゃ、別れにくかったろう？」

「いや、早く別々になりたかったです。今はどうしているかな」

　留吉はつぶやいて言い、あとは黙ってしまった。歯科医は深い事情を夫婦だけの周囲の人物に限って考えていた。

「ひとりで一万五六千円とれば、十分だろう？」

　と歯科医は、別なとき、またおせっかいな質問をした。

「まあ、そうですな」

と、留吉は背をかがめて歩きながら答えた。

「何に使っている?」

「別に使うこともありません。百姓家の間借りではね。帰ったら、ごろごろと寝ころがっていますよ」

「何もしないのか?」

「寝るだけです」

歯科医は少しおどろいたように留吉を見た。彼はあいかわらず鈍い目つきをし、生気のない横顔をしていた。

「それじゃ、たまって仕方がないだろう?」

労務者は、それには答えないで、歯科医に別なことを言った。

「労働組合がね、労務者の待遇改善の闘争をやろうと言っています」

「知っている」

と、歯科医は言った。

「だが、むだだろう」

「悪い下士官が二人いるのです、日本人をいじめるね。配置替えを司令官に要求して、きかれなければ、ストまでもってゆこうと組合の役員が皆の間を説いてまわっています」

「そんなに悪い奴《やつ》かね？」

「殴られた者はたくさんあります。自分が気に入らないとすぐ馘にしてしまいます」

「下士官にそんな権利はなかろう」

と、歯科医は首をひねった。

「それが、合法的にやるんです」

「どんな？」

「たとえば、品物をやるんですね、GIの。煙草《たばこ》だとか、毛布だとか。門《ゲート》で見せる持出証にまでサインしてやるんですから、誰でも喜んで持って帰ります。奴は、そのあとですぐMPに電話するのです。こういう日本人が官給品を持ち出したとね。MPでは日本の警察に連絡するから、刑事が占領軍物資不法所持で捕縛に来る、それを理由に解雇するというやり方です」

「サインをもらっていてもだめだね、うまい罠《わな》だな。勅令三百八十九条を利用したのだ」

と、歯科医は言った。

「白人は有色人種を軽蔑《けいべつ》しているからね。日本人が兎《うさぎ》のように罠にかかったのを見て口笛を鳴らして喜んでいるだろう。司令官に持っていってもだめだな。ストぐらいでは驚きはしない。日本人をばかにしているからね」

と、歯科医はつづけた。

「おれも日本人の歯医者というだけで給料に差別をつけられている。安いとは言わんがね。しかし、オーストラリア人だってハンガリー人だって、米国に市民権を持っているというだけで法外な高い給金をとっている。技術はおれの方が上だと思ってるがね。国籍が違うというよりも、有色人種の蔑視だ」

歯科医はここで少し声を低くして言った。

「どうだい、君も気づいたろう? 戦死体は黒人兵が白人兵よりずっと多いだろう」

留吉は目をあげて返事の代わりにした。

「おれの推定では、死体は黒人兵が全体の三分の二、白人兵が三分の一だ。黒人兵が圧倒的に多い、ということはだな、黒人兵がいつも戦争では最前線に立たされているということなんだ」

いつものわかれ道に来た。留吉は何か言いたそうにしたが、口を閉じて一人で歩いた。彼が傍をはなれると、歯科医の鼻にはかすかな腐臭がただよった。

翌日も、香坂歯科医は死者たちとたたかっていた。正確に言えば顎《あご》と格闘しているのだった。何十個という顎が飾りのように歯を植えつけて散乱していた。彼はそれを測量し、歯から人間の氏名に還元せねばならなかった。トラックは毎日、後から後から死者を運搬してきた。人間も死体もいらだっていた。

「なるほど、黒人兵が多いですね」

と留吉は帰り道に、疲れた歯科医に言った。

「あなたの言うとおり、黒人兵が最前線に立たされているということですか？」

珍しいことのように歯科医は留吉の顔を眺めた。だるそうな労務者のいつもの表情には、妙な活気がにじんでいた。

「そうだと思う、比率から言ってね」

と、歯科医は疲労していたので、あんまり親切をこめずに説明した。

「朝鮮戦争の米軍は黒人よりも白人が圧倒的に多いにきまっている。それが戦死体では逆の比例になっているのは、戦線の配置によるのさ。ね、そうじゃないか？」

留吉は、そうだとも違うとも言わなかった。沈黙のままに靴音を立てていた。顔を前かがみに戻していたので、彼が考えているのかどうか、歯科医にはわからなかった。

「黒人兵はそうされることを知っていたのでしょうか？」

少し時間がたっていたので、歯科医は質問の念を押した。

「つまり、自分たちがその位置に立たされるということをか？」

「殺されることをです」

留吉の言い方が、激越な方に訂正されたので、歯科医は何となく不機嫌な顔になり、わざと前言と矛盾する曖昧《あいまい》さで答えた。

「不運だということとしか考えまいね。白人だって死んでいるんだから」

「しかし」

と、労務者は強硬だった。

「殺されるとは思っていたでしょう。負け戦《いくさ》の最中に朝鮮に渡ったのですからね」

「さあ」

と、歯科医も不機嫌が手つだって依怙地《いこじ》になっていた。

「彼らは米軍の優勢を信じているんだから、そうも思わずに出て行ったんじゃないかな」

わかれ道に来たとき、労務者はそれ以上、押し返す様子もなく、

「黒んぼもかわいそうだな。かわいそうだが——」

と、つぶやいて、かってに背中を向けた。歯科医はその肩から、また死臭を嗅《か》いだ。

リッジウェイが、罷免《ひめん》されたマックアーサーに交代して極東軍司令官になってから、共産軍との戦線の境目はだいたい三十八度線に膠着《こうちゃく》した。二月ごろから、ちらちらと停戦交渉の噂《うわさ》が聞こえてくるようになった。

しかし、じつはこのころが、A・G・R・Sでは一番多忙をきわめていた。というのは、それまで戦闘のため、不完全だった戦死体の収容がゆっくりとおこなわれるようになり、輸送の死体の数がまたふえたからである。むろん、釜山にも簡単な設備はあったが、本気に当人と米国市民に礼儀をつくすには、小倉のA・G・R・Sまで送らねばならなかった。高給をとっている《葬儀屋》はドクターなみの教養を自慢し、人形造り師のような熟練の技術をもっていたのであった。

この時期にくると、死体は天幕だけに包装されているというようなあわただしさはなく、粗末だが木棺《もつかん》に納められて送りつけられてきた。それらの空箱は、魚をくつがえした魚市場のように、いくつもの山をなして空地に堆積《たいせき》されていた。

七八十人のアメリカ人と、ほぼ同数のやとわれ日本人とが、死者の大群と戦闘をつづけていた。生きている人間は単数だが、死者は無数の複数だった。もがれた頭、胴体、手、足は、寸断された爬虫類《はちゆうるい》のようにそれぞれの生命を主張してわめいていた。

十個の頭部には十個の胴体を求めねばならず、さらに二十本ずつの手と足との員数を揃《そろ》えねばならなかった。指は百本を要する。

香坂歯科医がその日にあつかった死体はかなり時日がたったものだった。百日以上は十分にへていた。どこの地区の戦闘であったか彼にはさだかでないが、地の中に埋めたものが掘り出されたらしく、いたみは激しかった。あいかわらず黒人兵が多く、黒い皮膚は妙な具合に変色していた。

歯科医は胴体や腕には関係がない。しかし歯をしらべている合間には、一瞥《いちべつ》する程度の見物人になることはできた。頸《くび》のない胴体にはやはり刺青だけが完全な絵で残っていた。それは両乳にかけて翼をひろげている一羽の鷲《わし》であった。嘴《くちばし》がみぞおちの上部をかんでいた。赤い絵具があせもせず、鮮やかだった。

鷲など珍しくない、と歯科医は思った。外人は刺青の絵がらに鳥類が好きである。あれは幼児的な心理なのか、それとも呪術《じゆじゆつ》的なものであろうか。デッサンはおさなく、点描は粗笨《そほん》であったが、カンバスが白い皮膚でなく、黒地であるところに、その絵の原始的な雰囲気の濃密さが奇妙に感じられた。

腰をひねり、両手をあげている踊り子の姿は平凡きわまった。それよりも持主が胸に彫られたこの絵を鑑賞するのに、どのような位置からするのであろうかと歯科医は考えていた。上からさし覗《のぞ》いて逆から眺める不便な見方しかあるまい。持主は一生その宿命を負わされている。多分、その男は自分よりも他人に鑑賞させるのが目的であろう。絵画はもとよりそうしたものだと歯科医は合点した。

低い口笛が短く鳴り、小さなざわめきが起こった。歯科医は顎に櫛《くし》のように植えこんだ門歯や臼歯《きゆうし》から視線を中断させて、わき見をした。一台の解剖台の周囲を下士官たちがとり巻いていた。《人類学者》が頭蓋骨を遺棄してその仲間に加わっていた。歯科医も歯に待ってもらうことにして、その方へ歩いた。

解剖台には大男の黒人兵が、これはあまり破壊されぬ姿のままで仰臥《ぎようが》していた。ここにも黒地に赤い絵が貼られていた。みぞおちから臍《へそ》にかけて女の体の一部が拙劣に描写されていた。みなの視線はそれにあつまっていた。

どのような目的で、この黒人兵はおのれの体にこのような悪戯《いたずら》をほどこしたのか、歯科医には理解ができなかった。この男は低能なのか。どこか西部のさびしい農地で働き、ほとんど教養らしいものを持っていなかった百姓ではあるまいか。でなければ、あんな、ひどいものを彫るわけがないと思った。歯科医の目には、この兵士が戦友にそれを自慢して見せる様子が想像できた。まだ暑い陽が照っている、灼《や》けるような戦線、壕《ほり》の外から見ると地平まで一粒の黒点もなく、乾いた白い地塊には炎があがっている。暗い壕内に背をもたせている兵士たちも、性《セックス》の遮断された乾きに神経をあえがせ、疲労している。そのとき、この黒人兵の道化た絵は、壕の中の見物人たちに人気を得たであろう。それが熱い水になったかどうかわからない。彼は調子に乗ってさまざまな格好を見せたであろう。

それにしても、と歯科医は自分の場所にもどりながら思った。あれでは軍隊から解放されて帰郷したとき、人前に出せるものではない。刺青は、多分、彼が日本のどこかの基地にいるとき彫らせたに違いないから、無知な彼は、郷里に還《かえ》ったときの後悔まで考えなかったのであろう。

が、このとき歯科医の顔色は少し変わった。そうだ、あの黒人兵は生きて本国《ステーツ》に還ることを計算しなかったのかもしれない。彼は死を予想し、大急ぎであの絵を腹に彫刻させたかもわからないのだ。だとすれば、彼は無知ではなかった。彼の絶望はそのとおりにここに腐って横たわっているから。

しかし、数時間をおいた後、歯科医の知らぬことが別の部屋で起こった。

軍医たちは朝から押しよせる死者にくたくたになっていた。彼らは解剖台の横に予備のメスをならべ、次から次に紙をさくように腹を切り開いていった。二十四個の作業台がそうだった。一方では吊《つ》りさがったイルリガートルの中の淡紅色の溶液が絶えまなく死者に注入され、一方では《葬儀屋》が桃色のクリームを塗っていた。死臭とホルマリンガスのこもった工場だった。

「ナイフ」

と、中ごろの台の軍医が言った。刃の切れなくなった骨膜刀《リオスチユーム》を高々とさし上げ、かわりを要求していた。小型の円刃刀よりも軍医たちは大きなこの方を好んでいた。ここは手術室ではなかった。下士官はかわりをさし出そうとしたが、あるはずの所になかった。

「ナイフ」

と、軍医は血走った目で叫んだ。下士官は狼狽《ろうばい》した。彼は砥《と》いだばかりの骨膜刀《ナイフ》の行方を捜索した。

一人の日本人労務者が、隅に屈《かが》みこんで何かしていた。下士官は背後から忍びよって、上から覗きこんだ。それから奇矯な叫びをあげた。人びとが声を聞きつけて寄ってきた。

前野留吉がその骨膜刀《ナイフ》を手にもって、しゃがんでいた。腕のない、まるみのある黒人の胴体だけが彼の前に転がっていた。皮膚の黒地のカンバスには赤い線が描かれている。彼の見つめた目には、翼をひろげた一羽の鷲が三つに切り離され、裸女の下部は斜めにさかれて幻のようにうつっていた。が、彼の後ろにあつまってきた人間には、彼のその尋常でない目つきがすぐにわかるはずがなかった。

留吉は後ろの騒ぎも聞こえぬげにふり返りもしなかった。

装飾評伝

一

私が、昭和六年に死んだ名和薛治《なわせつじ》のことを書きたいと思い立ってから、もう三年越しになる。或《あ》る人からその生涯のことを聞いて、それは小説になるかもしれないとふと興味を起こしたのが最初だった。私の小説の発想は、そんな頼りなげな思いつきからはじまることが多い。

名和薛治は、今の言葉でいえば、『異端の画家』と呼ばれている一人であった。日本の美術の変遷《へんせん》がヨーロッパの様式を次々と追ってきたような具合で、それがいつも主要な傾向になっているが、その流れから少し外れて、個性的な格式を生み出そうとして、自分の場所の一点にじっと立ちどまっている作家を指して異端といっているようだし、それにこの意味には生活的にも多少変わっていたということも含んでいるようである。

今では、名和薛治の名は、その独自な画風の理由で有名だし、遺作展も度々ひらかれて、一般向きの画集も出ている。彼の在世当時も一部ではそうだったが、現在では彼が強烈な個性をもった天才であったことを、画壇を含めて世間の大ていの人が認識している。その上に彼の晩年から四十二歳の死に至るまでの一時期の生活の妙な崩れ方を入れると、異端の画家としてはまず申し分のない大物といえるのであった。それに彼は生涯独身であった。

名和薛治について私が小説になるかもしれないと思ったのは、彼のその晩年の頽廃《たいはい》的《てき》な生活と、冬の北陸路の断崖《だんがい》から墜《お》ちた最期《さいご》の部分であった。彼はその画題を求める為《ため》によく旅行していた能登《のと》半島の西海岸にある福浦という漁村に近い海岸の絶壁から足を滑らせて墜死した。遺書もないし、今日では過失死になっているが、それはその前の彼の妙な生活破綻《はたん》に続いているから、或《ある》いは自殺ではないかと一部の美術批評家には今も言われている。ボッシュやブリューゲルの影響を強く受けて、北欧の幻想的な画を描いていた彼が、その愛好する冬の暗鬱《あんうつ》な雲の下に拡《ひろ》がっている黝《くろ》い海に身を投じた最期を想像すると、私には名和薛治を一度は調べて書いてみたいという気持が動いたのである。

名和薛治は明治二十一年東京に生まれた。四十年、白馬会研究所に入り、翌年には文展に三作が入選した。四十四年、神田で最初の個展をひらき、同じ年に当時中堅新進作家で結成されていた展覧会に風景や少女像など十六点を出品した。この頃は後期印象派風の画を描いていたが、大正二年、その第三回展に二十点を出した時はドーミエの影響を明らかに受けた画でみなを愕《おどろ》かせた。二年前より出版社から頼まれて子供向きの雑誌にポンチ絵を内職に描いていたので、貧しいながら生活が立った。この年、同志と赫路社《かくろしゃ》を起こし、第一回展には二十点を出品した。四年、赫路社を解散して翌五年に蒼光会《そうこうかい》を結成して十七点を出品、第三回展まで四十余点を出したが、六年に同会を脱退、七年に渡仏、九年の春に帰国したが、その間にアントワープに遊び、ボッシュやブリューゲルの影響をうけた。帰国して後の画題も北国の生活から取ることが多くなり、写実的な描法を基調としながら、幻想的な世界を出した。この傾向は後年いよいよ強くなった。しかし、その特異性は一部の批評家や美術家に認められながら、画壇の主流にはうけ入れられなかった。十四年の秋には山陰に旅行、以後屢々《しばしば》北陸地方を旅行していたが、昭和三年頃より新潟、金沢、京都の花街に耽溺《たんでき》放浪するようになり、昭和六年、石川県能登の西海岸で不慮の死を遂げた——以上は、芦野《あしの》信弘著『名和薛治』の巻末にある年譜から抜いた彼の大体の生涯である。彼は大正の終わりから昭和の初期にかけて、すでに画壇では一方の存在として認められ、画もかなり価《ね》がついて売れ、天才の名が次第に上りかけたころに急激に生活が崩れた。その崩れ方は自分で破壊したといえそうなところがあるということである。彼の死も、その実際はよく分からないが、こんなところから自殺説が唱えられているのである。

名和薛治のことを調べたら面白い発見があるかもしれないと思ったまま三年越しになったが、私はその間少しも眼を向けなかった訳ではない。折にふれて彼のことを書いてある美術書を読んだし、彼を知っているという人の話も聴いた。だが、それは本格的な調査ではなかった。第一、私は美術史についての知識がない。名和薛治を書くについては、どうしても或る程度その方面の勉強が必要であった。その億劫《おっくう》さと、ほかの仕事とに紛れて、いつかは本腰を入れるつもりで、ついに本気にとりかかるのを延ばしていた。

すると或る朝、新聞の下の隅に芦野信弘の死亡記事が小さく出ていた。今ごろよく新聞が彼を覚えていたと思うくらいに世間から消えてしまった人の名であった。多分、彼が蒼光会の旧《ふる》い会友であったという肩書めいた理由だけで載せたに違いなかった。しかし、私は彼が七十二歳で死んだというその四五行の記事が眼に入ったとき、口の中で声を上げて、しまった、と思った。芦野信弘こそは名和薛治を書くときに、私が一番に訪ねて行きたい目当ての人物だったからである。

というのは、私が名和薛治を怠惰ながら少しずつ調べて知ったことだが、芦野信弘ほど名和薛治の生涯に随伴した親友はいなかった。芦野の書いたものによると、彼が名和に結びついたのは明治四十年白馬会研究所に一緒にいたころであり、芦野は二歳齢下《としした》であったが、爾来《じらい》、画の方でも私生活の上でも両人は密接な関係を最後までつづけてきた。芦野の画は名和に較《くら》べると問題にならぬくらい拙《まず》かったが、芦野は二つ上の名和に文字通り兄事していたようで、若い時は同じ下宿で暮らしもし、後になっても或るときは隣家同士に住み、離れても三日に一度は芦野が名和の家に行っていた。これが無かったのは、名和が渡仏した大正七八年の二年間ぐらいなものであろう。だから芦野くらい名和を詳細に知った者はいない。恐らく彼は名和の胸の痣《あざ》まで知っていただろう。事実、彼は『名和薛治』という評伝めいた本を出しているが、惜しいことに頁《ページ》が薄い。然《しか》し、名和薛治のことを書いた他のすぐれた美術批評家の著書の悉《ことごと》くが芦野信弘著のこの小著を参考としているのである。それよりほか拠《よ》るべきものが無いみたいに、名和の人物と履歴に関しては芦野の書いたものは信用があった。無論、その芸術観の方は切り離してのことである。

一体、名和薛治は日記や手記をつけなかった人であり、それだけ日常のことに詳しい芦野の書いたものが重要な意味をもつのだが、その著書も名和薛治の全部が語られた訳ではあるまいと私には思われた。著書は公刊の性質上、憚《はばか》るべきところは省いてあるに違いない。その省略された部分が私の知りたいところで、つまり名和を書くからにはどうしても芦野に会って話を聞かなければならないのである。

その考えを早くからもちながら、芦野信弘がいつまでも生きているように思っていたのは私の失敗であった。芦野は七十二歳で死んだ。高齢とは知っていたが、少なくとも自分が会いに行くまでは生きているだろうと漠然と信じていたのであった。出版されて、世に知れた書物から取材することは誰しも気乗りがしない。名和のことを調べるいわば本命ともいうべき芦野の唐突な死に遇《あ》って私は名和薛治を小説に書いてみたいという下心を捨てた。

二

然し、その後も名和薛治を知っているという人に偶然に遇う機会があった。その話は極めて小さな部分的なものだったが、それら硝子《ガラス》の細かい砕片《さいへん》のようなものが集まりだしてくると、私はもっと大きな破片、殆《ほと》ど原形に近い部分に当たる芦野信弘に触れずに終わったことが非常な後悔となった。私は今更のように芦野が死んだことを痛手に感じた。

だが、その後悔が、一旦《いったん》放棄した私の計画を戻したといえそうである。それは断片的な話を他から聞くにつれて、名和薛治についての興味が再び起こったからであるが、もしかすると芦野信弘が名和に関する未発表の原稿を、多分、未完成のものだろうが遺《のこ》しているかも知れないと思いついたのである。これは想像だが、たとえそんなものが無いにしても、遺族は生前の彼から名和のことをいろいろ聞いているに違いない。彼の著書に語られてないことが遺族に伝えられているかも分からない。いや、それは極めてありそうなことだった。そうなると名和についての芦野の公表されない知識の何分の一かは、彼の家族の誰かに保存されている筈《はず》であった。

これはかなり厄介な採集であった。だが、芦野信弘が生きていて、いつでも会えるといった手の届きそうな安易な場合は横着をしていた私も、ことが面倒になってくると妙に意欲が動いて来た。私は芦野の遺族に会ってその話を聞き、話の結果によっては名和薛治を書きたいとの気持が再び起こった。

晩秋の晴れた日だったが、私は世田谷の奥を手帖《てちよう》片手に捜し歩いた。芦野信弘には陽子という一人娘があり、それが結婚して夫と一緒に父の家に住んでいるということを私は知っている画家から聞いた。住所は新聞に出た死亡記事から書き取っておいたのである。

世田谷の道は分かりにくい。私は秋の陽が暑くなるほど汗をかいて、ようやくその番地を捜し当てた。辻《つじ》地蔵の横からだらだらと谷間のような道を降り、竹藪《たけやぶ》のような横にその家は有った。木造の和洋折衷みたいな建物だったが、古くて小さかった。西向きの板壁の青ペンキが剝《は》げていたが、そこは画室にでもなっているらしい構えだった。全体が古いだけではなく建った当時からも貧弱に想像された。それは生前少しも売れない画を描いていたいかにも芦野信弘の住んでいたようなくすんだ家であった。滑りの悪い格子戸《こうしど》を開けると、外光が明るいだけに、窖《あなぐら》のように暗い奥から三十四五の小肥《こぶと》りした固い顔の感じの女が出てきた。私は小暗い玄関でそれを一目見たとき、それが芦野信弘の娘であると直感した。それがその家の奥から出て来たせいだけではなく、彼女の顔を見てやはり芦野の娘だと感じたのである。

訪ねてきた用件を遠慮勝ちに言うと、女は果たして芦野の娘陽子だと名乗ったが、私を座敷に招じようとはしなかった。幅のひろい膝《ひざ》を上がり框《がまち》の前に揃《そろ》えてがっしりと坐《すわ》り、訪問者がそれ以上踏み込むことを拒絶しているような姿勢だった。

「そんなものは父に遺っていません。名和先生についてはあの本があるだけです」

と陽子は、一重皮の、眦《まなじり》が少し切れ上がった瞼《まぶた》の間から私を見上げて言った。

「父からは何にも名和先生の話を聞いていません。父は無口で、あんまり話を好まない性質でしたから」

と彼女は、また私の質問を刎《は》ね返した。

その態度から、私は彼女に好感をもたれていないことを知り、初めから拒否されていることを悟った。この女は名和薛治について父の材料を出すのを明らかに好んでいないのである。もし、好意をもっていたら、少しは何か話してくれる筈であった。彼女は微笑の代わりに、きつい感じの切れ長な眼を鋭く光らせているだけだった。

芦野信弘の妻、つまり陽子の母は、早くから芦野と別れて、現在は生きているか死んでいるのか定かでないというのが、私に教えてくれた人の話だが、別れない前の芦野夫婦は名和と親交があったというから、芦野信弘に次いで名和をよく知っているのは陽子の母である。彼女が去ったのはいつ頃か分からないが、もし陽子に理解力がある時なら、名和について母の話を聞いているかもしれない。しかし、それも多分駄目だろうと思いながら、私は敢《あえ》てそれを訊《き》いた。

「わたしが母と別れたのは三つの時でしたから分かる筈がありません」

陽子はやはり硬い態度で答えた。

「そうですか。では、あなたご自身に名和さんのご記憶はありませんか?」

私はまた質問した。

「名和先生が亡《な》くなられたのは、わたしが七つの時ですからね。憶《おぼ》えている訳がありませんせん」

もうこれ以上は無駄話だというように彼女は片膝を動かしかけた。

明るい陽の降っている道路に戻って私は興醒《きょうざ》めた気持で歩いた。死んだ芦野信弘に名和のことを書いた遺稿があるかもしれないと思い、遺族の話が聞けるかもしれないと考えた私の期待が全く外れた。が、その失望からではなく、いま遇った陽子という芦野の娘の印象がいかにも後味悪くて仕方がなかった。ぎすぎすした冷たい様子がいつまでも私の心を解放させなかった。その気分にひきずられて、豪徳寺駅の急な石段を私は意識しないで上った。

しかし、そのことによって、名和薛治を調べて書こうとする私の計画は今度は挫折《ざせつ》しなかった。三四人の人から聞いた名和に関する断片的な話だけでも、それほど私の意欲を唆《さら》っていたのだった。と同時に、芦野信弘についても私は別な興味を起こしかけていた。実をいうと、芦野の家族を訪ねたのも、その両方に引っ懸っていたのである。

名和薛治は好んで北国の風景や人物を画題に択《えら》んだ。確かな写実で描かれながら単純化され、全体が灰色《グレー》、白、緑色を基調として赤のアクセントをつける色に統合され、北欧的な冷たい幻想を漂わせた。『暗い海』『雪の漁村』『魚市場』『刈入れ』『夏日』などは最もその特色が出ているし、代表作でもある。その寒々とした美のなかにも、必ずどこかにやり切れない農民や漁民の生活が押し込まれてあった。それから彼の詩情は民俗風な諧謔《かいぎゃく》に盛られることもあった。その形《フォルム》のプリミティブが近代に通じているにも拘《かか》わらず彼の画風は主流には乗らなかった。その頃の日本の洋画の流れはセザンヌの影響をうけた明るい豊かな色彩であり、フォーヴィズム、キュービズムなどが一方からしきりと主張されはじめていた。いわば名和薛治の画は比較のない孤立した位置にあった。充分に近代と接合しながら、その北欧ルネッサンス風の写実が時代傾向とは背馳《はいち》的《てき》だったのだ。だが、そのファンタスティックな画面は、のちの批評家の言葉によると、「セザンヌを描いている画家たちにもひそかに羨望《せんぼう》を感じさせた」のであった。

芦野信弘の著書でもそうだが、私が聞いた断片的な話でも、名和薛治は非常な自信家であり、彼は輸入されたセザンヌがもてはやされて、それを摸倣して得意となっている画家たちを罵《ば》倒《とう》していたそうである。そういえば彼の『自画像』にみる容貌《ようぼう》は、筋肉が赭土《あかつち》のように盛り上がり、細い眼の光と、厚い肉の鼻と、結んだ大きな唇とに強い生命力が溢《あふ》れている。彼は腕力が強く、酔って争えば必ず相手を組み敷き、その闘争心は画の競争相手に対して最も発揮され、団体《グループ》では己が支配せねば承知しなかった。事実、彼が自らの手によって造った蒼光会を一年で脱退したのは、同人に彼の意の自由にならぬ者が何人か居たからである。それを彼は裏切者と罵《ののし》っていた。そのことでも分かるように、名和薛治は天才にあり勝ちな自負心が強かった。彼が天才であることは今日の美術史家が認めているからそう言ってもいいだろう。自分が主唱して造った蒼光会は、悉《ことごと》く己の意思下に置かねばならなかった。会員の誰にも反対を宥《ゆる》さなかった。彼が会を脱退した唯一《ゆいいつ》の理由は、他人の作品を入選させるについて、審査員である二人の同志が賛成しなかったためである。

三

名和薛治は、自分の周囲の友人たちの画が描く見えて仕方がなかったのであろう。少なくとも私は彼をそんな風な人物に考える。彼がいわゆるエコール・ド・パリ移入の画壇流行に栖つきながら、頑固に自分の芸術に固執した見事さは、数人の友人を同志にすることが出来たけれども、彼は内心では彼等を莫迦《ばか》にしていたかもしれない。それは外から見て、別な視点から言えることだ。つまり彼を放逐した蒼光会の友人達が、のちには大家なみになったけれど、終生、彼の影響から脱することが出来なかったことでも理解されるのである。いまの蒼光会の親方である葉山光介は名和の摸倣を自己流に歪形《わいけい》したと悪口を言われているほどだが、皮肉なことに葉山は名和を蒼光会から追い出した一人ということになっているのだ。

芦野信弘の『名和薛治』にはこんなことが書いてある。

「名和の顔は人一倍大きく見えた。鼻でも口でも人より誇張されていた。近視眼のような腫《は》れぼったい眼をしていたが、瞳《ひとみ》を相手の顔にぐっと見据えてものを言う癖があった。彼が我々の間に入ってくると、とても敵《かな》わないというような圧迫感を受けた」

これは名和薛治の風丰《ふうぼう》を伝えると共に、当時の友人の感情をよく書き出している。恐らくこの圧迫感は根本は名和の画の技倆《ぎりょう》から来ていて、その意識が人なみより大きい顔に結像されたのであろう。友人たちが『とても敵わない』と思ったのは名和の画だったに違いない。

ところが、そのなかで誰が一番その感じをもったかといえば、私は芦野信弘ではないかと思う。芦野は名和より二つ下で、殆ど同じくらいな時に葵橋《あおいばし》の白馬会研究所を出たが、終生名和薛治の親友であった。親友であったという以外に、肝腎のことは、芦野には評価すべきさしたる画業が無いのである。なるほど旧い画家だけに洋画愛好家にはその名を知られ、数点の作品も記憶されているが、それは名和薛治の最も悪い部分のエピゴーネンとして覚えられているのである。実際他の仲間が年齢と共に或《あ》る程度まで大家として遇せられるだけの業績を遂げたに拘わらず、芦野信弘だけは途中から脱落してしまった。彼の後半生は名和薜治の生活を調べるに便利な伝記の著者だけになっているのである。

私は彼の『名和薜治』を数回くり返して読んで感じたことだが、実によく名和と交わっている。大正八年のところに次のような記述がある。

「一九一九年の冬に名和はパリから脱《のが》れて白耳義《ベルギー》のアンベルス（アントワープ）に行った。パリからは摂取するものが無いと言った彼の強がりは、実は喰い詰めて其処《そこ》へ逃亡したのだが、結果的には彼の広言を裏付けた。アンベルスではご多分に洩《も》れずバー・マリアンヌの主人の世話になった。在仏の貧乏な画学生の間では知らぬ者のない奇特な日本人である。この酒場の親爺《おやじ》は画学生が好きで、いつも四五人がごろごろしていた。ダダイストで知られた竹森無思軒の娘芳子《よしこ》は彼の細君である。名和は六か月ばかりこの酒場の厄介になった。その間に彼はアンベルスやブルッセルの王立美術館に何回となく足を運んだ。そこに飾られたブリューゲルの画を観《み》るためだった。いや、正確には学ぶためだった。彼はそのころ私にブリューゲル発見の喜びを強烈な文字にした便りを寄こしている。それは抑えても抑えても湧《わ》き上がる歓喜をどうしようもないといった熱情に浮かされた文字だった。その頃の彼の分厚い便りは一週間毎《ごと》に来た。そのどれもが、ブリューゲルの素晴しさを語り、北欧ルネッサンスのリアリズム讃仰で文面は埋っていた。読んでいる私の眼に彼の熱い息が吹きかかり、手紙を支えている私の指に彼の高い鼓動が伝わってくるようだった――」

名和薛治の特異な芸術を完成させたブリューゲル発見の件《くだ》りだが、これを見ても名和が強烈な感動を愬《うった》える相手は芦野信弘よりほかに無かったことが分かるのである。そしてこの文章には、芦野がその手紙をよんだ時の昂奮《こうふん》まで窺《うかが》えるのだ。

名和が日本に帰ってからのことも、絶えず訪問した芦野の眼によって捉《とら》えられている。前にも書いた通り、それは殆ど三日にあげずという状態だった。芦野は名和の渡欧中に結婚したらしく夫婦づれでも訪ねている。そのことを画に関連してこう言っている。

「名和は日本に帰って急激に日本の古い生活を描くようになった。農村や漁村に残っている貧困の中の古い日本である。無論、画面に幻想的となって出ている重圧された労働生活の悲哀は、明らかにブリューゲルの影響だったが、その伝統的な興味は日本の古い女の姿にも移った。私の妻がそういう女だった。彼は大いに面白がり、次第に芸妓や舞妓も描くようになった。しかし、彼の手にかかるとそれらは酒席に侍《はべ》っている美形ではなく、疲れた中年女のように蒼白《あおじろ》く、それは的確な写実の故《ゆえ》に妖怪《ようかい》じみていた――」

名和薛治は昭和二年ごろから北多摩郡青梅町《おうめまち》の外れに居を移した。『梅林』『早春の渓流』『山村風景』など彼の晩年の少ない佳品は、いわゆる青梅時代の制作だが、麻布六本木に住んでいた芦野は、この遠くて不便な地点をものともせず、相変わらず近所にでも行くように青梅に足を運んでいる――ことが彼の記述にある。

「私は一週間に二度くらいは青梅に行った。彼は一ころのように仕事をあまりしないで、大ていい家にごろごろしていた。機嫌のいい時もあり、悪い時もあった。調子のいいときは近くの川で獲《と》れた魚を焼いて酒を出した。私は飲めないが、彼の酒量はかなり上がっていた。酔うとかなり乱暴なことを言ったが、それはどこか懊悩《おうのう》じみていた。私は彼が行き詰っていると思った。それは次の年にはじまる彼の放浪生活の前兆のようなものだった。機嫌の悪い時は、私でさえも雇い女に面会を拒絶させた。私は遠い道を長い時間電車に揺られて帰ったが、それでも三日目には彼に逢《あ》いに行かずには居られなかった。私は青梅に何度無駄足を踏んだか分からないが、少しも苦にはならなかった。時には陽子を抱いて行った――」

芦野の『名和薛治』には、こんな交遊関係が到《いた》るところで語られている。この著者がそういう意味で、名和薛治を研究するのに貴重な所以《ゆえん》であった。然《しか》し、芦野信弘自身の位置が、この本を何度も読んでいるうちに私の気になり出した。一体、彼は畏友《いゆう》名和薛治を語るだけが生涯の本望だったのだろうか。

芦野も画家である。名和とは殆ど同期に出発した。だが彼はさしたる才能も示さず、途中から殆ど消えたに等しい存在となった。しかも名和とは晩年まで親交を続けたのである。

こう思うと、私にもおぼろに芦野信弘の立っている場所が判《わか》るような気がした。芦野は名和の天才を目の前に見て圧倒され、自信を失い、才能の芽が伸びぬうちに涸《か》れてしまったのだ。芦野の才能を立ち枯れさせたのは、名和の強烈な天分だった。芦野は名和の前に萎縮《いしゆく》し、『とても敵わない』と自己放棄してしまったのであろう。この場合、名和に最も近いところに居たのが芦野の不幸であった。不幸を言うならば、名和のような天才を親友にもったのが不運だが、他の仲間が芦野よりも成長した理由は、彼よりも名和に距離をもっていた、という言い方は出来るであろう。のみならず、芦野の抱いた劣弱感は、自負心の強い、強引な性格の名和から離れることが出来ず、その面だけが名和との交遊に妙なかたちで接着して、遂《つい》には彼は名和薛治の伝記作者になってしまった。

画のことに詳しくない私のこの推測は誤っているかもしれないが、自分なりの人間解釈で納得出来そうであった。名和薛治を調べようとして本気に読みだした本だが、私は半ばから著者の芦野信弘の方に興味を半分惹《ひ》かれるようになった。私が芦野の家に遺稿や話を尋ねに行ったのは、実はこの興味もあったからであった。

それと、もう一つの疑問があった。

四

名和薛治は昭和三年ごろから青梅の寓居《ぐうきょ》を引き払って、一度東京に帰ったが、すぐに北陸地方に旅した。北陸は彼が写生のためによく行ったところだが、その時は画は一枚も描かずに、新潟、金沢、京都という順に花街に流連して酒に浸った。独身だった彼がそういう場所に行くのは不思議ではないが、このときの放蕩《ほうとう》は今までの生活を崩壊したようなものだった。彼は四十歳になっていた。画商もついて画もかなりいい値段で売れたし、金に困るようなことはなかった。彼は二年間の放浪生活にあり金を全部はたいた。さすがに終わりには金に窮して金沢や京都では画を描いて売ったが、それは金欲しさの仕方のない画であった。

名和が晩年になって何故《なぜ》そんな妙な崩れ方をしたのか不思議であった。尤《もっと》も批評家の説明によると、彼は自分の芸術に壁を感じ、それが突き破れなくて苦しんだというのだ。末期になると彼のファンタジイは聊《いささ》かゲテモノに走り、奇妙な妖怪画みたいなものを描いたりした。それが壁につき当たった彼の苦し紛れの逃避だが、も早、往年の豊かな天分は画面のどこからも衰退していたというのである。それに、勃興《ぼっこう》したフォーヴィズムやキューービズム、ダダイズム、シュールリアリズムなどの主張や、プロレタリア美術家たちの非難も彼を苦しめたであろうと言われている。

しかし名和が妖怪画を描いたのは、彼が愛好するボッシュの地獄絵画からの影響だろうし、強靭《きょうじん》な自信をもった彼が、画壇を挙げての二十世紀のフォーヴィズム移植の盛大さに負けたとは考えられない。どのような批判も彼にはこたえなかったと思われる。然《しか》し、彼の画面における生命の急激な衰退は事実だし、それが生活の崩壊と繋《つな》がるのは明瞭《めいりょう》だった。だが、彼の敗北の原因は何か、ただ芸術の漠然たる行き詰りだけなのか。芦野の文章には、名和が懊悩している状態を覗《のぞ》かせてはいるが、確たるその辺の説明がない。私が名和を知る数人の人から聞いても、批評家の言葉以上に出ないか、或《ある》いはとりとめのない臆測《おくそく》であった。

私が名和薛治を書きたいと思いついたのは、晩年のその急激な崩壊だが、それを調べるためにも芦野の未発表の遺稿を求めに彼の遺族を訪ねたのだ。芦野信弘はもっと何かを知っているに違いない。彼の『名和薛治』の中では語られなかった部分である。つまり、私が世田谷の奥に芦野の娘を訪ねたのは、名和薛治と芦野信弘の両方に知りたいことが懸っていたのであった。

しかし、芦野陽子は硬い表情で私を拒絶した。芦野の遺稿は私の想像に反して実際に無かったのかもしれない。が、彼女の冷たい態度が私に反撥《はんぱつ》を起こさせ、それが一種の闘志となって私に燃えた。

或る新聞社の文化部に居る友人に頼んで、葉山光介に名和薛治のことを訊きたいからと面会を申込んだのは間もなくだった。蒼光会の御大葉山を措《お》いて名和を知る者は居ない。芦野とも同僚だったのだ。

荻窪《おぎくぼ》の木立に囲まれたところに葉山光介の邸《やしき》はあった。古いが大きな家で、石仏の据わっている玄関までの長い石道を歩くと、用件の終わった客が帰るのにすれ違った。それでも玄関脇《わき》の客待ちのような所で、主人に会うのには三十分はたっぷりと待たされた。葉山光介は写真で見る通りの顔で、銀髪を乱して現われた。

「名和のことを訊《き》きたいって？」

と彼は窪んだ眼のあたりに笑いをみせた。眼尻《めじり》に大層な皺《しわ》が寄った。

「天才だ。そりゃ間違いないね。終《しま》いにはちょっと変なことになったが、あのまま今まで生きていたら、現在では比類が無いね。高井も木原も顔色があるまい」

葉山は画壇の大物二人の名前を挙げて言った。が、葉山の言い方には、自分もその組に含まれているような響きがどこかあった。彼は名和を放逐した一人だった。来客が次々に待っていて、横で私たちの話を聴いていた。こんな状態で落ちつける筈はなかった。私は意味のないことで来たように二十分ばかりで辞意を告げた。

「そうですか。忙しいので失敬した。この次、またゆっくりの時、来てくれ給《たま》え」

葉山光介はいくらか気の毒そうに言ったが、腰を上げかけた私に、

「君は芦野の本読んだかね？」

ときいた。私が読んだというと、彼はうなずいて、

「名和のことはあれに書かれた通りだ」

と言った。そのほかに言うことはないと断言しているようだった。

私は芦野さんから、あの本以外のお話を伺おうと思っていたのですが、亡《な》くなられて残念です、と言うと、葉山はそのときだけ強い眼で私を凝視した。

「芦野に会えたとしても何も話すまい」

と彼は眼を逸《そ》らせて言った。

「あの本に全部を尽している。みんなぶち込んでいる。それ以外には喋舌《しゃべ》らないだろう」

その口吻《くちぶり》には含みがありげだった。それは話すことが無いという意味ですか、と私

がきくと、

「いや、彼は話したくないだろう。芦野も名和と知り合って駄目になった気の毒な男だ」

とあとを呟《つぶや》くように言った。その意味は私に充分に理解出来た。しかし、次に彼からふと出た言葉は私の不意を衝《つ》いた。

「あの細君も自殺したね」

私は愕《おどろ》いて彼の顔を視た。

え、別れたのではないのですか、と思わず強い声になって訊くと、

「いや、別れたあとだ。だが、君、これはよそから聞いた話で真偽は別だよ。だが、もし実際なら本当に芦野は気の毒だと思うだけの話だ」

葉山光介は少しあわてて訂正するように言った。だが、彼の言葉にもかかわらず、芦野の妻の自殺を彼は信じていると私には思われた。

私はいよいよ帰りがけに、芦野の家を訪ねて娘に会ったことを葉山に洩らした。すると彼はそれを聞き咎《とが》めたように、

「ほう、君は陽子に会ったのか？」

と私をまじまじと視た。それは再びきらりとした眼だった。

「似てるだろう?」

葉山はそういった。無論、陽子が、父親の芦野信弘に似ているだろうと言う意味と思った。私はうなずいた。が、そのときの彼の眼ざしが特殊な表情のようで気になった。横の来客が素早く私の立った席に辷《すべ》り込んだので私は外套《がいとう》を取った。

葉山光介が別れ際《ぎわ》に言った『似てるだろう?』という言葉の実際の意味を私が解したのは、それから何日も経《た》ってからだった。どうも、その時の彼の眼つきが気にかかる。それが私に暗示を与えたのである。

『似てるだろう?』

それは陽子が父親の芦野に似ているという念の押し方ではなかった。

それはもっと複雑な言い方であった。似ているというのは父親でなく別人の意味だった。

私は世田谷の家で陽子の小肥《こぶと》りした硬い顔を見た瞬間に、すぐに芦野信弘の娘だと直感したが、考えてみると私は芦野の顔を写真でも見たことがない。全然、知らないのに、どうして陽子の顔をみて芦野の娘だと判ったつもりでいたのか。私は錯覚を起こしていたのだ。それは名和薛治の顔と混同していたのである。

私が見たような顔だと思ったのは名和の顔であった。名和と芦野が私の意識の中で同居し、陽子を見たときに錯覚が生じた。それほど名和と芦野は私の中で同一人であったのだ。それこそ幻想からきた間違いであった。

葉山光介が『似てるだろう』と言った本当の意味は、『陽子は名和薛治に似ているだろう？』と言っていたのである。

私は、あっという思いで、急いで名和の画集をとり出した。そこには名和の『自画像』がある。肥えた鼻、厚い唇、赭土《あかつち》のように盛り上がった頬、それから近視眼のように鋭く細めた眼、いつ見ても生命力の溢《あふ》れた顔だが、暗い奥から出て来て私の前にぴたりと膝《ひざ》をつけた記憶にある陽子の硬い顔の痕跡《こんせき》がその中から探し出された。殊《こと》にきつい感じの切れ長の眼はそっくりの相似であった。

陽子の父は名和薛治だった。芦野信弘ではない。芦野はそれを無論知っていたのである。芦野の妻が彼と別れたことや、その後自殺したらしいことはそのことによって初めて納得されるのであった。私はその『自画像』の写真版をひろげたまま、しばらくその姿勢から動くことが出来なかった。

五

芦野が書いた本を私は何度目かに繰った。するとそこには、『帰国した名和の興味は日本の古い女の姿にも移った。私の妻がそういう女だった。彼は大いに面白がり、次第に芸妓や舞妓も描くようになった』の文句がある。今まで何気なく読み過した文章だが、今度はそれが張り切った絃に触れたように鳴った。

芦野は名和の渡仏中に結婚した。恐らく相手は芸妓か、或いはそれに近い感じの女であったのだろう。名和は帰国して、初めて芦野の妻を見たのである。外国から帰った者が、多かれ少なかれ日本の伝統の美に惹かれるのは例の多いことで、それは海外生活者の郷愁のようなものかも知れない。名和もその一人であった。芦野の妻を見て『大いに面白がり』の字句には深い意味が含まれている。芦野は名和の感情の動きを知っていた。この本は事件後、十数年を経て書かれたものである。芦野は、その妻と名和との交渉の最初を回想し、このような含みの多い、しかし、さり気ない表現で記述しているのだ。

私が陽子を訪ねた時、彼女は名和が死んだ時は自分の七つの時であったと言った。名和の死は昭和六年であるから、逆算すると陽子の出生は大正十四年である。年譜によると、名和が帰国したのが大正九年であった。名和と芦野の妻のひそかな関係が始まったのはいつ頃か分からないが、恐らくこの六年間の後半であるような気がする。名和が芸妓や舞妓を描きはじめたのは、同じく年譜の作品表によると大正十二年とある。もし名和が芦野の妻を愛して、その感情がそのような画に仮託されたと解釈すれば、両人の交渉はその時期の前後ではないかとの想像が私には起きた。

芦野は名和が帰国して後も、彼と近いところに住まい、三日にあげず彼の家に行っている。『ときには夫婦づれで訪ねた』とあるが、それは字句のアヤで、恐らく始終夫婦で行っていただろうし、名和の特殊な感情の発生はこのような状態では充分に可能であった。最後には妻だけがひとりで訪問していたこともあるに違いない。

ところで、芦野はいつ頃からその事実を知ったのであろうか。彼が妻と別れたことは、もとより『名和薛治』のどこにも書かれていない。だが、陽子は芦野家で生まれたに違いないから、妻との離別は大正十五年以後ということになる。なぜか私は、彼の妻が陽子を生んで間もなく芦野の前から立ち去ったような気がする。そして芦野がこの妻を愛していたと想像されるのである。

芦野が、その事実を知った時期のことはも早問題ではない。私に推察されるのは、芦野が名和に抱いている強い憎悪《ぞうお》であった。

芦野は名和の天才の前に敗北した。彼の才能は名和の眩《まぶ》しいばかりの光に照射されて萎《しな》び、消失した。彼にとって名和は常に『とても敵《かな》わない』存在であった。芦野はいつも萎縮していたに相違ない。才能の比較があまりにも開きすぎていた。身近なだけに被害が大きいのである。私はそんな芦野を考えるとき、強烈な太陽に灼《や》き枯らされた育たない植物を連想するのである。

それでいて芦野は名和から離れることが出来なかった。あまりに圧倒されて訣別《けつべつ》することも彼には不可能だった。彼は名和に捉《とら》えられて身を竦《すく》ませているようなものであった。これほど追い詰められた劣弱感は無さそうである。彼が名和と比類なき交遊を結んだのは、その惨澹《さんたん》たる敗北意識の現象であったと言えそうである。

芦野はアンベルスの名和の通信を受けとりどのような気持でそれを読んだのであろうか。名和がブリューゲル発見の喜びを強烈な文字にして、それは抑えても湧《わ》き上がる歓喜をどうしようもないといった熱情に浮かされた文字だったが、一週間毎《ごと》に来るその手紙が彼には一種の責苦ではなかったろうか。芦野とても画家である。名和の有頂天になっている『発見』が、どれほど彼に衝撃を与えたか分からない。彼は羨望《せんぼう》よりも嫉妬《しっと》を感じたに違いあるまい。それからこの天才的な友人が、その発見を仕込んで帰国したのちの成長を懼《おそ》れたのである。彼の眼には、ありありと将来の地獄が描かれたであろう。絶望が彼をひきずり込んだ。名和の軒昂《けんこう》たる便りを『読んでいる私の眼に彼の熱い息が吹きかかり、手紙を支えている私の指に彼の高い鼓動が伝わってくるようだった』という芦野の文章は、実に彼が畏怖《いふ》と嫉妬に戦慄《せんりつ》している告白なのではないか。

名和は大正九年に自信ありげに日本に帰った。帰国後の彼は、ブリューゲルやボッシュなど北欧中世のリアリズムを学びとって、ユニックな芸術を創始した。それは見事な名和薛治の完成であった。芦野の憬れていたことが、彼の意志に関係なく、着実に現実となったのである。彼は名和の従僕を意識した。名和の大きな面構《つらがま》えが彼の上に聳《そび》えていた。名和によって画家的生命を廃墟《はいきょ》にされた彼は、憎悪をもってこの友人と三日にあげず往来していたと私は思うのである。

憎しみは、妻と名和との交渉を知ったとき変貌《へんぼう》を遂げた。意識下の劣弱感にそれは接着して、陰湿だが、名和への襲撃となった。

私は改めて彼の『名和薛治』を読み返して、到《いた》るところに彼の戦闘を辿《たど》ることができた。例えば、妻と別れたであろう後も名和を頻繁に訪ねている。妻との離別の理由は、恐らく彼は名和に告げなかったであろう。その必要が無いためで、当人の名和がそれを誰よりも承知しているからだ。私は芦野と向かい合っている名和の苦渋に満ちた表情が浮かぶのであった。

年譜によれば、名和が青梅の奥に百姓家を借りて引っ込んだのは昭和二年である。名和の青梅転住は芦野によれば美術的な理由が書かれているが、それは表面の意匠だ。

実際は頻繁な芦野の来訪から名和は遁《のが》れたかったのである。

然《しか》し、芦野の戦闘はそんなことで衰えはしなかった。彼が麻布の家から青梅に名和を訪ねることは恰《あたか》も近所の如《ごと》くだった。『私は一週間に二度くらいは青梅に行った。名和は一ころのようにあまり仕事をしないでごろごろしていた』という記述は単純だが、これほど両者の相剋《そうこく》を鮮かに写した字句はなさそうである。フォーヴィズムの潮流を睥睨《へいげい》して毒舌を吐き、飽くまでも己の独自の世界で精力的な制作をつづけていた名和が、なぜに青梅に移って仕事をしないで怠けていたか。実際、このときから彼の画面には急激な衰退が来ているのである。ボッシュの影響をうけたとはいえ、妙な地獄画まがいのものを描きはじめているのだった。一週間に二度も三度も襲ってくる芦野のため、名和が罪の意識に敗衄《はいじく》するありさまが眼に見えるようであった。

しかも芦野は『時には陽子を抱いていった』と書いている。思うに陽子はこのとき三つであった。すでにその幼い顔には父親が誰であるかを具現しつつあった。彼女が一日一日成長するとともに、顔の特徴も成長する。その刑罰を眼の前に持ってこられては名和も堪《たま》ったものではなかったろう。『機嫌の悪い時は私でさえも雇い女に面会を拒絶させた』のは名和が苦痛から脱《のが》れたいためだった。わざわざ陽子を抱いて行くなど芦野の方法には仮借が無く、意味を知って読んでいると残酷さを覚える。

面会を断わられて、芦野は遠い道を長い時間電車に揺られて帰るが、それでも数日後には彼に遇《あ》いに行かずに居られなかった。『私は青梅に何度無駄足を運んだか分からないが、少しも苦にはならなかった』と言っている。この濃密な交友の裏には、これでもかこれでもかという執拗《しつよう》な彼の襲撃が語られているのであった。『名和は機嫌のいい時には酒を出したが、私は呑《の》めない。彼は酔うとかなり乱暴なことを言ったが、どこか懊悩《おうのう》じみていた。私は彼が行き詰っていると思った。それは次の年にはじまる彼の放浪生活の前兆のようなものだった』

名和が酔ってどのような乱暴なことを言ったかは説明されていない。しかし、その時の名和は酒の勢いを借りて、芦野を罵倒《ばとう》したように思われる。飽くことのない芦野の挑みに錯乱した名和が、その怒りを悪罵に爆発させたのであろう。しかもそれは正面切ったものではなかった。そのようなことがどうして名和の口から言えよう。彼は芦野の絵画の未熟さだけを罵倒したに違いない。

酒の呑めない芦野は、多分、薄ら笑いを泛《うか》べながら、名和の錯乱を静かに観察していたことであろう。『私は彼が行き詰っていると思った』とさり気ない感想を字句にしているが、彼のそのときの凝視には、名和の顚落《てんらく》していく姿が茫乎《ぼうこ》として映じていたであろう。私には、青梅の木立の奥にある農家の座敷で、一人は酔い、一人は黙して坐《すわ》っている二つの格好が影絵のように泛ぶのである。

名和薛治が北陸の旅に出て放蕩《ほうとう》を尽しはじめたのは昭和三年からである。別れた芦野の妻が自殺したのは今は確かめようもないが、私には実際のような気がする。無論、それは名和の耳にも入ったに違いない。それは名和の放浪のはじまる直前のように私は思えてならない。

芦野はそれ以後名和と同行していない。しかし東京に残った彼は相変わらず名和の上に眼を注ぎつづけていたに違いなかった。文通のあった形跡は本の上では窺《うかが》えないのである。名和が北陸へ発《た》った瞬間から、両人の交友は断たれたのだった。名和は芦野の襲撃から一時脱れたといえるかもしれないが、芦野は遠くから名和を凝視して放さなかった。それが名和の意識に反射してくる。精神的には名和の業苦《ごうく》は同じであった。

名和の晩年の放蕩は、芦野の責苦からの逃避であったが、終にはその惑溺《わくでき》の世界に沈澱《ちんでん》してしまった。四十歳の年齢がそのことを容易にした。一度、その味を覚えてしまうと、抜きもさしもならぬ状態となった。立ち直りを何度となく考えたことであろうが、己の画面に蔽《おお》いかぶさる精神と技術の衰退の不安をつい酒に紛らわして了《しま》う。事実、このころ名和は大酒家であった。彼が晩年に描いた地獄図には、夢想の世界で不安と絶望の影を漂わせている。それが名和薛治の成れの果てであった。一方、画壇では有能な新進作家が相ついでフランスから帰朝して、フォーヴィズムの花を賑《にぎ》やかに咲かせている。人一倍、自負心の強い名和にとっては、これを北辺の田舎から眺めてどれだけ焦慮に駆られたことであろう。絶望が彼の生を脅《おび》やかしたといえそうである。

名和薛治は昭和六年の冬、能登の西海岸の崖《がけ》から墜《お》ちて死んだ。私はその土地を知らないが、地図を見ると断崖《だんがい》の印がかなり長く続いている。その死は過失か故意か分からないが、もし過失としても、その断崖の上を彷徨《ほうこう》している彼の精神は自殺者の心理であったに違いない。私はその冬の時期に、一度その地点に立ち、雪の降っている冷たい岩肌の急激な傾斜を眼で確かめたいと思っている。

私は名和薛治を書こうと思い、調べているうちに途中からその評伝の著者に興味を持った。そしてこのような結論を得た。何度も言う通り私は絵画のことには知識が遠い。私の想像は或いは間違っているかもしれない。しかし、天才画家と不幸な友人との人間関係は、私なりの幻影の中に固着している。

芦野信弘は七十二歳まで生きた。彼の名は将来のいかなる詳細な美術史にも出まい。しかし名和薛治だけは数十行の紹介を必要とする。その解説を書く筆者は、必ず『名和辞治』を参考とするだろう。芦野信弘は名和の親友として、その生活や言行を写した著者としてのみ知られるのである。そしてその本の読者はその美しい交友に心を打たれるであろう。

真《しん》贋《がん》の森

一

醒《さ》めかけの意識に雨の音が聴こえていた。眼を開けると、部屋の中はうす暗く、二階の窓からは、柿《かき》の木の先だけが見えて、伸びた葉が濡《ぬ》れて光っている。

背中が汗をかいて、蒲団《ふとん》までが湿っぽい。起きて窓から首を出すと、俺の干した二枚の下着が重そうに雨に打たれている。干竿《ほしざお》からは雨滴が溜《たま》っては落ちていた。階下の煙草屋《たばこや》の女房も、気がつかないのかわざとなのか、とりこんでくれていない。

時計を見ると三時を過ぎている。俺はまだはっきりしない頭で坐《すわ》って煙草に火をつけた。今朝、睡《ねむ》ったのが八時だった。詰らない雑誌に美術記事を書いたのだが、ともかく、部屋代の半分くらいは徹夜でかせいだ。金では得をしたような、労力では損をしたような気持で、ぼんやり煙草一本を喫《す》い終わったが、後頭部にはまだ睡気がこびりついていた。

風呂《ふろ》へでも入ろうと、手拭《てぬぐ》いと石鹼《せっけん》をつつんで階下に降りた。濡れている干しものを横眼で見ながら、雨の中を外に出た。傘の骨がまた一本はずれてぶらぶらしていた。

昼間の男湯には客が少なかった。湯につかっていると、幾分か頭がはっきりしてきた。窓から射《さ》す光線が薄いので、湯槽の中は昏《く》れかけたように暗い。

俺は、民子のところへ出かけようかと考えたが、もう四時に近いから多分店に出勤して留守だろうと気づき、あとで店に電話しようと思い直した。久しぶりに女に会いに行くのはいいが、この間から二万円都合してくれと頼まれていたから、今夜は五千円くらいは持って行ってやらねばなるまい。すると、あと四千円しか残らないが、四千円では十日ももつまいと思うと、それから先に入る金のアテを考えた。さし当たって、今朝渡した分の原稿料を早目に催促する以外にいい智恵《ちえ》は浮かばない。

鏡の前にしゃがんで俺は髭《ひげ》を剃《そ》りかけたが、外の雨で昏《くら》く、電灯もつけないので、顔が黒く映ってよく分からなかった。それでも白髪だけは鈍い逆光にひどく芸術的に光った。が、裸のシルエットは、もじゃもじゃした頭と、尖《とが》った顴骨《かんこつ》と、長い頸《くび》と、瘦《や》せた胴と腕とを貧弱な輪郭で浮き出した。俺は洗い桶《おけ》の上に臀《しり》を据えたまま、しばらく自分の影に見入った。

どう見ても、六十に近い老人としか思えない。近ごろは疲れやすく、ものを書くのも大儀になってきた。このぶんでは、民子との交渉もそう永続きしそうにない。もうその徴候は表われているのだ。鏡の中の身体《からだ》の周囲から風が鳴っている。

銭湯から戻ると、裏口の階段の下に新しい下駄が揃《そろ》えてあった。客が来るのは珍しくないので、気にもかけずに上った。

「これは、宅田先生」

六畳一間のとり散らした中で、客は隅に坐って声を出した。

「やあ、君か」

俺は濡れたタオルを釘《くぎ》に引っかけながら、珍しい男が来るものだと思った。門倉孝造というのが本名だが、耕楽堂《こうがくどう》という雅号めいたものを称している。

「どうもご無沙汰《ぶさた》をしております。今日は、突然に伺って、お留守中に上がりこみまして」

門倉耕楽堂は、坐り直して、丁寧なお辞儀をした。惣髪《そうはつ》といいたいが、真ん中がひろく禿《は》げて、周囲だけに長い髪が縮んでとりついていた。だが、その頭の格好は、その肥《ふと》った体格と共に、貫禄《かんろく》がありげだった。

門倉は、画家でも何でもない。東都美術倶楽部《クラブ》総務といった肩書の名刺をふりまわして地方を歩いている骨董《こっとう》の鑑定屋だ。田舎には古画や仏像や壺《つぼ》、茶碗《ちゃわん》などを所蔵している旧家や小金持ちが多い。門倉耕楽堂は、土地の新聞に広告を出して、宿屋に滞在し、鑑定の依頼者を待つのだ。結構、いい商売になるらしい。

東都美術倶楽部と尤《もっと》もらしい名称をつけているが、名刺の肩書に《会長》とせずに、《総務》としたのは、会の規模を大きく見せかけることと、そんな権威のありそうな会から会長が地方に出張する筈《はず》はない、総務なら疑わない、という客の心理を考えたためだということだった。

名刺には、会の所在地も電話番号もちゃんと刷り込んである。架空ではなかった。あとから地方の客の問い合わせの手紙や電話が来ることがあるので、後々の商売のためにそれは必要だった。

しかし、会は上野あたりの荒物屋の二階の間借りで、電話は階下の取り次ぎになっていた。そういう《事務》のために、門倉は一人の女事務員を置いていた。それは門倉の女房の妹だが、出戻りの三十女で、彼はそれと関係しているとかで、始終、女房との口争いが絶えないということだった。

それは人伝《ひとづ》てに聞いたことで、俺は門倉とはそれほどの交渉はない。門倉には、俺が何となくとりつきにくい男にみえるらしいのである。相当な学問と経歴があり、鑑識眼もあり、古美術についてあまりパッとしない雑文を書いたりして独り暮らしをしている宅田伊作という人間が、ちょっと得体の知れない人間にうつるらしい。しかし、その鑑定のことで教えて貰《もら》いに、年に一度か二度、思い出したように訪ねて来た。尤も、彼は始終旅をしているので東京に居ることも少なかったに違いない。

「どうだね、景気は？」

俺は煙草をくわえて、向かい合わせに坐った。坐りながら、ちらりと眼を走らせると、門倉の横には四角い箱と、細長い箱とが風呂敷に別々に包んで置いてある。四角いのは手土産《てみやげ》だろうが、細長いのは軸物であることはすぐ分かった。何かまた鑑《み》てくれと頼みに来たのであろうと見当をつけた。

「はあ、どうやら、お陰さまで、ぼつぼつです」

門倉は禿げた額を指で掻《か》いた。指は節くれ立っている。顔の造作も大きい。厚い唇をにやりと笑わせると、黄色い乱杭歯《らんぐいば》が露《あら》われた。

「今度は、どっちの方を回ったの？」

「九州です」

門倉は言って、思いついたように、四角い方の風呂敷を解いて土産物をさし出した。雲丹《うに》の函《はこ》詰めであった。

「九州か。相変わらず亡者《もうじゃ》が多いだろうね」

「どこにも同じように居ます」

門倉は答えた。

「このごろは鑑定料はどれ位とるの?」

「鑑定書を書いて千円です。箱書きの場合はその倍にします。あんまり廉《やす》いと信用がないし、高すぎると客が来ません。そのへんが丁度いいところです」

と門倉は声立てて笑った。

門倉の鑑定眼は普通程度にあるから、田舎を回ったら、胡魔化《ごまか》しは利《き》くだろうと俺は思った。門倉はその眼を二十年くらい前に博物館に勤めていたころに養ったのだ。彼は傭員《ようい ん》として博物館の陳列品の入れ替えなど手伝っているうちに、自然と古美術品に対して興味をもったらしい。その方面の教育はうけていないが、係の技官などに教えてもらったりして、ついには平凡な骨董屋以上の眼をもつようになった。だが、そうなって暫《しば》らくしてから彼は博物館を辞めた。解雇されたという説もある。何でも或《あ》る骨董屋に頼まれて、小さな物を流したとか、流そうとしたとかで、とにかく面白くない理由であることは確かだった。

そういえば門倉という人間には、暗い陰影のようなものが、その大きな身体のどこかに絡《からま》りついていた。

「それじゃ、儲《もう》かってしょうがないだろう」

俺は、門倉の薄物の黒っぽい和服姿の、日本画家然とした格好を眺めて言った。

「いえいえ、それほどでもありません。これで結構、旅をすると入費がかかりますから。地方新聞の広告料でもばかにには出来ません。まるきり費用倒れで帰ることもあります」

かれは口ではそう言ったが、満更でもないという顔つきをした。そして卑屈そうにしている眼のどこかに傲岸《ごうがん》なものを覗《のぞ》かせて、俺の着ている潮たれた着物を軽蔑《けいべつ》していた。

「九州の方では、どういうものが多いかね？」

俺は瘠せた肩を張って訊《き》いた。

「画では、やはり竹田ですな。これは圧倒的です。やはりお国もとですね」

門倉は顔に流れている汗をふいて言った。

「弟子の直入の落款《らっかん》を洗って、名前と印章を捺《お》したのもあります。これはたちのいい方で、あとはひどいものです。大雅や鉄斎のも相当あります」

「そういうものに、みんな極め付けをするのかね？」

「商売ですからね」

と門倉は薄笑いした。

「私だけじゃないとみえて、一つの箱の中に二枚も三枚も鑑定書が入っているのですよ。先方は、いざという時にはこれを売れば財産整理が出来るといって、本気になっているのです」

「罪な話だな」

俺は煙草の殻を灰皿にすりつけて、あくびをした。門倉はそれを見ると、少しあわてたように言い出した。

「先生。実は、その竹田について、ちょっと鑑《み》て頂きたいものがあるのですが」

「それかね？」

と俺は眼を細長い包みに投げた。

「そうです。まあ、御覧になって下さい」

門倉は風呂敷に手をかけて解くと、中から古い桐箱《きりばこ》が出た。蓋《ふた》をあけると、これも古い表装の軸物が納まっており、それをとり出して、俺の前にくるくるとひろげた。

はじめから莫迦《ばか》にしていた俺の眼が、その時代色のついた着色牡丹《ぼたん》図《ず》に落ちているうちに、少しずつ惹《ひ》かれてきた。門倉は、俺のその様子を観察するように横から窺《うかが》っていた。

「君、これはどこにあったのかね？」

俺は、軸に眼を近づけたり離したりしながら訊いた。

「北九州の炭坑主が持っていたのですがね。由緒《ゆいしょ》をきくと、豊後《ぶんご》の素封家《そほうか》から出たものだそうです」

「君が預って来たのかね？」

「ええ、まあそうです」

門倉は言葉を濁したが、多分、掘出し物を発見して一儲けを企《たく》らんで持って来たものに違いない。いつになく門倉の顔には、固唾《かたず》でも呑《の》みこみそうな真剣な色が表われていた。

「先生、どうでしょうか？」

と門倉も一緒になって絵を覗き込んだ。

「どうでしょうかって、君にも判《わか》らないの？」

「それが、どうも。いや、正直に申しますと、これを持って来られたときは、どきりとしました。それまでいやと言うほど、ろくでもないにせ竹田ばかり見せつけられましたからね」

「すると、本物かも分からないと思ったんだね？」

「いけませんか、先生？」

門倉は懼《おそ》れるように訊いた。

「いけないね」

俺が絵から眼を離して言うと、門倉は、へええ、やっぱりね、と唸《うな》るように言って、今度は自分が絵を舐《な》めるように顔を近づけた。禿げた頭には薄毛が斑点《しみ》のように生えている。その落胆した様子を見ると、よほどこれに期待をかけていたに違いなかった。門倉は俺の鑑識眼には、かねがね疑問なく信頼していた。

「君がだまされるのも無理はない」

と俺はわざと意地悪な目つきで言った。

「これは上野や神田あたりの出来とはまるで違う。といっても、京都ものでもないね。全く別種な贋作《がんさく》系統だ。これほどしっかりしたものを描くのは、よほど腕のたしかな画家だね。岩野祐之《ひろゆき》君だったら、だまされるか分からない。兼子君あたりは、美術雑誌に図版入りで解説を書きかねないよ」

俺は、門倉に嘲笑《ちようしよう》まじりに言ったが、実は、この最後の言葉が心の片隅に、魚の小骨のように残っていたらしい。

二

門倉が帰ったのは六時ごろだった。無理に置いて行った封筒の中には千円札が二枚入っていた。鑑定料のつもりらしい。

二千円は思わぬ収入だったので、民子が帰る十二時ごろまでの間がもてず、かたがた足も遠のいているので、民子の働いている飲み屋に出かけようと思い立って、着物を着かえた。外に出ると、雨はいつのまにかやんでいた。濡れた干し物が暗い中にぼんやり白く見えた。

道を二丁ばかり歩いて、都電の停留所に立っているうちに、今夜、民子が店に来ているかどうか分からないという気がした。折角、来た電車をやり過ごして、近くの公衆電話でその飲み屋を呼び出した。

「民ちゃんね、今夜、お休みしてるのよ」

俺の声を知っている店の女が出て言った。うしろで客の騒ぐ声が入っていた。

「昨夜ね、ひどく酔っ払ったのでね、今日は気分が悪いから休ませてくれって、電話があったわ」

俺は受話器をおいて、ついでに煙草を一つ買い、道を逆の方に歩いてバスに乗った。五反田《ごたんだ》の繁華な通りを抜けて、二三丁横にそれると、この辺は寂しい通りになっていた。俺は勝手の分かっている路地に入り、アパートの裏口から入ると、民子の居る部屋は一番奥にあった。コンクリートの土間に下駄の鳴るのを警戒しながら近づくと、入口の硝子戸《ガラスど》には、いつもの通り薄赤色のカーテンが張ってあって、内側からあかりが射している。留守ではなかった。

指の先で、硝子戸を二三度叩《たた》くと、カーテンに民子の影が動いて、黙って戸を開けた。

「お店に電話をかけたの？」

民子は、化粧気のない、くろい顔で笑った。歯齦《はぐき》まで見える笑いだった。薄い敷蒲団だけの枕元《まくらもと》には、灰皿やコップや古雑誌などが散らかっていた。

「昨夜、飲みすぎだって？」

いつもの、黒塗りのはげた、まるいちゃぶ台の前に坐ると、民子は小さい茶棚から、湯呑みを二つ出してならべながら、

「そうなの。お馴染《なじみ》さんが三組もかち合ってね。ちゃんぽんに飲んだものだから、酔い潰《つぶ》れちゃって。澄子さんに車で送られて帰って来たわ」

と言った。なるほど、薄い眉毛《まゆげ》の下の眼蓋《まぶた》が腫《は》れている。くろい顔も、蒼味《あおみ》がさして艶《つや》が無かった。送って来たのは、澄子ひとりではあるまいと思ったが、どっちでも構わないことだから黙っていた。

「二万円ね、まだ都合がつかないんだ。まあこれだけとっておいてくれ」

と五枚の千円札を出した。

「無理させて済まないわね」

民子は、ちょっと頂くような格好をして、懐中にしまった。それから田舎の親に預けている十三になる男の子の肺浸潤《はいしんじゅん》がどうもはかばかしくないことや、父親が老衰になって動けない話などを言い出した。それは、かねがね聞いていた話なので、俺は別段の興味も起こらずに生返事をしているうちに、あくびが出た。

「あら、疲れてんの？」

「うん。今朝の八時まで仕事してた」

「そう。そいじゃ横になんなさいよ」

民子は蒲団のまわりを片づけ、硝子戸の方に行って内側から鍵《かぎ》をかけた。それから押入れの中から糊《のり》を利《き》かして畳んだ俺の浴衣《ゆかた》を出した。

床の上に寝ると、民子はタオル地の寝間着になって、電灯の紐《ひも》を引っ張った。小さな青い光が、部屋を沈め、民子の大柄な身体が傍に横たわると、俺は気圧《けお》されたような気持が起こり、それが早くも虚脱感に誘い入れた。どういうものか、眼の先には、雨に打たれて軒先に重そうに垂れている白い干しものが見えた。

眼を開けると、部屋はもと通りの明るさで、民子は浴衣に着かえて、鏡に向かっていた。

「よく睡ってたわ、鼾《いびき》かいて」

と民子は顔を叩《たた》きながら、眼を向けて言った。縮れ髪が少なくなって、顔がひろくなっているのを、こちらは改めて発見した思いで眺めた。

「このごろ、疲れてんのね」

民子は大きな唇に薄ら笑いを泛《うか》べていた。

「いま、何時だ?」

「八時半よ。もう起きるの? 帰る?」

「ああ」

「忙しいらしいわね?」

用事があるとも、そうでないとも答えないで、俺は帰りかけた。乾いた紙のように粘着感が無かったが、じりじりした焦躁《しょうそう》が裏側から起っていた。この部屋が狭いせいかもしれない。無気力な、濁った空気が鼻の穴を蒸し暑く塞《ふさ》いでいた。民子は強いて制《と》めもせず、屈《かが》んで俺の下駄を揃え、戸を開けた。

「今度、いつ頃?」

と戸に手をかけて、細い声できいた。

「さあ、二週間くらい先だろう」

と俺は言ったが、間もなくこの女と別れることになると思った。民子の頰のたるんだ大きな顔が声を出さずに笑ったが、彼女の方でもそう思っているに違いない。

下駄の音を忍ばせて、アパートの裏口から出たが、黒い屋根と屋根の小さな空間に星が見えた。路地には人が三人立っていたが、俺の方を一どきに見た。その視線は、俺が道に出るまでの下駄音に吸いついているように思われた。女と会ってアパートの裏から出て行く瘠せた白髪まじりの五十男の姿を、彼らはどう思って見送っているのだろうと考えた。

道に出ると、涼しい空気が、顔と胸に当たった。空の星もずっと多くなっている。すると今までの虚脱した気持が、少しずつふるい落ちてゆくような心になった。弛緩《しかん》したものが何か冷たい風みたいなものに当たって凝固してゆくような状態に似ていた。

道の片側は、低い家がつづき、片側は石をたたんだ崖《がけ》になっていて、高いところに明るい灯をつけた大きな家がならんでいた。口数の少ない男女の通行人がある。俺は歩きながら、民子と別れる決心がひどくいいことのように考えられてきた。

その寂しい道は、少し賑《にぎ》やかな通りに出た。どこもまだ店を開けている。店の中には人が動かないでいたし、道路に投げられた灯影を踏んで通行者が歩いていた。どの人間も、俺よりはましな生活がありそうだが、俺と同じようにかなしそうに見える。こういう通りを歩いていると、過去に何度か同じような所を通ったような気がする。あれは朝鮮の京城だったか、或《あ》るいは山陽地方の町だったか。

ふと、右側に、かなり大きな古本屋があるのが眼についた。表に全集ものがいくつかの山になって積み上げられてあり、本棚が広い奥行を見せていた。俺はふらふらとその中に入った。

古本屋をのぞくのも久しぶりだった。俺の眼のゆくところは決まっていた。美術関係の本のならんでいるところを探すのだ。どこの店も同じように、それは大てい奥の帳場に近い場所の棚にならんでいた。俺が立つと、横で坐《すわ》っている店の女房が俺の風《ふう》采《さい》をじろりと見上げた。

この店は、割合に美術書を集めているが、格別なものはない。しかし、こういう書籍の前に立っている俺の気持は、また別種な変化がはじまっていた。本性と言おうか、学問をやって来た人間の習性である。

本はありふれたものばかりだった。しかし、どういう人が持っていたのか、本浦奘《もとうらそう》治《じ》の著書が五冊もならんでいた。「古美術論攷《ろんこう》」「南宋画概説」「本浦湛水庵《たんすいあん》美術論集」「日本古画研究」「美術雑説」が同じような背文字の褪《あ》せ方で揃っている。もし、一冊か二冊きりだったら、これまでそうしたように、俺は鼻で嗤《わら》って通り過ぎたかもしれない。が、本浦奘治の著書が五冊もならんでいる光景に、俺の眼がいつもよりは改まったのだ。

誰がそれを所蔵し、古本屋に売ったかは勿論《もちろん》関心がない。つまり、そこに本浦奘治の業績の殆《ほとん》どがうすい埃《ほこり》を被《かぶ》って古本のひやかし客の眼に曝《さら》されていることに別な興味が起きた。

俺はそのなかの一冊「古美術論攷」を指で抜き出し、重い本をかかえてぱらぱらと紙を繰った。殆ど読んだ形跡はなかった。しかし、この元の蔵書家が読まなくとも、俺はどの頁《ページ》も暗記したように知っている。どの活字の一行からも、細い眼に冷たい光を湛《たた》え、品のいい白い髭《ひげ》の下に、いつも皮肉な笑いを漂わせている背の低い老人の顔が泛《うか》び上がってくる。

最後の頁の裏側に、著者の紹介が書かれてあった。

「明治十一年生。帝大卒。東洋美術を専攻。文学博士。東京帝大教授、東京美術学校教授。日本美術史学の権威。帝国学士院会員、古社寺保存会、国宝保存会各委員。『南宋画概説』他日本美術史に関する著書多数。号、湛水庵と称して随筆多し」

字数にしたら、百字あまりの僅《わず》かな中にも、湛水庵本浦奘治の綺羅《きら》びやかな履歴が詰め込まれてあった。但《ただ》し、これは生存中の出版だから、「昭和十八年歿《ぼつ》」が脱けている。そして、「大正、昭和に亘《わた》る日本美術界の大ボス」と書かるべきである。更に言えば、少なくとも、俺の眼には、「宅田伊作を美術界から閉め出した」と追記すべきである。

俺の一生はこの人のために埋れたといってもよい。伸びた白髪まじりの頭を乱して、よれよれの単衣《ひとえ》ものを着て下駄履きでこうして立っている見すぼらしい現在の俺にしたのは、この本の著者文学博士本浦奘治であった。

もし、俺が本浦奘治教授の嫌忌をうけていなかったら、今ごろは、どこかの大学の美術史の講座をもち、著書もかなり出している。さらにかりに教授の知遇を得ていたら、岩野祐之に代わって、東大や美校の主任教授として、学界の権威になっているかもしれない。岩野と俺とは、東大の美学で同期であった。そして自負する訳ではないが、岩野より俺の方がずっと出来た筈《はず》である。これは本浦教授自身が認めていたことだろう。

当時、学生だった俺は、或《あ》る女と恋愛して同棲《どうせい》していた。本浦教授はそれを咎《とが》めたのだ。

「あんな不倫な奴《やつ》は仕方がない」

と教授は人に話したそうである。それからは全く教授に疎《うと》まれるようになった。が、それが理由になるほど不道徳だろうか。俺はその女を愛していたし、正式に結婚するつもりでいた。教授こそ、赤坂辺りの芸者を二号に囲っている不徳漢であった。

俺は卒業と同時に、東大の助手を志望したが容《い》れられなかった。俺は美術史研究の学徒として立って行きたかったのだ。岩野祐之はすぐに採用された。俺は、京大でも東北大でも九大でも拒絶された。

仕方がないので博物館の鑑査官補を志望した。最初から無理なら雇員でもよかった。然《しか》し、東京も奈良も駄目だった。あらゆる官立系の場から俺は弾《はじ》き出された。本浦奘治の勢力は、文部省系といわず、宮内省《くないしょう》系といわず、それほど全国に行き渡っていた。官立系ばかりではない。私立の大学にも彼の弟子や子分が布置されていたのだ。本浦奘治に睨《にら》まれたら、学界には絶対に浮かばれないという鉄則を、学校を出たばかりの俺は早くも体験したのだった。

本浦奘治に、何故《なにゆえ》にそのような勢力があったかの理由を言うのは容易である。古美術品の所蔵家が多くは先祖から伝承の大名貴族であり、そういう貴族は大てい政治勢力をもっていた。それに財閥と、職業的な政治家が加わる。古美術学界の権威であり、国宝保存会委員である本浦奘治がそういう上層勢力に大事にされ、彼がそれを利用した結果は当然である。彼は美術行政については大ボスとなり、文部省と雖《いえど》も、彼の反対に遇《あ》うと手も足も出ないことになった。各校の美術教授、助教授、講師の任免は、彼の同意なくては実現することが出来ない。少々誇張していうと、彼は恰《あたか》もその方面の文部大臣であった。

その本浦奘治が、とるにも足らぬ渺《びょう》たる青年学徒の俺をどうしてそのように排斥したか。無論、女と同棲云々《うんぬん》は口実であった。

つまり、彼の嫌っている津山孝造教授に俺が近づいたのが逆鱗《げきりん》に触れたのだ。そのため俺は朝鮮を放浪し、内地に戻っても田舎回りで暮らし、遂《つい》には五十の半ばを越しながら、しがない骨董屋《こっとうや》の相談相手や、二流出版社の美術全集につく月報ものの編集や、展覧会型録の解説などの雑文を書いて口を糊している。

俺の生涯を狂わせた基点はこの本浦奘治だった。

——俺は本を棚に返し下駄音を立てて古本屋を出た。

三

本浦奘治の五冊の著書を見て、俺は久しぶりに興奮したらしい。電車に乗る気もしないで、その道を歩いた。一人の瘠《や》せ老いた男が、下駄をひきずりながら酔ったような眼で歩いているのを通行人は避けるが如《ごと》くして通った。

俺の不運が、津山孝造先生に近づいたことではじまっても、そのために先生の知遇を得たことに後悔はない、と俺は歩きながら思った。

津山先生から、俺は貴重なものを教えてもらった。それはいかなる書物からも得られないものだった。実際、先生は一冊の著述もお書きにはならなかった。これほど著書の皆無な学者も珍しい。

先生は飽くまでも実証的な学者であった。国宝鑑査官として、文部省古社寺保存事業に関係され、全国の古社寺や旧家を殆ど残すところなく歩かれた。先生ほど鑑賞体験の広い学者はないのだ。その研究に関する該博な知識は、手弁当と草鞋《わらじ》がけの足の所産である。

しかも、先生は一切、権威や勢力には近づかれなかった。そういう機会は、度々、向こうから手をさし伸ばして来たと想像する。殊《こと》に、本浦博士の権力好きに顰蹙《ひんしゅく》している美術好きの華族も少なくはなかった。例えば、貴族院の新人といわれた松平慶明侯や本田成貞伯の如きである。が、先生は好意は謝しても、それに近づくことを好まれなかった。それは多分、本浦博士に対する遠慮があったのであろう。

伝えるところによると、本浦博士は先生に嫉妬《しっと》したそうである。そうした上層階級一部の好意が、恰も自己の勢力が分割されるように懼《おそ》れたに違いない。いや、己の顧客の好意が少しでも他に亘るのが不快であったのであろう。本浦博士はそんな風な人であった。

津山先生は、本浦博士を内心では軽蔑《けいべつ》して居《お》られたようだ。ただに権勢欲のみではない。その古美術に対する鑑識眼の不足である。なるほど日本古美術史を学問的に確立した本浦奘治の業績は偉とするに足りよう。だが、それは早晩、本浦奘治を俟《ま》たずとも、誰かがやれる仕事なのだ。

既存の古美術作品を按配《あんばい》して演繹的《えんえきてき》に体系を理論づけるのは華々しいが、実証の積み重ねが空疎《くうそ》である。実際、本浦美術史論は大そう粗雑な、充実の無い理論であった。第一、作品についての鑑識眼がないから当然で、学究的意匠に飾られた概論の立派さに眩惑《げんわく》されるけれど、資料の選択に過誤があるとしたら、その上に建築された理論は傾斜している。

例えば「日本古画研究」は本浦大系の根本をなす大著だが、その資料の半分くらいは明らかに真作ではない。博士は何の疑問もなく、その贋《にせ》材料をあらゆる著書の図版に使用している。無論、博士の時代は今日ほど様式考証が発達しなかったけれど、それにしても、あれほどの大家が、贋作《がんさく》も、他人の作品も、後世の模作も区別がつかなかったのである。

俺が津山先生に近づいたころ、「日本古画研究」の資料の一二品について糺《ただ》した際、先生はあの冷徹な白い顔に、謎《なぞ》のような微笑を洩《も》らされただけであった。それからずっと先生の指導をうけ、一緒に奈良や京都や山陰までお供したりして、かなりの長い師弟関係が出来たとき、初めて「日本古画研究」其他《そのた》の資料についての秘密を気弱そうに洩らされた。

「少なくとも、あの本の中にある三分の二はいけませんね」

三分の二と聞いて俺は呆然《ぼうぜん》とした。それでは殆ど本浦博士の否定に近い。しかも、それは厳密に絞ると、もっと多いということが後で分かった。

「しかしね、これは本浦さんが生きている間は君は言うべきことではないのだ。それが学者の礼儀だ。本浦さんには独自の考えがあって言っていることだから」

先生は俺にそう言われた。

今から思うと、その言葉には二つの意味があったのだ。一つは、先生が《学者の礼儀》を守られたことである。津山先生は生涯、一冊の著書も書かれなかった。もし書いたら、必ず本浦博士の理論の根拠となった資料には触れられないであろう。それはつまり博士を否定することなのだ。

若《も》し、先生が本浦博士より長生きして居られたら、きっと著書を書かれたに違いない。本浦博士が生きている間は書けない。が、死んだら書く、無論、それは本浦奘治という大ボスを先生が怖《おそ》れたからではない。日本美術史を学問的に創立し、その方面の繁栄を築いた本浦博士への礼儀であった。ただ、尊敬はしなくても、先輩学者に対する《礼儀》を守られたのである。先生は、そういう気弱い学者的性格であった。先生はどんなに著書を書きたかったか知れない。俺流の忖度《そんたく》をすれば、先生は本浦博士の死を待っていたかも分からないのだ。

しかし、津山先生の方が五十歳の若さで先に死んだのである。本浦博士は、それから十五年も長く生きのびて、六十七歳で死んだ。日本美術史については、あれほど実証的な該博な知識をもたれた津山先生に、一冊の著書も無い奇異な理由がそれであった。

もう一つは、これもずっと後になって気づいたのだが、「本浦さんには独自の考えがあって言っていることだから」という意味は、本浦博士がその著書に使った資料は、撰択《せんたく》に或る作為がなされていたということではあるまいか。その資料の多くは、権門富豪の所蔵にかかわるものが多い。作品の性質として当然である。しかし、そこに或る意識が働いて、ことさらに疑問のものでも収載するとしたら、所蔵家の好意を買うことは極めて順当な結果である。博士が鑑識眼に乏しいといっても、それは皆無ではないのだ。博士は自ら疑問と思っても、有体《ありてい》にいえば明らかにいけない物でも、権威と認められているその著書に故意に掲げたような工作があったと考えられるのだ。本浦博士が権門を背景に勢力をもった秘密がここにあった。先生はそれを見抜いて居られたのだ。それがいわゆる「本浦さんには独自の考え」の表現なのである。

津山先生の実力を最も知っていたのは、他ならぬ本浦博士であった。同時に、博士は自身の弱点もよく知っていたに違いない。博士は先生を敬遠していた。先生に対しての劣等感をたしかに持っていた。彼は、その持ち前の傲岸《ごうがん》な顔つきにそれをかくしていたけれど、確かに先生を怖れていた。それが先生に対する陰湿な敵意と変わり、先生の弟子となっている俺を憎んだのだ。

本浦博士は、陰ではこういうことを言っていた。

「津山君の作品の見方は、骨董屋的な眼だね。あれは職人技術だよ」

しかし、作品の鑑定に学者的な粗笨《そほん》な眼がどれだけ真贋を見分け得るか。鑑定は飽くまでも具体的でなければならぬ。それは豊富な鑑賞体験と、厳しい眼の鍛練が必要なのだ。直感でものを言うのは容易である。が、直感は何をもって基準とするか。それは観念的な学問からは割り出せない。もともと、実証は即物性で、職人的な技術を方法とするものなのだ。本浦博士の悪口は、己の劣弱感をそんなかたちで裏返して言ったとしか思えない。

幸い、俺は先生から、その《職人的》な鑑賞技術を教えてもらった。これは何ものにも替え難い貴重なものだった。いかなる学者の著述からも学ぶことの出来ない知識であった。学術的な理論の高度な空疎よりも、何倍かの内容的な充実があった。

本浦博士に睨まれて、どこにも行き場のない俺に、朝鮮総督府博物館の嘱託の口を見つけて下さったのは先生である。

「拓務省に知人がいてね、その人に頼んだのだ。あまり気がすすまぬだろうが、しばらく辛抱していてはどうかね。そのうち内地の条件のいいポストが空いたら呼ぶようにするから」

先生は細い眼を気弱そうにまたたきながらそう言われた。

先生は本浦博士と違って、行政方面には更に縁故のない人である。その先生が不得手な就職のことを心配されたのは、よくよく俺のことを思われてのことである。無論、俺が本浦博士に嫌われてどこにも行き場のない事情を知って居られ、その原因が俺が先生の弟子であったことに困って、責任を感じられたのかもしれない。実際を言うと、俺のその時の本心は外地に行くのを必ずしも熱望してはいなかった。が、気がすすまぬなどとどうして言えよう。俺は先生のお気持を有難く思って一も二もなくお受けした。朝鮮総督府は宮内省でも文部省の管轄《かんかつ》でもなく、且《かつ》は、外地でもあるので、さすがの本浦博士の勢力もそこまでは追跡して来なかった。或いは、津山先生の世話でもあり、正式な職員ではなく、嘱託という地位に、本浦勢力のお目こぼし的なおなさけで見遁《みのが》されたのであろうか。

俺は朝鮮に十三年あまりも辛抱をした。昇進は一向になく、万年嘱託であった。その間に恩師津山孝造先生は亡《な》くなられた。俺が生涯泪《なみだ》を流したのは、少年時代母を喪《うしな》ったときと、先生の訃《ふ》を知った時だけである。

先生には申し訳ないことだが、俺は朝鮮では荒亡の生活を送った。今では俺の顔を見て誰もが六十歳以上と考えるのは、その時の生活の肉体的結果かもしれない。妻と呼ぶ女は一度は貰《もら》ったが、すぐに別れた。その後、女を替えて同棲すること一再ではなかったが、いずれも長つづきがしなかった。胃の腑《ふ》の焼けるような焦躁《しょうそう》と絶望に陥り、安静を求めながら、どの女との生活も俺を落ちつかせてくれなかった。気違いじみた、訳の分からぬ怒りが後頭部から匍《は》い上がってくると、突然、手当たり次第に乱暴を働くものだから、女が傍に辛抱する筈はなかった。

津山先生を失ってみると、適当な時期には内地に戻れるかもしれないという俺のはかない希望は全く消滅した。本浦奘治博士は、停年で大学を退いたが、相変わらず大御所的な存在なのである。子分や弟子を主要な大学や専門学校、博物館などに布置し、蟻《あり》のような異分子の潜入を防いだ。上層に益々《ますます》密着して、政治力は少しも衰えない。

だが、俺の焦躁は、ただ、内地に帰れないというだけではなかった。同期の岩野祐之という男がぐんぐん伸びて、助教授となり、教授となり、本浦奘治の跡を襲って、遂《つい》に帝大文学部に於《お》いて日本美術史の主任教授として講座をもつようになったことが、手痛い打撃となった。俺は彼が階段を駆足で上るように、その位置に昇って行く光景を、朝鮮の一角から屈辱的な気持で傍観していたのだ。

岩野祐之は頭脳の悪い男だ。俺は学生時代の彼を知っているから、自信をもってそれを言うことが出来る。ただ、彼はいわゆる名家の子弟だった。どこかの小さな大名華族で、当主の男爵《だんしゃく》は彼の長兄に当たった。そういえば、岩野は若いころはなかなか美男で、それらしいおっとりした貴族的な顔をしていた。こういう毛なみは、本浦奘治が一番好むところである。

岩野祐之自身も、己の頭脳の良くないことを承知して、ひたすら本浦博士にとり入ることに専念した。それは殆《ほとん》ど奴隷《どれい》的な奉仕であった。噂《うわさ》によると、広大な所有土地の半分はそれで喪失したというが、もとより実際は分からない。そのほかの似たような説も種々あるが、真偽は別として、少なくとも、事実ありそうなことに思われる。こういう献身的な奉仕も、本浦博士のような人には大いに気に入るところであった。彼は遂にこの愛弟子《まなでし》岩野祐之に跡目を相続させたのであった。

学問の世界に、そのようなことが通用するのかと怒るのは愚かしい。本来、アカデミズムとはそんなものだと悟ったのは、よほど経《た》ってからであった。が、当時は俺も若かった。岩野祐之のような男が思いもよらない地位につく不合理に、恚《いか》りを燃やし、軽蔑と、嫉妬と、憎悪《ぞうお》にのたうった。俺は頼まれても、官立系の大学や博物館に入るものかと思った。俺は、京城でも朝鮮人貧民の密集している鍾路の裏通りを、酒に酔いながら、夜、何度彷徨《ほうこう》したか知れない。今でも、あの汚ない暗い町の家なみを夢に見ることがある。パゴダ公園でも、一晩中、地面に臥《ふ》せて眠ったこともあった。だが、朝鮮あたりでそんな男が何を煩悶《はんもん》して何をしようと、本浦奘治も岩野祐之も知ったことではなかった。彼らと俺との間は空気の上層と地底ぐらいの距離があった。恐らく俺、宅田伊作という名前もとうに忘れているだろう。と、そう思っていたのは、しかし間違いであることが後で分かった。

昭和十五六年ごろだったか、世話する人があって、俺は十三年間の朝鮮生活をきり上げて内地に帰った。H県のK美術館の嘱託になったのだが、この美術館は民間経営としては全国的に有名で、K財閥の蒐集品《しゅうしゅうひん》を陳列した財団法人だった。コレクションの中には、日本の古画が多数所蔵されてあった。

俺はやれやれと思った。これなら東京に行かなくとも済む。ここにある古い絵画だけで充分だった。さすがに美術好きのK氏が金に飽かせて集めただけに、質のよいものばかりで、俺は眼を洗われ、蘇生《そせい》する思いであった。津山先生の教えがこの時ほど役立ったことはない。蒐集された古画に向かっていると、先生が無言で指導し、激励してくれるようだった。俺は勇気づけられた。学生のように新鮮な勇気で、その古画に取り組んで行った。朝鮮での十三年間の無為を、いや、朝鮮の博物館にも東洋美術の名品があったから必ずしも無為ではなかったが、少なくとも精神的な長い虚脱をとり戻すために真剣に古画の研究に立ち向かった。

先生は何でも具体的に教えて下さった。該博な知識は、一々の技術まで立ち入り、どのような細部でも、医者の臨床講義のように立証的で精緻《せいち》であった。本浦博士の罵《ののし》った職人《アルチザン》技術である。もしそうなら、この職人技術は、本浦湛水庵のいかなる抽象的論文集成よりも数倍の価値があった。

俺の勉強の結果か、K美術館では多少の鑑識眼を買われたが、二年経ってから、突然馘《くび》になった。嘱託だから、都合に依《よ》り、と言われたらそれまでだが、宣告の理事ははっきりした理由を言葉にしなかった。

しかし、あとで人がこっそり教えたところによると、理事が上京して本浦博士に会ったとき、岩野祐之も傍にいて、両人で一緒に、

「あなたの方には妙な男が居るそうですね」

と言ったというのである。理事はそれで帰ってK理事長と相談して俺の追放をきめたらしい。本浦奘治と岩野祐之に逆らっては、やはり都合の悪いことが当時のK美術館にはあったのであろう。

本浦奘治も岩野祐之も、まだ宅田伊作という名前をはっきり覚えていたのである。

それから一年後に、東大名誉教授本浦奘治は死亡した。葬儀は名士と学者が雲のように参列したと新聞は報じた。俺は当時、彼の死を祝ったものだ。――

四

家に帰ったのは九時半ごろだった。階下ではもう表の戸を閉めていて、奥ではひっそりとした話声がしている。俺は裏の戸締りをして暗い二階に上った。

蒲団《ふとん》も、机の上の原稿用紙の散乱も、出たときのままだった。軒の干し物も、かなり濡《ぬ》れて竿《さお》に下がっていた。門倉が置いて行った雲丹《うに》の函《はこ》もその位置にあった。

その土産ものを見て、俺は門倉が見せた竹田の贋絵《にせえ》を思い出した。あれはよく出来た絵だった。門倉が本物かも知れないと思って持って来たのは無理はない。かなりいい腕をもった奴《やつ》が描いたに違いない。

岩野や兼子ならだまされるかもしれないよ、と門倉に言った自分の言葉を思い出した。それは実際なのだ。本浦奘治の跡目をついだ岩野祐之は、その「日本美術史概説」で言っていることは師匠そっくりである。構成も同じ、言い方も同じで、それは継承というようなものではなく、本浦説の平凡な繰り返しであった。創意も見られず、発展もないから、内容は寧《むし》ろ退化してふやけている。本浦奘治にはさすがに鋭いところがあったが、岩野には弛緩《しかん》と退屈以外には無い。鑑識眼の無いことは、師匠の本浦教授以上である。

岩野は、師匠に倣《なら》って南宋画を領域とし、「文人画の研究」「南宋画総説」などの著書を出しているが、いずれも本浦奘治説を拡大し、水増ししたに過ぎない。第一、挿入されている図版を見ると、殆どが駄目なものばかりであった。彼も本浦奘治以上に眼が無いのである。彼の無智《むち》を暴露していることで、その著書はひどく面白い。

然《しか》し、世間ではそんなことは知らないから、岩野祐之というと南画研究の権威だと思い込んでいる。無理もないことで、東大と芸大で美術史を講じ、本浦奘治ほどではないにしても、相当なボスであり、著書も少なからず出しているのだから、そう買いかぶるのは仕方がない。権威は彼のそういう肩書の装飾にあった。一体、岩野祐之はどのような鑑定の仕方をするのか、興味があったので、人について調べたことがある。すると、こういうことが分かった。

彼は鑑定を求められると、その絵を黙って見ているそうである。時々彼の口から、「ううむ」と唸《うな》り声が洩れる。三十分でも四十分でも黙って眺めているだけで何も言わない。「ううむ」と呻吟《しんぎん》しているだけである。

そうすると、横に兼子とか富田とかいう彼の弟子が居て、

「先生、これはいけませんね」

というと、彼は、初めて、

「そうだね、いけないね」

と断を下す。或《ある》いは、

「先生これはいいじゃありませんか」

というと、

「いいね」

と言う。他から示唆《しさ》を聞かない限り、何も意見を言わないで、一時間でも凝視して

黙っているというのであった。

　まさか、と思ったが、実際そうだというのである。俺はそれを聞いたときに声を上げて笑った。岩野祐之には意見が無いのである。彼には自信も勇気も無い。鑑別の基礎が養われていない。本浦奘治から教えられたのは、大まかな概説や体系的な理論であって、個々の対象についての実証が空疎である。その点は、若いが助教授や講師の富田や兼子の方が研究心があって、虚飾的な岩野よりは、まだましであろう。然し、かれらにしても、俺の眼から見たら大したことはない。

　一体、日本美術史などという学問は、方法的にはもっと実証主義でなければならぬのだ。本浦奘治は津山先生を《職人的技術》と嘲笑《ちようしよう》したけれど、そういう技術が対象に向かって見究められ、個々の材料の研究調査が遂げられなければならぬ。その堆積《たいせき》があって、帰納的に体系づけられるのである。実証方法が職人的技術などと言うのは、直感というあやふやなものを神秘そうに響かせる虚栄者の言い草である。

　鑑定ということでは、そんな世間的な名声のある学者より骨董屋《こつとうや》の方がよほどよく知っているといってよい。何しろ彼らは金銭を賭《か》けている商売である。真剣なのだ。骨董屋といえば、俺は一時期、芦見《あしみ》彩古《さいこ》堂《どう》というかなり大きな骨董商に飼われたことがあった。店主の芦見藤吉という男が、俺に惚《ほ》れこんで、むつかしい物は相談していたのだ。そのときは、手当ともつかず、顧問料ともつかない金を貰っていた。

ところが、あるとき、大雅の画帖《がちよう》と称するものを何処《どこ》かで仕入れて俺に見せた。よく出来ている作品だが、贋物だった。芦見は残念そうにしていた。あとで思うと、納める先の当てがあったに違いない。

芦見藤吉は抜け目のない商売人で、出入りする大きな客筋には日ごろから献身的な奉仕をしていた。主人の道楽や夫人の趣味を探り出すと、懸命にそれを研究して同化する。いや、同化したように見せかけて歓心を買うのだ。とんと幇間《ほうかん》であるが、これは大へんな努力である。主人が囲碁をやるといえば、自分は高段者について稽古《けいこ》し初段程度になる。夫人が長唄《ながうた》に趣味があるといえば、自分は名取りくらいにはなるという風である。だから、彼は、謡曲にしても、茶にしても、諸流を悉《ことごと》く稽古し、しかも相当な域に進んでいるから、大そうな勉強である。それでなければ顧客の信用は得られないのであろう。一例を言うと、彼は、真宗でも、真言でも、浄土でも、法華《ほけ》でも、神道でも、それぞれの経文や祝詞《のりと》はすべて暗誦《そらん》じている。顧客の宗派に従って、いざという時に使い分けるのである。その上、管長名入りの授戒の袈裟《けさ》まで金を出して貰っているくらいに行き届いている。のみならず、顧客の周囲にもとり入り、主人が骨董を買う時に相談する顧問のような男がいたら、今度はその男の趣味に合わせて近づくのである。或《あ》る男が考古学をやると聞いて、考古学を勉強し、発掘までついて行ったというから、商売となると尋常な努力ではない。

ところが、俺が贋物と断じた大雅の画帖が数か月を経て、俺は或る権威のある美術雑誌に写真入りで紹介されているのを見つけた。筆者は岩野祐之で、この新発見の大雅に大そうな讃辞が書きならべられてある。俺は岩野祐之を憫《あわ》れんだが、彼の名前と雑誌の権威で、これが世間に真物《ほんもの》として通用しては堪《たま》らないと思った。しがない生活をしているが、俺も日本美術研究の道を歩いている市井《しせい》の老学徒と思っているから、公憤のようなものを感じて或る雑誌に、その大雅が偽物《にせもの》である理由を書いた。不幸にも、俺の原稿をのせてくれる雑誌は二三流だから、それが岩野祐之の眼にふれたかどうか分からなかった。

すると、その雑誌が出て半月あまり経って、突然、芦見藤吉が俺を呼びつけ、顔色を変えて怒鳴った。実はその品物を納めたのは彼だった。納めた先から先日の大雅は飽いたから引き取ってくれと言われたそうで、その金の工面で迷惑したというのである。先方は君の書いた一文を読んだのだろうと彼は言った。

俺は、あれはいけないと言っておいたのに、彼は納めていたのだ。俺はまた、てっきりほかに回して、そこから入った品だと考えて、あの文章を書いたのだ。俺はそれを説明したよ、いけないとはっきり言ったものを何故《なぜ》納めたか、と言い返すと、君は商売を知らない、と彼は言った。それなら、あんたとの縁はこれきりだと俺は彼と喧《けん》嘩《か》別れした。もし、芦見彩古堂とそんな別れ方をしなかったら、未《いま》だに月々、手当みたいな金が不断に入って、今のような苦しい生活は少しは楽になっていたかもしれない。

俺は寝床の上に横たわったまま、いつまでも煙草《たばこ》を喫《す》っていた。本浦奘治の五冊の著書を古本屋の棚で見たばかりに、少し昂奮《こうふん》していた。昂奮は現在の俺の生活につながっている。うす汚れた六畳一間の間借り、赤茶けた畳の上には、本と紙と、七輪と鍋《なべ》とが雑多に乱れている。そこで六十にも見紛《みまご》うばかりの老人めいた瘠《や》せた独身男が、ぼそぼそと飯を焚《た》き、干《ひ》ものを焼き、頼まれたら徹夜で雑文を書いている。そして、時々は無気力な情事に出かけて行き、倦怠《けんたい》を拾って帰ってくるのである。本浦奘治に憎まれて以来、俺はいつのまにか人生の塵埃《じんあい》になっていた。

岩野祐之は、その壮麗な肩書で、空疎《くうそ》な美術史論を披露している。世間的な虚飾と、充実した私生活が彼にはあった。本浦奘治という大ボスに茶坊主《ぼうず》のように取り入った岩野祐之がそのような存在になっていることが、俺には不合理で仕方がない。俺は彼と比較しているのであろうか。いや、比較というようなものではなくなっている。不合理は比較を超えていた。俺の眼には、いわゆる岩野流の学者も、そのアカデミズムに立て籠《こも》る連中も、鑑定人も、美術商人も、みんなニセモノに見えて仕方がない。

考えてみれば、今の日本美術史という学問からして不合理である。材料の多くは、大名貴族や、明治の新貴族や、財閥の手にあって、蔵の奥に埋蔵されている。彼らはそれを公開することを好まない。それを観られる特権は本浦奘治のような権門に近づいた偉いアカデミー学者だけである。それに所有者は鑑賞させても調査は好まないのである。戦後、旧華族や財閥の没落で、かなり所蔵品は放出されたけれど、それは全体の三分の一にも当たるまい。特権者だけが、材料を見られるという封建的な学問がどこの世界にあろう。西洋美術史とくらべて、日本美術史が未だ学問になっていないのはそのためだ。その上、宥《ゆる》された鑑賞者が岩野祐之のように、まるきり盲目に近い学者だから何をか言わんやである。日本美術史は、これからが調査の期間だが、材料の半分は所蔵家という地中に埋没されているのだ。神秘なこの匿《かく》し方が、贋作跳梁《がんさくちょうりょう》の自由を拡《ひろ》げ、骨董商を繁栄させている。尤《もっと》もらしい由緒《ゆいしょ》を言い立て、出来のいい贋作を出してみせて、眼のない学者をたぶらかすことは容易である。十数年前に起こった秋嶺庵偽画事件など、今から考えても不思議ではない。

あの時は、鑑定して推薦までした芳川晴嵐博士が犠牲となって、気の毒なことをしたが、ひとり芳川博士の不明を責めるには当たらない。みんな五十歩、百歩なのだ。しかるに、当時も、岩野祐之は、芳川博士と同様に提灯《ちようちん》を持ちかけたが、危いところで贋作が暴露し、ほっとすると同時に、今度は他人の尻《しり》について攻撃に回ったそうである。岩野ならありそうなことである。

とに角、この世界の封建性が、日本美術史という分野の盲点である。——

俺は、マッチをすりかけて、不意に手をやめた。

「盲点か」ひとりで呟《つぶや》いた。頭の中に閃《ひらめ》いた或る思考が無意識にそれを吐かせたのである。

俺は枕《まくら》に頭をつけて眼を瞑《つむ》った。思考は初め断片的であったが、それが連なり、絶ち切れ、また繋《つな》がっては伸びた。俺はその細工に陶酔した。どういうものか、雨に濡れて重く垂れ下がっている白い干しものと、紫色の歯齦《はぐき》をした女の居る濁った部屋とが関りなく眼に泛《うか》んだ。だが、どこかでそれは、この思考に耽溺《たんでき》する陰湿な雰囲気となって漂っていた。

五

翌日、俺はひる前から家を出て、上野の門倉のところに行った。路地に入って、荒物屋の二階に上ると、六畳の間で、机を二つ畳の上に置いてある。それが門倉の「東都美術倶楽部《クラブ》」の事務所であった。

門倉孝造は女事務員と二人で頭を触れるようにして何かを覗《のぞ》いていたが、俺を見ると、おう、とびっくりしたような声を出した。俺が来たのが意外という顔であった。妙にかた肥《ぶと》りした感じの、三十すぎの女事務員は急いでそこを離れ、階下に降りて行った。

「昨夜はどうも失礼しました」

と門倉は、俺を窓に近い来客用の椅子《いす》に坐《すわ》らせた。格好だけ肘掛《ひじかけ》椅子だったが、弾みが無く、白いカバアもうすよごれていた。

机の上を見ると、「日本美術家名鑑」という相撲の番付紛《まが》いの刷りものが置いてあった。今まで女事務員と彼が見ていたのはこれらしい。

「今度の新番付かね?」

と手にとると、門倉は、えへへ、と苦笑した。東西の横綱、大関あたりは、さすがに世評通りの画家の名を入れているが、あとの順位は名もない画家の羅列で出鱈目《でたらめ》であった。門倉は貰《もら》った金額の多い画家から上位に据えて刷り、地方に行ったとき、これを好事家《こうずか》に売りつけるのである。いわば、これは彼の鑑定業に付属した内職であった。

「いろいろと儲《もう》かるもんだね」

と言うと、門倉は首を振って、こんなものでは知れたものです、と言った。

女事務員が階下から戻って来て、茶を汲《く》んで出した。額がひろくて、眼が小さく、うけ唇《くち》をしていて、いかにも男を心得ているといった感じの女だった。門倉は茶碗《ちゃわん》を置いている女の顔を見て、どこそこに電話をかけるように言った。とりつくろったような故意《わざ》とらしいところがあった。

「昨夜の竹田は残念だったね、よく出来ていたが」

と俺は黄色い茶をすすって言った。

「それについて、君に相談がある。どこか珈琲《コーヒー》でも飲みに行かないか?」

門倉は眼を光らせた。彼は瞬間に俺の企《たく》らみを読みとったらしい。が、彼の想像は違っているのだ。女事務員は細い眼を笑わせて俺が出て行くのを見送った。

「何ですか?」

と彼は、早速、珈琲屋に入ると訊《き》いた。

「あの竹田の贋絵をかいた画家だがね、どこに居るのか探して欲しいのだが」

俺が言うと、門倉は、しばらく俺の顔を眺め、それから声をひそめて、

「先生、どうなさるんですか？」

と問い返した。彼は、昨日の絵だけのことで俺に計画があると思っていたらしい。

「そいつを僕が仕込んでやりたいんだ。いい腕をもっているからね」

門倉は、瞬《まばた》きするような眼をしたが、それはすぐに輝きに変わった。分かったという表情で、身体《からだ》を前にかがめて来た。

「そりゃ、いい思いつきですな、先生に仕込まれたらいい腕になりますね。あの竹田でさえ、あたしは半信半疑だったくらいですから」

門倉は正直に言った。彼は実際に真物かもしれないと思って持って来たらしい。所有者には贋物だとか何とか言って胡魔化《ごまか》して買い取ったものであろう。俺に鑑定を頼みに来たのは、最後に確かめに来たのだ。

門倉もその道では抜け目のない男だから、俺の言った短い言葉だけで、すぐに内容の意味を悟った。彼は舌なめずりしそうな顔つきになった。

「で、その絵描きの所在が分かるかね？」

「分かります。そうなりゃ、一生懸命に探しますから。蛇《じゃ》の道はヘビでね、それぞれのルートをさぐれば、突き止めますよ」

門倉の声は弾んでいた。

「暇がかかるよ、養成に。それに、果たして、ものになるかどうか分からないしね」

俺が言うと、彼は、それはそうですよ、とこちらの気持を迎えるように賛成して、

「しかし、あの画を描いた男は確かな腕をもっていますね。きっと見込みがありますよ」

と勢い込んだ。

「金もかかるね、相当に」

俺は珈琲を一口すすって告げた。門倉は、それは分かっています、と独り合点にうなずいた。

「彼を東京に呼んで、一軒もたせるのだ。一年かかるか、二年かかるか分からないが、その間の面倒を見てやる。家族が居れば、その分の生活費も出してやらねばならない。断わっておくが、僕がいいというまで、絵を一枚も処分してはならないのだよ」

門倉は少し厳粛な表情になった。彼は思った以上に俺が熱を入れているのに少し愕《おどろ》いたらしい。

「いいです、それは。金の都合は何とかしてつくります」

彼は、賭けた、という口調で答えた。

「いや、そうじゃないんだ。金だけの問題ではない」

と俺は言った。

「もし、当人に見込みがありそうだったら、もう一人、相当顔の広い骨董屋を入れなければならない。つまり、売り捌《さば》きのことを考えなければならないのだ。君が流したんじゃ信用しないからな。その代わり、彼の一切の費用は、その骨董屋に肩代わりさせていい」

門倉は沈黙した。賭は半分になった。彼の沈黙には、さまざまな計算がかけ回っていた。彼には、俺の考えていることが思いのほか大きそうなのを更に知ったようだった。

「いいです。承知しました」

門倉は、真剣な口ぶりで答えた。

「だが、骨董屋は誰にします？」

「芦見がいいだろう」

「彩古堂ですか？」

といって、俺の顔を見た。

「然《しか》し先生と彩古堂は仲が面白く無いんじゃないですか」

「そうだ。だが、こういうことには芦見を使うよりほかにない。相当に顔を客に売っていて、適当に際《きわ》どいこともしているから。なに、儲けとなると、あの男は割り切ったものだから、僕との間は何でもなくなるよ」

門倉は声を出さずに笑った。彼の顔は汗ばみ、光りがこまかい粒で皮膚に浮いているみたいであった。

「私は明日の朝の急行で、すぐ九州に発《た》ちましょう。分かったら電報します」

と彼は言った。

喫茶店を出てから、俺は彼と別れた。胸の中に何か充実感のようなものが、ひろがってくるみたいだった。暑い陽が真上にある。道を人がだるそうに歩いていた。

俺は電車に乗り、民子のアパートに向かった。何となくそういう気になったのだ。気だるそうに人が歩いているのを見ると、民子の部屋の濁った狭い空気が想《おも》い出された。今の俺の昂《たか》ぶったような気持は、たしかにその部屋に淀《よど》んでいる無気力の中にひき戻されたい誘いを感じていた。少しの間、慣らされた倦怠に身を置きたい心が動いていた。

民子は下着だけで仮睡《うたたね》をしていたが、浴衣《ゆかた》をひっかけて起きてきた。腫《は》れたような眼でにぶく笑い、俺が上がると、カーテンを閉めた。

「どうしたの？　あ、昨夜はどうも有難う」

と金の礼を言った。

畳の上には、薄べりを敷いてあったが、彼女の横たわったあとが、汗で淡い色になっていた。俺はその上に転がった。

「暑いから、脱いだら？」

民子は、粘ったような顔で言った。

いいよ、と俺は言った。カーテンから洩《も》れた陽に、埃《ほこり》が渦になって立ち舞っていた。

「もう、来ないかと思ったわ」

と言いながら、うちわで俺を煽《あお》いだ。来ないことを知ってでもいるような口吻《くちぶり》だった。それから、その言い方にも草いきれのような生臭さと、気だるさがあった。

これだ、と俺は考えた。この臭《にお》いと懶惰《らんだ》が俺の生活に融《と》け込み、同色の色合いみたいに適応を遂げたのである。恰《あたか》も、動物が己の穴の温《ぬく》みと臭気とに懶《もの》く屈《かが》んで眼を閉じているようなものであった。或《ある》いは、俺の落伍《らくご》的な怠惰が、その温みを女とこの部屋に染したのかもしれなかった。しかし、それは絶えず俺を苛立《いらだ》たせる結果をもっていた。

女はゆるくうちわを動かしている。俺は薄べりに背中をつけたまま、することがない。門倉は明日の朝、九州に行くだろう。あいつのことだから、あの贋作家《がんさくか》を必ず見つけてくるだろう。それから先の企らみが、断片的に出てきたが、それは今の場合、浮物のようなものだった。俺はわざとそれを押しやり、いつもの適応した無為の状態に落ちつけた。

無為といっても、何もすることなしでは居られない。古雑誌でもないかと首を捻《ね》じると、小さな仏壇を据えた机の下に、名刺入れのようなものが落ちていた。ついぞ見慣れない品だから、手を伸ばすと、民子は逸早《いちはや》くそれをとり上げた。

「お客さんのものよ」

と女は言った。

「店に忘れてたのを懐《ふとこ》ろに入れていたら、そのまま持って帰っちゃったの」

俺は黙っていた。一昨日の晩、酒に酔って店の友だちに送られて来たというが、その中に男がまじっていたのは確実のようだった。民子は名刺入れを懐ろに入れ、俺の顔色を窺《うかが》うようにした。

もう、そろそろ、いつもの焦躁《しょうそう》が頭をもたげる頃だと思いながら、天井を見ていたが、そのことは起こらずに安泰であった。芦見彩古堂の顔などが浮かんだりした。民子が立って、妙な薄笑いをしながら細紐《ほそひも》を解こうとしたので、俺は起きた。背中にシャツが汗で貼《は》りついていた。薄べりの畳目がついているかもしれなかった。

「あら帰るの？」

民子は手をやめて、俺の顔を見た。それから暫《しば》らくして、

「あんた、今日は違ってるわ」

と言った。ちょっと観察するような見つめ方であった。

「どう違うのだ？」

「違うわ。何か、張り合いのありそうな顔よ。何かあったんじゃない？」

何もあるものか、と俺は答えた。

それから、のろのろとコンクリートの土間を歩いて外に出た。民子は、他の部屋の者の手前、いつもそうしているように戸口までしか送らなかった。今度来るとき、愈々《いよいよ》、この女が此処《ここ》に居るかどうか分からないと思った。そして俺と女の体臭で醱酵《はっこう》させたあの部屋の無気力な温《ぬく》もりが失われるのに未練を覚えていた。

外の眩《まぶ》しい光と熱が俺に灑《そそ》いできたが、俺の肌はすぐには暑いとは考えなかった。

六

一旦《いったん》、九州から引き返した門倉と一緒に俺はF県のI市に行った。それは門倉が四五日も九州を探し回って突き止めてきた、あの竹田の贋作家の酒匂鳳岳《さこうほうがく》に遇《あ》うためで

あった。

「酒匂鳳岳というのは、今年が三十六歳で、細君と中学に行っている子供がひとり居ます。京都の絵画専門学校を卒業したと言っています」

門倉は、その酒匂鳳岳なる人物についての予備知識を俺に与えた。

「I市は、F市から十里ばかり南に入った炭鉱町でしてね。鳳岳はそこで日本画を教えて暮らしを立てています。美人画でも、花卉《かき》でも、南画でも、何でもこなして器用なものですよ。炭鉱町といっても、そこは大手筋の会社が二つもあって、社宅にいる社員や、奥さん連中が習いに来るのを教えている訳ですが、数は少ないようです。やっぱり贋画《にせえ》を描いて稼がなければならないでしょうね」

「贋画の注文主はどこの骨董屋《こっとうや》かね？」

と俺は訊いた。

「E市です。一軒だけですが、それもあんまり度胸が無いとみえて、時たまらしいのです。まあ、それでこっちが好《よ》かった訳ですが、あれだけの腕をもっているから、東京や大阪の業者が知ると大変でしょうね」

「それで、こちらの意嚮《いこう》を話したら、彼はどう言っていた？」

「考えていたが、やる、と言うんです」

門倉は自分まで昂奮《こうふん》したように言った。

「東京には一度出たい出たいと思っていたから、何でも描くと言うんです。それに、そういうものを描くのは、絵描きの立場からいえば非常な勉強になるから、ぜひやらせてくれと言っていました」

俺はうなずいた。それはその通りで、今、大家として知られている画家も、若い時は古画の贋画を描いていたのを俺は知っている。本人は、無論、ひたかくしに隠しているが、時々、今もそれらしい作品に出遇うのである。

「とに角、先生を連れて来るからと言っておきましたが、あの男は先生の指導では贋画の方で伸びると思いましたね」

贋画で伸びるという言い方は妙であったが、門倉の口から出るとおかしくはなかった。

東京から二十数時間も急行に揺られてI市に着くと、そこは町の中を軌道炭車が通っているような炭坑地帯であった。三角形のボタ山がどこに立っても眺められた。初めて酒匂鳳岳に遇ったのは、川の傍にある彼の小さな古い家だった。炭塵《たんじん》が流れているのか狭い川の色は濁り、岸の泥は黒く光っていた。向こうには小高い丘があり、炭鉱の灰色の建物や施設と隣り合って、白い洋風の棟がならんでいる。炭鉱の職員の住宅だと門倉は教えた。

酒匂鳳岳は、背の高い、瘠《や》せた男で、窪《くぼ》んだ眼と高い鼻とをもっていた。しかし、その眼は大きく、笑うと鼻皺《はなじわ》が寄った。

「お恥ずかしいものが、お目にとまりました」

鳳岳は、ばさばさの長い髪を掻《か》き上げて言った。頬がすぼんで、髭《ひげ》あとが黝《あおぐろ》かった。彼の絵を売ったり、教えたりしているせいか、彼は割合に世慣れたところがあった。坐っている後ろには、絵の道具が片づけられないままにとり散らしてあった。

鳳岳の妻は、まるい顔をした、おとなしそうな女だったが、ビールを運んで食台に置きながら、おどおどした様子をしていた。東京から来た客と、夫の生活とがここで接触して、いまから始まろうとする未知の運命に怯《おび》えているような表情であった。中学校に行っている子は見当たらなかった。

大体の話は、前に門倉がしているので、俺はすぐに鳳岳の作品を見せて貰《もら》った。画はうまいとは言えないが、手先の器用さが描線にも絵具の使い方にも見られた。が、個性も新しさもなく、構図のとり方も下手であった。要するに、鳳岳はこの田舎にひそんでいる絵描きにしては珍しく達者だが、中央に出したら誰も問題にしない画家であった。自分から写生帖《ちょう》を出して見せたが、これも彼が絹に描いた彩色画と同じように平凡であった。

「模写はありませんか？」

というと、鳳岳は棚から四五本の巻いたものをとり出した。

それを拡《ひろ》げて見て、鳳岳の素質というものがすぐに俺に分かった。模写と言ったが、売れば贋作なのである。そして鳳岳の腕は、自分の画ではさっぱり駄目だが、模写にかけては見違えるように精彩を出しているのだった。雪舟、鉄斎も、大雅も、まさしく門倉が持って来て見せた竹田と同じような出来栄《ば》えであった。光琳《こうりん》も一枚あったが、こういうものは向かないらしく、ずっと悪くなっていて、南画が彼に最も適していることが知られた。手本の原図は、美術雑誌に出ている写真版で、誰でも知っている図柄であった。

門倉は横からそれを覗《のぞ》いて、ふん、ふんと言いながら熱心に舐《な》めるように見て、時々、俺の顔に眼を向けた。その眼は、希望に浮き、俺を催促しているようだった。

「讃の文字を似せるのは苦労します」

鳳岳は、少し誇らしげに言った。竹田の文字の癖、大雅の文字の癖を取るために、何日も何日もかかって写真版を見ながら手習いするのだといった。彼がそう言うだけあって、かなりの玄人《くろうと》が見ても、首を捻《ひね》るほどよく出来ていた。

これなら、ものになると俺は思った。或《あ》る膨《ふくら》みが俺の胸にもひろがった。しかし、この膨みは、さっき見た川の泥のように黒い色をして粘っていた。

東京へ出てくる話が、鳳岳との間に決まった。門倉は、鳳岳のために借りる家の場所や、生活費などの用件を切り出した。

「家族は、こっちに置いて当分は私一人が行きたいのですがね。子供の学校の都合もありますから」

鳳岳は言った。俺は賛成した。そう言われて気づいたのだが、鳳岳には帰るべきところが必要なのだ。彼が崩れ去ったとき、収容する場所の用意がなくてはならなかった。これは門倉も、鳳岳自身も知らないことだった。

門倉は、例の禿《は》げた頭の後ろに残っている長髪を揺り動かして、俺のことを鳳岳に宣伝した。このお方について指導をうければ、技倆《ぎりょう》が現代随一になることは間違いない。収入の点も、あんたが予想もしないくらいに多くなる。こんな田舎に置いておくのは惜しいから我々がはるばる東京から来たのだ、折角、こういう先生がついたのだから、しっかりやってくれ、それまでの面倒は及ばずながら一切自分が見るので、その方は気遣いしないで勉強一途《いちず》に進んで欲しい、などと熱心な口調で説いた。それを門倉は、俺と鳳岳との間に視線を往復させながら、阿諛《あゆ》を適度にまぜて述べた。

「どうぞよろしくお教え下さい」

鳳岳は、俺の方に頭を下げ、それから長い顔に愉快そうな笑いを浮かべた。笑うと細い鼻筋に皺が寄り、薄い唇が曲がるので貧相な感じを受けた。

家が決まったら、すぐに知らせるということにして、俺たちは鳳岳の家を出た。鳳岳の妻が外まで出て見送ったが、そのまるい顔には不安な表情が去っていなかった。暑い陽がその顔を紙のように白くし、その中で細い眼が疑わしそうに俺の後ろから動かないでいた。もし、俺の真意を本能的に見破っている者がいるとしたら、やつれた格好をしている鳳岳の妻だけかも分からなかった。

「鳳岳は、なかなかいいじゃありませんか？」

と門倉は汽車に乗ると早速言った。その酒匂鳳岳は、駅までついて来て、背の高い姿でホームから手を振って去った。彼の姿には昂然としたものがあった。

「そうだな、まあ、仕込み次第だな」

俺は車窓の外に大きい川が流れ、土堤《どて》の夏草の上に牛が遊んでいるのを眺めながら言った。門倉の期待は或る程度、抑えておかねばならなかった。

「ところで、鳳岳には、何を描かせます？」

門倉はわき見もしないで話しかけた。

「あまり、いろいろ描かせてはいけない。玉堂あたりがいいだろう。玉堂ならそれが本命だ」

俺は考えている通りを言った。

「玉堂？　浦上玉堂ですね」

と門倉は忽ち《たちま》眼を輝かして、声を上げた。

「そりゃあ、いい。玉堂とは、いいところに目をつけられましたね。竹田や大雅じゃ、もうありふれているし、玉堂となると、市《いち》の出物も少ないです」

門倉が言う市とは、二三流の骨董商のせり市のことで、古今の名匠の贋画が取引されるのである。

「玉堂は値が高いですからね。ちょいとしたもので五六十万、いいものになると四五百万くらいします。やっぱり先生の着眼はいい」

門倉はしきりと俺を讃《ほ》め、もう現実にその金を摑《つか》む空想をしているような、上気した顔色をした。

「だが、門倉君」

と俺は言った。

「いま、玉堂を熱心に蒐《あつ》めているのは、誰か知っているかね？」

「そりゃ、浜島か田室でしょう」

門倉はすぐに名前を挙げた。浜島は私鉄を経営している新興財閥で、田室は砂糖やセメントの事業を親譲りでうけついでいる財閥の二代目であった。若い田室惣兵衛《そうべえ》は古美術品好きで、彼の別荘のあるH温泉には、そのコレクションだけの美術館があった。浜島も田室も、お互いに蒐集品《しゅうしゅうひん》について競争的な意識を反撥《はんぱつ》し合っていた。

「そうだ。その通りだ。玉堂の好きな、この二人を僕は目標にしているのだ。妙なところに品物を納めたら、かえって疑われるよ」

と俺は言った。

「ところが芦見彩古堂は、田室のところにも出入りしている。あいつも過去に相当いかがわしい物を入れているが、今のところ信用をつないでいる。門倉君、芦見がこの仕事に必要なのは、それだよ」

はっきり言うと、ゴロのような門倉なんかがものを言っても、誰も相手にしないのだ。正統な骨董商から、つまり、筋のいいルートから流さねばこの計画は成立しない。前にも門倉に言ったことだが、ここで改めて有頂天になっているらしい門倉に念を押した。

「分かっています。そういうことでしたら、是非、芦見を入れなければなりませんな」

と門倉は素直にうなずいた。

「田室の美術館に堂々と鳳岳の絵が入るようになったら面白いですな」

門倉は、実際愉快そうに言った。

それは面白いに違いない。しかし、俺の計画はそれだけでは済まなかった。そんな程度では九州から鳳岳のような男を東京に連れて来て、日本一の贋画作家に養成しようなどという情熱は俺にない。

俺はすでにこれからの望みを失っている。五十も半ばになって、世に浮かび上がるということの不可能を知っているし、若い時からの野心も褪《さ》めている。ただ、ひとりの権力者に嫌われた男が、その理由だけで生涯を埋没し、実力の無い男が権力者に従《じゆう》諛《ゆ》し、僕婢《ぼくひ》的な奉仕をして、その理由だけで権威の座を譲られ、低い、荘重な声で何やら言って勿体《もったい》ぶっている。その不条理を衝《つ》きたいのである。人間の真物と贋物とを指摘して見せたいのである。価値の判断は、やはり一つの方便的な手段を必要とする。

――

東京に帰ると、門倉は、すぐに酒匂鳳岳を匿《かく》まっておく家を物色すると言った。或る時期までの鳳岳とその家族の生活は、門倉が面倒を見ることになっている。それは彼の投資だから非常な乗り気だった。今度の旅行も俺の分は一切彼が賄《まかな》っていた。

「彩古堂が入ったら利益の分配は、どういうことになりましょうな?」

と門倉は訊《き》いた。

「芦見には半分を与えねばなるまい。そのくらいしないと彼は動かないよ」

と俺は言った。

「あと半分の三分の一が君だ。残りは僕にくれればよい。鳳岳には、全体の歩合で払ってやったらよかろう」

門倉は考えるような眼つきをした。が、彼の手腕だけでは絵が捌《さば》けないことが自分でも分かっているので、その条件を承知した。彼の思考の眼の中には、さまざまな掛け算が行なわれているに違いなかった。

門倉と別れると、俺の足は民子の家に向かった。九州の往復で四日間の空白があり、この空白の中で何かの移動が行なわれたのではないかという予感が俺の胸に湧《わ》いていた。

汽車が朝ついたので、俺が民子のアパートに行ったのは午《ひる》まえであった。当然に、彼女は睡眠を貪《むさぼ》っている時刻であった。が、コンクリートの土間を踏んで、その部屋の前に立ったとき、硝子戸《ガラスど》の内側にいつも映っている薄桃色のカーテンは無かった。

磨《す》り硝子は暗く、ひやりと冷たい感じで内部の空虚を伝えていた。

表の入口に回って、管理人の部屋の窓を叩《たた》くと、五十くらいの女が顔を出した。

「二日前、何処《どこ》かに越しましたよ」

と民子のことを教えた。

「お店も変わるという話だったし、何処に移られたか存じませんね」

管理人の女房は穿鑿《せんさく》げな眼で、じろじろと俺の顔を見た。六十くらいには見えそうな深い皺をもった、白髪まじりの瘠せた俺の顔が阿呆《あほう》と映ったかもしれない。

も早、あの怠惰な体臭のまじった、苛立《いらだ》たしい、しかし眼を閉じたくなるような温《ぬく》もりは何処かへ遁《に》げた。今となっては、そこが本当の俺の場所であったような気がする。しかし、愛惜はあったが、思ったほどの粘着さは無かった。

俺は道に出て歩きながら、思考がもうそこを離れて別のところに向いてることを知った。《事業》を思索している世間の人間の気持は、このような心であろうかと考えた。

七

酒匂《さこう》鳳岳《ほうがく》のために、俺の考えで、門倉が借りてやった家は、中央線の国分寺駅から岐《わか》れた支線に乗って三つ目に降りた所であった。そこは武蔵野の雑木林が、畑に侵蝕《しんしょく》されながら、まだ諸方に立ち罩《こ》めていた。車の通る道から外れて、林の間の小径《こみち》を歩いて行き、木立を屛風《びょうぶ》のように回した内に、その百姓家は残っていた。

東京の住宅建築攻勢がこの辺にも波を寄せていて、あたりには新しい瀟洒《しょうしゃ》な家やアパートが見えるけれど、まだ、それは疎《まば》らであり、古い部落と畑が頑固に抵抗していた。この藁《わら》葺《ぶ》きの百姓家には、養蚕《ようさん》に使った中二階があり、そこを改造して座敷になっていたが、画を描くのに採光の具合もよかった。百姓家とは賄いの面倒もみるという約束もした。

「なるほど、此処《ここ》はいいですな。東京から離れて、隠れ家みたいで、誰も気づかないでしょう。ああいう画を描かせるのには絶好ですね」

門倉は、俺と二人で下検分に行った時に言った。見晴らしがいいから、当人も落ちついて画筆が握れるだろう、それに階下は百姓だから、普通の画描きと思うに違いない、と喜んでいた。

「先生は、やっぱりいいところに眼をつけますな」

などと言った。

酒匂鳳岳が、背の高い姿を九州から来て見せたのは十日ばかりの後であった。彼は古びた大きなトランクを重そうに抱え、白い埃《ほこり》の溜《た》まった艶《つや》の無い伸びた髪を縺《もつ》れさせていた。

「この中は、殆《ほとん》ど絵の道具ですよ」

夕方、東京駅に着いた鳳岳は、初めて見る東京の賑《にぎ》やかな灯には眼もくれず、鞄《かばん》を指して自慢そうに笑った。高い鼻に皺が寄った。唇が薄い割合に、横に大きく、その両端には笑いの止《や》んだ時でも消えない皺が付いていた。九州で遇《あ》ったときに受けた印象の通り、やはりこの長い顔にはどこか貧相な感がしていた。

鳳岳が、国分寺の奥の百姓家で二晩を過ごしてから、俺は彼に言った。

「君が、これから描くのは玉堂だ。それだけでいい。君は玉堂を知っているかね?」

「川合玉堂ですか?」

と鳳岳はとんちんかんなことを言った。

「浦上玉堂だ。君は玉堂を描いたことがあるか?」

「まだ、ありません」

と鳳岳は眼を伏せた。

「ない方がいいのだ。これから玉堂を観《み》に行こう。今、博物館に出ているから」

俺は鳳岳を連れて、上野の博物館に行った。途中でそれまでの電車の乗り換え、順路などをしっかり教えた。

「よく覚えておいてくれ。これから、君が毎日、この博物館にひとりで通うのだ。玉堂が出ている陳列期間は、あと一週間だからね、それまでは朝から閉館時間まで弁当を食ってねばるのだ」

鳳岳はうなずいた。

博物館のひっそりした海底のように暗鬱《あんうつ》な廊下を歩いて行き、我々は、第何号室かの陳列室に入って行った。ここでは天井から射《さ》す明るい光線が硝子張りの巨大なケースの中に降りそそいでいた。

玉堂のは一つケースに納められ、屏風と大幅が三本懸っていた。屏風は「玉樹深紅《ぎょくじゅしんこう》図《ず》」、画幅は、「欲雨欲晴図《よくうよくせいず》」「乍雨乍霽図《さくうさくせいず》」「樵翁帰路図《しょうおうきろず》」で、いずれも重要美術品指定だった。俺がその前に佇《たたず》むと、鳳岳は横にならんでケースの中に大きな眼を向けていた。

「よく、見給《たま》え、これが玉堂だ」

俺は低い声で言った。

「そして、これから君がすっかり取らなければならない画だ」

鳳岳は、うなずき、その高い背を心もち屈《かが》めるようにして覗き込んでいた。彼の鼻の先はケースの硝子に触れそうにしていたが、その眼には、戸惑ったものがみえた。

「浦上玉堂は」

と俺は、近くに歩いている鑑賞者の耳に障《さわ》らぬよう小さい声で続けた。

「文政三年、七十いくつかで死んだ。備中に生まれ、池田侯に仕え、供頭《ともがしら》や大目付を勤めて度々江戸に来たことがある。五十歳で仕えを辞すと、古琴と画筆を携えて諸国を遍歴し、気がむけば琴を弾き、興がおこると画を描いて自らたのしんだ。それだから彼の画は、師匠の無い勝手な画で、画の約束ごとに縛られない奔放気ままなものだ。だが、この無雑作の中に、自然をうつすというよりも、自然の悠久な精神を示している。この山水や樹木や人物などをよく見給え。表現は下手糞《へたくそ》みたいだが、この画らしからぬものが、離れて見るとき、空間や遠近の処理が見事に出来ていて、構図に少しの緩《ゆる》みもない。それが観ている者の心に逼《せま》ってくる」

鳳岳は分かったのか分からないのか、茫乎《ぼうこ》とした表情をして見つめていた。

「それから、この讃の文字を見給え、隷書《れいしょ》のようなものと、草書のようなものとあるね。ことに隷書は稚拙の中に風格がある。この文字も鑑定には大事なデータだから、よく癖を覚えておいてくれ」

それから言った。

「君にはこれが唯一《ゆいいつ》の手本だ。毎日来て、面壁の達磨《だるま》のように見詰めるのだ。玉堂でも、こんな良いものは滅多にここにも陳列されない。君は運のいい時に上京して来た」

運がついているのは酒匂鳳岳だろうか。まさに俺なのだ。俺は鳳岳の教育が成功しそうな気がした。

この陳列品の四つの玉堂も、俺には久し振りのものだった。すでに三十年近い以前、津山先生について遠い所蔵家のもとに旅をして実物を鑑賞したり、或《あ》るいは写真で凝視したりしたものである。いま、これを観ていると、先生の指や言葉が、横から出そうな錯覚がした。

が、俺は、いますぐには自分の知っていることを鳳岳には言わなかった。それは反《かえ》って危険だった。鳳岳には黙ったまま、実物について長い凝視をつづけさせればよかったのである。

博物館通いが済むと俺は鳳岳に言った。

「だいぶん分かったかね？」

「分かったように思います」

鳳岳は言った。俺は、二冊の画集と、一冊の本、一冊の雑誌と、一冊のスクラップブックを出した。

「これは浦上玉堂の評伝を書いている。これをよく読んで、玉堂の人物と性行を知るがよい」

と説明した。

「こっちの雑誌には《徳川時代美術の鑑賞》という短い論文がついている。これで玉堂時代の美術の意義が分かる。筆者は僕の恩師だ。このスクラップには、玉堂についての短文の目星いものだけを貼《は》って置いた。これだけを丹念に読んだら、君は大体、玉堂のことを知ったといってもよい」

次に画集をぱらぱらとめくって見せた。

「これには玉堂の画ばかりを集めている。しかし、全部が真作とは限らない。偽作が随分とまじっている。どれがいいか、どれがいけないか、君は当分、こればかりを見ているのだ。博物館通いで、君の眼は玉堂に肥えている筈《はず》だから」

鳳岳は、俺を見て、迷うような眼つきをしていた。

それから二週間あまりは、俺は全くあの武蔵野の雑木林に囲まれた百姓家に行かなかった。多分、酒匂鳳岳は、あの長い身体を横たえて、毎日、画集をめくっているに違いなかった。

門倉はよく様子を見に行くとみえて、その報告を俺のところに来て齎《もたら》した。

「そりゃあ熱心なものですよ、感心しました。やはり地方の者は頑張りが違いますね」

門倉は鳳岳を高く評価した。

「玉堂の図版と一生懸命睨《にら》めっこだそうです。だんだん分かって来たから、描いて見たくなったといっています。文字も稽古《けいこ》しているが、先生がいらっしゃるまでは見せないと言っています。彼は随分、先生を尊敬していますよ」

尊敬と聞いて、俺は内心で自分を嗤《わら》った。俺は鳳岳に何を与えようとしているのか。実際に与えたいのはもっと別な種類の人間に、俺自身が喜びで充実するような知識や学問であった。それが若い時に夢想した念願だった。贋作家《がんさくか》をつくるような智恵《ちえ》ではなかった筈である。俺の眼の前には果てしない泥濘《でいねい》が見えていた。しかし、も早、それは渉《わた》らなければならなかった。

二週間を過ぎて、俺は百姓家に赴いた。夏が終わりかけようとし、森林に降っていた蟬《せみ》の声が衰えていた。稲田は色づいていた。

鳳岳は尖《とが》った頰に髭《ひげ》を延ばし、髪はさらに長くなっていた。俺は彼に二冊の画集を拡《ひろ》げさせた。

「どれが、いけないか分かったかね?」

鳳岳は頁《ページ》を繰り、図版に長い指を当てて、これこれが真物でないように思うと言った。それは当たっているものもあり、当たらないものもあった。しかし、いいものを贋《にせ》だと言わなかったし、当たらないのも数が少なかった。

「まだ、眼が足りないね」

と俺は言った。

「もっと見給え。どれが悪いのか考えて見給え。あと三日してから来るよ」

鳳岳の長い顔には、また迷いが浮かんでいた。だが前よりは安心した表情がのぞいていた。

こんなことが、そのあとで二三度つづいた。彼の指摘は次第に錯誤を整理して来たが、前に真物だと言ったのを、偽作だと改めたりした。が、それ以上に彼に正確を求めるのは無理だったし、俺は今の段階で満足した。

「君は、よほど分かって来た」

俺は言った。

「だが、これを見給え。この図柄はよく出来ているけれど、筆の使い方が小器用になっていないか」

と「山中陋室図《さんちゆうろうしつず》」を指した。

「玉堂の筆はもっと荒々しいのだ。近くに寄って見ると、これでも画かと思うようなのがある。それで、ちゃんと遠近感が全体に出ているのだ。この画は、玉堂の筆癖の、いわゆる、藁灰描《わらばいが》きに似せているけれど、あまりに部分の整形に捉《とら》われすぎて、迫力が無い。これは、この画を描いた贋作家が、自分のちぢこまった技術から脱け切れなかったのだ」

鳳岳は両手と膝《ひざ》を突いて見いっていたが、黙ってうなずいた。

「次に、これを見よう」

と俺は「渓間漁人図《けいかんぎよじんず》」を指した。

「これもよく出来ていて、君が真物と思うのは無理もない。実際、そう思っているのが多いのだ。宿墨のにじみ、焦墨《しようぼく》の調子、構図も悪くない。だが、野放図な感じがない。計算され過ぎている。玉堂の画は即興的に描くから、もっと直感的なのだ。この画は整いすぎている。それはこの偽《にせ》作家が、風景を客観的に頭で考えてまとめているからだ。玉堂の捉え方は、もっと感覚的で抽象的なんだ。分かるかね？」

分かるかね、と言ったとき、鳳岳はまた尖った顎《あご》をかすかにひいた。

「それから、ここに橋を渡っている人物が見えるが、玉堂はこんな足の描き方をしない人だ。似せたつもりでかいているが、こんな小さなことで馬脚を出すものだ。一体に直感で描いた人だから、人物が橋の二つの線の上方に乗っていることが多い。人が橋の中を歩いていないのだ。これも玉堂の癖だからよく覚えておくがいい。讃の文字もいけないね。かたちは似たようでも、玉堂は、こんな、ひょろひょろした勢いのない字は書きはしない。とかく雅味を出すつもりで形の上だけをなぞるとこんなことになるんだ」

そんなことを言いながら、俺は遂《つい》に、その画集の全部の図版について説明した。その間、鳳岳は、はあ、はあ、と返辞するくらいで多くは沈黙して聞き入っていた。俺は彼の案外、素直な熱心さに少し打たれた。

「この次、一週間ばかりして来るから、一枚何か思う通りのものを描いておいてくれ」

と言った。鳳岳は、ではそうします、と力強く答えた。事実、彼の顔にはそんな意志的なものが溢《あふ》れ出ていた。

百姓家を出て、車の通る道まで酒匂鳳岳は俺を送って歩いた。林のそびえている空を背後にした彼の背の高い前屈みの姿は、俺には、こよなく孤独な格好に見えた。

「細君からは便りが来るかね？」

と俺は訊いた。

「来ます。昨日も来ました」

と鳳岳は鼻皺《はなじわ》をよせて少し笑った。

「門倉さんからお金を貰《もら》ったので、送ってやったのです」

俺は眩《まぶ》しい陽の直射をうけて顔を顰《しか》めながら、不安そうな眼つきをして立っていた彼の妻を思い泛《うか》べた。その疑わしそうな視線が、九州から此処まで届くかと思われた。

鳳岳は、お辞儀をして道に立ち止まった。

八

夏が完全に了《お》わり、秋がはじまっていた。武蔵野の櫟《くぬぎ》や樅《もみ》の林は色づいてきた。時日が経《た》つにつれ、酒匂鳳岳《さこうほうがく》の描く画は、次第に俺の満足する方向に上昇してきた。鳳岳には、もともとその方面の素質があったのだ。彼は描写にかけては天才ではないかという気がした。玉堂の筆くせもよく呑《の》みこみ、樹木や、巌石《がんせき》や、断崖《だんがい》、渓流、飛《ひ》瀑《ばく》、人物などの線、近景や遠景を表わす渇筆と潤筆の使い分け、さては藁灰描きの特徴など、大そう巧妙に紙の上に表わした。

ただ、当然ながら、玉堂を真似《まね》るには、直感的な把握の仕方が未《ま》だ出来なかった。

どうしても頭の中に造った自然の形にひきずられて了《しま》う。省略しようと努力しても、それが哀《かな》しく出て来る。だが、それは仕方のないことで、模倣的な才能の勝っている鳳岳は、個性的な精神が無かった。同じ文人画でも、竹田や大雅や木米のように写実的な画風には向くかも分からないが、浦上玉堂はちょっと無理かもしれないと思った。

部分的な遠近感に拘泥《こうでい》するから、玉堂の特徴である奔放な筆致の中に大きな空間距離が迫って来ない。構図も緊密感がないのである。これは、彼が何十枚もの「玉堂」を描いている途中に、俺は口が惰《だる》くなるほど指摘した。

だが酒匂鳳岳も、よく努力した。俺の注意を聴く度に、彼の大きな眼は自分の作品に喰いつくように注ぎ、筆を動かすときは、それが一層に凄味《すごみ》を帯びた。彼は長い髪を額のところで乱し、高い鼻は脂《あぶら》を溜《た》めて光り、こけた頬の筋肉が硬直した。画仙紙の上に身体《からだ》を折り曲げている彼の姿には塵《ちり》ほども余念のない凝固した精神があった。

しかし、どのように鳳岳が心血を注いでいる格好をしているにせよ、その姿から俺は純粋な感動を受け取らなかった。それは俺の悪の反射であり、俺のエゴイズムである。彼は俺に培養されている一個の生物体でしかない。条件を与えて、少しずつ成長してくる生物である。それを観察している俺の眼は、感動ではなく、或《あ》る愉《たの》しさであった。

鳳岳は、そのようにして、かなりの程度に上達した。かなりといったが、彼の現在描いているものだったら、相当な鑑識眼をもった人達でも欺《あざむ》かれるだろうと思った。

「君はよく勉強した」

と俺は鳳岳を讃《ほ》めた。

「玉堂が随分理解できたね、君の画に表われてきたよ。構図の方も、もう一息だ」

鳳岳は、うれしそうに笑った。彼の顔はやつれ果てていた。出京して以来、木立に囲まれた百姓家の二階に閉じこめられ、その密室の内で俺と格闘してきたのだった。あたりの武蔵野の林は秋の色がたけなわであった。黄色い稲田には農民が刈り入れをしていた。

「君が東京に来たとき、博物館に毎日行って玉堂を観たね、あれが随分役立ったのだ」

俺は言った。

「君は、毎日通って、終日、玉堂を凝視していたのだ。その真作の実物学習が君の眼と腕を上げさせた素地になったのだ。今でも、頭の中に、あの屏風《びょうぶ》と三幅の絵が入っているかね?」

「眼を閉じると出て来ます。墨の色も、滲《にじ》みも、かすれも、小さな点も、それから、ちょっとした汚れの位置までも、出て来ます」

鳳岳は言った。

「そうか。それほど憶《おぼ》えているなら言おう。あれは玉堂の作品でもAクラスのものばかりだ。しかし、あの三幅の中に、たった一つだけ、いけないのがある。いけないと言っても、これは誰もまだ気づいていない。俺だけだ。いや、俺の先生だった津山博士と俺だけが知っていることだ。どれか、君に分かるか」

鳳岳は眼を瞑《つぶ》り、じっと考えていたが、やがて大きな眼を開いた。

「一番右にあった軸ですか？」

三つならんだうちの右は「樵翁帰路図」であった。俺は思わず微笑が出た。

「よく分かったね」

「先生がそう言われるから考えてみたのです。それでなければ、とても分かりません」

鳳岳は、やはり喜ばしそうに笑った。

「それにしても、すぐにあの画を言ったのは、君の眼が肥えた証拠だ。あれは昭和十一年に重要美術の指定を受けたのだ。それをしたのは国宝保存委員だった本浦奘治《もとうらそうじ》だがね。その著書にも図版入りで、大いに讃美しているよ」

本浦奘治だけではない。岩野祐之も師匠の受け売りで、やはり自分の本に礼讃している。しかし、それが贋作であると看破したのは津山先生だった。この画は中国筋の旧大名家の所蔵品だったが、津山先生は俺をつれて、その華族の邸《やしき》に観に行かれた。当主の老侯爵《こうしゃく》がわざわざ出て来て、自慢げに蔵から出して見せてくれた。先生は通り一ぺんの挨拶《あいさつ》をされたが、力を入れて賞《ほ》めなかったので、侯爵の機嫌が大そう悪かった。暗い、大きな邸を出て、明るい道を歩きながら、先生は、あれはいけないね、本浦さんがどんなことを言おうと、あれは賛成出来ない、と言われた。その理由を、まだ学生だった俺に細かに説明されたものだ。俺はその時の歩いている往来の風景や、陽射《ひざ》しの具合まで覚えている。

酒匂鳳岳の描く画が、これからそのような価値を生むかも分からないのだ。いや、それを発生させるために、俺は鳳岳を教えてきた。俺の老いかけた情熱は、鳳岳の指導に残り火のように燃えたと言おう。俺の智恵は殆《ほとん》ど彼に傾けたようだ。が、それには与える喜びは無かった。そのことで充実感があるとしたら、酒匂鳳岳という偽絵師を培養する事業欲であった。そして、それはもう一つの「事業」の準備であった。

このころから、俺は彩古堂の芦見藤吉を予定の通り味方に引き入れた。鳳岳の描いた一枚を、黙って彼に見せると、芦見は眼をむいて愕《おどろ》いた。

「先生、これは何処《どこ》から出たのですか?」

彼は本物と思って疑わなかったのだ。画には俺が古色を付けておいたのだが、わざと印判は捺《お》していなかった。表装だけは、古いものを表具屋に付けさせた。

「よく見給え、印が無いだろう?」

芦見ほどの男が、初めてそれで気づいた。あっと口を開けて、俺の顔を見上げたまだった。

芦見は急いで鳳岳に遇《あ》った。そこに描かれた数々の「玉堂」の稽古画《けいこが》を観《み》せつけられて、顔色を変えた。

「先生、これは大した天才ですね」

芦見藤吉は、是非、自分の一手に任かせてくれと昂奮《こうふん》して申し入れた。俺が思った通り、この利益の前には以前の感情などどこかへけし飛んでいた。

俺は門倉を芦見のところに呼び、三人で今後の方針を打ち合わせた。俺は企画者として発言した。

「鳳岳の描いたものは、僕の許可なしには一枚でも絶対に他に出さぬこと。出す時は三人で合議して方法を決めること。この秘密は飽くまで守ること」

勿論《もちろん》、俺の発言は尊重された。それから酒匂鳳岳に対しての報酬は出来るだけ有利にするよう図《はか》った。それだけが培養者としての俺の彼に対する愛情であった。或《ある》いは百姓家の二階で紙の上に屈《かが》み込んでいる鳳岳よりも、白い陽に照らされて佇《たたず》み、疑わしそうな眼つきをしていた彼の妻への謝罪であった。

芦見は早速、一番出来のいいものを一枚、田室惣兵衛のところに持って行こうと言い出した。門倉はそれに賛成した。

「先生、これは小手調べですよ」

と芦見彩古堂は説いた。

「田室さんは、近ごろ、兼子さんを顧問のようにしています。だから、これは必ず兼子さんに相談すると思いますが、兼子さんの眼がパスしたら、いよいよ自信をもっていいと思います。とに角、試験的に出して見ましょう」

兼子と聞いて、渋り勝ちだった俺の心が動いた。彼は現在講師だが、なかなか優秀で、先生の岩野祐之よりも鑑識眼は勝《すぐ》れていると言われていた。岩野は画を出されて鑑定を乞《こ》われると、兼子の助け舟がないと判断が下せない。それまでは、例の「ううむ」というめきを洩《も》らしながら、一時間でも端然として凝視をつづけているというのだ。

兼子なら、という闘志が俺に起こった。彼は文人画については将来の権威を狙《ねら》っているのである。現在でも、美術雑誌などに頻《しき》りにそれに関する所論を発表している。その自信に満ちた言いぶりを俺は知っていた。

「兼子が見るなら、よかろう」

俺は承諾した。試験は、こっちではなく、兼子なのだ。兼子を試すのである。

俺は、鳳岳の画の中から一枚を選び、丹念に古色をつけた。これには奈良あたりの模作者がしているように落花生の殻を燻《いぶ》し、その煤煙《ばいえん》で汚れた朽葉のような色を着けた。この方法は、普通行なわれているような北陸の農家の炉の煤《すす》を塗るよりも、脂肪がよく紙の繊維に滲《し》み込んだ。紙も墨も古い時代のものを彩古堂が入手していた。印は篆刻師《てんこくし》に頼む必要はなく、「玉堂印譜」や「古画備考」を見て俺が彫った。こういう器用さは俺にあった。彩古堂が印肉を造ったが、その工夫は俺が教えた。すべての調子はうまい具合にいった。

芦見彩古堂が三日目に来て、田室さんが置いて行けと言ったと報告した。田室惣兵衛は自分でも古美術は分かるつもりでいる。彼は出入りの骨董屋《こっとうや》に講釈するくらいであった。骨董屋にとってはこういう種類の顧客が最も上客に違いなかった。田室惣兵衛は、芦見が持って来た鳳岳の「秋山束薪図《しゅうざんそくしんず》」に忽《たちま》ち眼を輝かしたと言った。だが、彼は慎重を期して、兼子に見せる肚《はら》だと彩古堂は観測した。

問題は兼子である。どのように鑑定するか興味はそれにかかっていた。芦見も、門倉も、ひどくそれを懸念《けねん》していた。

それから五日経《た》って、彩古堂が、てかてかと光る赭《あか》ら顔に一ぱいの笑みを浮かべて、俺と門倉の前に戻って来た。

「納まりましたよ。兼子さんが太鼓判を捺したそうです」

門倉は手を拍《たた》いた。

「いくらで納めました？」

芦見は両の指を出した。

「八十万円ですか！」

東都美術倶楽部《クラブ》の総務は嗄《しやが》れた声で歓声を上げた。彼の禿《は》げた頭にまで血の色が上った。

「私はね、兼子さんが田室さんに呼ばれたことを知ったから、帰って来るのを表で待っていたのですよ」

彩古堂は昂奮の醒《さ》めぬ顔で語った。

「すると、出て来た兼子さんが私の顔を見て、君、大したものを見つけて来たね、何処から掘り出して来たのか、と眼をまんまるくしていました。私が、では納まったのですね、とわくわくして念をおすと、無論だよ、俺がいいと言ったんだからと威張っていました。大将も大へんご機嫌だと言うのですよ。それで、兼子さんをすぐその場から料亭に連れて行き、飲ませた上に、三万円ほどポケットに入れておきました」

門倉は、しきりに大きな相槌《あいづち》を打ちながら聞いていた。それから、芦見が翌日になって田室のところに行くと、田室は果たして気に入ったからと、八十万円の言い値がすらすらと決まった話を聞くと、門倉は身のおき場のないほど感激して俺の手を握った。

「やっぱり先生はえらいもんですね。鳳岳も大したものだが、先生のご指導がないとこれまでにはなりません。有難うございます。ご苦労さまでした」

門倉は泪《なみだ》を流しそうに喜んだ。この美術倶楽部の総務は経済的にはあまり楽ではなかったようである。彼の怪しく光っている眼の中には、これからも転がり込んでくる金が、圧倒されそうなくらい見えていたに違いなかった。

兼子は試された。それは同時に岩野祐之が試されたことを意味する。若《も》しかすると、アカデミズムの権威が試されることになるかもしれない。俺の《事業》は、この小さな試験で次の段階にとりかからねばならなかった。それがそもそもの目的である。それは人間の真贋《しんがん》を見究めるための、一つの壮大な剝落《はくらく》作業であった。

ところが、二週間くらい経った後、美術関係者を読者として発行されている「旬刊美術タイムズ」に兼子孝雄の談話として、

「自分は最近、未発見の浦上玉堂の画幅を観る機会を得た。玉堂のものとしては晩年の佳品ではないかと思う。いずれ詳細に調査した上、感想を発表するつもりだが、たしかに玉堂の秀作の一つではないかと考えている」

という意味のことが載っていた。

俺はこれを読んで満足のため大いに笑った。兼子ほどの男がこんなことを言っている。俺の眼には前途の成功がありありと見えていた。

九

酒匂鳳岳は、次第に「玉堂」がうまくなってきた。それは彼が玉堂を模倣して描いているうちに、その偉大さを理解するようになったからであり、彼の心が玉堂に真実に触れてきたからであろう。彼は描きながら玉堂を研究した。或る点では、俺よりも、実際の制作者として知る技法上の研究がすすんでいるところもあった。それから、あれほど注意したせいもあってか、構図もよほど巧妙になってきていた。

芦見と門倉が揃《そろ》って来て、

「鳳岳の描いたものは、もう二十枚ぐらいになっていますが、どれも絶品です。先生、これからどうします？」

ときいた。

「二十枚でも、僕の眼からみると、いいものは三四枚程度だ」

と俺は言った。

「少なくとも、それが十二三枚くらいは溜《た》まらないといけない。君たちも、もう暫《しば》らく辛抱してくれ」

芦見と門倉は顔を見合わせた。その表情を見ると両人はここに来るまでに何か語り合っていたことが分かった。

「十二三枚くらい溜めるというのは、どういう意味ですか？」

と口を切ったのは芦見であった。

「先生のお考えを聞かせて下さい。どうも、何か計画をおもちのようですが、ここらではっきり教えて頂きたいのですが」

両人はそのことで揃ってやって来たのだ。俺が、何か得体の知れない目的を持っていそうだと薄々と気づいたらしい。彼らはそれで不安を感じたのであろう。

普通、贋画は、一点、二点と散らせて、目立たぬよう納めるのが安全な方法とされていた。一どきに何枚もかためて出しては、滅多に出て来ない古画のことだからひどく注目を浴びるし、それだけに疑惑をもたれて破綻《はたん》が起こり易《やす》い。だから、もう、そろそろ処分してもよかろうというのが彼らの考えであった。それを俺が抑えているものだから、何か魂胆があると察して、心配になったのだ。

それと、一枚でも二枚でも早く売って金にしたいという誘惑が彼らにあった。すでに田室には八十万円で売れている。この成果を見ているから、早い時期に換金したい欲望に駆られている。それは無理はなかった。投資は常に急速な利益の回転を望んでいるのだ。

「まあ待ってくれ」

と俺は煙草《たばこ》を喫《す》って言った。

「君たちの気持はよく分かる。鳳岳の生活費や俺への手当もかなり使っただろうが、田室へ八十万円で売れているから、そう困ることはない筈《はず》だ。もう少し忍耐して欲しい。俺は、まとめて鳳岳の画を出したいのだ」

「一どにですか?」

と芦見彩古堂は眼をむいた。

「それじゃ、人眼に目立って、かえって暴《ば》れるでしょう。危険じゃないですか?」

「第一、そんなに一どきにまとめて引き取ってくれる先があるでしょうか？」

門倉も尾について言い、顔をつき出した。

人眼に目立つ——それこそ俺の狙いであった。浦上玉堂の画が新しく発見された。しかも量的に多いので、古美術に関心をもつものは仰天するに違いない。話題が旋風のように捲《ま》き起こる。それがジャーナリズムに拡《ひろ》がる。当然に、その鑑定に岩野祐之が引張り出されるであろう。岩野と兼子などの一門だ。それは、個々のサロン的な鑑定ではなく、ずっと社会的な場に立つことになるのだ。言い換えると、岩野アカデミズムが社会の眼の前で敗衄《はいじく》するのである。俺が見たいのはそれだった。死んだ絵画よりも、生きた人間の真贋であった。

「人眼に立って、それで疑われて暴れるような画は出さない」

と俺は言った。

「また、それをまとめて一人の個人に売らなければならぬような必要はない。つまり、売立てをするのだ」

「売立てですって？」

芦見と門倉は意外そうな顔をして俺を見た。

「そうだ。売立てだ。どこか然《しか》るべき一流の古美術商を札元に立てて、堂々と売立てをするのだ。そのためには、一流の場所を借りて、下見会をひらく。それには派手な宣伝も必要だから、新聞や雑誌の美術記者を招待して大いに書かせるのだ」

芦見と門倉は、一どきに眼を伏せた。彼らは黙った。俺の言うことがあまりに大胆に聞こえたのか、返辞の準備が無いのである。

「先生、大丈夫ですか?」

と門倉がやっと不安そうに訊《き》き返した。

「君は鳳岳の画に不安をもっているのか?」

と俺は言った。

「俺がここまで彼を養成して、責任をもっているのだ。例えば、事情を知らずに、今、不意に彼の描いた玉堂を見せられたら、俺だって真物と思い込みかねないよ。俺がこう言っているのだ。ほかに誰が見破る者があるかい?」

芦見も、門倉も、また沈黙した。それは俺の言葉を承認していることだった。然し、彼らの不安は去らず、その表情は迷っていた。

「しかし」

と芦見が躊《ため》らいがちに言った。

「それだけ一ぺんに玉堂のものが出たというと、不自然になりませんか?」

「不自然ではないね」

俺は煙草の残りをすり潰《つぶ》し、足を組み替えた。

「日本はひろいのだ。まだまだ、どんな名品が名家や旧家に埋没されているか分からない。これくらいの品が出たとしても、ちっとも嘘《うそ》にはならないよ」

それが盲点であった。封建的な日本美術史の盲点というべきであろう。西洋美術史の材料は殆ど開放されて出尽しているといってもよい。欧米の広い全地域に亘《わた》る博物館や美術館の陳列品を観れば、西洋美術史の材料の大多数が蒐集《しゅうしゅう》されていて、研究家や鑑賞者は誰でも見ることが出来る。古美術が民主化されている。だが、日本ではそうはいかないのだ。所蔵家は奥深く匿《かく》し込んで、他見を宥《ゆる》すことに極めて吝嗇《けち》であるから、何が何処にあるのか判然としない。それに、美術品が投機の対象になっているので、戦後の変動期に旧貴族や旧財閥から流れた物でも、新興財閥の間を常に泳いでいるから、たとえ文部省あたりが古美術品の目録《リスト》を作成しようと企てても困難であろう。その上、誰も知らない処《ところ》に、誰も知らない品が、現存の三分の二くらいは死蔵されて眠っていると推定できる。その盲点が俺の企《たく》らみの出発だったのだ。

「それでは、その出所や由緒《ゆいしょ》はどうしますか?」

芦見が突っ込むように訊いた。

「出所か。それは某旧華族とすればよかろう。体面上、名前が出せないと断わっておくのだ。浦上玉堂は備中侯の藩士だった。だから、その縁故の旧大名か、明治の大官の家系にしてもよい。維新の時、旧大名家の所蔵品が随分明治政府の要路者のところへ献納されたからな。それらしいものを匂《にお》わすのだ」

「すると、われわれの手では不可能です」

と芦見彩古堂が降参したように言った。

「それだけ大掛りな売立てとなると、札元が私如《ごと》きでは信用しません。一流の骨董屋でないと、やっぱりまやかしものだということになります」

「一流の骨董屋に持ち込むのだ」

と俺は平然と言った。

「そんな店が相手になってくれますか?」

「相手になるようにするのだ」

「では、どうします?」

「現物を見せるのだ。鳳岳の画だったら、そんな由緒の穿鑿《せんさく》は無くても、一度で惚《ほ》れ込むよ。だが、猜疑心《さいぎしん》の強い骨董屋のことだ。これは大漁だと思ってもすぐには飛びつくまい。必ず、その道の権威に鑑定させて、その折紙がついたら引き受けようと言うだろう。それで成功すれば、この計画は完成したようなものだ」

成功すれば、と俺は言葉ではいったが、それは高い確率性があった。そのことが、計算になければ、俺は初めからこんな仕事を考えつきはしない。

「権威と言いますと、南宋画だから、岩野先生か兼子先生ですかな？」

芦見はだいぶん心が動いてきたように訊き返した。

「そうだ、先《ま》ず、その辺だろう」

もし、芦見と門倉が注意深く俺の表情を見ていたら、俺の口辺に上っているかすかな笑いに気づいたであろう。それは会心ともいうべき笑みであった。まさに、岩野祐之や、兼子などの一党を誘い出すのが俺の最初からの目的だった。

「そんなことになると、その札元は誰にしますか？」

今度は門倉が訊いた。俺は二三の骨董屋の名を挙げたが、それはいずれも一流の古美術商であった。門倉と芦見は再び尻《しり》ごみしそうな顔になった。彼らには今や冒険心と恐怖心とが交錯しているようにみえた。

「もう少し考えてみます」

と芦見が言うから、

「鳳岳の画をなし崩しに売っちゃ駄目だよ。初めの約束通り、俺の同意がなければ、一枚でも絶対に出さぬようにしてくれ」

と俺は釘《くぎ》をさして置いた。芦見と門倉は、帰って行ったが、来た時よりずっと昂奮《こうふん》した様子が現われていた。俺は彼らが、結局、俺の発言通りになることを信じた。それで、以後の計画を細かく立てた。それは俺の後半生で最も意志力と愉悦とに充満した時間であった。

芦見彩古堂が、いよいよ決心をつけて、俺の言う通りに踏み切ったのは、雑誌「日本美術」に兼子の「新発見の玉堂画幅に就《つ》いて」という一文が発表されたからである。この美術雑誌は、日本古美術の最高の権威をもったもので、この雑誌に作品が紹介されたら、それだけでその品は権威ある折紙がついたと同様であった。

兼子の紹介論文は四頁《ページ》に亘っていて「秋山束薪図」の写真版が大きく挿入されていた。まさしく鳳岳の「秋山束薪図」であった。

兼子の書いていることを読むと、これは玉堂の恐らく五十歳から六十歳ころの作品だそうで、円熟の中にも気力の充実が見られるとのことである。玉堂の作品の中ではAクラスの出来栄《ば》えであって、構図も抜群で、筆も玉堂の特徴を遺憾なく発揮した逸品である。近く国宝保存委員会で正式に調査して、重要美術品の指定を申請したい、日本にもまだこのような秀作が埋蔵されているかと思うと大いに心強い、と結んであった。

恐らくこの一文は兼子が実際に本心から書いたものであろう。所有者の田室惣兵衛の歓心を買う目的ではないことは、その論文の調子の溌剌《はつらつ》さで読みとれた。

俺は、図版を見たが、なるほどこうして改めて見ると、いかにも玉堂の真物のように思える。その制作の経過を全部知っていながら、まるで別様な感じであった。兼子ならずとも、俺でもそう思うかも分からないな、と甘い気持が出てきた。

「先生、これなら大丈夫です。兼子さんがこれほどまで言うのだから自信がつきました。先生の仰有《おつしや》ったようにしましょう」

芦見は勢いこんだように言った。

芦見は兼子が認めれば、他の玉堂権威者も追随してくると言外に言っている。そうだろう、と俺は思った。若手だが兼子は確《しつか》りしていた。彼の先生の岩野祐之よりも鑑定にかけてはたしかな眼をもっている。兼子が言えば、岩野が引きずられてくるのは必定である。だが、兼子がいかに実力があるといったところで、彼だけがものを言っても俺には役立たぬことだった。現在、アカデミーの最高の座にいる岩野祐之に正面切って発言させたいのである。それでなければ、俺の目的は遂げられない。

しかし、兼子の先導で岩野祐之は出て来るに違いない。必ず正面に出てくる。その一派を随《したが》えて出てくる。俺の心は喜びと勇気に満ちた。俺の壮大な剝落作業は、手落ちなく足場を組まねばならなかった。

「芦見君。それじゃ、いよいよ、やろう。門倉に岡山へ行かせるのだ」

「岡山に?」芦見は不審な顔をした。

「岡山あたりには玉堂の贋物がごろごろしている。そのうちの出来のよさそうなのを五六点買って来るのだ」

「それも真物として売るのですか?」

芦見は愕《おど》ろいたように言った。

「そうじゃない。下見会にまぜて出すのだ。しかし、いけないものは誰の眼にもいけないから区別はされるのだ。それでいいのだ。考えて見給《たま》え。所蔵家が真物ばかり蒐《あつ》めているのがおかしいじゃないか。玉石混淆《こんこう》が普通なのだ。なるべく自然らしく見せかけないと、ちょっとしたことからでも疑念をもたれるのだよ」

俺の説明を聞いて、芦見彩古堂は深くうなずいた。その眼は、俺の意見を深く信頼していた。

一〇

酒匂鳳岳《さこうほうがく》は見違えるように元気になった。

彼の顎《あご》は相変わらず尖《とが》っていたが、血色はよくなり、陥没した頬も肥えてきたように思えた。大きな眼は自信がありそうに光った。

「自分でも玉堂の真髄に触れたような気がするのです。描いていて何だか玉堂がのり移ったみたいですな」

彼は高い鼻に例の笑いの皺《しわ》を寄せ、大きな口を開けて張りのある声を出した。東京へ出て来た当時とはまるで変わって昂然としていた。

一つには、それは彼の懐《ふとこ》ろ具合がよくなってきたからに違いないのだ。芦見が「秋山束薪図《しゅうざんそくしんず》」を田室に売った時、鳳岳は十万円を貰《もら》っている。その後も、九州の家族の生活費と合わせて、芦見からかなりな手当が出ているのである。芦見にすれば、それは投資であるが、鳳岳は今までにない潤沢な金に恵まれたのだ。九州の炭鉱町で、ぼそぼそと画を教えて、一人から月に二百円か三百円とっていたころとはかけ離れた収入であった。その経済的な充実感が、鳳岳の自信にも、風貌《ふうぼう》にも、肩を聳《そび》やかすような軒昂とした気力を与えているに違いなかった。

「君はうまくなった」

と俺は贋画の天才に言った。

「これを見給え。こんなことが書いてあるよ」

「日本美術」を出すと、鳳岳は眼を輝かし、顔を吸いつけるようにして読んだ。一度では納得せず、二三度くり返して読んだ。それは自分の喜悦と満足を堪能《たんのう》させるためであった。

「すっかり自信がつきました」

と鳳岳は、うっとりとした眼つきで言った。彼の表情はその反芻《はんすう》に陶酔していた。

「君は、よく努力したね。しかし、油断してはいけないよ。怠けるとすぐに分かるから。そりゃあ怕《こわ》いものだ」

鳳岳は頷《うなず》いた。が、今の場合、この訓戒は彼の心の表皮を撫《な》でて過ぎただけのようだった。

「芦見さんから聞きましたが、一どきに沢山売立てをするんですってね」

鳳岳は言った。俺は芦見に、鳳岳には間際《まぎわ》まで黙っているようにと言うべきだったと気づいた。

「私は、今でも二十六枚の画幅を描いて置いていますが、あれで役に立ちませんか。

みんな《秋山束薪図》くらいの出来ですが。勿論《もちろん》、これからも、いいものを描きますけれど」

鳳岳の顔には、果たして自負が出て来て、それが不満そうな表情にさえ見えて来た。

このとき、俺は、かすかな不安に似た予感を覚えた。

「君がいいと思っても、僕の眼にどうやらパスするものはまだ一点か二点だ」

俺はきびしい調子で言った。

「もっといいものを描かなければ、世間には出せないよ。芦見がどう言ったか知らないが、売立てのことは、何ともまだ決まっていないのだ。世間の眼はそれほど甘くないからな」

鳳岳は黙った。眼を横に遣《や》って、唇を閉じている顔つきで、彼がたった今までのご機嫌とは打って変わって、不興になっていることを知った。俺は彼が慢心の兆《きざし》を見せたことに腹を立てた。しかし、それ以上のことを言うのを抑制して別れた。

その後も、武蔵野の奥にある百姓家を訪ねて行ったが、三度に二度くらいは、鳳岳の姿は無かった。階下の人に訊くと、都心の方へ出かけて行くというのである。二晩くらいつづけて泊まって来るとも言った。こんなことは以前には無かったことだ。

そういえば、鳳岳の身装《みなり》はずっとよくなっていた。以前には俺と同じくらいに、よれよれの着物をきたきりだったが、近ごろでは新調の洋服で外出した。靴も上等だし、カメラも肩から下がっている。あの中二階の蚕部屋《かいこ》にも洋服箪笥《だんす》の新しいのが置かれていた。それは、すべて急激な彼の経済的な変化を語っていた。

俺は、芦見や門倉が共謀して、俺には内密に鳳岳の絵を二枚か三枚売りとばしているのではないかと思った。多分そうであろう。芦見が「秋山束薪図」だけで、そんなに潤沢に鳳岳に金を与える訳はない。こういうことをさせないために、あれほど固く禁じていたのだが、と俺は舌打ちをした。だが、考えてみれば、芦見や門倉の徒が、目前の儲《もう》けを見ながら、そんなにいつまでも忍耐する筈がなかった。辛抱せよという俺が無理かもしれない。しかし、こういう事態になると、もう一刻も猶予《ゆうよ》が出来ない切迫した気持になった。

ある日、鳳岳の家に行くと、彼は玉堂の写真を手本に文字を手習いしていた。その勉強している姿を見ると、俺もいくぶんは安心した。窓から眺めると、この辺りの林は秋が凋落《ちょうらく》し、冬の景色が進行していた。それは鳳岳が九州からここに来てからの時間の推移を説明していた。同時に、酒匂鳳岳という一人の田舎絵師の上に変化が遂げた時間でもあった。

「先生」

と鳳岳は言った。

「昨日、街に出たら、偶然、京都絵専時代の友人に遇《あ》いましたよ。奴《やつ》、今は偉くなっていましてね。先生も名前をご存じでしょう、城田菁羊《しろたせいよう》という男です」

「ほう、城田菁羊と君は同期だったのか?」

城田菁羊なら俺も名前だけは知っていた。なるほど年齢も鳳岳くらいだろう。彼は二十七八歳の時に日展の特選をとり、今や、その斬新《ざんしん》な作風を注目されて、同世代の中堅の中では先頭を走っている日本画家であった。展覧会毎《ごと》に彼の名前は新聞の学芸欄に派手に出ていた。

将来を約束されて、日の出の勢いにある城田菁羊と、酒匂鳳岳の出遇いはどのようであったかと俺も少しは興味をもった。

「奴、威張ってましてね、仲間というよりも崇拝者のような連中や、美術記者なども連れて銀座を歩いているのです。大した勢いですね、凄《すご》い洋服を着込んだりして。私を見て、君はいつの間に東京に出て来たかとびっくりしていました。それで今日は忙しいから、いずれゆっくり会おうというのです。何だか私を軽蔑《けいべつ》しているようで腐りましたがね。なに、あいつだって、学校時代は私とは大した違いのない絵を描いていました」

鳳岳は、菁羊とあまり違いのない絵を描いていたというが、それは鳳岳の思い違いか、負け惜しみであろうと俺は思った。そのような筈《はず》はあるまい、その頃から腕の相違は開いていたに違いないのだ。

「それで、君は菁羊にどう言ったのだ?」

「絵を描いて暮らしていると言っておきましたよ。展覧会では見かけないようだが、と言って私の風采《ふうさい》をじろじろと見るので、なに、そのうち野心作を出したいと思っている、今は依頼の画の約束を果たすのに精一杯だと言ってやりました。すると彼は、それは繁昌《はんじょう》で結構だ、是非自分の家にも遊びに来てくれ、と言って別れました。私がそう貧乏していないと観察してそう言ったのですね」

鳳岳はまた鼻皺《はなじわ》を寄せて少し笑った。どうも彼の鼻皺を見ると、俺は愉快ではなかった。貧相というよりも、その高くて薄い肉の鼻がそれ自身に表情をつくっている。暗くて、親しみを感じさせない陰気さがあった。俺は彼をこのように教えて来たのだが、彼の鼻皺と薄い唇を見ると、感情の中に一種の憎しみのようなものが入ってくるのであった。

「君は、あまり出歩かない方がいい」

と俺は言った。

「頭脳の疲れ休めに近くを散歩するくらいは構わないが、遠くで遊ぶことはもう少し辛抱し給え。売立ての画が完成するまで落ちついてくれ」

鳳岳はこの忠告に一応はうなずき、そうします、と素直に答えた。が、彼の顔の不機嫌はそれほど直っているとは思われなかった。俺には二度目の漠然とした不安な予感が水のように満ちてきた。

早く《事業》を完成させなければいけない、と俺の心は急《せ》いてきたようだ。それは時間的なことではなく、どこかで破綻《はたん》が来そうなのを懼《おそ》れる気持であった。懸命に何かを振り切って、遁《に》げる気持に似ていた。

門倉が岡山から偽作を買い込んで帰った。玉堂もあり、大雅もあり、竹田もあった。大雅と竹田をまぜたのは俺の智恵《ちえ》である。どうせ廉《やす》い金高だから、これ位の資本を投じるのは止《や》むを得ないと俺は説いた。玉堂のものばかりあるのもおかしいし、また、いいものばかりが出ているというのもおかしいのだ。

「少し、時期を繰り上げよう。鳳岳の描いたもので、まあ胡魔化《ごまが》せそうなのが十二点はある。玉堂があまり多いのも変だから、このくらいの数が適当だろう。早速、準備にかかろうじゃないか」

俺が言うと、芦見も門倉も大いに賛成した。待っていたといわぬばかりだった。

札元には芝の金井箕雲堂《きうんどう》に白羽の矢を立て、芦見に交渉させた。一流の古美術商である。この大量な玉堂の出所は、旧某大名華族で、実は或《あ》る筋から処分の委託をうけたのだと説明を教えた。旧華族が遠慮して、或る筋といえば、宮家しか考えられない。宮家とその旧大名華族とは縁戚《えんせき》の関係にある。その大名と玉堂とは縁故がある。このようなことを匂わせておかせた。由緒《ゆいしょ》などはどうにでもなるものである。

古美術商は、日本の名品が発見されても、そう愕かない。まだまだ埋蔵されている割合が多いのだ。この発見の可能性の心理が、俺の計画が成立する重要な条件であった。

金井箕雲堂は、芦見彩古堂の持ち込んだ現物を見て、大そう驚愕《きょうがく》したそうである、無論、それは玉堂だけだ。大雅と竹田は見向きもされなかった。が、この無駄が実は必要なのだ。骨董屋《こっとうや》に信用させなければいけないのである。この演出もうまくいった。これだけはまさしく玉堂の真物であろうと、しげしげと数々の画幅に見入ったというのである。

（兼子先生が《日本美術》に書きはったのはこの伴《つ》れだっか？）

と箕雲堂の主人は京都弁で驚嘆したという。ようし、うちに札元をさせておくんなはれ、と言ったときは、芦見はこの話がすっかり成立したものと思い込んだそうである。

（けどな、念のために岩野先生の推薦をもらっておくんなはれ。推薦文を目録に刷り込んで、ぱっと撒《ま》いたるんや。その承諾さえ岩野先生に貰えたら、札元をやらせて貰いましょ）

簑雲堂はそう答えたという。

さすがに簑雲堂だと思った。彼はこの玉堂の蒐集品に半分の疑問をかけたのだ。それは絵画自体よりも、芦見彩古堂のような二流の骨董屋が持ち込んだところに懐疑をもったのだ。だから、文人画では権威といわれている岩野祐之の推薦文を目録に刷り込もうという。いけない品でも、これなら真物として信用されるから売り易《やす》いし、あとの責任脱れにもなる。

玉堂の画幅だけで十七点、百万円平均としても千七百万円以上の売上げが予想された。簑雲堂としても、指をくわえて見送るには惜しい筈であった。だから、簑雲堂は、こう言った。

売立ての会場は芝の日本美術倶楽部《クラブ》の一室か、赤坂の一流料亭を借りよう。下見会には出来るだけ多方面に案内状を出し、新聞雑誌関係の記者も呼ぶというのであった。

それには岩野祐之先生のところに、その鑑定を頼みかたがた、紹介に、簑雲堂が芦見を連れて行ってもいいというのであった。

その実行は数日後になされた。芦見が躍るような格好をして戻って来た。

「万歳だ。岩野先生は大感激していましたよ。長生きはするものだと泪《なみだ》をこぼさんばかりでした。これほどの玉堂の名作が、こんなにまとまって見られようとは夢にも思わないというのです。部屋を二つぶち抜き、十二幅を全部掛けて、それはもう息を呑《の》むばかりに見詰めて、大へんなものでした。兼子さんも、田代さんも、諸岡さんも、中村さんも、助教授、講師連中が、立ったり、坐《すわ》ったり、手帖《てちよう》を出してメモするやら大騒ぎでした。こんなのは美術史上で空前の大発見だというのです。岩野先生は、無論、推薦文は書く。その上、《日本美術》には特輯号《とくしゆうごう》を出させて、この発見について兼子さん以下がみんなで執筆すると非常に昂奮《こうふん》していました。下見会には、重要美術に指定したいから、文部省から撮影技師を寄越すというのです。あまりのことに、傍に坐っている私は空恐ろしくなりました」

芦見彩古堂は、実際に昂奮のために蒼《あお》い顔をしていた。

「箕雲堂が言うのです。これじゃ売上げが二千万円以上になりそうだと、ほくほくでしたよ。私は手を握ってお礼を言われました」

門倉は聞いて、泣くのか歓《よろこ》ぶのか分からないような声を上げた。彼は芦見に抱きついた。それから、両人は、酒匂鳳岳がそこに阿呆《あほう》のように立っているのを見ると、仇《きゅう》敵《てき》でも見つけたようにその身体《からだ》にとびかかった。

——赤坂の一流料亭で玉堂の画幅をずらりとならべて、下見会が開かれる。蒐集《しゅうしゅう》家《か》や学者、美術ジャーナリストが押しかける。東京でも一流の業者が会場を忙しげにうろうろする。文部省から撮影に来る。その壮麗なる光景を俺は眼に泛《うか》べた。

岩野祐之が売立品目録に書いた推薦文は、多分、このような文句かも知れない、これこそ玉堂の真作にして、中期、後期に亘《わた》る傑作の集積であることは間違いなし、この発見は、日本古美術史上の一大慶事である、と。兼子や田代や諸岡も、その他、岩野祐之の一門は、権威ある雑誌に尤《もっと》もらしい論文を学究的な用語で荘重に書く。

すべては、俺の計算通りに行った。岩野祐之は抜きさしならぬ場に出て来た。何かあっても、もう遁《に》げようがないのである。彼らは《日本美術史》の神さまのような厳粛な足どりで重々しく俺の剝落《はくらく》作業場に入って来るのである。

俺の作業がはじまる。まるで時計の秒針を計っているように、計画的に時を計ってやる。俺の声が絶叫する。あれは贋作《がんさく》だ！

突風が捲き上がったような混乱が起こるだろう。その渦まくような煙が薄れるころ、岩野祐之が真逆さまに転落して行く姿が眼に見えるようだ。荘厳な権威の座から哀れげに落ちてゆく。アカデミズムの贋物が正体を剝《は》がされて、嘲笑《ちようしよう》の中に墜《お》ちるのである。

——俺の眼に映っていたのは、このような光景であった。それが俺の最終の目的である。人間はその目標を凝視するあまり、恰《あたか》もそれが実景であるかのように幻視や幻覚に襲われるものだ。

が、俺の凝視も遂《つい》に幻覚に終わったのであった！

どこに破滅があったのか。

酒匂鳳岳が喋《しやべ》舌ったのだ。彼は、ほんの一言、城田菁羊に洩《も》らした。無論、贋作を描いているとは言わない。が、おれだって玉堂くらいの腕はあると言ったのだ。これは、中堅画家として声名を得ている昔の友だちに己の才能を対抗的に認めさせたかったのである。決して知らせてはならない秘密だが、自分が無能の土砂の中に埋没するのはあまりに寂しかった。ほんの少しは誰かに知らせたいのだ。

実際、彼は残っている一枚を、それはまだ落款《らつかん》の無いものだったが、自慢げに菁羊に見せたものである！

そこまでであると崩壊の穴はそのことから急速に拡《ひろ》がった。金井箕雲堂があわてて約束の取り消しに来た。それから不運にも、岩野祐之の推薦文のついた目録はまだ印刷中で刷り上がっていなかったから、外部に出ることは無かった。岩野は危うく転落を免れた。

俺は酒匂鳳岳を責めることは出来ない。俺だって自己の存在を認めて貰《もら》いたかった男である。

俺の《事業》は不幸な、思わぬ躓《つまず》きに、急激な傾斜のしかたで崩壊した。しかし、俺は何もしなかった、という気は決してしないのである。

どこかに或ることを完成した小さな充実感があった。気づくとそれは、酒匂鳳岳という贋作家の培養を見事に遂げたことだった。

間もなく俺は女との間に醱酵《はっこう》した陰湿な温《ぬく》もりを恋い、白髪まじりの頭を立てて、民子を捜しに町を歩いた。

紙の牙《きば》

一

昏《くら》くなると、この温泉町の繁華街の灯が真下に見えた。旅館は丘陵の斜面に建っていて静かである。下の灯のあかりの中から、賑《にぎ》やかな音と声とが匍《は》い上がって来そうであった。

「ねえ、下に降りて見ましょうか?」

昌子《まさこ》が言った。硝子戸《ガラスど》に顔を密着するようにして外を覗《のぞ》いていた。

「そうだな」

弾まない声で菅沢圭太郎《すがさわけいたろう》は言った。ビールを一本飲んだら顔が真赫《まつか》になる男である。メロンを匙《さじ》ですくいながら、片手では新聞を読んでいた。耳の上に薄い白髪が光っている。

「お嫌」

ふりむいたので、菅沢圭太郎が新聞を払い除《の》けて眼を挙げた。

「降りてもいい」

彼は返辞したが、人通りの中を歩くのは、あまり気が乗らなかった。漠然とした懼《おそ》れがある。が、断われないのは、温泉町を昌子と宿着のまま外を歩く魅力であった。

「そうしましょう。少しお歩きにならないと毒だわ」

旅館に着いたのは三時だったから、四時間の快い時間が経《た》っていた。まだ明日の夕刻までに充実した時間が湛《たた》えられている。小さな弛《し》緩《かん》は必要かもしれなかった。

昌子はスーツに着更《きが》えようとしたが、圭太郎が押し止めた。

「そのままがいいよ。すぐ帰るのだから」

言葉通りだったが、旅館の浴衣《ゆかた》に黒衿《くろえり》の半纏着《はんてんぎ》も洋装ばかり見ている眼には情緒的な新鮮さがあった。

旅館の前から車に乗った。車は曲がった坂道を下って行く。旅館のさまざまな長い塀がつづき、疎《まば》らな外灯の下を浴客が下駄で歩いていた。

賑やかな通りに出るまで十分とかからなかった。車は明るい店の前で停まった。

人の通りは多かったが、半分以上は宿の着物をきていた。ぞろぞろとかたまって歩くのは団体客であろう。夜というのにカメラを肩にしている者がいる。両方の土産物屋では客の呼び込みをしていた。

圭太郎はもしや知っている者が歩いていないかと思って、顔を横にしたり、うつ向けたりして急ぎ足になっていた。R市役所の厚生課長として、役所の者だけではなく、こちらが覚えないでも面会した人間には知られている顔である。思わず足が速くなっているのはその臆病《おくびょう》からだった。

「少し、ゆっくりとお歩きになったら」

昌子があとから言った。

圭太郎は生返辞して速度を仕方なしにゆるめた。女に内心を見透《みす》かされたくない虚勢もある。昌子が追いついた。

「まるで急用があるみたいね」

繁華街は一本道で距離は長くない。そこを抜ければ暗い寂しい通りになり、片側に川が流れている筈《はず》であった。圭太郎は早く人の顔が判別出来ない道に出たかった。

「土産物を買いたいわ」

昌子が愉《たの》しそうな声で言った。顔は店の方に向き、足は停まりそうになっていた。店先の電灯の下には客が五六人群れている。散歩人も流れていた。

「土産物なら旅館でも売ってるよ」

圭太郎は制《と》めようとした。

「旅館のは高いわ」

と昌子は言った。

「それに品数だって少なくて決まりきっているわ。わたし叔母さんに何か買ってきて上げるって約束して来たんですもの。あなたも見て頂戴《ちょうだい》」

昌子はもう店の方へ歩いていた。

圭太郎は往来に立ちどまることも出来ず、そのあとに従った。店先の客は絶えず入れ替わっている。彼はなるべくその方に顔をそむけて店内に入った。

細工もの、風呂敷《ふろしき》、手拭《てぬぐい》、飴《あめ》、羊羹《ようかん》、そんなものが派手な意匠でならんでいた。昌子は棚を回って選択している。圭太郎は何でもいいから早く買物が済むことを祈った。時間がなかった。

「これ、どう？」

昌子は温泉饅頭《まんじゆう》の箱をとり上げて彼に相談した。

「叔母さんは甘いものが好きだから」

酒場に勤めている昌子はアパートの一部屋に叔母と一緒に暮らしていた。今日のことは叔母に話してある。圭太郎も会ったことのある老婆《ろうば》であった。

「いいだろう」

圭太郎は答えた。

それでも昌子は眼移りしてあれこれと取り上げ、函《はこ》の大小を較《くら》べ合っていた。余計に手間取ることが、圭太郎の心を苛々《いらいら》させた。店には客が立て込んできた。誰に顔を見られるか分からないのだ。せめて女の傍から離れていようとしたとき、

「これにしますわ」

昌子が決心したように言った。饅頭函と羊羹三個、店員がうけとり、包装をはじめた。圭太郎は紙入れを出して金を支払った。

やれやれという思いで店を出た。昌子が包みを抱き、すぐあとに従った。店の前には、散歩の温泉客が黒くなって集まっている。

圭太郎はうしろから肩をたたかれた。はじめは昌子かと思ってふり向くと、宿のお仕着せをきた男が眼の前で笑っていた。

「課長さん」

低い声で相手は言った。圭太郎は蒼《あお》くなった。昌子が横を通り抜けて、知らぬ顔ですうっと前を歩いて行った。

顴骨《ほおぼね》の出た三十五六の男は、ちらりと眼を動かして女の後姿を追い、視線を圭太郎の顔に戻した。

「さっきから似た人だと見ていたが、やはり課長さんだった。私も昨夜から此処《ここ》に泊

まっていましてね」

眼はまた昌子の後姿を探した。圭太郎が声も出ずにいると、

「おたのしみですね。では、お急ぎでしょうから、また」

と男は自分から別な方角に歩き出した。着物を着ていても、肩肘《かたひじ》張った歩き方である。

菅沢圭太郎は遁《に》げるように昌子のあとを追った。昌子は二十米《メートル》ばかり向こうの町角に立って待っていた。圭太郎は色を蒼くしていたが、夜のことだから見えなかった。

「知った方？」

昌子は気遣わしげに訊いた。

「うん」

「まあ、悪かったわ。わたしがご一緒だということ、気がついてたかしら？」

さあ、と圭太郎は口の中で呟《つぶや》いた。彼女に知らせたくなかった。相手ははっきり女と同伴だということを見究めている。酒飲みだから昌子の居る酒場に行ったことがあるかも知れない。昌子を知って居そうだった。彼女の方では気づいて居ないようだ。

「心配だわ」

昌子は圭太郎の方をおそれていた。妻子のある市の厚生課長が酒場の女と温泉町に

遊びに来ている、その噂《うわさ》が男の疵《きず》になることを危惧《きぐ》していた。

「多分、大丈夫だろう」

　圭太郎はすこし大きな声で言った。

「そう、それならいいけど。一体、どなた?」

「なに、新聞記者だ」

「新聞記者?」

　昌子が小さく叫んだ。

「いけなかったわ。分かったら、書きたてられるんじゃない?」

　息を呑《の》んだような声だった。

「そんなことはしないだろう。新聞記者といっても、小さな、新聞とも言えない代物《しろもの》を刷っているところでね。日ごろから取材で役所をうろうろしている男だから、僕のところにもよくタネをねだりに来るし、悪いことを書く筈がない」

「そう、それなら安心だけど。……散歩に宿から出なければよかったわね」

　そうだ、旅館から出なければよかったと圭太郎も後悔している。何だか気が進まなかったのは、やはり、悪い予感がしていたのだ。圭太郎は力が抜けた。

　昌子に教えたのは半分は嘘《うそ》である。小新聞の記者には違いない。「明友新聞」といって市政新聞の一つで、発行部数は千か二千である。R市にはこのほかに「報政新報」と他二つの市政新聞があるが、発行部数も同じ、やり方も同じであった。

この四つの市政新聞は市民には配達されない。購読者が無いからだが、彼らはそれで平気であった。目的が違うのだ。「正義に基づき民主的なR市を建設するため市民に代わって市政を監視し、批判する」というのが謳《うた》い文句だが、実際は強制寄付であり、吏員へ紙の押し売りであった。吏員も一人々々が個人の金を出して買うのではない。各部課の費用で、百部、二百部と必要のないものをまとめて買いとらされるのである。

局長も部長も、この市政新聞を恐れている。いや、市長も助役も懼れていた。何を書かれるか分からないのである。彼の言う通りに金を出せば紙上で賞讃され、渋ると悪口を書かれる。有ることないことが、連載もののように執拗《しつよう》に出るのである。

それで市では、予算から年間六百万円を支出して四つの市政新聞の購読料を支払っている。尤《もっと》も金額は莫迦々々《ばかばか》しくて発表出来ないから、各部課の雑費でひそかに落としているところもあった。

ただそれだけなら、まだ単純であった。そうでないから、実体を知っている菅沢圭太郎が「明友新聞」記者高畠久雄《たかはたひさお》に遭遇して色を失ったのであった。

「帰ろう」

と圭太郎は言い、暗い坂道を元気のない足で上った。

二

四つの市政新聞はすべて金で動いている。先月は市長派の肩をもっているかと思うと、今月は反市長派を支持している。明日はまた市長派に回りかねないのであった。市長派、反市長派は市会議員の問題だが、市会議員同士でいくつもの派に岐《わか》れて暗闘があり、それにボスの代議士がついている。これらが闘争の武器に市政新聞を利用するのであった。新聞は金を余計に出した方の提灯《ちょうちん》をもち、相手方を叩《たた》くのである。のみならず、この市政新聞の記者たちは「顔」にものを言わせて金儲《もう》けを漁《あさ》るのだ。土地の周旋や物品の納入に口を利《き》いてサヤや報酬を取るのである。役所の吏員たちは後難をおそれて、大てい彼らの言いなりになった。

誰もこのような新聞に係り合いをもちたくない。真実でなくとも、毎号のように「悪事」を書き立てられると、殆《ほと》んどの者が参るのだ。活字の魔力が働いて、知らずに読んだものには真実に近い印象を植えつけるのであった。敵は活字の特殊作用を知っていた。活字の前に吏員たちは嬰児《えいじ》のように抵抗力がなかった。

ましてどの部課も完璧《かんぺき》ではない。探せば、いくらでも埃《ほこり》は出て来るのである。その気になってほじくれば、彼らの大見出しになる材料には不自由しない。いよいよネタが無ければ、個人的な攻撃に移る。私生活が容赦もなく、恥部を黒っぽい粗悪な紙の上に晒《さら》されるのであった。狙《ねら》われた者は、彼らの気の済むまで被告人であり罪人であった。当人は歩いても坐《すわ》っても顔を上げられぬ思いをしなければならなかった。

そのことの回避が市政新聞の記者を傲慢《ごうまん》にした。彼らは役所の中をわがもの顔に濶《かっ》歩《ぽ》する。平気で、助役や局長や部課長の前の椅子《いす》にあぐらを掻《か》いた。時には猫撫《な》で声を出し、時には声を怒らせた。先方が臆病げに顔色をうかがうのを、くわえ煙草《たばこ》で見下ろすのである。

いくつもの実例があるから困るのである。助役はそのために市長立候補を断念して失脚した。局長が他の閑職に転出し、部課長で地方事務所に追い出されたり、格下げさせられた者もあった。糸を引いた反対派が、記者を無形の武器にして攻撃した結果もあった。

——週末を利用して温泉地に泊まった菅沢圭太郎は、憂鬱《ゆううつ》な気持で毎日役所に出勤した。

五月の明るい季節だったが、気持は昏くて空虚だった。「明友新聞」がこのまま放って置いてくれるとは思えなかった。何かが今に起こってくる。間違いなく起こってくる。

記者の高畠久雄は、あれから毎日役所の中を徘徊《はいかい》しているが、ふしぎと圭太郎の机の前には寄りついて来なかった。高畠のだみ声は、この民生部の中央にある部長の前で傍若無人にすることがあるが、厚生課長の前には歩いて来ない。隣の社会保障課長の前で、高畠久雄の哄笑《こうしょう》が聞こえるときは、今にも次にはここに姿を移すかと、圭太郎は緊張するのだが、高畠久雄は見向きもしないで、そのまま肩を張って出て行くのであった。

圭太郎はこの肩すかしが薄気味悪かった。静寂は相手が何か企《たく》らんでいる期間のように思えて仕方がない。それとも、欲目で、ふと自分の杞憂《きゆう》ではないかと思うこともあった。或《ある》いは余計な取り越し苦労であろう。向こうは自分が思うほど心に留めては居ないのかもしれない。妻以外の女と温泉地に行くなどとは、今ではざらに世間にある平凡なことだ。高畠久雄はそんなありふれたことは歯牙《しが》にもかけないのではないか。

小さな安堵《あんど》が、時日と共に少しずつ這《は》い上がってきた。

が、そうも安心し切れない警戒心がその不安定な偸安《とうあん》を破壊し、再び暗い穴にひきずり下ろされた。毎日のように役所にやってくる高畠久雄の姿を見ると、眼が怯《おび》えた。

「この間のこと、大丈夫？」

昌子に会うと、彼女は心配そうに訊《き》いた。

「大丈夫だ。新聞には何も表われない。先方も黙って知らん顔をしている」

圭太郎はこともなげに答えた。自分の言葉に安心するみたいだった。

「よかったわ」

昌子は安堵の吐息を洩《も》らし、胸を撫で下ろす手つきをした。

「とても心配だったわ。だって、わたしたちが二人で温泉なんかに行っていたことを書かれたら、あなたにとてもご迷惑がかかると思うと夜も睡《ねむ》れなかったわ」

「安心していいよ。もし、何か言ってても適当にあしらっておけばいい。そんな男だ」

圭太郎は昌子の背中を抱き寄せた。妻は冷淡な女である。夫への心遣いが少しもなかった。自分のことだけを主張し、家庭では彼は身の回りもあまり構って貰《もら》えなかった。不満は永い間の欝積《うっせき》だったが、今までは子供のために我慢した。現在は子供も成長した。長男は大学に行っている。次の長女は来年高校を卒業する。万一のときは覚悟していた。

しかし、生活は失いたくなかった。現在の地位と収入が無ければ、昌子の世話をすることも食うことも出来なかった。市政新聞を恐れているのはそれだった。

菅沢圭太郎は、初夏らしい日射《ひざ》しの強くなった道を、不安と安心を綯《な》い交ぜながら、幾日か役所を往復した。

或《あ》る日、昼食が済んだあと、圭太郎のところへ給仕が二枚の名刺を運んできた。上の名刺を何気なく覗《のぞ》いて彼は眼をむいた。

「明友新聞記者高畠久雄」の活字がある。その右肩の空いたところに、

「小林智平《こばやしともへい》氏をご紹介いたします。何卒《なにとぞ》よろしく御引見を願います」

と万年筆の青色の字が走り書きしてあった。圭太郎の胸に旋風が起こった。わずかな安心を托した綱が目の前で切れた思いであった。

一枚の名刺は「梟《ふくろう》印殺虫剤株式会社常務取締役、小林智平」とあった。圭太郎は何秒間かそれを見詰め、給仕に、ここに通すように、と乾いた声でいった。

頭の禿《は》げ上がった小柄な男が、上等の洋服を着て圭太郎の前に現われ、三四度もつづけて頭を下げた。

「高畠さんから、ご紹介を頂いた者でございます」

殺虫剤会社の常務は、細い眼をし、乱杭歯《らんぐいば》を出して笑っていた。圭太郎はこの男の後に高畠久雄が突っ立って、へらへら薄笑いしているように思えた。

「これから梅雨《つゆ》に入りますな。花見をたったこの間したように思いますが、梅雨があ

けるとすぐまた暑い夏が来ますね」

用件に入る前の時候の挨拶《あいさつ》かと思うと、実はもう始まっているのであった。

「例年の全市の大掃除がすぐに迫っていますが、そのご準備でお忙しいことでしょう。ところで、私の方ではこういう殺虫剤を製造して居《お》りまして、ぜひ課長さんにお目にかけたいと思って参りました」

小林智平という男は、ふくれた折鞄《おりかばん》を膝《ひざ》の上に乗せ、中を開いて三つばかり四角い函をとり出して机の上に置いた。函は黄色い地に、赤と黒の文字がごてごてと印刷してあった。日の丸のような赤い円の中には「チロシン」の大文字が白抜きされてあった。

圭太郎は名刺を見た時から、この男の訪問の目的が判《わか》っていた。物を売りつけに来たのである。これは毎日のように種々とやって来てあとを絶たない。珍しいことではない。市会議員や、市の有力者の伝手《つて》を求めて、その紹介で来るのだが、圭太郎は大てい撃退していた。だから、眼の前の男は、ありふれたその一人である。

だが圭太郎は、はじめから被圧迫感があった。圧迫しているのは高畠久雄の名刺である。この名前に彼の傲慢な顔がにたにたと嗤《わら》っている。宿の半纏《はんてん》を着た昌子の後姿を追った眼が映り、課長さん、お愉《たの》しみですね、と言った声が耳に蘇《よみがえ》る。

小林智平は薬の効能を述べ立てていた。蠅《はえ》、蛆《うじ》、蚊の幼虫には既製殺虫剤の倍以上の効き目がある。何県の衛生試験場ではどういう結果が出たとか、何会社の工場ではどれだけ買い上げたとか細かに話していた。

圭太郎は虚《うつ》ろな眼をして聞き入っているが、耳には蚊の羽音がしている位にしか聴こえていない。高畠久雄の影と向かい合っていた。

要するに、夏期清掃用に全市民に配布する殺虫剤として「チロシン」を大量に買い上げて欲しい、という面会者の請願であった。

「考えて置きましょう」

圭太郎はいつものように笑いもせずに言った。いつもと異《ちが》うのは、今度は重苦しい気分なのである。強制的な義務感に縛られて、早くも藻掻《もが》いていた。

市では清掃用の殺虫剤は例年決まっていた。その時々によって異うが、大体有名品を使い、八十万円の予算がとってある。圭太郎は、心の中で十万円くらいは、この怪しげな薬のために無駄にしなければならぬだろうと思った。

小林智平は愛想笑いをし、何度も頭を下げて帰って行った。

硝子《ガラス》を張った机の上には見本の薬が三個、置いてある。粗悪な外函《そとばこ》の印刷だった。「チロシン」の文字の肩には梟のマークが付いていた。この拙劣な意匠を見ただけでも、内容物が判りそうだった。

机の硝子板には、置いた殺虫剤の函が倒《さか》さまに映っていた。梟も倒さまになってい
る。それを見ているうちに、圭太郎は高畠久雄の顔が梟に見えてきた。

机の上に影がさした。係長の田口幸夫が細長い顔をつき出して、殺虫剤の函を覗き
込んでいた。

「チロシンか。へえ、新薬ですな」

彼は函をとり上げると、片手でくりくりと回し、

「これ、効きますか?」

と莫迦《ばか》にしたような顔で言った。

圭太郎は憂欝になった。

三

初めて高畠久雄が、圭太郎の席に真《ま》っ直《す》ぐに歩いて来たのは、その翌《あく》る日であった。
「昨日はどうも」
と彼は言い、額に落ちる埃っぽい髪をかき上げた。顎《あご》には無精髭《ひげ》が生え、汚い歯を
出して笑っていた。

どうも、というのは梟印殺虫剤会社の男を紹介して会ってくれた件のお礼だが、含みはそんな単純なものではない。買ってくれるものと頭からきめつけての礼であった。

「よく効く薬だそうですよ」

と高畠はそこの椅子をひきよせ、股《また》を開いて掛けた。

「課長、よろしく頼みますよ」

肩を張り、上体を倒れかかるようにして圭太郎の傍に寄った。

圭太郎は机の抽出《ひきだ》しから煙草をとり出し、一本を口にくわえて火をつけた。指がかすかに慄《ふる》え、容易にマッチの火が移らなかった。高畠の威圧するような姿勢の後ろには、温泉町で目撃した薄ら笑いがあった。

係長の田口が自分の席から、ちらりとこちらを見た。それに動かされたように圭太郎は言葉を吐いた。

「さあ、今まで例年、メーカー品を買い入れているんでね」

弱い防禦《ぼうぎょ》を意識に感じていた。

「メーカー品は高い」

と高畠久雄は大きな声を出した。

「有名薬品には誇大な宣伝費がかかっています。しかし、実効はそれほどでもないですよ。このチロシンは僕自身が去年、使って分かったんですが、虱やボウフラが奇妙に死んで了《しま》いました。今まで有名品を使ったが、ちっとも効かないのにね。お陰で去年の夏は蚊が少なくて楽をしましたよ」

高畠は、舌を回して唇を舐《な》めた。

「それに、この薬をこしらえている男は、僕の前からの友人でしてね。インチキな物を売る男じゃないです」

高畠久雄は力強く言った。友人というのに力を入れている。俺の面子《メンツ》を立てろと、その無精髭の顔が睨《にら》んでいた。その光った眼は、温泉町で昌子の宿着を確かめている。

圭太郎は怯えた。書き立てる新聞の活字が眼に見えるようである。市役所の厚生課長が酒場の女と温泉町に行った。課長は遊蕩児《ゆうとうじ》である。課長は月々女に手当を遣《や》っている。知れた月給からどうしてそれだけの豪奢《ごうしゃ》な生活が出来るのか。暗に課長の不正をほのめかす記事がならぶ。家には妻子のある身で、と不道徳を非難する形容詞がならぶ。

「いずれ決定はあとからするつもりです」

「あとから？　あまり暇のいらぬようにして下さい。もう梅雨がすぐです。秋風が立って大掃除の殺虫剤が配布されたというような物笑いにならぬようにね」

高畠はあざけるように言った。

「しかし、民生部長の裁決が要る」

圭太郎は言った。

「そりゃ課長の腕だ。高い薬を買うより、安くてよく効く薬を買うのが市民のためです。市民の税金ですからな」

この男から市民の税金の講釈を聞くのは笑止であった。屑紙《くずがみ》同然の市政新聞を市民の税金六百万円で売りつけている。圭太郎は、課長の腕というのがこたえた。高畠はそれだけの腕を揮《ふる》えというのだ。

「だが衛生係の技手たちに試験もやらせねばならんからな」

「あんたの部下じゃないですか、課長。課長の職権で何とでもなる筈《はず》です」

高畠は迫った。

「そうもゆかない」

圭太郎は苦笑を見せて言ったが、これは離れた所で、書類を調べる振をして聴耳を立てている係長の田口に聞かせるためだった。

「ま、とにかく、よろしく頼みます」

高畠も最初はあまり粘らない方がいいと思ったらしく、拝むように片手を上げて去った。肩を聳《そび》やかすような後姿であった。

係長の田口が席を立ってやって来た。圭太郎は田口があまり好きでない。何かあると圭太郎のやり方に反対的な意見を言う。陰では悪口を言っていると人から教えられたこともある。役所に入ったのが僅《わず》か三カ月おくれたため圭太郎が先に課長になったと口惜《くや》しがっている。圭太郎にしても田口は煙たかった。

田口が席を立ってこちらに来たので圭太郎は彼が何を言い出すかと、ひやりとした。

「いやな奴《やつ》ですな、あいつは。何を買ってくれというのですか？」

圭太郎は机の抽出しから「チロシン」の函を出した。梟が付いている。彼は田口が即座にこれに向かって毒舌を吐かねばいいがと思った。

「ああ、昨日のこれですね」

田口は手にとって函の蓋《ふた》を開け、内の瓶を鼻のところに持っていって嗅《か》いだり、掌《てのひら》で弄《もてあそ》ぶようにして見ていた。

「効くのかなあ、これ」

田口は首を傾《かし》げた。圭太郎は、う、といって顔を上げた。思いがけなかった。

「よく効くと言うのだがね、どうだかね」

圭太郎は用心深く言った。

「尤も殺虫剤なんてな、メーカー品でも大したことはありませんからね。どれも似たり寄ったりで、蛆もぼうふらもあんまり死にやしません、これ、いくらというので
す？」

「定価がメーカー品より一割安い。その八掛けで買い上げてくれというのだ」

圭太郎は小林智平の出した条件を言った。

「安いことは安いですね」

「ねえ、田口君」

と圭太郎は少し勢いづいて言った。

「安いから、例年の買入量の二割ぐらい買ってやろうと思っているのだ。尤も、これは衛生技手の試験が合格しての話だがね」

「そうですな」

田口は強いて反対もせず、積極的な賛成も示さないで、折から書類を持って待っている係員の方へ歩み去った。

圭太郎は安らぎを覚えた。一番うるさい田口が反対しなかったら、思うように行けそうだった。彼は二十万円くらいは買い上げてやるつもりだった。新聞に書きたてられる代償として、市の金庫から二十万円の支出は止《や》むを得なかった。彼が言えば、信

頼している民生部長の判は困難でなく貰《もら》えた。圭太郎は久しぶりに気が軽くなった。

その日、チロシンを衛生試験に回した。

あくる日の午前、圭太郎のところに技手が報告に来た。

「実験しましたが、成績はよくないですな」

チロシンのことを技手は言った。

「駄目かね？」

圭太郎が田口の方を見ると、彼は席に居なかった。

「全然、駄目ということはないですが、一流メーカー品と較《くら》べると実効は三分の一です。問題になりませんな」

圭太郎は、ゆっくりと煙草《たばこ》を喫《す》い、よろしいと技手を退《さが》らせた。暗礁《あんしょう》がまた起こった。

効果が実験の上で問題にならないとすると、一瓶でも買う訳にはいかない。圭太郎は煙を吐きながら長いこと考えた。全く買わないということは絶対不可能である。自身の破滅には代えられない。彼の心は、既に二十万円の買い上げを決定していた。

梟印殺虫剤の常務小林智平が鞄を提げてやって来た。出された椅子《いす》に何度も辞退した末、おそれるように坐《すわ》った。

「いかがでございましょうな、この間の件は?」

小林は眼を笑わせ、頸《くび》を伸ばして訊《き》いた。

「あれは、あまり効かないようですな、小林さん」

圭太郎は椅子を回転して向かい合った。

「へ、そんなことはありません。よく効くとどこでも仰言《おつしや》います」

小林は微笑をつづけて答えた。

「いや、わたしの方の専門家が実験した末に分かったことです」

それは何かの間違いだと小林智平は柔らかく抗弁した。笑いを消さない唇は、各方面の試験の成績を詳細に説明した。

圭太郎は上《うわ》の空でそれを聞いた。

「とにかく」

彼は遮るように相手を制し、低い声で言った。

「四千個を貰いましょう。あなたが折角こうして見えたのだから、その顔を立ててね」

しかし、立てられた筈の小林の顔は、笑いを収めた。

「有難うございます。ですが、如何《いかが》でしょう、課長さん。もっと数を殖《ふ》やして頂けませんか？」

「それは無理だ」

圭太郎は、むっとして言った。

「初めて買うのだからね。それだけでも大奮発だ」

小林は首をすくめ、下から見上げるような眼つきをした。

「課長さん、高畠さんは、予算全部を私の方の製品の納入に充《あ》てて頂けそうだということでしたが」

「なに、高畠がそう言ったのか？」

圭太郎は衝撃をうけた。

高畠久雄の無精髭の頰と黄色い歯とが見えてくる。歯は貪欲《どんよく》にむき出て、のしかかってきていた。

四

秋がきた。

陽脚が短くなり、五時になると役所の中は灯がついた。

菅沢圭太郎は机の上を片づけ、課員には、お先に、と言って廊下に出た。廊下は退庁の吏員で混雑している。

玄関の石段を降りると、

「課長」

と呼びとめられた。圭太郎は声の方をむいた。

「やあ、君か」

顎の張った四角い顔の感じの男が、皺《しわ》の寄ったレインコートのポケットに片手を突っ込んで立っていた。笑っている歯は、煙草の脂《やに》で黒い斑点《まだら》になっている。市政新聞の一つで「報政新報」の記者、梨木宗介《なしきそうすけ》という男だが、ポケットに突っ込んでいる片手は、手首の先を失っていた。

誰かを待ち合わせている序《つい》での挨拶《あいさつ》だろうと思って、圭太郎は行き過ぎようとすると、梨木宗介は横にすり寄ってきて、

「課長、ちょっとお話があるのですが」

と耳に吹き込むように言った。臭い息がしたので、圭太郎は思わず顔をうしろにひいた。

話なら役所に改めて来るがいい、どうせ何か新聞に書くネタをくれというのだろう、と思い、嫌な顔をすると、

「ちょっとでいいです、そこの喫茶店で五分ばかりつき合って下さい」

と梨木宗介は、勝手にひとりで先に歩き出した。

五分くらいなら仕方がない、それに無下に断わると何か悪く書かれそうなので、圭太郎はしぶしぶとついて行った。

梨木は客から離れたテーブルに圭太郎を導くように連れて行った。しかし、そこには半白の髪をきれいに分けたまるい赫《あか》ら顔の男が坐って珈琲《コーヒー》をのんでいた。彼は圭太郎を見上げ、茶碗《ちゃわん》を皿に置くと、

「やあ、菅沢さん」

とにっこり笑った。金歯が光った。

圭太郎はぎょっとなった。顔はよく知っている。報政新報の社長で大沢充輔《おおさわみつすけ》という男だ。次期には市会議員になることを狙《ねら》っている。日ごろは、市長や助役や局長クラスばかりと会っていて、課長の菅沢圭太郎などは全く無視して素通りである。その大沢が待ち構えているように坐っていたので、圭太郎は不吉な予感で頰が硬くなった。

まあおかけなさい、と大沢は向かいの椅子をさし、給仕を呼んで珈琲を二つ追加させた。梨木は圭太郎の横に坐った。

「いま漁業組合に行って帰り、これから曹達《ソーダ》会社の幹部に会いに行くところです。会

社の奴はいろいろなことを言っているが、今晩は息の根を押えてやるつもりです」

大沢充輔は勝手に世間話を省いて言った。

圭太郎は報政新報が、近ごろ毎号のように大見出しで曹達会社問題で会社側を叩《たた》いていることを知っていた。この市の外れの漁村近く、××曹達会社の工場が新設される。ところが漁民は、工場から海に排出される苛性《かせい》曹達の汚水で魚貝が凅死《こし》することを恐れ、死活問題だと反対した。報政新報は漁民に味方して、工場の新設を拒否し、その誘致運動をした市当局を激しい筆で論難しているのだった。しかし、実際の敵は市会議員の江藤良吉だった。市民の敵だと非難していた。大沢充輔は署名入りで社説を書いている。漁民は蓆旗《むしろばた》を立てて、市役所に押しかけるべし、などとけしかけていた。

圭太郎の前で大沢充輔がそんなことを言ったのは、一種の示威のように彼には思えた。直接、自分には係り合いのない話だから、世間話として聞き流してよいが、何か威圧のようなものを感じた。

圭太郎には、まだ正体が分からなかった。何のために大沢充輔が自分をここに待ちうけていたのか判断がつかない。五分間ということである。彼は腕時計を見た。

「そうだ、私もこれから行かねばならん」

大沢充輔は二三、当たり障《さわ》りの無いことを言った末に立ち上がった。

「梨木君、あとを頼むよ」

「はあ」

梨木が頭を下げた。

「じゃ、菅沢さん、お先に失礼しますよ」

大沢充輔は伝票を摑《つか》んで、悠然とした様子で出て行った。圭太郎などにここで会うつもりは全然なかったというような素振りであった。

梨木に、あとを頼むよ、と大沢が言ったのは何だろう。自分に話があって梨木に任せたという意味か、単に留守を頼む、という意味か、圭太郎は見当がつきかねた。

見当といえば、梨木がこれから何を話し出すのか分からなかった。が、不吉な予感が頻《しき》りとする。圭太郎は身構えた。

「うちの親父《おやじ》も、あれで働き手《ま》でね」

と梨木は去った大沢のことを先ず話した。

「今度の曹達会社の一件じゃ、なかなか頑張っていますよ。市会議員の江藤良吉が曹達会社からうんとつかまされているのでね。その金がほかの市会議員にも流れている事実を握っているものだから、親父は起《た》ち上がったのですな。漁民の味方をして飽くまで工場設置に反対闘争を起こそうというんです。これは市民のための正義の闘いですよ」

梨木は片手を机の上に置き、片手をポケットに納《しま》い込んで話した。圭太郎はぼんやり聴いた。はじめて聞いた話ではない。報政新報が大活字で毎号吠《ほ》えていることだ。

「わが社は、いつも市民の正義のために筆をもって闘っているのです。それは課長もお分かりでしょう。あなたの前ですが、市の予算も正しく使われるよう常に監視しているのです。市民の血税ですからな。無茶な使い方をされちゃ困ります——例えば購買品などもね」

圭太郎は心臓を棒で殴られたかと思った。梨木宗介の抽象的な話が、ここに至って何を指しているのか明瞭《めいりよう》となった。いや、明確となったのは梨木が彼を喫茶店に呼びつけた目的である。

梨木のボスの大沢充輔がさりげなく此処《ここ》に坐っていた伏線もここで生きてくる。あとを頼むよ、と残した一言も鮮かな色を発した。悉く《ことごと》梨木宗介の掩護《えんご》であった。

知っている！　圭太郎は直感した。市民の血税と購買品を持ち出したので、すぐに分かった。梟《ふくろう》印殺虫剤を大量に買い付けた一件を嗅《か》ぎつけて来た。圭太郎は目の前に地面を這《は》いずって回る動物の鼻を感じた。

圭太郎は応えなかった。顔色が青褪めてくるのが自分でも分かり、迂闊なことは言えなかった。言葉が出ないのである。

梨木宗介は笑い声を立てた。圭太郎は愕《おどろ》いてその顔を見た。笑っているが、梨木の一重瞼《まぶた》の細い眼は光をもって圭太郎を斜めに睨《にら》んでいた。

「課長、あの殺虫剤はちっとも効きませんでしたな」

圭太郎の顔は矢が刺さったように忽《たちま》ち赭《あか》くなった。心臓が激しく動悸《どうき》を搏《う》った。

「私の親戚《しんせき》は郊外に住んでいますがね。市役所から配布された薬を撒《ま》いたが、水のように効力が無かったと言っていますよ。見せてもらったら、梟か何かの印の付いた、あまり見たこともない薬でしたがね。尤も、市の中心地の方には、ちゃんとしたメーカー品が配られていたが」

梨木宗介は、おとなしい口調で言ったが、圭太郎の腹には一々こたえた。何でも知っている。梟印は厚生課が殺虫剤予算の半分を割いて買いつけた。押しつけられたといってもいい。負けたのは高畠久雄の顔にである。いや、温泉宿着の昌子と自分とを見ならべて眺めた眼であった。それに圧《お》されて梟印殺虫剤を大量に買い上げた。そのためには、或《あ》る操作をした。

メーカー品は市の中央部に配り、その周辺に梟印を配布した。そうしなければ処分が出来ないのだ。中央部を尊重したのは、何かと煩《うる》さいからである。梨木宗介の言い方は、明らかにそのからくりを見抜いた末のようであった。

「梟印の効かない殺虫剤を紹介したのは明友新聞の高畠でしょう」

梨木の話は核心に入った。

「あいつは札つきのブツ屋ですからな。それは課長もご承知の筈《はず》だ。それを知ってて、彼の持ち込み品を買うのはおかしいですな」

圭太郎は返事が出来ない。口の中で何か言おうとしたがちょっと言葉にならなかった。

「梟印はそれほど効かない薬ではない。それにメーカー品より安かったからね」

圭太郎はやっと力の無い言い訳をした。

「おざなりのことを言っちゃ困りますね、課長」

梨木宗介は片手で卓を低く敲《たた》いた。

「こちらは、取材として調べたのですよ。素人《しろうと》に言うようなことを言っちゃ困りますな。衛生係の技手に訊いたら試験の結果を言ってくれましたよ。また梟印の方にも調査に行きました」

圭太郎は竦《すく》んだ。網は完全に打たれている。彼は絞られる網の中でうろたえた。

「それとも高畠の言う通りにならなければならぬ理由が課長にあったのですか？」

横では客が三人入って坐り、愉《たの》しそうに映画の話をしている。前の席ではプロ野球の勝負の予想をしている。圭太郎はそれが現実とは思えない出来事のように映った。

「尤《もっと》も、高畠のやり口から、課長の弱い臀《しり》はおよそ想像がつきますがね」

圭太郎の眼にあたりが傾いた。梨木はそれも探っているのだ。想像ではなく、事実を知っている強みがその口吻《くちぶり》にあった。

圭太郎は、心の中で、待ってくれ、と叫んだ。書かれては困る。それは破滅だった。彼は自分の身体《からだ》が顚倒《てんとう》し、周囲から嘲笑《ちょうしょう》が湧《わ》き上がる場面を一瞬に空想した。妻が怒り、子供が路《みち》で泣いている。彼は身慄《みぶる》いした。

さっきまで此処に居た大沢充輔の影が大きくのしかかって来た。

「僕は報政新報に寄付したいがね」

圭太郎は乾いた声で言った。

「どれくらいしたらいいものかね？」

五

圭太郎は昌子と会った。いつも行きつけの旅館であった。秋が終わり、冬がはじまろうとしていた。旅館では火鉢に火を入れた。

「お元気が無いのね」

昌子は圭太郎の頬を両手で撫《な》でた。

「お瘠《や》せになったわ」

「そうか」

圭太郎は身体を起こし、枕元《まくらもと》にある煙草《たばこ》に火をつけた。疲れている。神経が苛《さいな》まれた末の疲労であった。

金が欠乏していた。貰《もら》う給料の三分の一は、梨木宗介が毎月とりに来ていた。名目は報政新報の寄付金である。彼は片手を洋服に突っ込み、片手で札を調べて帰って行く。領収証はくれなかった。

「君にも、暫《しば》らくあげないが、もうちょっと待ってくれ。もう一二カ月したら、元の通りになるだろう」

昌子にも金を与えることが出来ない。妻に渡す金も不足しているから、小遣銭にも苦しんでいた。近ごろでは煙草も思うように買えず、課員に一本ずつ貰うことがあった。

「いいのよ、私は」

と昌子は言った。若い眉《まゆ》の間に、心配そうに皺《しわ》をつくっていた。

「何かお金の要ることが出来たの?」

「そう。ちょっとね。しかし、君が気にすることではない。すぐ済むことなのだ」

昌子には言えなかった。すべての発端は、彼女と温泉町に行ったことからなのだ。それを言えば昌子は苦しむにちがいなかった。その苦しみを与えたくなかったし、男らしくもなかった。歯を喰いしばっていなければならぬ。尤も、そのことで自己犠牲の快感がどこかにあった。

圭太郎の月収は手当共に、税引三万八千円、その内一万二千円は確実に片手の無い梨木宗介が集金に来る。報政新報の寄付金というが、梨木の収入であろう。大沢充輔はそんな端た金には目もくれない筈だ。しかしその一万二千円が梨木の収入になることで、ボスである彼は、部下の梨木宗介に与える月給か小遣いかが節約出来るのである。大沢充輔が最初の日に席に坐《すわ》って顔を圭太郎に見せたのは、その含みからに違いなかった。曹達会社誘致反対を圭太郎の前でぶったのは、梨木の後楯である彼の実力の示威であった。

一万二千円ずつ、三カ月に亙《わた》って「寄付」することで梟印殺虫剤購入についての梨木との協定は成立した。苦痛だが新聞に暴露されるよりどんなにいいかしれない。圭太郎はそのままおさまったことに安堵《あんど》した。

その代わり経済的な苦痛は想像した以上だった。月給が三分の二に減ると、生活が折檻《せっかん》をうけているみたいだった。ワイシャツ一枚思うように買えなかった。妻は集金の御用聞きに断わりを言うようになった。

「どうして月給が減ったの?」

妻はけわしい顔をした。

「減ったのじゃない。部下が費い込みをしたので、おれが弁償してやっているのだ。長いことはない、あと二回だ」

圭太郎は考案した理由を言った。

「他人の費い込みに、どうしてあなたが弁償しなければならないのですか?」

「部下だからね。おれにも責任がかかっている」

圭太郎は言い遁《のが》れたものである。

「お金のことで私をご心配にならなくてもいいわ」

昌子は圭太郎の背中を擦《さす》った。

「私は店の働きで充分ですから。それよりも、あなたがお金に困ってらっしゃるみたいで心配だわ」

「そう困っているというほどではない。まあ、そんなことを気にしなくともいいよ。すぐ済むことだから」

「でも、とてもお元気が無いわ。お顔色もよくないし、気にかけないでは居られないわ」

「大丈夫だ。安心してくれ。疲れているのは役所の仕事でむずかしい問題があるからだ」

「そう」

「そんな心配そうな顔をするな」

圭太郎は昌子の頸《くび》を抱いた。こんなに真剣になって自分のことを考えてくれる女は居ないと思う。妻の冷たい性質と比較している。妻との比較は昌子と遇《あ》っている時、いつも背景となって動いている。

それにしても、もうすぐに金の苦しみからは解放される。梨木との約束は回数が決めてあった。その切れる期間が待ち遠しかった。

季節は冬に入り、年末が来た。ボーナスが一・二倍。市役所の年末手当は安い。他の会社のボーナスの率が新聞に出ているのを見て圭太郎は鬱《ふさ》いだ。会社なみに貰えたら、どんなにいいかしれない。しかし、ボーナスが入ったことで彼は少し助かった。

それでも、月給から一万二千円を割いているので、去年なみのことは出来なかった。妻は正月の支度が出来ないと夫に毒づいた。暗い、不機嫌な正月であった。

恒例として、正月には役所の課員が揃《そろ》って年始に来てくれた。圭太郎は妻をなだめすかして、部下たちのもてなしの支度をさせた。

「お金が充分でないから、そんなに御馳走《ごちそう》は出来ないわ」

妻は尖《とが》った声で応えた。

「お酒は二級酒で我慢して貰うわ。数の子は高いから買えない。お煮〆《にしめ》とお吸いものぐらいしか出せないわよ」

そんな見っともないことが出来るか、と圭太郎は叱《しか》った。妻はそれに突っかかってきた。大晦日《おおみそか》というのに不愉快な争いだった。妻は決して折れることをしなかった。

出来た料理は言葉通りに、豆腐の吸いものと牛蒡《ごぼう》、芋、蒲鉾《かまぼこ》、豆、揚げ豆腐ぐらいの煮つけであった。魚もなく、玉子焼きすら添えてない寒々としたものだった。圭太郎は争う言葉も出ず、憂鬱《ゆううつ》な気持で年始客の来るのを待った。

課員が誘い合わせて来た。十数人が狭い座敷に詰め込んだが、圭太郎はその中に係長の田口幸夫の顔を見て意外に思った。今まで年始には来たことのない男だが、今年はどうしたことか。運の悪い時は仕方がない、粗末な料理を田口に眺められるのが苦痛だった。

「家内が身体《からだ》を悪くしましてね、思うような料理が出来なくて申し訳ない、これに懲りずに来年も来て下さい」

圭太郎は部下に言い訳をした。しかし、それで格好がつくものではないのだ。現実に貧しい皿がならび、酒は二級酒の味であった。課員は、誰も酒がうまいとは賞《ほ》めなかった。圭太郎は身体の縮む思いがした。

田口がじろじろとならんだご馳走を眺め回し、観察するように家の中を見ていた。圭太郎は嫌な気がした。もともと気の合う男ではないし、相変わらず圭太郎が課長の椅子《いす》に坐っていることが面白くなさそうであった。それは人の噂《うわさ》で陰から耳にいろいろと入って来るのだ。田口が今年に限って年始に来た意図が分からなかった。

田口は料理の皿にあまり箸《はし》をつけなかった。酒を盃《さかずき》に二三杯あけたが、遠慮もなく渋い顔をした。田口は酒好きであった。お暇《いとま》しよう、と先達《さきだち》になって言い出したのは田口である。話もあまり弾まず、陰気な寄り合いであった。

みんなが帰ったあと、圭太郎は寂しさが急にせき上げてきた。梨木宗介を憎まずには居られない。この三カ月の憂鬱が、悉く梨木に与える一万二千円に原因していた。

しかし、恐喝の期間も、この月末が終わりであった。暗い、長い隧道《トンネル》の向こうにようにやく出口の明かりが見えた。

二十五日が役所の月給日であった。梨木宗介は片手をオーバーのポケットに納め、圭太郎が玄関から出てくるのに、片手を上げた。

「寒いですなあ」

梨木は挨拶《あいさつ》した。黒い歯の間から酒の匂《にお》いが洩《も》れた。一万二千円の収入を計算に入れて、早くもその辺の飲み屋で一杯ひっかけて来たようだった。圭太郎が骨身を削る思いで出した金は、そのような使途に向けられている。圭太郎は腹が立ち、月給袋から数えて別にしてある一万二千円の折りたたんだ札を乱暴に突き出した。

「寄付の約束はこれ限《き》りだったね」

念を押した。ならんで歩いている梨木は素早く片手で金を握り、へらへらと笑った。

「そういうことでしたね。有難うございます。ところで、課長、寒いから一ぱい飲みませんか。私が奢《おご》ります」

圭太郎は梨木を突き倒したい衝動に駆られた。彼は一言もいわずに梨木と離れた。しばらく歩いて振り返ると、梨木は風の中で肩をすくめて急いでいた。

ようやく解放感が圭太郎の身体に充《み》ちてきた。来月からは楽になる。やっとの思いであった。会計から、この三カ月に合計二万円を借り出している。我慢していたが、ついにそれをしなければならなかったのだ。

だが、もう済んだ。

破滅の危機も乗り越え、来月からは元の生活がとり戻せる。吻《ほっ》とした。暮れたばかりの空から雪が降り、熱した頬に当たるのが爽快《そうかい》であった。

六

一カ月たち、二月二十五日になった。圭太郎が役所から出て道を歩いていると、すっと人が寄ってきた。

「課長」

圭太郎は、どきりとした。声ですぐ分かった。梨木宗介がオーバーに両手を納めて立っていた。

「何だ」

圭太郎は刎《は》ね返す姿勢で立ち停まったが、恐れが背中を走った。

「この間から、いろいろとご援助を願って有難うございました」

風邪をひいたのか、梨木は咳《せき》をしながら言った。

「社長が一言、お礼を言いたいと言って居ります。そこに恰度《ちょうど》来ておりますから」

それを聞いたとき、圭太郎は瞬間に、あの金はやはり報政新報の寄付になったのかと思った。梨木の小遣銭と考えたのは思い違いであったと錯覚した。が、すぐに、それなら何故《なにゆえ》に月給日の二十五日に此処《ここ》に待っているのか。

大沢充輔が夕闇《ゆうやみ》の中から姿を見せた。

「やあ、菅沢さん。しばらくですな」

暫《しば》らくも何もない。大沢は毎日のように助役室や局長室に出入りしていた。圭太郎のところには寄りつかない。課長など、普通は問題にもしていない態度であった。

「この間は、どうもお世話になりました」

その大沢が礼を述べた。三カ月の寄付の礼だった。それから、そこいらの喫茶店に入らないかと誘ったが、圭太郎は思い切って断わった。

「そうですか、私も忙しいから、では歩きながら話をしましょう。どうも曹達《ソーダ》会社の一件が片づかないのでね。会社側が頑張るので、こちらも攻略に必死ですよ。うちの新聞、読んでいるでしょう?」

圭太郎はうなずいた。報政新報は近頃、一段と激越な調子で曹達会社と市会議員の江藤良吉を攻撃していた。しかし、そのことは今の圭太郎に何の関係も無い。気にかかるのは大沢が何を切り出すかであった。

「こういう運動をしていると、なかなか入費がかかりますのでね。正直の話、うちも苦しい。そこで結論から申しますと」

大沢充輔は悠然と話し出した。

「あなたにも三カ月に亙ってご援助を頂いた上で、まことに申し訳ないが、あと五カ月つづけてご援助頂けませんか。今までと同じ金額でよろしいです」

圭太郎は足が萎《な》えた。全身から力が抜け、心臓だけが苦しく搏《う》った。

「それは無理です、大沢さん」

圭太郎はかすれた声で言った。

「今までが、精一ぱいでしたから」

「そうですか」

大沢はおだやかに引きとり、ゆっくりした足で歩いていた。事情を知らない者が見たら三人連れが散歩しているようだった。

「しかしね、あと五カ月の辛抱です。市民のためですからな。私は常に正義のために闘っている」

あのことだ、と圭太郎は胸にすぐ来た。身体《からだ》が慄《ふる》えた。梨木宗介は両人の会話に聞き耳を立て、圭太郎のすぐ後をついて来ていた。圭太郎が遁《に》げ出すのを防いでいるような位置であった。

「どうですか、菅沢さん。ご承知下さるでしょうね」

大沢は抑えつけるような声を出した。圭太郎は脂汗《あぶらあせ》が滲《にじ》んだ。あと五ヵ月の苦難の延長であった。圭太郎は喚《わめ》きたくなった。なぜ、自分をこれほど苦しめるのか。ゴロツキ市政新聞の暴力は知っていたが、それは身をもって渦に巻き込まれなければ実感がない。圭太郎は、数ある吏員のうちで自分ひとりが捕えられた不運に喘《あえ》いだ。

圭太郎は返事したが、どのように言ったのか、自分の声ではなかった。

「有難う、菅沢さん。梨木君、君も聞いた通りだ」

という大沢充輔の言葉だけが耳に入った。圭太郎は、思考の無い頭で月給袋をポケットから出した。

これから梨木宗介は、確実に月給日にはやって来て、片手を突き出すだろう。一万二千円を、その汚い掌《てのひら》に毟《むし》り取ってゆく。圭太郎は永遠の地獄を感じた。

妻には、今月から給料が普通になると言ってある。圭太郎は翌日、力の無い足で、会計課に行った。

「何だかおかしいな。この間も、二万円借りて行ったじゃないか」

知っている会計課長は、薄笑いを浮かべて言った。

「女房の親父《おやじ》が入院してね。送金してやらなければならんのだよ」

圭太郎は頰を赭《あか》らめて言った。

「それは、気の毒だ」

課長は、圭太郎の三万円の前借伝票に判を捺《お》してくれた。月々の給料から五千円を差し引かれることになった。三万円を一どきに貸してくれたのも、知った課長だからである。しかし当分は、これで給料からの前借は不可能になった。

三万円あれば、梨木に渡す二回だけの資金はある。それから先の見込みが立たなかった。あと、三回。この分をどこから補塡《ほてん》するか。圭太郎は考えたが、全く当てがなかった。

何のためにこれだけの非道《ひど》い目に遇わねばならぬのか。不合理だ。圭太郎は自分が弱い生物に見えた。しかし、新聞に書き立てられて、地位と生活とを喪《うしな》うよりはまだよかった。我慢しろ、我慢しろ、とつぶやいている。が、実は、そのつぶやきは大沢充輔と梨木宗介の横着なつぶやきなのである。

圭太郎は毎日を暗い気持で過した。仕事が身につかない。少しも心に安定が無かった。地面が揺れ、頭の上をいつも押えつけられている気持だ。何を見ても色彩が無く、食べるものには味がなかった。

昌子に会っている時だけ、色彩が蘇《よみがえ》った。空疎《くうそ》な部分に充実が侵入する。

「どうなさったの。ますます、お痩《や》せになるようよ」

昌子は圭太郎の顔をさし覗《のぞ》いた。

「どうもしないが。やはり身体の調子が悪いのかな」

「医者にお診せになったら？」

「それほどでもないだろう」

「いけないわ。奥さまは何とも仰言《おつしや》らないの？」

「あまり気にかからぬのだろう」

それは本当だと思った。性格が合わないという抽象的な、しゃれた言い方では実感に遠い。夫婦の間が反感の継続であった。子供が居なかったら、疾《と》うに別れているのだ。手段を失った後悔がうずいていた。

圭太郎は借金のことが頭に粘り付いて離れなかった。これからの目的がない。昌子にも打ち明けられなかった。ひとりでやらなければならぬ仕事である。頼る誰も居なかった。あくまでも孤独な処理であった。

圭太郎は考えた末に、事情に詳しい庶務課員に手引きして貰《もら》い、サラリーマン相手の高利貸の所へ行った。

「課長さんにも、そんなお金の苦労があるのですかなあ」

案内の庶務課員は途上で圭太郎に話しかけた。

「そんなことは我々だけかと思いましたが」

「金には誰も苦労するよ。同じことだ」

圭太郎は言ったが、この庶務課員の苦労と自分とは同じではないと思った。この男の借金は生活費である。自分は汚溝《どぶ》に捨てる金を借りに行くのだ。その内容の重量に天地の相違があった。

圭太郎はその虚《むな》しさで、やり切れなくなった。相手への憎悪《ぞうお》は自分の身体の中だけでたぎっていた。

圭太郎は、高利貸から三万円を借りた。抵当物件は役所の給料であった。そういう証書を目の前で書かせられた。屈辱が身体中を熱くさせ、顔から火がふくようであった。

万一、お約束通り頂けなかったら、この証書通り役所の会計に伺って給料をさし押えますから、と貸主は念を押すように言った。そういうことが出来るかどうか分からない。しかし、現実に高利貸が会計課に乗り込んで来る場面を想像すると圭太郎は怯《おび》えた眼になった。

役所と高利貸とで、給料からは一万円ずつ確実に支出されることになった。借りた三万円は梨木宗介に残り三回分として充《あ》てるにしても、給料はやはり毎月一万円ずつ不足してくる。すると、足りない一万円を約半年の間、どこから補充すべきであろう。借金のために、借金をする。利息は損失の度合を大きくするだけであった。借金の盥《たらい》回しで、泥濘《でいねい》の中に足を突っ込んだようなものだった。

高畠久雄も、梨木宗介も、相変わらず、市役所の建物の中に姿を現わした。一かどの新聞記者らしい顔をして徘徊《はいかい》している。圭太郎の机は、さすが敬遠して、厚生課の取材は係長の田口のところに寄って聞き出していた。田口は書類をめくりながら得意そうに説明していた。梨木は片手の肘《ひじ》で手帳を押え、器用に鉛筆を走らせた。

誰が見ても、貧弱な服装だが、新聞記者の格好である。圭太郎は憎んだ眼で彼らを見た。しかし、視線以外に抵抗する力は無かった。

助役も局長も、部長もこの市政新聞をおそれていた。何を書かれるか分からないのは恐怖であった。他人のことは興ありげに読むが、自分の順番に回ってくるのは黴菌《ばいきん》のように避けた。無事故、平穏が第一の願いである。無気力であっていいのである。彼らから疵《きず》を負わせられたくなかった。叩《たた》けば誰でも多少の埃《ほこり》は出る。表面は無関心を装って彼らに接しているけれど、誰もが市政新聞記者に弱腰であった。

彼らが傍若無人な態度で歩き回ろうと、机の上に腰をかけ、わざと無作法な口の利《き》き方をしようと、かげでは罵《ののし》るが、面と向かって喧嘩《けんか》する者は役所の中に一人も居なかった。

霰《あられ》の降る日であった。圭太郎は梨木宗介から呼び出しを受けた。梨木は片手を上げ、遠くの方から課長席の彼をさし招いた。

七

役所の裏庭には誰も居なかった。

「社長から言いつかって来たのですがね、課長」

と梨木宗介は腕を隠し、広い地面を叩いている霰を眺めるようにして言った。

「どうも言いにくいのですが、十万円ご寄付を願えませんか?」

「十万円……」

圭太郎はすぐには実際の感じが来なかった。縁の遠い話を聞くようだった。

「そうです。社も金が要って仕方がないので社長も弱っているのです。あ、その代り、一万二千円のあとの残りは打ち切りにしてもらっていいというのです」

一万二千円のことを言ったので、はじめて圭太郎に実感がきた。身体が一時に熱くなった。霰の白いものが乱れて横撲《なぐ》りにきた。すぐにものを言おうとしたが、声がかれていた。

「なにを言うのだ」

適当な言葉が探せない。言葉が激しい感情に追っつかなかった。

「き、君たちは、どこまで僕を莫迦《ばか》にするのか。そんな大金がどこにあるのか」

そうですか、と梨木宗介は平気で立って居た。

「しかしですね」

と彼は言った。

「しかしですね。これで打ち切りですから、あなたも後腐れがなくて、得な筈《はず》ですが」

「得とは何だ。君たちが勝手に僕からしゃぶり取っているのじゃないか」

圭太郎は自分の声ではなかった。咽喉《のど》に絡《から》み、昂奮《こうふん》で異様な発声になっていた。

「変なことを言っちゃ困るな」

梨木はぞんざいに応じた。

「市民の税金で役にも立たん薬を仕入れて、ばら撒《ま》かれては堪《たま》らんからな。二度とそういうことのないように、新聞に書いてやりたかったが、初めてだから見逭《みのが》してやったのだ」

「僕には不正は無い」

「しかし、ブツ屋におどかされて、役にも立たん品を承知で買いつけたのは、君が弱味を握られていたからだ。その弱味が何か、こちらには調査が行き届いている。不正ではないかもしれぬが、書かれては課長の面目を失う筈だ」

圭太郎は冷たい空気の中で、汗を流していた。自分が断崖《だんがい》の上に立っていることを意識した。あたりの景色に距離感がなく、ぼやけた。

「しかしね。課長、そんなことを言ったって、去年の夏の話ですからね。記事としては腐っていますよ」

梨木はもとの丁寧な口調にかえった。

「だから、社長も僕も新聞に載せようという積極的な意志はありません。まあ、あなたも考えて下さい、そう癇癪《かんしゃく》を起こさずにね。可愛《かわい》い女の子も居ることでしょう、十万円の寄付で眼を瞑《つぶ》って下さいよ」

梨木の言い方の終わりが嘲笑《ちょうしょう》になっていた。昌子のことを指している。それが圭太郎の思慮を一どきに飛ばした。

「煩《うる》さい。断わる」

言って了《しま》って、足が急に慄えた。

「ほう、元気がいいね、課長」

梨木は片手をポケットに入れた姿勢で身を構えた。白眼が光った。

「じゃ、断わるというんだね」

「僕には、もう金が無い。君たちは絞れるだけ絞った筈だ。僕はそのために借金までしている。三カ月の約束が五カ月になり、今度は一ぺんに払えという。君たちは、貧乏なおれだけを狙《ねら》うのか」

梨木は黙った。それは答えに詰ったからではない。どこを吹く風かといった顔つきをして、

「むろんだ、あのインチキ殺虫剤会社には夏の間に足を運んだ」

とうそぶくように言った。

圭太郎は、え、と思わず梨木の顔を見た。

「それじゃ、先方から金がもう出なくなったので僕のところに来たのか」

梨木は、ふふんと、鼻で嗤《わら》った。

「帰れ」

圭太郎は怒鳴った。もう、どうなってもよかった。全身が怒りで慄え、頭の中が充

血した。絶望と自暴自棄が、憤怒《ふんぬ》の下から拡《ひろ》がった。

その夜は、飲んで回った。十一時すぎ、圭太郎は昌子の酒場に行った。最近その酒場から遠去かっていたから久しぶりだった。昌子と会うにはいつも電話だったので、何となく足がすすまなかった。が、今夜は異《ちが》っている。

昌子は圭太郎を見て、

「珍しいわね、随分、お酔いになったのね」

とボックスに抱え入れた。

圭太郎は昌子が制《と》めるのもきかずに、そこでもまた飲んだ。

「どうなさったの、随分荒れてるみたいだわ」

「どうもしない」

数日中に報政新報は書き立てるかもしれない、と圭太郎は考えていた。書き出したら何回も何回も追い打ちをかける。今までの例がそうだった。

輪に輪をかけた記事が眼に見えるようであった。誇張した形容詞と、正義派めいた文体である。温泉に女と遊びに行った件《くだ》りは思わせぶりな文章となろう。一課長のくせにバーの女を情婦にもち、豪奢《ごうしや》な生活をしている。役にも立たぬ殺虫剤を大量に買い入れ、市民の眼をごまかすために、メーカー品は中心地域に、インチキ剤は周辺地区に配布した。ブツ屋と裏で取り引きしている。何をしているか分からない男だ。血税をこんな胡魔化《ごまか》しに使われている市民は、このような背徳的で智能犯《ちのうはん》的な課長は断乎として排斥すべきである。監督の部長や局長は何をしているか、市長は一体どう考えているか……

圭太郎の頭の中は、記事がひとりで流れるように出てくる。市役所中の人間がこの記事にとびつき、好奇の眼を輝かし、嘲笑し面白がっている。同情する者は一人も居ない。知らぬ顔をするか、圭太郎の傍を眼をそむけて通るだろう。そのくせ彼の背中に軽蔑《けいべつ》的な眼を矢のように送る。今までそういうことが数々あったのだ。そのうち埃《ほこり》っぽい地方事務所に左遷《させん》される。再び喚《よ》び返されることはない。そこが退職までの終点であった。

妻の激しい怒りと非難が圭太郎には的確に想像出来た。彼女は死ぬまで夫を憎悪するだろう。家の中で彼の居場所は無くなるのだ。彼は隅に背を輪のように曲げてうずくまっている一匹の虫を連想した。

バーには五六人の客が残っていて騒いでいた。ほかの女はそっちの方に行っている。

「今晩、あなたを知っているというお客さんが来たわ」

昌子が耳の傍で言った。

「名刺をもらったわ。この人よ。三人連れだったわ」

昌子は名刺をとり出して見せた。圭太郎は薄暗い照明の中で透かして見た。R市役所民生部厚生課係長田口幸夫の字が読めた。

田口が来た。今までこのバーに来ることを聞いたことがない。何を考えてやって来たのだろう。

「私をご指名だったわ」

圭太郎は思い当たるところがあった。

「ほかの連れは、どんな男だったか?」

昌子は二人の顔の特徴を言った。ばさばさの汚い髪をした顴骨《ほおぼね》の高い男、一人は四角な顔の男、片手をいつもポケットに入れていた。

高畠久雄と梨木宗介だと判《わか》った。

「その一人がね、私を知ってるというの。三人でじろじろ私の顔を見た揚句にね。どこでお会いしたでしょうか、ときくと、にやにやしてね、去年の五月ごろ、S温泉で見たよ、と言うの。あなたとご一緒だった時よ、それでどぎまぎしたわ」

実見に来たのだ、と圭太郎は覚った。どんな女か、記事の材料に見に来たのだ。温泉行の情婦がどんな女か、どぎつい描写には必要なのだ。

しかし、それよりも圭太郎が動顚《どうてん》したのは、高畠と梨木と田口の組み合わせである。市政新聞の仲はあまり好くない。が、記者同士は利害関係で手を握ったり、ささやき合ったりする。高畠と梨木が一緒に来たことで、圭太郎は今度のことが彼らの共同の策謀であったと気づいた。

高畠久雄がインチキ品を世話して圭太郎に買わせる。裏の儲《もう》けは勿論《もちろん》のことだ。これに気づいたのは梨木宗介であろう。梨木に責められて高畠も一切の事情を話したに違いない。両人の間に協定が出来た。梨木は自分のボスの大沢充輔に話し、まず納入者の梟《ふくろう》印殺虫剤会社を脅かした。常務の小林智平がどれ位まき上げられたか分からないが、それ以上に出ないと分かると、恐喝の鉾先《ほこさき》を圭太郎に向けたのだ。絞りに絞った上で、見込みがなくなると、今度は新聞に書こうとするのである。

なぜ、改めて新聞に書くのか、それは圭太郎が拒絶したからだけではない。係長の田口幸夫が仲間に居ることで理由がもっとはっきりとした。圭太郎が課長であるのを憎んでいる田口は圭太郎の転落のあとを狙っている。田口が両人の中に割り込んだ。からくりが初めて分かった。圭太郎はここまで考えて一層惑乱した。見えない濁った渦が音立てて周囲を回っている。小さな虫が捲《ま》き込まれて溺《おぼ》れている。

彼らは秘密の正体を、昌子を通して見せた。そのことは、いよいよ新聞に書き立てる前触れであるのを意味した。

圭太郎は頭を抱えた。冷たい脂汗が皮膚からふき出た。あたりの声も音も耳から消えている。

八

R市の北は、関東の西南の台地につづいている。そこには一本の単線の鉄道が寂しげに原野をよぎっていた。雑木林は丘陵の波に起伏し、平原に流れている。この辺にはもとの陸軍の演習場があり、今は外国のキャンプの建物があった。そのほか、所々に瀟洒《しようしや》な家が建ちはじめたが、概して原野は広大な地域に亙《わた》って昔のままの状態を保存していた。

霜が雪のような原野に下りた朝、葉を落した雑木林の中で農夫が男の首吊《つ》り死体を発見した。駐在巡査が知らせをうけて、寒そうに自転車でやって来た。

名刺を持っていたので身許《みもと》はすぐに判った。市の厚生課長で菅沢圭太郎という名である。ひる頃に検死が済み、死体はその市から来た自動車で運び去られた。そのとき、警察や現地の人たちに礼を言ったり、いろいろ世話をやく吏員がいた。

「神経衰弱でしょうね。そのほかには、公的にも私的にも自殺するような原因はありませんよ」

彼は周囲の人に自分の名刺を配って語った。名刺には係長田口幸夫とあった。

遺書は無かった。だが、四十を越した自殺者は遺書を残さない場合が多い。

しかし、その市役所の人間たちは、菅沢圭太郎の自殺が、たったこの前、報政新報に大きく出た彼の「非行」に関する記事に関連していると思っていた。菅沢課長はそのあと、民生部長に呼ばれて、別室で長いこと話していた。

報政新報の記事は三回に亙って出た。一頁《ページ》の半分を割いて、詳細を極めたものである。次には助役と局長とが立ち会いで菅沢課長と話していた。

菅沢課長はその日の夕刻、家に帰らずに自殺の現場に向かったようである。それは彼を駅で見かけた者が居る。支線のホームに佇《たたず》んでいたのであった。今ごろから、そんな支線の汽車に乗って何処《どこ》に行くのだろう、とその人は不思議がって見ていたという。そのとき、課長はもの思いに耽《ふけ》っている様子で、一つところに凝乎《ぎょうこ》として立っていたということである。

あとで調べてみると、課長は新聞に記事が出た日から三日もつづけて家には帰らなかった事実が分かった。どこに泊まっていたのか誰も知らなかった。その間、役所に出勤しても、服装はきちんとしたものだった。独りでかくれていたとは思えなかった。彼の自殺は、普通の新聞にも小さく出た。原因は、どれにも神経衰弱からとあった。神経衰弱以外に考えようがない、という市当局の話で打ち切られた。

その日限りで、報政新報は菅沢課長の攻撃を中止した。死者に鞭《むち》うつのが本意ではない。本紙は飽くまで正義の立場から市政を批判しているので、菅沢圭太郎氏個人は善良な人だった、というちぐはぐで礼儀正しい小さな記事が出ていた。

報政新報社長の大沢充輔は、関西から九州方面を回り、半月ぶりで帰って来て、この記事を読み、梨木宗介を呼びつけた。

「菅沢課長のことは、少しやり過ぎたのじゃないかね?」

「そうでしょうか」

梨木宗介は突っ立って薄笑いしていた。

「そうでしょうかって、本人は苦にして自殺したのだ。一体、あの記事はモノにならないから没にしておけと僕が言ったのに、君は勝手に書き立てた」

梨木は片手で煙草《たばこ》をくわえ、片手でマッチを摺《す》った。それから煙を大きく吐いたまま黙った。

「あんまり露骨にやるなよ、うちの新聞の評判にかかわるからな」

「菅沢は気が弱かったんですよ」

と梨木は応《こた》えた。

「あんなことくらいで死ぬことはない。ばかな奴《やつ》です」

大沢充輔は梨木の平気そうな顔を見た。

「君は菅沢から、いくら取ったのだ」

「一万二千円ずつです」

「五回きりか？」

「そうです」

梨木は即座に答えた。

「そうじゃないだろう。もっと大きく取ろうと欲を起こしたのだろう。菅沢はその責苦に耐えられなくなってノイローゼに陥り、発作的に死を択《えら》ぶ気になったのだ。もともと気の小さい男だ。一体みんなでいくら絞り取ったか言い給《たま》え」

「さあ、よく覚えてませんね」

大沢充輔は椅子《いす》から身体《からだ》を起こした。

「そんな約束ではなかった。菅沢から小遣いを取りたいから顔を出してくれと君が言うので、僕は付き合ってやった。曹達《ソーダ》会社の問題で忙しい時に二度もね。それも君の小遣銭になると思ったからだ。それ以上の金を取れと誰が言った？　君は殺虫剤会社からも取ってピンを刎《は》ねてるじゃないか」

　梨木の顔の不逞《ふてい》な微笑は消えていなかった。煙草の灰が床に落ちた。

「君は図々《ずうずう》しくなった」

　と大沢充輔は怒った。

「あんまり勝手なことをするな。おれの眼の届かないところで何をしているか分からん。この秋おれは市会議員に出る。その準備で忙しいから、新聞の方はここしばらく君に任せたが、これでは安心が出来ぬ。おれも考え直さねばならん」

「大沢さん」

　梨木宗介が呼びかけた。

「そろそろ僕をやめさせるつもりですか？」

「君がこの調子だと、そうなるかも分からん」

「分かりました。それもいいでしょう」

　梨木宗介ははじめて声立てて笑った。

「あなたも、関西や九州に行って、随分、遊び呆《ほう》けたようですな」

「なに」

「だいぶん眼もとや頬がたるんでいますよ。曹達会社から出た金で江藤良吉と山分けし、随分、いい儲《もう》けをしましたね」

「君は何のことを言うのだ」

大沢充輔は顔色を変えた。

「かくしても駄目です。ちゃんと判っていることですから」

梨木宗介は黒い歯を見せた。

「江藤良吉一派が曹達会社をこの土地に誘致した。江藤はその運動で曹達会社から金を貰《もら》う約束をした。しかし、それだけでは少ないから、漁業組合の反対を盛り上げて、それを抑える資金と称して金を会社側からもっと吐き出させる計画をした。曹達会社としては工場をそこにどうしても造りたい。だから反対が大きくなればなるほど金が会社側から出る。そこで、江藤良吉があんたを馴《な》れ合いの反対派に仕立てたのです」

「おい、君はそんなことをおれに言っていいのか」

「から元気を出しても駄目ですよ、大沢さん。漁民の死活問題だとか何とか喚《わめ》き、蓆《むしろ》旗《ばた》を立てて会社側にデモをかけろ、などと左翼の闘士顔負けの奮闘でしたが、その裏は江藤との金の八百長《やおちよう》ですからね。喰い物にされた漁民がいい面《つら》の皮ですよ。一体、いくら金を握ったのですか?」

大沢充輔の顔の筋肉が硬《こわ》ばった。

「ばか」

「言えないでしょうな。言わなくとも、こっちの調べで判っていますから同じことです。僕はこの裏の一切を報政新報に書くつもりです」

「何?」

大沢充輔は眼をむいた。

「うちの新聞に書く?」

「そうです。あんたが自分の仕事だけに夢中になっている間、僕たちは結束したのです。今後は僕がこの新聞をやって行きます。資本金の要らない新聞社ですから簡単ですよ」

「君が策謀したのだな?」

「あんたが浮き上がった、といった方が正確でしょう。自分の金ばかり貯《た》め込んで、社員にはろくに給料も払わないあんたに愛想をつかしたのです。金儲けに忙しく、新聞の方を僕に任せていたのはあんたの失敗でしたな」

大沢充輔は硬直した。

「僕があんたのやったことを新聞に書き立てると、噂《うわさ》が市民の間にひろがってゆく。念願の市会議員の当選は駄目になりますよ。分かりますか?」

それから一歩近づいて訊《き》いた。

「ところで、大沢さん、いくら出しますか?」

大沢充輔の指が慄《ふる》えた。

梨木宗介は、片手を上衣に納《しま》ったまま、あらぬ方を向き鼻唄《はなうた》をうたいそうな顔をしていた。

空白の意匠

一

Q新聞広告部長植木欣作《きんさく》は、朝、眼がさめると床の中で新聞を読む。中央紙が二つと、地方紙が二つである。永い間の習慣で、新聞を下から見る癖がついてしまっていた。

今朝も、枕元《まくらもと》に置いてある新聞を片手でとった。順序も決まっていた。地方紙が先で、中央紙があとなのは、中央紙は競争の対象にならないからである。見ても、ざっと済ます。

競争紙のR新聞は、朝刊四頁《ページ》で、四つの面をはぐって合計十二段の広告を見るのに、普通の者なら、三、四分で済むところを、植木欣作は二十分くらいかかって読むのである。スペースの大きさ、広告主の良否、扱店はどこの店で、大体、どれくらいの値でとっているか、骨を折ってとった広告か、それとも先方の自主的な出稿かどうか、或《ある》いはスペースが埋まらずに苦しまぎれに抛《ほう》り込んだ無代のアカではないか、その辺の見当を植木は広告欄を睨《にら》みながらつけてゆくのである。その眼は、自分の新聞のそれと絶えず比較検討している。少しでも勝っているときは喜び、弱いときは憂鬱《ゆううつ》になるのであった。

Q新聞もR新聞も、発行部数が十万に足らぬ地方小新聞である。戦争中、一県一紙に統合された地方紙は、戦後になると分解作用を起こし、さらに泡沫《ほうまつ》的な夕刊紙の乱立となった。Q新聞もR新聞も、その俄《にわ》か夕刊紙の後身で消滅した群小紙の中で、よく残った方である。途中で朝刊を発行して八年になるが、両社とも経営はひどく苦しい。もっと大きい地方ブロック紙のS紙に抑圧されているからである。

大きな新聞もそうだが、Q新聞もR新聞も、朝夕刊二十四段の広告欄を埋めるのには、殆《ほとん》ど東京、大阪の広告主に頼らなければいけない。地元開拓を始終やかましくいっているが、経済力の貧弱な地方都市では、疲弊した中小企業が唯一《ゆいいつ》の対象で、せいぜいこの地方のデパートの売出し広告が気の利《き》いたスペースをとるくらいなものであった。専属の広告扱店を創《つく》ってはいるが、これでは育てようがなかった。そこで、大部分は、東京、大阪の広告を扱っている代理店に依存していた。Q社もR社も、東京方面の出稿は、広告代理店の弘進社に頼っている。

弘進社は、広告代理店としては中位のクラスだが、大体、全国の地方紙でも十万か十五万くらいしかない発行部数の社をひきうけている。一体、こんな小新聞は宣伝効果が無いから、広告主《スポンサー》の方でもあまり気のりしないのだが、弘進社はよく努力して、各大手筋から紙型を貰《もら》い集めていた。勿論《もちろん》、Q新聞もR新聞も、弘進社だけが唯一ではなく、ほかの代理店とも契約していたが、よそはそれほど熱心ではなかった。弘進社は地方新聞社の値段を叩《たた》きに叩くだけに、一ばんよく面倒を見てくれるのであった。現に、いまも植木欣作が見ているR新聞の東京筋の広告も、殆どが弘進社扱いだった。

植木は、R新聞を見終ると、次に自分の新聞をひろげ、広告欄を見渡した。見渡したというのは、すでにその内容は昨日のうちにゲラで熟知しているからである。彼の眼は、いきおい、確認的となり、計算的となった。

三の面、つまり社会面の下には右に、半三段の和同製薬の広告が出ていた。「ランキロン」という近ごろ同社が力を入れて宣伝している強壮剤の新薬である。植木は満足そうにこれを眺めた。競争紙のR新聞にはこれが掲載されていない。これも弘進社扱いだから、いずれR新聞にも出るであろうが、少しでもこっちが先だったということに、いくぶん優越感があり、弘進社の好意を感じたのであった。「ランキロン」と斜め白抜きの大きな文字と、頑丈な青年の姿を入れた写真の組み合わせの意匠を植木はしばらく観賞した。

それに堪能《たんのう》すると、彼の眼は、はじめて上の記事面に移った。仕事をしたあとの解放感のくつろぎで、ゆっくりと活字の密集地帯に向かった。彼も、ここでは記事を眼で拾う傲慢《ごうまん》な読者になるのであった。

ふと、視点が二段抜きの「注射で急死。危い新薬の中毒作用」という見出しに当たった。彼は眼をむいて、邪魔なところを折って読みはじめた。

——×日、市内××町山田京子さん（二二）は、疲労恢復《かいふく》のため、××町重山病院で、「ランキロン」の注射をしてもらったところ、間もなく苦悶《くもん》をはじめ、重態に陥り、一時間後に絶命した。所轄《しょかつ》署では注射の中毒とみて重山病院の医師を調べている。「ランキロン」は某製薬会社から売り出された強壮剤の新薬で、署では市内の医院、薬店に対して注意するよう警告を発した。……

植木欣作はびっくりした。これは本当だろうか。「ランキロン」といえば、和同製薬株式会社が、最も精力を集中して宣伝している新薬であり、中央紙には、大きな広告がたびたび載っているし、ラジオやテレビにもコマーシャルが挿入されている。地方紙にこそ、ぼつぼつとおこぼれのような広告が載りはじめたのだが、この信用のある大手筋の製薬会社が、まさか無責任な薬品を売り出すとは考えられない。その薬の注射で患者が死んだというのは本当だろうか。異常体質のため、ペニシリンでショック死する例は、たまに読んだが、この「ランキロン」もそのような性質のものなのだろうか。

植木欣作は次第に不安になってきた。薬に対する危惧《きぐ》ではなく、この記事が「ランキロン」の半三段広告の真上に載っていることであった。眼を剝《む》きそうな白抜きの大文字に、頑健そうな人物の写真が、薬品一流のスマートさでレイアウトされている。読者の眼には奇怪な対照として映るに違いない。いや、それよりも、この広告掲載紙を郵送された和同製薬株式会社と、代理店の弘進社とがどのような感情をもつことだろうか。広告が無かったら、新聞を送る必要はないから、或いは小地方新聞の記事などは、先方の眼にふれないで済むかも分からないが、広告を掲載した以上、頰被りで済ませる訳にはいかない。いや、弘進社だけには、毎日の新聞を送っているのであった。植木は、たった今、覚えていたR新聞に対する優越感が微塵《みじん》となってとび散った。

彼は狼狽《ろうばい》して、R新聞をひろげた。注射で急死した記事は小さく出ていたが、某製薬会社が売り出した「新薬」という表現で、どこにも「ランキロン」という名前は無い。慎重な扱いであった。彼は次に、中央紙の地方版を手にとったが、記事はいずれも一段で、これも単に「新薬」となっていた。二段抜きに扱い、しかも「ランキロン」と名前を出したのは、植木のQ新聞だけであった。

植木欣作は落ちつこうと思って、煙草《たばこ》を吸った。指が小さく震えている。和同製薬と、弘進社の憤激が眼に見えるようであった。

彼は、編集部の無神経に腹が立った。広告部のことを全然意識においていないのが彼らの通念であった。編集は新聞の第一の生命で、記事の報道が広告部に掣肘《せいちゆう》されることは恥辱だと編集部は考えている。のみならず、広告部は商売をするところだと彼らはひそかに軽蔑《けいべつ》している。日ごろ、紙面に、商品名を一切出さない主義は、記事が宣伝に利用されないための配慮からだが、それなら今度に限って、何故《なぜ》「ランキロン」とはっきり薬名を書いたのであろうか。おそらく編集部の返辞はこうに決まっている。社会的に害毒のある薬だから、明瞭《めいりよう》に名前を出したのだと。それは正論かもしれない。しかし、そのことによって窮地に追い込まれる広告部の立場をどう考えているのだろう。いや、考えるということはないに違いない。お前さんとこのために新聞を作っているのではないよ、とでも言いそうであった。パイプをくわえている編集局長の森野義三は、ずけずけとそう言いかねない男だった。

それにしても、R新聞といい、中央紙の地方版といい、この記事の扱いの慎重さは見事であった。それは、記事に商品名を出さないという法則のための偶然かもしれないが、眺めている植木欣作には、和同製薬や広告部への配慮があるように思えてならなかった。ことにR新聞に対しては、たった今の瞬間まで心にたゆたっていた追い抜きの快感が、逆に転落感となって植木欣作に逼《せま》った。
彼は朝飯も咽喉《のど》に通らずに出社した。

二

広告部長の席は窓際《まどぎわ》を背にしてある。机の上の硝子板《ガラスいた》に外からの光線が当たり、窓枠の模様を寒々と写していた。植木欣作はコートを洋服掛けに吊《つる》し、のろい動作で椅《い》子《す》に腰をかけた。部員はみんな出揃《でそろ》っている。黙ったまま、それぞれの仕事をしているが、期待しているような眼で植木の方を窺《うかが》っているようであった。今朝の記事を読んでいるに違いなかった。広告部長が出て来たら、どんな反応を示すか、それを見戍《みまも》っているようであった。その気配が落ちつかぬ空気となって植木を包んだ。次長の山岡由太郎は、お早うございます、と挨拶《あいさつ》しただけで、机の上で他紙の広告欄を見ていた。しかし、その横顔は安定していなかった。部長があのことを言い出すのを待ち構えている様子であった。
植木は茶を啜《すす》ったあと、煙草をのんでいたが、山岡君、と改まったように呼んだ。そう呼ばずには居られない条件の中にあるみたいだった。山岡由太郎は、はあ、と返辞して、見ていた新聞をばさりと置き、身体《からだ》の向きを植木の方へ変えた。顴骨《ほおぼね》が尖《とが》って眼が大きく、長身を前むきにかがめた。皺《しわ》はふえたが、スポーツマンのような身体つきだった。いつも彼は植木に、僕はあなたの女房役だから、遠慮のないことを言ってくれ、部内のことは僕が締めて、部長の仕事のし易《やす》いようにすると、半分は阿諛《あゆ》するように、半分は自信を見せるように言っていた。

「今朝のランキロンの記事を見たかね?」

植木が言うと、山岡由太郎は、大きな眼をさらにむき、それこそ待っていたように、

「見ましたよ、家で。ひどいですなあ、あれは。編集の奴《やつ》も困ったことをしてくれましたね。和同がきっと文句を言って来ますよ」

と大きな声で言った。部員もみんな待っていた話が部長と次長の間で始まったので、思わず安堵《あんど》したような顔つきで聴耳を立てていた。その雰囲気が山岡を調子に乗せたようであった。

「編集の奴はこっちのことをちっとも考えないんですからな。何もランキロンと名前を挙げることはありませんよ。R新聞も、ほかの新聞も名前を伏せています。それが常識ですよ。和同がむくれて、うちに出稿をくれなくなったら、どんなことになるか、編集の奴は何も知っちゃいないんですからね。なにしろ、新聞社は購読料だけで経営できるとやっぱり思ってる奴がいるんですからね」

山岡は、部長に合わせるように煙草をとり出し、大きな声をつづけた。

和同製薬が広告の出稿をしなくなる。山岡の言ったような心配は、植木も、あの記事を読んだ直《す》ぐあとから持ちつづけた惧《おそ》れであった。和同製薬は一流会社で、いろいろな薬品を発売している。そのため出稿量が多い。もし、「ランキロン」の記事で、先方が憤《いきどお》って出稿を停止したら、大そうな打撃である。和同製薬はQ新聞みたいな小さな地方紙は問題にしていないのだ。言わば、お情けと、代理店の弘進社との外交とで、ようやく広告紙型を回してもらっている状態であった。その実情がはっきりとしているだけに、植木には和同製薬の憤激が怕《こわ》かった。

前原君、と植木は計算係を呼んだ。

「ここ半年間の、和同の一カ月の平均出稿高を調べてくれないか」

前原が席にかえって帳簿をひろげ、算盤《そろばん》をはじいている間、植木は頭の中で暗算をしていた。むずかしい眼つきになっていた。

「しかし、ランキロンが死ぬような中毒作用を起こすなんて本当でしょうかな?」

山岡は、植木のその眼をのぞきこむようにして言った。同じ疑問は植木にもあった。

「さあ、和同製薬ともあろうものが、そんな軽率な薬は売らないと思うがなあ」

植木は遠いところを見るような眼つきで呟《つぶや》いた。

「異常体質のためのショック死かもしれない」

「そうかもしれませんね。しかし、記事の方が誤りということはないでしょうかね?」

山岡は、両手の指を組み合わせ、拳《こぶし》にして顎《あご》の下に当てた。

「それはないだろう。ほかの新聞にも、みんな同じことが出てるんだからね」

植木が言うと、山岡はそうではないというふうに首を振って、

「たしかにランキロンの注射で死んだかどうかということですよ。ほかに病気があって、それが死因じゃなかったでしょうか」

と低い声を出した。彼は思いつきを言うとき、一段と声をひそめ、尤《もつと》もらしい顔つきをする癖があった。

さあ、それは信じられないと植木は言った。注射をした直後に反応が起こったのだから、やはり薬のせいだと思うほかはない。しかし、そんなことはどっちでもよかった。問題はQ新聞だけが「ランキロン」という名前を挙げたことにある。この薬が全部そのような中毒症状を起こす筈《はず》はない。それだったら、すでに発売して時日がかなり経《た》っているから、そのような実例がほかに起こっているわけだった。たまたま、この地方に配られたアンプルの中の薬液だけに不純物が混入されていたのであろう。和

同製薬にとっては不注意とも言えるし、不運とも言えるが、その例外的な事件を大きく出して、いま会社が全力を挙げて宣伝中の薬品名を、わざわざ出すことはないと植木は編集部の鈍感に腹が立った。

計算係の前原が半年間の統計をメモして、靴音を忍ばせてやってきた。植木は眼鏡を出して、それを読んだ。和同製薬は一カ月平均二十一段にもなっている。最近の段数が多いのは、「ランキロン」の宣伝のためであった。一つの広告主で、こんなに出稿してくれるものはざらにあるものではない。従って、弘進社が、どのように和同製薬を大事にしているかも想像がつくのであった。植木は、和同製薬の憤懣《ふんまん》も無論だが、それにつれて弘進社から怒鳴り込まれることも怖《おそ》ろしかった。弘進社には頭が上がらなかった。東京方面の大部分は同社の扱いになっているので、ここから睨まれたら手も足も出なくなる。悪くすると、懲罰的な意味で、ほかの出稿まで減らされるか分からない。彼はその悪い事態になったときを想像すると、眼の前が昏《くら》くなった。

「編集部に行って訊《き》いてみよう」

植木がそう言って椅子から起ち上がったのは十二時を過ぎてであった。訊いてみよう、と言ったのは部員の前を考えて言ったので、実は抗議をするつもりであった。山岡が、それがいいですな、言うべきことは言って置く必要があります、と植木の気持を読んで激励するように見上げた。

植木は、幅だけは広いが、古い階段を前屈《かが》みに昇った。足をゆっくりと一段ずつかけながら、編集局長の森野にどのようなかたちで抗議すべきかの順序を考えていた。

すると、山岡が言った、記事は誤りではないか、という言葉が、ふいに頭を掠《かす》めた。記事は誤りではあるまい、しかし中毒作用を起こしたのが「ランキロン」ではなく、別の原因だったという考え方もある。記事の取材は警察から出たに違いないが、その警察の判断が誤謬《ごびゅう》だったら、どうなるのだろう。編集部は発表通りを伝えたまでだと通せるが、広告部は広告主や代理店に対してそれでは済まないのである。信用を墜《おと》したと広告主は攻撃するに違いない。もしかすると、この記事の影響で「ランキロン」の売行きが落ち、減収だという理由の威嚇《いかく》も持ち込まれるかも分からない。編集部の責任を広告部が全部負わされるのである。実際に、「ランキロン」が中毒死の原因だったことよりも、この方がもっと恐ろしいのだ。和同製薬を最上の顧客とする弘進社が、この上客の機嫌をとるために、或《ある》いは自己の扱いだったという手落ちを謝罪する意味で、どのような膺懲《ようちょう》的な方法をとってくるか、分かったものではなかった。植木は階段を上るのに足が萎《な》えた。

昼をすぎて編集部の人員はやっと机の前に揃っていた。局長室は個室になっている。

明けるごとに軋《きし》るドアを引くと、局長の森野義三はゴルフズボンを普通のものに穿《は》き替えているところだった。彼は片足を突っ込んだまま、肥《ふと》った身体を及び腰になって植木の方を見た。やあ、と彼の方から口髭《くちひげ》を動かして声をかけた。

「いま、一汗かいて戻ったところでね。今日は調子がいい。今度の日曜日に試合があるんですよ」

彼はこの市で三番と下がったことがない、というのが自慢であった。植木は笑いながら、森野が突き出たまるい腹にバンドをしめるのを待っていた。

「何か用？」

局長はネクタイの結びを直しながら訊いた。

植木欣作は、ぼそぼそと用件を話した。出来るだけ卑屈にならぬようにしたが、話の声は低かった。唇の両端が、微笑で曲がっていた。

森野は話が終るころから、明らかに機嫌が悪くなった。彼の括《くく》れた二重顎《あご》は硬質の陶器のように動かず、眼が白く光ってきた。

「広告主のことなんか、君」

と、局長は植木の終わりの声にかぶせていった。

「そう一々、気にかけていたんじゃ新聞はつくれないよ。君の方は商売かもしれないが、こっちは厳正な報道が第一だからね。名前を出したのが困ると言ってるようだけれど、そりゃ、出した方が世間のためになるからだよ。薬屋さんの肩をもって、読者の利益を無視したら、新聞の生命は、君、どこにある。君も広告部長である前に、新聞社員ということを知って貰《もら》いたいよ」

局長は、そこに立っている広告部長に口髭の下から歯をむいて浴びせた。

「そこまで、広告部がタッチするのは、君、編集権の侵害だよ」

植木は局長の股《また》ボタンが一つ外れているのを見ていた。

三

東京からの長距離で、弘進社の中田から電話がかかってきたのは、その翌日の夕方であった。弘進社には郷土新聞課というものがあり、中田はその課の副課長であった。あれは一体どうしたのですか、と中田の声は初めから怒声がまじり、受話器が震えるくらいであった。送られた新聞を見てびっくりした。「ランキロン」に限ってそんな莫迦《ばか》な筈はない、和同製薬のような一流製薬会社が中毒を起こすような薬を発売するわけがないではないか、しかも、それを本命として大宣伝をしている薬だから常識でも判《わか》りそうなものである。その上、「ランキロン」という名前まで記事に出した料《りょう》箇《けん》は何か。和同製薬でも大憤慨で、今後一切、Q新聞には出稿しないと言っている。われわれはその陳謝に汗をかいている次第だ、あんたの方は、それでいいかもしれないが、われわれは大切な得意を一つ失うかもしれない窮地に陥っている。全体、どのように言い訳をなさるのか、と中田のきんきん声は休みもなく、言葉を機関銃のように速射してきた。

「どうも申し訳ありません。いまも編集とかけ合っているところですが、ランキロンという名前を出したのはいかにも当方の手落ちです。どうも編集は無頓着《むとんちやく》で困ります。どうか今回だけは、あなたの方の顔で、和同さんに断わって下さい、どうも恐縮です」

植木は、前に一、二度か東京で遇ったことのある若い中田の顔を頭に描きながら、送話器に屈み込んで懸命に弁解した。

すると、中田は折り返して、植木の言葉を叩《たた》くように、あなたの方に言われるまでもなく必死に和同さんに謝りを入れていますよ、こっちは自分の商売が可愛《かわい》いですからな、と言い、もっと大きな声で、もし、この中毒死が「ランキロン」のせいでなかったら、どう処置するつもりです、全三段くらいの訂正広告をサービスで出したくらいでは納まりませんよ。なにしろ和同さんの方では絶対にそんな事故が起こる筈がないと自信をもっているから、今夜にでも事実調査に技師を派遣すると言っています、その結果、田舎警察の発表が誤りだったら、あなたの方の軽率に対して和同さんは憤っているから、一切の出稿を見合わすでしょう、和同さんばかりでなく、われわれも考えねばなりませんからな、と一気に言い切るなり、がちゃりと電話を切った。

植木欣作は虻《あぶ》のような唸《うな》り声を立てている受話器をゆっくりと置いた。恐れていた最悪の予感が現実となって逼《せま》ってくるように思える。彼は頭を抱えたい動作を我慢して、椅子のうしろに背をもたせ、片手を机の上に伸ばして指でこつこつと叩いた。板硝子の感触が指の腹に冷たかった。

今まで耳を澄ましていた次長の山岡が首をあげて、

「弘進社は憤ってますか？」

と植木に訊いた。眼つきは心配しているというよりも、なにか好奇心に輝いているように見えた。

「憤っている。中田が出たがね、がんがんと怒鳴り散らしていた。悪くすると、和同製薬の出稿停止だけではおさまらないかもしれない」

植木はもの憂《う》そうにいった。

「おさまらない、と言いますと？」

山岡は長い上半身をぐっと植木の方に曲げて、内緒話をきくような格好をした。

「弘進社そのものの扱いも、半分くらいに減らすつもりかもしれないな。なにしろ和同製薬は大切な広告主だから、あすこをしくじらないためには、そのくらいの処置には出かねないよ」

「まさか、そんなことはないでしょう」

山岡は、植木を慰めるように言ったが、眼は相変わらず、事態の進みように興味をもっているように、植木の顔をじっと見ていた。

「中田がそう言いましたか?」

「そんなことをほのめかした。和同製薬では、こっちに技師を出張させて調査させるといってるそうだ。困ったことになった。調査の結果が、どっちに転んでも、こっちは助からないな」

植木欣作は頰杖《ほおづえ》を突いた。昨夜も考えて熟睡していなかった。長男が大学の受験準備をしていて、鉛筆を削る音が一晩中、耳についた。その下に、高校生の女の子と、中学生の男の子がいる。

「その和同の技師をこっちで接待したらどうでしょうか?」

山岡が提案した。思いつきを、考える時間もなく言う男で、自分で眼を輝かしていた。

「そうだな」

植木は首を傾けた。技師を呼んでご馳走《ちそう》したところでどうにもなるものではない。しかし、こっちに出張してくると判っていて知らぬ顔も出来なかった。結果はいずれにしても、接待しないよりもした方がいいようにも思われた。植木は、どんなものにも縋《すが》る気持になっていた。

山岡は、早速、東京を呼び出した。何かひとりではずんだ顔つきになっていた。植木は、止《よ》した方がいいかな、と途中で思い返しながらも決断がつかなかった。

電話が通じて、山岡が弘進社に丁寧に話しかけていた。先方の話は洩《も》れないが、山岡の顔が曇ってゆくので、植木はやはり止めさせた方がよかったと後悔した。通話は短く済んで、山岡は顰《しか》めた顔を植木に向けた。

「そんなことをする必要はない、というんです。中田ですよ。いやな奴だ。先方に訊いても、教えはしないし、余計な小細工はやめにしてくれというんです。若いくせに、頭からがみがみと威張ってやがる」

山岡は顔を赧《あか》らめ、先方に毒づいていた。自分の思いつきが外れたてれ隠しもあった。

そうだ、それは余計な小細工だった、と植木は悔いが心を咬《か》んだ。向こうは、いよいよこちらを軽蔑《けいべつ》しているに違いない。あせっているときは、常識外れのことにも手を出すものだと思った。

植木は、弘進社が扱い量を半分に減らしたときの対策を鬱陶《うつとう》しく考えはじめていた。東京は殆《ほとん》ど対策といっても、さし当たり、これといって打つ手は考えつかなかった。大阪の出稿量も限界があるから、どのように扱弘進社だけに依存して来たのであり、大阪の出稿量も限界があるから、どのように扱店に頼んでみたところで、無駄であることは知れていた。さりとて地元の専属扱店の尻《しり》を叩いても、肝腎の広告ソースが貧弱だから伸びよう筈がない。結局、弘進社が減らした分は、穴になるほかはなかった。

Q新聞の一カ月の広告収容量七百二十段、うち二百二、三十段が弘進社扱いであった。もし、これが半分になると百段そこそこで、この巨大な空白を何で埋めるか。Q新聞では、扱店渡しの特約値が、大体、一段当り二万円で、広告総収入は一カ月千四百万円くらいであった。これは百五十人の従業員と、編集費を賄《まかな》うに足る金額であった。弘進社が扱い高を半減すると、二百万円以上の減収となるのであった。Q新聞のような弱体な小地方紙にとっては、大きな打撃なのである。植木は、それを考えると、じっと坐《すわ》っていられなかった。

森野編集局長は、そんなことは一切関りないといった態度で、二階に上ったり降りたりしていた。人とはゴルフの話ばかりしている。あれ以来、植木には知らぬ顔をしていた。編集のことで文句を言いに来た広告部長に、あきらかに腹を立てていた。

植木は、このことを専務に話したものかどうか迷っていた。専務は営業局長を兼ねている。植木の肚《はら》が決まらないのは弘進社の出方が未決定だからである。先方は技師が調査して帰るのを待っているらしい。植木には万一の期待があった。和同製薬のような大きな一流会社が、わずかな口実で、地方の小さな新聞社を苛《いじ》めるような大人気ないことはしないであろうという気休めであった。弘進社にしても、あれは本気に言っているかどうか分からない。この際、脅かしてやれ、と若い中田あたりが威張ったのかもしれなかった。そう思うと、電話を切ったあと、東京の笑い声が聴こえそうであった。しかし、代理店のそういう威嚇が利《き》くだけの弱味を、この小さな新聞の広告部は持っていた。

だが、植木欣作が弘進社の態度の決定を待つ間、専務に報告しなかったのは、どこかで自分の成績を考えていたからであった。

彼は、取りあえず、和同製薬株式会社の専務と、弘進社の郷土新聞課長、名倉忠一に宛《あ》て丁重な詫《わ》び状を書いて出した。その返事は来なかった。

四

返事は無かったが、それから三日ばかり経《た》って、注射薬の中毒死の原因が判った。この都市の市立病院で精密検査した結果、それは注射した医師が、「ランキロン」に他の薬を混合したことが判明し、その他の薬の方が不良品だったことが突きとめられた。編集部ではその報道を小さな記事にして出しただけで、別に事前に植木のところに連絡してくるでもなかった。編集局長は、まだ植木の容喙《ようかい》を根にもっているらしかった。

植木は、さすがに腹に据えかねて、編集局に駆け上がって行った。森野局長は机から離れて、棒を振るような手つきで練習の真似《まね》をしていた。

「局長」

と植木は蒼《あお》ざめるのを意識して言った。

「ランキロンの中毒は誤りだったそうですね?」

局長は手真似を中止し、肥った身体《からだ》を回転椅子《いす》に落として植木の方をじろりと見た。口髭が動いた。

「誤り? そりゃ新聞の誤報じゃない。警察が間違っていたのだ。市立病院でその間違いが分かった。だから、それを報道した。こちらは発表通りを正確に記事にしている」

森野は植木の顔に真っすぐに強い視線を当て、無礼を咎《とが》めていた。

「しかし」

植木は身体を汗ばませながら言った。

「それが分かったら、私の方に連絡して下さるとよかったと思いますよ」

「連絡？」

森野は眼を光らせた。

「どういうことだね？」

「あの記事は訂正記事の代わりになると思います。和同製薬が迷惑した手前、もっと大きく、最初の記事と同じ二段抜きで出して欲しかったのです」

「その必要はない」

局長は、突然、身体にふさわしい大きな声を出した。我慢がしきれなくなったというように、咽喉元《のどもと》から絶叫した。

「編集は広告の命令で動いてるんじゃない。君、帰り給《たま》え」

「しかし、あの記事のために、先方は広告原稿を出さないというんです。そうすると、広告収入が激減するんですよ」

植木は自分の身体を支えるようにして言った。

「そりゃ、君の商売だろう。ぼくの知ったことじゃない。帰れ」

局長は太い顔を赧くし、顔の筋を怒張させていた。森野義三は以前に中央紙で社会部長をしたことがあり、女で失敗して退社したが、その経歴が彼の装飾であった。植木はドアを軋らせて外に出た。今の声が聴こえたとみえ、編集部の連中が机からみんな彼の顔を見ていた。

自席にかえると、植木は、すぐ後ろにある窓をあけて外を見た。電車が走っているが、殆ど乗客が乗っていない。車掌が背中を後部の窓に凭《もた》れさせていて、こちらを見ていた。植木は車掌の眼と合ったような気がした。

編集局長の森野と衝突したが、こちらの手応《てごた》えがまるで森野にはない。この吹けば飛ぶような小さな新聞社を大新聞社のように思っている。編集は編集、広告は広告と分割して、社の収入源のことなんか知ったことかという顔をしている。今に、弘進社は何かの宣告をしてくるだろう。この危険を社長も知っていなければ、専務も編集局長も知っていない。

植木は立っている自分の周囲に風が捲《ま》いて吹いているのを感じた。社長は病気で臥《ね》ているし、専務は昨日から大阪に出張していた。

申し込んでおいた東京への電話が出たと山岡が知らせた。受話器を植木に渡すとき、重大そうな眼つきをしていた。向こうに出ているのは、やはり郷土新聞課の副課長の中田であった。

「昨日、中毒死の原因が分かりました。やはり、ランキロンじゃなかったのです。注射のとき、混合した別の薬が悪かったんです」

植木がそこまで言うと、中田は追いかぶせるように、それは昨日のうちに、すでに和同製薬から派遣した技師の報告で分かっている。和同からこちらに連絡があった、と答えた。

植木は顔が熱くなったが、中田の声は前と違って、ひどく静かであった。落ちついているのか、冷淡なのか、植木にはすぐに判断がつかなかった。つづいて、中田は訂正記事はどのような扱いになっているか、と訊《き》いた。植木はすこしどもって答えた。中田は、一段ですね、一段ですね、と二度もくり返して念を押した。なぜ、前と同じに二段扱いにしないのか、と切り返されるよりも、植木には辛かった。

「それで訂正広告をすぐに出したいと思いますが、勿論《もちろん》、二段通しか、半三段くらいをサービスさせて頂きます。和同さんの方の意見はどうなんですか?」

正式な意見はまだ伝える段階ではない、と中田はやはり抑揚を殺した声で言った。とにかく、和同があなたのところを非常に不快がっていることだけは承知して貰《もら》いたい。

「それは、和同の出稿が無くなるかも分からないという意味ですか?」

「和同だけじゃありませんよ。うちはあなたのところよりも、和同の方がずっと大事ですからね、これは承知して下さい」

「もし、もし」

植木は思わず、うろたえた声を出した。中田の静かな声は冷淡ということがはっきりしたが、それだけに、その言い方は恫喝《どうかつ》とは思えないものがあった。山岡は、横で頬杖をついて、じっと聴耳を立てていた。

「名倉さんはいらっしゃいませんか?」

も早、副課長の中田だけの話では不安であった。課長の名倉忠一の話をきかぬと、実際に肚に入らなかった。名倉はいませんよ、と中田は嗤《わら》うように答えた。北海道に出張中だから、あと四、五日しないと帰って来ない、しかし、こっちは始終連絡をとっているから、名倉の意向も大体分かっている。

「意向といいますと?」

つまり、ぼくが言ったことと同じ考えですよ。或《あ》いは名倉の方がもっと強硬かもしれませんね、弘進社としても、残念ながら、おたくとのご縁をこのまま切らせて頂くか分かりませんよ、と中田は言うなり、向こうから電話を切った。

植木は、部員たちの手前、落ちつこうと考えながら、マッチを擂《す》る指が震えた。

「どう言ってるんですか？」

山岡が椅子《いす》を起《た》ち、植木の頬に息がかかるくらい、顔を寄せてきた。

「弘進社は、うちの扱いを全面的に引っ込めるかも分からないな」

植木は、ぼそりと答えた。自分が口に出した言葉で、その現実がきた気がした。

「全面的に、ですか？」

山岡はびっくりしたように目を開け、植木の顔を凝視した。

「そりゃあ、えらいことになりましたなあ」

山岡は息を詰めたような顔をしていた。声には詠嘆とも、同情ともつかぬものが混じっている。どっちにしても、彼のこのときに洩らした声は、はっきり自分がこの問題の責任者ではない、という調子のものであった。

植木は机の上のR新聞をひろげた。これで三度目であった。中毒死は新薬のせいではなかった、という記事が二段で出ていた。前の事故を報じたときは、一段の小さなもので、しかも薬の名前は伏せていた。手際《てぎわ》のいいやり方であった。これでは、和同製薬も弘進社も、こっちを見放すのは仕方がないように思われた。

弘進社が扱う高を半分に減らすかもしれない、と考えていたのは甘い観測であることが分かった。植木の眼には二百二、三十段の空白が雪原のように映っていた。

専務が翌朝、出張先から帰ってきた。植木はその日程を知ったので、すぐに専務の私宅に行った。二階に上がれというので、暗い階段を上がって行くと、禿《は》げ頭の、小さな身体の専務は、どてらを着て腫《は》れた眼で現われた。

「やあ、これから朝食だ。一しょに食おうか」

専務は笑いながら言ったが、実は、朝から何で植木が自宅まで飛んで来たのか、探るように窺《うかが》っていた。眉毛《まゆげ》が薄いので、眼が鋭くみえた。

植木が話しはじめているうちに、専務の顔色が変わってきた。顔艶《かおつや》がよく、額も頬も、鼻の頭も光っている男だったが、寝起きのせいか、鈍く垢《あか》じみたものが淀《よど》んでいた。それが一層、黝《くろ》ずんできた。

「二百三十段か。四百六十万円の減収となると、うちの経営は危くなる」

専務は言った。心なしか、声が震えているようであった。

「販売成績も悪くなってるんでね。近ごろ、中央紙の攻勢で、部数が下がり目になっている。拡張運動をしても、金を食うだけで、実績が上がらん。困ったこったね。そこへ、広告の方がそんな具合じゃ、忽《たちま》ち、破滅だね」

専務は額を抑えた。

「君、弘進社では、本気にそうするのか？」

「まだ、はっきりとは分からないんですが、そうなったときの場合を想定しておく必要があります」

植木は答えた。

「弘進社にとっては、和同製薬は大手筋の得意ですから、うちと手を切るのが忠義立てになるかもしれませんね。だから、そういう可能性はあります」

「今から、弘進社に打つ手はないか？」

専務は抑えた手で額を揉《も》んだ。

「電話で随分と謝ったのですが、きかないんです。尤《もっと》も、これは郷土新聞課の副課長です。課長は北海道に行って、話せませんでしたが」

「課長は、いつ社に帰ると言ってたかい？」

「三、四日中には帰社する予定だとは言っていました」

専務は手を急に放すと、植木を睨《にら》むように見た。

「君、すぐ東京に行ってくれんか？」

「はあ、それは」

「弘進社に何とか泣きを入れるんだ。それ一手しかない。その課長の帰ってくるのを東京で待っているんだ。こっちは誠意を見せて、平謝りに謝るんだ。こっちの経営状態も説明して、頼み込むんだね。それ以外に無いよ、この対策は」

植木もそう思っていた。こっちから上京して会って話せば、電話の上のやりとりと違って、先方も顔を合わせながら、無情なこともできないだろう。とにかく、会って頼み込む、それが最上の方法のように思われた。

「編集局長の方は、ぼくが叱《しか》っておくよ」

専務は植木の機嫌をとるように、やさしい顔で言った。

五

植木は、その日の午後の急行に乗った。山岡が、弘進社には電話で、部長の行くことを言っておきましょうか、といったが、彼は、それには及ばないととめた。なまじっか予告をしない方がいいのだ。先方にその準備を与えるよりも、不意に出て行って、話しかけた方がいいのだ。

植木は汽車の中で寝苦しい一夜を明かした。暗い窓を走り去る遠い田舎の灯を数えていた。その窓が乳色に白くなるころに、うとうととした。

八重洲《やえす》口に降りたのも一年ぶりであった。地方の小新聞には東京はあまり縁がない。紙面には毎日、東京の広告が載り、広告主から料金が入っているが、直接のつながりはなかった。代理店が両方の間に介在して、その線を遮断していた。硝子《ガラス》の壁で仕切られているように、向こうの姿は見えるが、手が触れられなかった。

時計を見ると十一時近くであった。彼は食堂で百円の朝飯を食い、タクシーで弘進社に向かった。車が前後を挟んで無限につづいていた。向こうから来る車の流れの中には、中央紙の赤い社旗を翻《ひるがえ》した車がいくつかあった。

弘進社は広い道路から入った狭い通りにあった。二階建の小さな建物である。あたりに大きなビルが建っているから、それは見すぼらしく見えた。こんな貧弱な社屋が、地方新聞の生命を抑えているかと思うと、植木にもすこし信じられなかった。彼は金文字を捺《お》した硝子ドアを明けた。正面に大きな衝立《ついたて》が塞《ふさが》っていて、すぐには内部が見えなかった。

衝立の横を回ると、長い営業台の向こうに社員たちの配置が初めて見渡せた。そこから、威厳めいた風が一時に植木の顔に吹きつけてくるように思えた。彼が入ってきても、誰も見向きもしなかった。受付の女の子はうつむいて雑誌を読んでいる。植木は、郷土新聞課の方を眺めたが、課長の名倉の顔も、副課長の中田の顔も見えず、課員が三人、かがんで仕事をしていた。名倉は出張から帰らないからともかくとして、中田がいないのは外出かと思われた。植木は、いきなり彼とここで会わないことで、かえってほっとした。

女の子に訊くと、中田は二時ごろに帰ってくるということだった。郷土新聞課員のひとりがひょいと起ち、営業台の前に出て来て、どちらさんですか、と訊《たず》ねた。色の白い、瘦《や》せたこの男には、植木の方では、一年前にここに来たときに見覚えがあったが、向こうでは知らなかった。植木が名刺を出したとき、彼は眼の近くにそれを持って行って見入り、ああ、そうですか、と植木の顔を改めるように見た。

この間からの経緯をこの男も知っているらしい。小役人にみるような横柄《おうへい》な顔つきに変わっていった。中田副課長は二時ごろに帰るから、そのころ来て下さい、と彼は植木の名刺を中田の机の上に抛《ほう》るように置いた。

植木は、そこを出て、さて、どっちに行ったものかと考えた。ぶらぶらと歩いているよりも和同製薬会社に行って挨拶《あいさつ》して来ようと思った。遊んでいる気にはなれなかった。和同製薬には、名倉か中田と一しょに行った方が一ばんいいのだが、それはさし当たって見込みがないので、とにかく、単独でも謝りに行ってみる気持になった。彼はタクシーに乗ったが、これから先方に行ったときの話の具合が気にかかり、ろくに久しぶりの東京の景色が眼に入らなかった。

和同製薬の本社は川の傍にあって、五階建の立派なものであった。白い四角い壁に、空の光をうつした窓が几帳面《きちようめん》にならんでいる。植木は、これから自分が行く場所は、どの窓の位置であろうか、と車を降りて、暫時《ざんじ》、息を整えながら見上げた。「ランキロン」の染め抜きの垂れ幕が一番高い窓から下がっていた。

三段の石段を上り、大理石の床で滑りそうな明るい玄関を入ってゆくと、右手に受付窓があって、緑の上っぱりを着た女の子が硝子戸を指であけた。植木は名刺を出し、宣伝部長さんに会いたい、と申し込んだ。

女の子はダイヤルを回し、その通りのことを言っていた。向こうでは訊き返したらしく、彼女は、Q新聞社です、Q新聞社です、と二度くり返していた。植木は、それだけで、もう、こちらが咎《とが》め立てられているような気がした。

「宣伝部長はお留守だそうです」

女の子は、まっすぐに植木を見上げて、硬い感じの顔で言った。居留守を使っていることは分かっていた。植木は、それでは次長さんを、と頼んだ。女の子は、もう一度、電話をかけていたが、次長も居《お》りません、外出は永くなるそうです、と返答を伝えた。植木は頭を下げて、そこを出た。

空は薄く晴れているが、あたりが濁ったように紅《あか》くどんよりしている。追い返されてから、和同製薬の怒りが皮膚をじかに叩《たた》いたような気がした。

やはり、直接にひとりで来るのではなかった。弘進社の中田に頼んで一しょに来なければ、先方は会ってもくれないのだ。憤慨していることも分かっているが、Q新聞などは問題にもしていない、という態度も見え透いていた。彼はタクシーを待って佇《たたず》んだ。

有名な中央紙の社旗をつけた大型の車が、車体を光らせて走ってきた。植木の眼の前で、それは和同製薬の玄関に横づけとなった。ばたんとドアを刎《は》ね返して、若い男が大股《おおまた》でひょいひょいと石段をとび上がり、内部に消えた。植木の歳《とし》の半分くらいの男であろう。植木には、その新聞社の広告部員が挨拶に来たように思えた。無論、その男は、彼のようにすぐに戻っては来なかった。

和同製薬からの出稿はもう諦《あきら》めなければならないだろう、と植木は考えた。それは決定的のように思えた。一カ月、数十段の喪失である。しかし、それだけで済むのではない、もっと巨大な、絶望的な喪失の予感が彼の心を萎《な》えさせていた。

植木は賑《にぎ》やかな通りを歩いたが、色彩がまるで視覚から失われていた。この日本一、繁華な街を歩いて、山か野を歩くようだった。咽喉《のど》が乾いて仕方がない。喫茶店に入ったが、ジュースが泥水を飲むみたいであった。

二時近くなったので、植木は、弘進社に向かった。やはり貧弱な建物だが、彼はさっきより倍も威圧を受けた。衝立を回ると、今度は、中田の姿が見えた。彼は机で何か書いていたが、前の痩せた男が植木の顔を一瞥《いちべつ》して、中田に知らせた。中田はうなずいたが、営業台の前に近づいた植木の方を見るのでもなかった。彼の刈り上げた散髪頭は机の上に傾いたままであった。植木は胸の動悸《どうき》が高くなった。

十分間も、そうしていたであろう、中田はようやく顔を上げると、植木の方を見て、やあ、と言った表情をした。にこりとも笑わなかった。長い顔で、全体の感じが毛髪が無いみたいだった。唇が薄かった。彼はその唇を仕方なしに明けたように、こっちにいらっしゃい、と言った。植木は軽く頭を下げて、営業台の端の仕切戸を開けた。隅に四角い場所をとって、円テーブルと、来客用の白いカバアをつけた椅子がならんでいた。中田と向かいあうと、植木は丁寧にお辞儀をした。

「どうも、今度は、大へんなご迷惑をかけまして、何とも申し訳がありません」

植木は謝った。中田は、歯も見せずに仏頂面《ぶっちょうづら》をしていた。

「突然のようですが、そのためにこっちにいらしたのですか?」

彼は足を組み、煙草《たばこ》をとり出した。

「そうです。どうも、じっとして居られないものですから、矢も楯も堪《たま》らずに、こうしてお詫《わ》びにやって来たのです」

植木は力をこめて言った。こちらの誠意や気持を汲《く》んで欲しい。それがひとりでにきおい立った言い方になった。

「それは、わざわざ済みませんね」

中田は、もの憂《う》そうに答えた。

「しかし、今度のことは、折角ですが、簡単には済みませんよ。わたしん方は、詫びられても謝られても、そりゃ仕方がありませんね、で済みますが、和同さんはそうはいきません。ひどい立腹の仕方です。それは無理はないでしょう。折角、張り切って売り出している商品にケチをつけられたんですからね。たとえ、あなたん方が田舎の小さな新聞でも、信用を傷つけられたら憤《いきどお》りますよ」

「いや、全くその通りです。どうも編集とうまく連絡がとれなかったものですから。わたしも、ランキロンと名前が新聞に出たのには、ぎょっとしました。どうも、まことに不手際なことをしました」

植木は、謝るほかに能がなかった。下手に逆らってはいけない。和同製薬は諦めてもよいが、弘進社から見放されたら最後だ、という気持が胸に詰まっていた。

「編集と連絡がとれないとおっしゃるけれど、中央の大新聞じゃあるまいし、小さな地方紙ではその言い訳は通りませんよ。尤も、おたくだけは大新聞に負けないくらいの誇りがあるのかもしれないけれどね」

「中田さん、そう皮肉をおっしゃらないで下さい」

植木は唇を笑わせてお辞儀をした。

「いや、皮肉じゃありませんよ。現に、R新聞の扱いを見て下さい。いや、もう見てるでしょうが、あれが本当のやり方です。おたくは何もかも逆だ。訂正的な記事だって、一段の小さなものじゃありませんか。自分の方が軽率なことをしておいて、そんな法ってないよ」

中田の薄い唇はよく動いた。

「おっしゃる通りです。どうか今度だけは和同さんをとりなして、謝りを入れて下さい」

「植木さん」

と中田は改まったように呼んだ。

「あなたは単純に考えておられるようですが、事態はもっと深刻ですよ。わたしが冗談にあなたを電話なんかでおどかしていると思われたら大間違いです。今日は、まだ名倉課長が北海道から帰っていないから、こちらのはっきりした考えは申し上げられないが、和同さんのランキロン問題についての釈明広告は、さし当たり、全四段のサービスにして下さい。いま和同さんでその原稿を書いています。これだけは、はっきりしています」

「承知しました」

植木はすぐに受けた。せいぜい半三段くらいと踏んでいたが、全四段と宣告された。Q新聞は広告欄が三段制だから、一段だけ記事面を削らなければいけない。また、森野と渡り合わねばならないかと思うと、気欝《きうつ》だったが、いまの場合、丸呑《の》みにしなければならなかった。しかし、その無理を通したことで和同製薬のあとの出稿がつづいたら、かえって有難い話であった。

「それと、その後の和同さんの出稿は、おたくとは解約になると思って下さい」

「え、解約？」

植木は、突然、殴られたようになった。

「そうですよ。そう言っちゃ失礼ですが、和同さんはおたくのような新聞は歯牙《しが》にもかけていないんですからね。それを、われわれが努力して、三拝九拝しながら原稿を貰《もら》って来るんです。こっちの身にもなって下さいよ。わたしん方も、随分と、和同さんには足を運んでやっと可愛《かわい》がってもらうようになったんですから、こういう問題が起こると、和同さんの怒りを鎮《しず》めなければなりません。なにしろ大手筋のお客さんだから、失いたくありません。こっちも商売ですからね。こうまで先方に怒られると、もう口さきだけの外交ではおさまりませんよ。何とか実体で誠意を見せなくちゃね。申しわけないが、おたくとは全面的に取引を中止することになるでしょう」

植木は、あたりの騒音が急に聞こえなくなった。

六

その夜、植木欣作は、神田の旅館に泊まった。宿は甃《いしだたみ》を敷いた坂の途中にある。静かだが、寂しい場所だ。表の通りには街灯が疎《まば》らにあって、黒い影の方が多い。肩を寄せた男女が幾組ものろのろと歩いて通ってゆく。部屋の裏は東京の中心地が沈んで、賑やかな灯がひろがっていた。

弘進社のあるあたりにもネオンがこまかな点となってかたまっていた。しかし、弘進社は窓の灯を消しているに違いない。その社員は、今ごろは、家に帰っていたり、飲屋で酒を飲んでいたりしているのであろう。弘進社という地方の小新聞を脅《おび》やかしている怪物は、夜は機能を分解して停止しているのだ。彼を嗤《わら》い、彼に毒づいた中田は、現在、どうしているのか。燗酒《かんざけ》を飲屋の女中の酌で飲んでいるか、アパートの狭い部屋に寝転んで雑誌を読んでいるかしているのであろう。貧しい、小さなサラリーマンなのである。それが明日になると、また彼を威嚇《いかく》する人間になってくる。

電話が鳴った。申し込んだ長距離市外が出た。

「専務はご在宅ですか?」

女中の声で、いないと答えた。遠い声である。

「東京に来ている植木ですが」

それを聞いて女中の声は専務の妻に代わった。嗄《しやが》れた声だった。

「何時ごろお帰りですか?」

「十時ごろになると思います。そのころ、かけてみて下さい」

冷淡な口吻《くちぶり》である。専務の妻は何ごとも知ってはいない。丁度、彼の妻が彼の仕事を半分も理解しないのと同じであった。植木は電話を切ると、宿に晩《おそ》い夕食を出すように言いつけた。今日は空腹を感じなかった。

はずまない食事をしていると、外から三味線と笑い声と手拍子が聞こえた。

「宴会らしいね」

前に坐《すわ》っている女中に言うと、すぐ隣りの旅館だと言った。

「お客さん、おひとりでお寂しいですね」

女中は笑った。

「トルコ風呂《ぶろ》でもいらしたらどうですか、東京名物ですよ」

「そうかね。しかし、もうそんな年齢ではない」

「あら、随分、ご年輩の方がいらっしゃいますよ」

女中は植木の耳のあたりを見つめていた。そこに白髪がかたまっているのを植木は知っていた。この頃は、体重も軽くなってゆく一方だった。

食膳《しょくぜん》を引くと、女中は床をとりはじめた。植木は窓際《まどぎわ》の椅子《いす》に腰かけて外を眺めている。街の灯が少なくなったように思われた。

電話が鳴った。植木は椅子から大股《おおまた》で歩いた。

「××からです」

交換手が長距離を告げた。専務だな、と思った途端、

「小林だ」

と専務の太い声が流れた。が、それは厚い壁の向こうから聞こえるように霞《かす》んでい

た。

「ご苦労さん。いま帰ったところだ。電話をもらったそうだが」

気がかりな調子が性急な声に籠《こも》っていた。

「どうだったかね？」

「あまり調子がよくありません」

「え、なに？」

女中は蒲団《ふとん》を敷き終わると、黙っておじぎをして襖《ふすま》を閉めた。植木は大きな声を出した。

「どうも思うようにゆきません。何しろ、郷土新聞課長の名倉氏が北海道へ出張して留守なものですから、要領を得ないんです」

「いつ、帰るというの？」

「まだ、四、五日はかかるらしいんです」

「そうか。それまで、君がそっちで待つより仕方がないんだろうね」

専務の声は、植木に頼っているようだった。

「はあ、止《や》むを得ないと思います」

「それで、そっちの空気はどうなんだね？」

「うちから電話したときと同じ状態です」

植木は送話器を手で囲って言った。

「相手の人間も同じ副課長の中田ですから、いろいろ煩《うるさ》いことを言っています。尤《もっと》も、この男は少し威張る方ですが」

弘進社はQ新聞に対して全面的に取引をやめるかもしれない、と言った中田の言種《いいぐさ》を植木は、正直に専務に取り次ぐ勇気はなかった。それに、課長の名倉忠一の言葉を聴くまでは決定的ではないのだ。

「和同製薬の方へは行ったかね?」

専務は訊《き》いた。

「行きました。とにかく、お詫びをしなければいけないと思って、すぐに行きました」

「そう、それでどうだった?」

「向こうでは、宣伝部長も次長も留守だといって会ってくれないんです」

これは正直に言った方がいい、と植木は思った。

「尤も、これはあとで、拙《まず》いと思いました。やはり、弘進社の誰かと一しょに行かなければ、よけいに弘進社を刺戟《しげき》することになるでしょう。だから、このことは中田には言っておりません」

地方の小新聞が、直接に広告主に会うのは挨拶《あいさつ》の時だけである。毎度、有難うございます、と営業的な儀礼の場合だけが許されるのである。その本来の取引上の問題となると、代理店という厚い硝子《ガラス》の壁に仕切られて、接触が出来ない。広告主の意向は代理店を濾過《ろか》して流れ、新聞社の意見は代理店を通じて先方へ伝えられる。しかし、代理店は両方の単純なパイプではない。弱い立場の新聞社に対しては、代理店自身の特別な意志が加わってくる。

だから、新聞社の広告部長が単独で、直接に和同製薬に謝罪に行くことさえ、扱店の弘進社には、遠慮しなければならないことなのである。まして、広告主の和同製薬はQ新聞のような田舎新聞は眼中に無いのだ。そこの貧弱な広告部長が、ひょろひょろとひとりで訪ねて来たところで嗤っているだけであろう。

「そうか」

遠い電話の向こうで、専務は声を落とした。専務もその弱い立場を意識したようだった。

「とにかく、君は郷土新聞課長が出張から戻ってくるまで待って居給《いたま》え。これは、その人によく頼み込むほかはない」

「分かりました」

　植木は言った。

「それから、ランキロンの中毒事件についての釈明広告ですが」

「うむ」

「和同製薬では、いま文案を作成中だそうです。中田の話では、全四段を一の面に、全額新聞社負担で載せろというんです。無料サービスは止むを得ないと思いますが、全四段というのが問題です。うちは三段が建頁《ページ》ですから、四段となると、記事面から特別に一段を貰わねばなりません。この辺の編集との調整を専務にお願いしたいと思うんですが」

　編集局長の森野義三の肥《ふと》った顔を植木は眼の前に泛《うか》べていた。編集権の侵害だと憤って、植木には口を利《き》かない男である。

「その方は、よろしい。ぼくの責任でやる」

　専務は請け合った。

「こっちはどのような犠牲でも忍ぶからね、そっちの方の諒解《りょうかい》工作をよろしく頼むよ」

　ご苦労さん、と声を残して専務は電話を切った。植木は受話器をゆっくりと置いた。

植木は煙草をとり出して喫《す》った。上から見下ろす中心街の灯の群は、また以前よりは少なくなったようである。植木は、名倉郷土新聞課長が帰社するまでの五、六日の滞在期間を想《おも》った。退屈で、苛立《いらだ》たしい期間である。毎晩こうして無意味に街のネオンを眺めなければならないであろう。見物に出る気持も起こらない。東京が色彩の無い、灰色の憂欝な都市に見えた。懲罪が決定するまで、彼は宙ぶらりんの位置である。それなのに、毎日、弘進社には足を運ばなければならないのだ。名倉課長の予定が変更になって、思ったより早く帰ってくるかも分からないからである。その度に、若い中田の突慳貪《つっけんどん》な顔に卑屈な愛想笑いを向けなければならぬ。それだけが彼の目下の仕事であった。植木は煙草を二本つづけて喫《の》んだ。身体《からだ》は疲れているのに、少しも睡《ねむ》くはなかった。

翌日植木は弘進社に行った。表のドアを押すのに気が滅入《めい》ってくる。見渡すと、中田は誰かと話していたが、植木の入ってくる姿をちらりと見たようだったが、知らん顔をしていた。身体を椅子の上に曲げて、股を開いている怠惰な格好である。相手の中年男はきちんと足を揃《そろ》えて腰かけ、中田を見てつつましやかに笑っていた。小さな地方紙の広告外交員という見当は植木にはすぐついた。

「中田さん、今日は」

植木は営業台のこちらから挨拶した。

やあ、と中田は仕方なしに初めて気づいたように顔を向けたが、すぐに先客の方に顔を戻して、こっちへ入れとも言わなかった。

中田は机の抽出《ひきだ》しを開けたり閉めたりしている。その動作は無意味のように見えるけれども、植木には判《わか》っていた。抽出しの中には、広告主から預かった広告紙型が重なって入れられてあった。地方小新聞の広告外交員が、咽喉《のど》から手が出るくらい欲しいもので、中田の動作は、紙型の山を見せびらかすことで、相手の単価を叩《たた》こうという魂胆であった。そのやりとりの様子を、植木は少し離れたところに立って見ていた。外交員は困惑した顔で苦笑している。中田に、やはり気の乗らない顔つきをして、わき見をしたり、通りがかりの同僚に話しかけたりしている。外交員は誘惑に負けて、肩を落として出て来た。

「植木さん」

中田は椅子から起ち上がると、あくびをして言った。

「まあ、こっちへお入んなさい」

植木は口にくわえていた煙草《たばこ》を捨てた。

七

「課長には連絡しましたよ」

中田は植木をじろじろと見て言った。植木にはそれが、どうです、昨夜睡れましたか、と訊いているようにみえた。

「ああ、そうですか、それはどうも」

植木は頭を下げた。

「名倉さんはね、北海道からこっちに真直《まつす》ぐに帰らないで、東北から北陸を回って帰ると言ってるんです。だから、帰社の予定が延びたわけですよ」

中田は、唇の端に薄笑いを泛べて言った。頬が尖《とが》っているから、すぼんだところに皺《しわ》が寄り、若いくせにいやらしく見えた。

「延びる、それは何日くらいですか？」

「三四日は長くなるでしょうね」

植木は、やり切れなさを感じた。この状態でもっと長く辛抱しろというのか。ふと、このとき、中田が意地悪なことを企《たく》らんで嘘《うそ》をつき、こちらをじらしているのではないかという錯覚が起きたくらいであった。

「課長には、あなたが見えたことを言いましたよ。すると、課長は、そんなに待たしては気の毒だから、一先《ま》ず、お帰り願ってくれ、ということでした」

「しかし、私の方は」

植木は喘《あえ》いで言った。

「いつまでお待ちしても構いませんが」

「いや、それは僕の方の都合です」

中田は、ぴしゃりと戸をたてるように言った。

「名倉さんが帰っても、すぐにおたくとの処置を決めるわけにはいかんでしょう。そんな簡単なことではありませんからね。和同さんとの折衝もあるし、うちの重役たちとも相談せねばならんことです。かなり時間がかかります。あなたもお忙しい身体ですから、こんなことで東京に縛っておくわけにもゆきません。どうか、一先ずお帰り下さい」

こんなこと――弘進社や和同製薬にとっては、こんなことかもしれなかったが、Q新聞にとっては危機に懸っていた。

「いや、お待ちする分は、いくらでもお待ちします。そのために私はこっちへ出て来たんですから」

「いや、これは課長の気持です」

中田は、植木の執拗《しつよう》さが迷惑だというように言った。

「とにかく、お帰り下さい。課長が帰ってきても決定はあとになりますから」

「すると」

植木は、手がかりを外されて絶望して言った。

「ご通知は、いつ頃、頂けるんでしょうか?」

「それはですな」

中田は、緩慢に言った。

「名倉さんがおたくの方へ行くと言ってますよ」

「え、私の社へ?」

植木は中田の顔を見つめた。

「そうです。名倉さんがそう言いました。どうせ、おたくばかりでなく、あの地方の各社を回らなければならないので、その用件を兼ねてお伺いすると言ってました」

植木は眼を伏せた。弘進社の意図がどこにあるか見当がつかなかった。

「中田さん」

植木は上体を前に出した。

「なんですか」

「この話の落着まで、わたしの方への出稿量には変わりはないでしょうね？　それをお伺いしたいのですが」

中田の眼は植木の気魄《きはく》に、一瞬、圧《お》されたように見えた。

「さあ、それは」

と彼は迷ったように言った。

「課長が何とも言わないから、その方の変化はないでしょうな」

「有難う、ぜひ、そうお願いします」

植木は礼を言った。中田は机の上のマッチをとると、乱暴に煙草に火をつけた。

「植木さん」

と彼は脚を組みかえた。

「とにかく、これは困った問題ですな。おたくも、えらいことを惹《ひ》き起こしてくれました」

威厳をとり戻すような口吻《くちぶり》であった。

「和同さんのご機嫌はなかなか直らないんですよ。おたくもお困りでしょうが、わたしの方も困るんです。何度も言いますが、わたしの方にとっては、かけがえのない大手筋のお得意さんですからね。これは充分におたくも責任をとって貰《もら》いたいんです。尤も、おたくに責任をとって頂いても仕方がないかな。和同さんは、うちだけが相手ですからな」

植木は侮辱を感じないように抑えた。

「申し訳ありません。ただ、お詫《わ》びするほかありません。あなたの方のご都合がよかったら、和同さんには、ご一しょに行って頂いて、謝罪に参りたいくらいです」

「そりゃあ、うちの方の話が済んでからにしましょう、いま、和同をあなたがのぞいても仕方がない」

中田は吐くように言った。

「無論、そうします」

植木は逆らわずに、おだやかに言った。

「しかし、中田さん、わたしがこうして、こっちへ出て来たことは、その誠意を認めて下さいね。これは、名倉さんにも和同さんにも、伝えて頂きたいのですよ」

「分かりましたよ、そりゃあ」

中田は、半分面倒臭そうに答えた。植木は椅子《いす》から腰を上げた。

その晩の汽車に植木は乗った。窓から見ると東京のまぶしい灯の群が流れ、次第にその凝集が崩れ、疎《まば》らに散り、暗くなって行った。これから一晩中、汽車の中に睡り、明日の昼すぎでないと、自分の土地に着かないのだ。この長い、東京との空間が、無意味で、無連絡で、腹立たしかった。中田のような若造に足蹴《あしげ》にされたという恚《いか》りはふしぎに起こらなかった。弘進社という古びた、小さな建物が底に持っている暴力に腹が立ってならなかった。

昼すぎ、雨降りの駅に降りると、広告部次長の山岡由太郎が社の自動車をもって迎えに来ていた。植木の脂《あぶら》の浮いた黝《あおぐろ》い疲れた顔を見て、

「どうもご苦労さまでしたね」

と頭を下げ、鞄《かばん》をとった。

「如何《いかが》でした？」

山岡は車の中で訊《き》いた。いかにも心配でならぬように眉《まゆ》を寄せていた。

「面白くない」

植木は答えた。大体の報告は東京からしてあるので、山岡の質問は、弘進社の空気のことであった。

「万事は、名倉がこっちへ来てからだ。中田には随分、厭味《いやみ》を言われてね」

植木が言うと、

「中田なんかには分からんでしょう。名倉さんがこっちへ来れば、僕は平穏におさまるような気がしますがね。問題の決定まで、弘進社の出稿が従来通りというのが、その証拠と思いますよ」

山岡は慰めるように言い、わざと笑ってみせた。それから、ポケットにたたんだ新聞をとり出して拡《ひろ》げ、今朝の朝刊だと言い、

「こんな風に出しました」

と一の面の下の方を見せた。

「ランキロン」の釈明広告で、先方の言う通り全四段であった。大きな活字で組み、先日、当地方で「ランキロン」の中毒で患者が死亡したような記事が報道されていたが、これは警察当局と当社派遣の技師が共同して調査したところ、全く誤報であることが判った。当社は信用ある一流製薬会社で決して当社発売の薬品に限ってそのような不良品があるわけではなく、どうか安心して従前以上にご愛用を願いたい、という意味が、宣伝文を兼ねて載っていた。

「編集はどう言ったかね？」

植木は変則的な四段広告を眺めながら訊いた。

「編集は一コロですよ。文句無しに一段くれました」

山岡は植木の機嫌をひき立てるように言った。彼も編集局長との経緯を知っていた。森野局長はどのような顔をしているのであろう。植木は新聞から眼をあげて外を見た。車の窓には雨が流れ、彼の住んでいる町が白い膜の中にぼやけていた。

専務室に行くと、専務は植木の顔を見て、眼鏡を外し、よう、と言って椅子から起《た》ち上がった。

「ご苦労さん、大へんだったね」

専務は植木の肩を敲《たた》いて慰めた。

「名倉氏がこっちへ直接に来るんだって？」

「そうです。それまで一応帰ってくれと強《た》って言うものですから、帰って来ました」

専務は顎《あご》をひいた。

「そりゃ仕方がないね。向こうから出むいて話をするというのなら、待つほかはない。いい話かどうか分からないがね。まるで、仕置場に据えられたようなものだね」

専務は冗談を言ったが、植木には適切な言葉に聞こえた。

「まあ、名倉氏が見えたら、こっちの誠意を尽して、極力頼み込もう。日程が、はっきりしたら、君、準備にかかってくれよ」

款待《かんたい》する用意の意味であった。

「予算はどれだけ費《かか》ってもいい」

専務は言い足した。

「今朝の朝刊、見たかい？」

「見ました。山岡君が駅まで持って来てくれましたので」

専務はうなずき、唇にかすかな笑いを泛《うか》べた。それは、ちょっと躇《とまど》うような微笑であった。

「君、森野君もね」

と編集局長のことを言った。

「話をしたら判ったよ。あの人は、大新聞の編集畑で育ったもんだから、広告や販売のことはよく分からないんだ。まあ、君も大目に見てやってくれ」

八

弘進社の郷土新聞課長名倉忠一が来るという通知があったのは一週間後で、その報《し》らせから三日後に彼は立ち寄る予定だった。

植木は専務と名倉を迎える準備をたびたび打ち合わせた。名倉忠一の性格や好みは、大体研究され尽した。彼は、ちょっと見ると茫洋《ぼうよう》としているが、頭脳は良く、広告主の間の評判も悪くない。弘進社では第一に腕ききの男で、将来は専務か社長になると噂《うわさ》されていた。二十貫を越す大男で、酒は好きな方であった。三十九歳である。

彼の妻は三十六歳で、十五になる女の子と十一の男の子とがある。このようなことを知っておく必要は、名倉課長に持って帰って貰う土産物の選択からであった。この地方は織物の産地で、特殊な織り方で知られていた。手織りで、大量生産でないだけに高価なのである。名倉には、この生地を一匹、彼の妻には柄の異なったものを二匹贈呈することにした。専務は織元と識《し》っているので、その最良のものを択《えら》びに出向いた。

料亭も、この市で最も大きな家を予約し、その日は一流の芸妓《げいぎ》を数人確保した。二次会用として、近ごろ東京風を真似《まね》て立派に出来たキャバレーとも特約した。料亭の方は植木が、キャバレーの方は山岡が奔走した。連絡によると、名倉郷土新聞課長の予定は一泊ということになっており、旅館も最高の部屋を予約した。

「まるで天皇の巡幸だね」

編集局長の森野が冷笑していたという話を植木は聞いた。局長は植木をまだ快く思っていない。専務から言われて、「ランキロン」の広告に一段を譲ったが、それを口《く》惜《や》しがっているのかもしれない。植木と会っても、眼を別のところに遣《や》って挨拶《あいさつ》を返さないのである。中央紙の大きな機構の中に身を置いてきた人間だけに、そのときの習慣と意識を、まだ、この地方小新聞に持ち込んでいた。大新聞の社会部長だったという経歴が彼の自慢であり、営業には関心が無いというよりも軽蔑《けいべつ》していた。彼は専務もやらないゴルフに熱中しているが、それも編集局長の体面だと考えているようだった。

しかし、森野が、名倉が東京からやってくるのを天皇の巡幸と言ったのは、適評かもしれなかった。弘進社の郷土新聞課長の名倉忠一は年に二回くらいは、打ち合わせと称して、各地の小新聞社を歴訪する。新聞社は、その広告部は勿論《もちろん》、重役連が出迎えて彼を款待するのである。名倉は新聞社を、お得意さま、と言っているが、小新聞社側にとっては、その広告経営の死命を制せられている弘進社の郷土新聞課長は、無論、大切な賓客であった。どこでも、彼は大事にされ、機嫌をとられる。出来るだけ扱い高を増してくれるように頼み込むのはむろんだが、彼の機嫌を損ねて現在の広告高が減らされることのないよう、気を配ることもなみ大ていではなかった。名倉が機嫌よく去ってくれると、たとえば天皇の巡幸が事故無く、別の管轄《かんかつ》県に移ったと同様な安心をうけるのであった。

普通でさえそうである。Q新聞が名倉を迎えるのは、すこし誇張していえば、社運を賭《か》けているのであった。

弘進社郷土新聞課長名倉忠一が着いた日は、空が曇り、薄陽が差していた。植木欣作は次長の山岡由太郎と、広告部員二人を随《したが》えて駅に出迎えた。列車が到着する二十分も前から彼らはホームに出ていた。植木は、待っている間、なぜか身震いが熄《や》まなかった。

列車が停まると同時に、二等車の入口から山岡次長は降りる客を掻《か》き分けてとび込んだ。窓の中では、名倉忠一の肥《ふと》って、ずんぐりした姿が見え、山岡がしきりとおじぎをしながら名倉の荷物を両手で蒐《あつ》めていた。

名倉忠一は客のあとから降りた。大きなハンチングを被《かぶ》り、薄茶のスコッチ風の粗い織りの洋服を着ていた。それが、名倉の赭《あか》ら顔と、膨れた胴体とによく似合った。

植木欣作はその前に進んで、

「名倉さん、ようこそ。お疲れでしたでしょう」

と挨拶して頭を下げた。

名倉は、白っぽい大きなハンチングのひさしに指をちょっとかけて、

「やあ」

と会釈《えしやく》の格好をした。薄い眉毛の下の眼が細く笑い、厚い唇が少し開き、脂《やに》のついた黒い歯が覗《のぞ》いた。その表情は決して不機嫌ではなかった。植木はすこし安心した。

自動車は二台を用意し、Q新聞で一番上等の社長用のキャデラックに名倉と植木が乗り、あとの車には名倉の鞄を守るようにして部員が二名乗った。山岡は名倉の前の助手席に背中を見せていた。

「どうも、このたびは」と植木は車の中で頭を低く下げた。

「大へん、ご迷惑をおかけして申し訳ありません。実は、すぐにお詫びに上がったんですが」

「聞きましたよ、丁度、あたしが北海道に行って留守だったもんで」

名倉の白い帽子の下の赭い顔はにやにや笑っていた。

「北海道は好《よ》かったですよ。季節も丁度よかったし、ちょいとこっちに帰ってくる気がしませんでしたな」

車が社の玄関に着くまで、名倉の濁《だ》み声は、登別や十勝平野の名所の感想で続いた。悪い機嫌ではない。が、植木の謝罪をわざとかわしたようなところもあり、植木はまた不安になった。助手席にいる山岡が、ときどき振り返り、名倉の話に相槌《あいづち》を打っていた。

時間が分かっているので、社の玄関には専務と編集局長とが出迎えていた。植木は局長と眼が合ったが、局長はわきを向いた。

専務が自動車から降りた名倉に頭を下げた。森野局長も、愛想笑いをしていた。名倉はハンチングを取り、禿《は》げ上がった頭をにこやかに屈《かが》めた。

一応、専務室に名倉を通した。専務室はこの賓客のために清掃され、飾られてあった。名倉忠一を正面のソファに、それを囲むようにして、営業局長兼務の専務、森野編集局長、植木とが椅子に坐《すわ》った。

紅茶と菓子が出て間もなく、カメラマンが入って来て、世間話をしている名倉忠一に、縦から横から、いろいろな角度でフラッシュの光を当てると、一礼して出て行った。

「あたしも大臣なみですな」

深いソファにまるい胴体を沈めた名倉は笑っていた。しかし、その皮肉は森野には通ぜず、

「今晩の夕刊に出させて頂きますよ」

と局長は微笑を向けた。いかにも自分の指図でそうしたという口吻であった。

専務が椅子から起ち上がると、姿勢を正して名倉に改めて膝《ひざ》を折った。

「どうも、今回は、いろいろと手違いが起こりまして、和同製薬さんには御不快をかけ、ひいては弘進社さんに思わぬ御迷惑をおかけいたしました。早速、広告部長にお詫びに上京させたのですが、折悪《あ》しく、名倉さんが御出張中でお目にかかることが出来ませんでした。幸い、今度、当社にお見えになりましたので、この機会に、私から深く手落ちをお詫び申し上げます。この失態は全く私の責任でございます。どうか、当社の誠意をお酌《く》みとり下さいまして、御了承を願いとう存じます」

専務のおじぎにつれて森野も、植木も椅子から立って頭を下げた。どういうものか、肥った森野は植木よりもずっと丁寧な敬礼をした。

「いやあ、どうも恐れ入ります」

名倉忠一は禿げ上がった頭に手をやり、笑い出した。大きな声で爆発するような笑い方であった。

名倉は機嫌がいい。そのあとでも、森野義三の肥えた身体《からだ》に眼を向けると、局長の体重は何貫ぐらいありますか、と訊いたりした。二十三貫だと聞いて、ひどく感心した顔つきをし、あたしはこれで二十貫そこそこだが、夏が一ばん辛《つら》いというような話をした。森野は椅子から身体を乗り出し、ゴルフをおやりになった方がいいでしょう、あれをすると瘦《や》せますよ、と健康上のことを言い出した。名倉は、実は人にすすめられてやり始めました、というと、森野はわが領分だとばかり、いろいろ訊いて、お時間があったらぜひ試合をお願いしたいのですがなあ、とお世辞を言っていた。

名倉は笑ってばかりいる。話は仕事に関係のないことに限られていた。笑っているのは機嫌の悪くない証拠であろうが、そのとぼけたような顔つきからは、彼の肚《はら》は量りかねた。

植木が手洗いに中座すると、専務が追ってきた。

「君、あのことはいいんだろうな?」

専務にも判《わか》らないらしかった。

「さあ」

植木も、名倉がはっきりした返辞を言わないので落ちつかなかった。

「私も気にかかるんですが、あとで、もう一度、確かめておきましょう」

「しかし、あれが名倉の肚芸かも判らないな。笑いとばしているようだけれど、それが円満解決という含みじゃないかな。あんまり正面切って言い出すのも変かもしれない。念を押すのもいいが、折を見た方がいいね」

専務も迷っていた。

植木が仕事を見るために、ちょっと机にかえると、次長の山岡が心配そうな顔つきで寄って来た。

「部長、名倉さんはどう言いました？」

「はっきり言わない。ほかの話ばかりして、げらげら笑っている」

山岡は小賢《こざか》しく首を傾《かし》げていたが、

「そりゃ大丈夫でしょう、部長。名倉さんは太っ肚な人だから、それは、あのことはもう済んだ、ということなんでしょう」

と植木の顔を見て元気づけるように言った。

「そうかな」

植木は、山岡の独断に、ともかく多少は明るくなった。

九

その晩の宴会でも、名倉忠一は相変わらず、茫洋とした顔に笑いを湛《たた》えていた。酒はいける方で、局長とも、次長の山岡ともいい勝負であった。山岡は世話役で、痩せた身体を立ったり坐ったりさせて、敏捷《びんしょう》に動いている。

名倉は酒の話に移っていた。各地を旅行しているだけに、講釈が細かい。その相槌相手も森野局長がしていた。彼も酒が詳しいが、特に、以前の新聞社で特派員として外国にいたころの、向こうの酒の想《おも》い出を話していた。これは名倉の知識には無いものとみえ、あまり気のりのしない顔つきをしたので、森野はうろたえて話を引っ込めて、別な話題に移った。

彼の様子には、明らかに名倉忠一に対する阿諛《あゆ》があった。広告のために新聞を作っているのではない、編集は編集だ、と植木に眼をむいた彼は、その言葉を忘れたように広告扱店弘進社の郷土新聞課長に奉仕をしていた。彼が広告を俄《にわ》かに理解したとは思われない。或《ある》いは、「ランキロン」の記事を不覚に載せたことの責任をそれほど深く感じているとも思われなかった。それらのことは別なのだ。要するに、専務の前での保身であるように思われた。

彼は植木には、やはり眼をそむけ、言葉を決してかけて来ようとはしなかった。まだ、敵意が露骨にみえた。

芸者が、金屛風《びようぶ》を背に、踊りはじめた。郷土の唄《うた》と踊りである。名倉は眼を細め、熱心に鑑賞していた。踊っている芸妓は三人で、真ん中のが一ばんうまく、顔も綺麗《きれい》であった。名倉の眼はその方に注いでいた。

踊りが済むと、芸妓たちは客の傍に寄って、銚子《ちようし》をとった。

「君」

と専務が踊りのうまい妓《こ》に言った。

「お客さまの傍に行ってくれ」

名倉忠一は床柱を背にして、ずんぐりした身体を脇息《きようそく》に傾けていた。赭《あか》ら顔は、いよいよ真赤になり、盃《さかずき》をしきりとあけていた。

「名倉さん」と専務が身を前に屈《かが》めていった。

「このコは、ぼたんと言うんです。当市の一流中の一流ですよ」

名倉は、芸妓を斜めに見ていたが、身体を起こして笑った。

「そうですか。なるほど綺麗だな」

彼は窺《うかが》うように芸妓の顔を視た。

「これは、東京の、そうだな、新橋でも赤坂でも一流になれる。まず、いこう」

盃を渡すと、みなが声を合わせて笑った。その中でも山岡の声が最も高かった。

芸者は、みんなで六人であった。三味線が賑《にぎ》やかに鳴り、客も妓《おんな》たちも唄った。招待側の方からは山岡が一ばんに立って、女中から支度を手伝って貰《もら》い、奴《やっこ》さんとかっぽれを踊った。

「うまい。なかなか芸人ですな」

名倉は褒めた。

専務は芸が無いからと辞退し、森野は都々逸を唄った。植木も下手な黒田節を口にした。最後に、名倉は年増《としま》芸者に三味線の調子を注文し、小唄を唄った。厚い唇をまるく動かし、存外に渋い佳《よ》い声であった。招待側は一斉に手を敲《たた》いて賞讃した。

「旦那《だんな》さん、いい咽喉《のど》だわ。もう一度、聴かせて。しんみりとするわ」

ぼたんが名倉の腕に縋《すが》った。

「ね、アンコールよ。アンコール」

「莫迦《ばか》言え」

と名倉は、ぼたんの手をとった。

「そうやすやすとは唄えないよ」

「あら、よろしいじゃないの。わたし、あなたの声に惚《ほ》れたのよ。アンコールして頂いたら、二度惚れするわ」

みなが笑った。その笑いの中には、やはり名倉に対する迎合があった。名倉は上機嫌で、ぼたんを見ながら、二度目を唄い出した。

専務は、植木を陰に呼んで言った。

「この調子なら、大丈夫だよ」

弘進社からの出稿問題であった。

「下手に言い出さない方がいいな。名倉さんのあの様子は、万事了承という肚だよ。正式なことは、東京に帰社してから報《し》らせるというつもりだろう。しかし、それはワンマンの名倉氏の裁量で決定的だろうからな」

植木も、そう思った。

「君、名倉氏はどうやら、ぼたんが気に入ったらしいぜ。ちょっと、女将《おかみ》に当たってくれないか？」

植木はうなずいて、こっそりと別部屋に行った。芸妓の明かしの交渉をするのは初めてである。彼は自分で赧《あか》くなり、どもりながら女将に向かった。

「植木はん、お役目ご苦労だんな」

女将は請け合ってから、口をすぼめて笑った。

席に戻ると、森野局長が、名倉に、これからキャバレーにご案内しましょうかと、誘っていた。

「いや、少し疲れましたのでね、やっぱり年齢のせいですよ。もう、動きたくありませんな」

名倉は身体を崩し、弾《はじ》けるような笑い声を立てた。

ぼたんが女中に耳打ちされて小さくうなずき、こっそり立って行った。

その晩、植木は家に帰ってよく睡《ねむ》れた。も早、これで名倉忠一の意志は決定的であった。機嫌のよい笑い声と、招待者側の意のままになってゆく彼の行動は、すべて暗黙の諒解《りようかい》であった。二百三十段の喪失はこれで救われたのである。Q新聞広告総段数の三分の一である。随分、永い間の苦労のように思われた。東京に滞在した三日間のやるせない絶望感を考えると、何か深い谿間《たにま》を覗いて来たような気持であった。才気走った中田の影も、名倉忠一の笑い声の中に埋没してしまっている。植木は夢も見ずに睡った。安心がこれほど人間に熟睡を与える経験は初めてであった。責任をとらなくとも済んだのである。

頼んでいたので、朝、七時には妻に起こされて、そのまま朝飯も食べないで、駅に駆けつけた。見送りのため、専務も、森野局長も来ていた。

「お早う、ご苦労さん」

専務は植木を見て微笑した。その顔を見ると、彼の安堵《あんど》が表情に漲《みなぎ》っていた。専務もやはり昨夜はゆっくりと熟睡したに違いなかった。森野は植木を見ないように、身体を横に曲げてゴルフ練習の真似《まね》をしていた。

「よかったな」

専務は植木の傍に来て低声で言った。

「安心しました」

と植木も答えた。

「今だから言えますが、毎日、七段あまりの白紙広告が出るかと思うと生きた心地はしませんでしたよ」

専務は笑いながらうなずいた。植木の多少誇張した言い方を、彼の今の気持になってうけとってくれた。

社のクライスラーが駅に着いた。旅館まで迎えに行った山岡が先に降り、手早く荷物を持った。その荷物には名倉とその妻への土産の織物がふえていた。

「やあ、どうも」

名倉忠一は、やはり白い鳥打帽に手をかけて、満面に笑いを浮かべていた。その笑いには、芸者との昨夜のことで、多少のてれ臭さがないでもなかった。が、そのように思うのはこっちの思い誤りかもしれない。名倉忠一は、いわば不得要領な豪傑笑いをしていた。

「大へん行き届きませんで」

専務が頭を低く下げて挨拶《あいさつ》した。

「いやいや、こちらこそ、お世話になりました。お土産まで頂いて恐縮です」

名倉が先に行き、専務がすぐうしろに随《したが》ってホームに出た。列車の到着間近で忙しい空気であった。名倉は、何か思いついたように、

「専務さん」

と呼んで、二、三歩、植木たちの立っているところから離れた。それは忘れものでもしているような呼びかけ方であった。気軽に専務はずんぐりした名倉の傍に近づいた。

「専務さん」

と名倉は、言った。名倉忠一の顔は、このとき、今までずっと見せつづけていたあの豪放な笑いが消えて、薄い眉毛《まゆげ》の下の細い眼が妙に真剣に光っていた。名倉は専務の耳に口を寄せた。

「あたしもね、折角、ここに来たんですから、今度の厄介な問題については、和同製薬さんに何かオミヤゲを持って帰らねばなりませんでな。これは分かって頂けるでしょうね」

列車がホームに滑り込んでくる前の、ほんの二、三分間のことであった。

専務の顔色が変わった。オミヤゲの意味を知ったのである。

「じゃ。どうも」

名倉は列車がつくと、再び大声で賑《にぎ》やかに笑いを出しながら、見送り人たちに手を振って特二車輛《しゃりょう》の内に消えた。

Q新聞広告部長植木欣作は、専務の懇願で、その日のうちに、辞表を出した。

草笛

周吉が十七歳の時だった。彼はその時、九州のK市で小さな会社の職工をしていた。周吉の両親は、その市《まち》でささやかな飲食店をしていたが、それが少し繁昌《はんじよう》しはじめ、二階に客を上げるように改造したので、七十歳になる祖母と周吉とは、近所の雑貨屋の二階に間借りをさせられた。

雑貨屋と言っても、この家の主人は卸屋の番頭で、自分の家には小さな商品を並べているだけだった。周吉と祖母とが間借りした部屋は、道路に対《むか》った八畳の間だった。この二階は、真ん中に廊下を通して表と裏の二部屋があり、裏の部屋は当時空《あ》いていた。

周吉がその部屋を借りてしばらくすると、廊下を隔てて対い合った六畳の間に、新しい借り手が来た。それは若い夫婦者だったが、階下の家主は、ほどなく断わってしまった。若夫婦がその座敷で煮炊《にた》きをするので、部屋が汚なくなって困ると言う理由だった。

この次には独り者を入れるのだ、と家主は言っていたが、部屋はしばらく空いたままだった。

正月が過ぎたころ、家主が希望した借り手がついた。独り者の若い女だった。周吉が勤めから帰ると、廊下の向こうの襖《ふすま》の中で、荷物を置くような音が長らくしていた。

やがて、こちらの襖が開いて、若い女が廊下に膝《ひざ》を突いた。

「今度、こちらにお世話になりました杉原と言います。どうぞよろしく」

挨拶《あいさつ》は周吉にではなく、祖母に言ったのだが、それが杉原冴子《さえこ》を見た最初だった。二十二歳だとは、あとで階下の雑貨屋の妻が祖母に話したことである。

杉原冴子と周吉との間は、しばらくは何の交渉もなかった。廊下一つ隔てた二つの部屋は、それぞれ独立した家屋のように無関係だった。ただ、周吉は、夜勤の翌《あく》る日など表の窓を開けていると、杉原冴子の出勤姿を見かけるくらいのものだった。彼女は面長の、色の白い、眼の大きな女だった。

十七歳になる周吉には、その周囲に若い女がいなかった。だから、同じ家に杉原冴子のような女が来たことで、何となく愉《たの》しい気分になった。

この家は、前の夫婦に懲《こ》りているので、自炊を断わっていた。杉原冴子は、或《あ》る会社の事務員をしていて、そこに勤めている友達の所で夕食をとって帰ってくるようだった。朝はパンで済ますのだが、電熱器に載せたパンの焦《こ》げる匂《にお》いが、よく周吉の居る部屋にも流れて来たものだった。パンを食べるということがいかにも文化的のようで、田舎の貧しい家に育った周吉にとっては、それも新鮮な気分の一つだった。

が、杉原冴子と周吉とは、相変わらず無縁の間だった。時折、廊下で逢《あ》うことはあったが、それは両方で軽くお辞儀をする程度だった。しかし、若い女とのつき合いを持っていない周吉には、そのことだけでも愉しかった。

杉原冴子のことがだんだん分かってきたのは、祖母を通して階下の主婦から聞かされた話によった。

杉原冴子は、実際は独身ではなかった。彼女は、この市《まち》から三里ばかり離れている、Nという旧い城下町の石版印刷屋の妻だった。恋愛結婚だったと言うが、姑《しゅうとめ》との折合いが悪く、離婚するつもりで家を出て、友達の勤めているこの市の会社に入ったのだということだった。

そういえば、ひどく落ちついたひとだ、と祖母と家主の妻とは話していた。しかし、周吉には、他の若い女のことを知らないので彼女の態度と比較が出来なかった。しかし、彼女が人妻だというのは、彼にもちょっと意外だった。

その頃、周吉は文学が好きで、同人雑誌を友達とやっていた。同人雑誌と言ってもガリ版で、集まっている連中は、いろいろな工場で働いている職工が多かった。周吉が一番年若だった。

その頃、ようやく、プロレタリア文学が勃興《ぼっこう》しはじめていた。だが、周吉は、それがよく分からなかった。仲間のなかには「文芸戦線」などを持って集まりに現われたりする者もあったが、周吉には興味がなかった。彼は文学上の主義も流れも全く知らない。当時、文芸雑誌に一幕物が流行《はや》っていたので、主にそれに惹《ひ》かれていた。彼は楠山《くすやま》正雄の「近代劇講話」や、中村吉蔵の「作劇法」などを読んだりしていた。

見習い職工の給料は安かったが、父母がはじめた飲食店のほうは流行り出していた。周吉は、小遣いにはあまり困らなくなっていたので、本だけは買えたし、かえって他の仲間の誰よりも余裕があった。同人雑誌の費用に一番出したのも、最年少の彼だった。

それで、同人雑誌の相談に、よく彼の部屋が使われるようになった。

今までのガリ版では何となく物足りないから、活字の雑誌にしようと言い出したのも周吉だった。周吉は、そのために四十枚近い戯曲を書いた。他の連中は詩が多かった。いろいろ金の苦労をした挙句、やっとその第一号が出た。丁度、その頃、杉原冴子が隣の部屋に移って来たのである。

＊

杉原冴子と周吉とが口を利《き》くようになったのは、この同人雑誌のことからである。あるとき彼女と廊下で遇《あ》うと、冴子のほうから周吉に微笑《ほほえ》みながら話しかけてきた。

「あなたのお座敷は、よくお友だちが見えますのね。何か、文学でもやっていらっしゃるの？」

周吉は恥ずかしくなった。真正面から文学などといわれると、テレくさかった。が、年上の彼女の口から出ると、恥ずかしい一面、それが妙に正当のようにも思われた。周吉が同人雑誌を出しているのだと答えると、冴子は、一度それを見せてくれと言った。彼女と朝晩の挨拶以外の口を利いたのはそのときが初めてだった。

が、周吉が期待したようには、杉原冴子は容易に彼の部屋に現われなかった。実のところ、毎日、彼は待ったのだが、彼女は勤めから夜遅く帰ると、そのまま自分の部屋に閉じ籠《こも》って了《しま》うのだった。周吉は当てがはずれたような気がした。

四、五日のち、杉原冴子は階段の途中で周吉に遇うと、笑いながら、

「お約束の雑誌は、なかなか見せて頂けないのね？」

と言った。周吉は自分の方から彼女に雑誌を持って行くという考えに全く気がつい

ていなかった。彼女の方から来てくれるものだと思っていた。

周吉は、それから一時間ばかりして、はじめて彼女の部屋に入った。前の夫婦が居るとき、その部屋は知っているのだが、部屋の模様は変わっていた。婦人用の机や、うす桃色のシェードのかかったスタンドや、几帳面《きちようめん》に積み上げられた本や、窓のカーテンの模様や、部屋はいかにも若い女の趣味に一変していた。周吉は甘い空気に柔らかく包まれるのを覚えた。

周吉は杉原冴子に、持ってきた薄い同人雑誌を出して見せた。彼はそれを彼女に手渡すとき、恥ずかしさと得意さとが交錯した。

「あら、活版刷りなのね。大したものだわ」

彼女はまず、賞《ほ》めた。

それから、彼女はぱらぱらと雑誌をめくっていたが、周吉の書いた戯曲のところに眼を止めていた。周吉は胸が躍った。

「こんなうすい雑誌に、これだけのページをとって戯曲を載せるなんて、勿体《もったい》ないわ」

作品の批評でもしてくれるかと思っていると、彼女は一言のもとにその編集方針を貶《けな》した。周吉は一ぺんに砂をかけられたような気持になった。しかし、その批評は適切だし、何となく素人《しろうと》ばなれがしているように思えた。

「わたしもね。詩の雑誌を出しているのよ」

彼女は言った。周吉ははじめて聞いたことだし、彼女も文学を志望しているのかと思うと、急に親しさが湧《わ》いた。

「雑誌の古いのがあるから、一度、お見せするわ」

周吉は顔を火照《ほて》らせて、自分の部屋に戻った。周吉は微《かす》かに興奮した。彼は友達にも杉原冴子のことを話し、われわれの同人になってもらってはどうか、と提案した。皆は一人でも殖《ふ》えたほうがいいので賛成してくれた。

周吉が後で杉原冴子に話すと、彼女は笑って首を振った。

「駄目だわ。わたしは、今はそんな気持になれないの。そのうち、そんな気持になったら、お仲間入りさせて頂くわ」

周吉は失望した。しかし、その断わり方がいかにも大人っぽかったので、周吉は、自分がまだ子供だったことを感じた。

だが、それをきっかけにして、周吉と杉原冴子とは親しげに往来するようになった。彼女はよく周吉の居る部屋に遊びに来た。祖母が居ることもあるし、居ないこともあった。居ないほうが二人の話は長つづきがした。

杉原冴子は、しかし、最初から周吉を同じくらいには考えていなかった。やはり年下の子供のように思っているらしいことは、彼女の言葉づかいや話し具合のはしはしに出た。周吉は、分かっていても、いつもそれが不満だった。

二人のつき合いは何ということはなかった。彼女は、自分の作った詩を一度も彼に見せなかった。古い同人雑誌を見せると前に言ったが、それも出してはくれなかった。彼女がどのような作品を書いているのか、周吉には見当がつかなかったが、それは自分たちより遥《はる》かに大人っぽい、高度な作品のように想像された。

杉原冴子は、その頃まだ珍しかった洋装で会社に出勤した。これも周吉にひどく新鮮に映り、そういう若い女性と同じ屋根の下に暮らし、自由に話が出来るのを誇らしげに思ったくらいだった。

会社から帰ると、彼女は着物に着替えたが、その着ている物も大柄な模様で、派手な色だった。周吉は、その華やかな色彩にも心がときめいた。

一しょにコーヒーを喫《の》みに近所へ行ったことが何度かあった。街を歩いていても、通りすがりの男たちが彼女の顔を偸《ぬす》み見るようにしてすれ違うのだが、そんなことも周吉にはうれしかった。これまでそういう女性との近づきがないだけに、彼は杉原冴子と一しょにいると甘美な気持に絶えずさせられていた。

＊

杉原冴子にはそれまで訪問客は滅多になかったが、三月ごろになって、彼女の部屋に男客が来るようになった。夜、遅くまで話し込んでいたが、その話の内容はひどく混み入っているように思われた。

そんなことが何度かあって、

「あの人はN市から来た人よ」と彼女は後で周吉に言った。N市は彼女が飛び出した婚家先の土地であり、実家のある所だった。周吉にも、その男の訪問が婚家との話合いの使いであることは、うすうす察しがついた。現在、別居しているのだが、夫のほうが彼女に帰ってくるように言ってくるらしかった。が、年の違う周吉には杉原冴子にそれが訊《き》けなかった。また、そんなことを言うのも嫌だった。

ある遅い晩、やはりそんな男が彼女の部屋に来て帰った後だったが、突然、杉原冴子はひとりで居た周吉に襖越しに声をかけた。

周吉が廊下に出ると、彼女は部屋の中からこっちに入ってくれ、と言った。周吉は襖を開けた。すると、杉原冴子はスタンドを枕許《まくらもと》に点《つ》けたまま蒲団《ふとん》の中に入っていた。花模様の美しい蒲団の色が、最初に周吉の眼を奪った。

杉原冴子は、周吉が入って来ても寝たまま、枕元に坐《すわ》ってくれ、と言った。少しも彼を警戒していない表情だった。

「わたしね、この家に居るのがもう長くないかも分からないわ」

彼女は仰向いて天井を見ながら言った。

どうしてですか、と周吉が訊くと、彼女は、どうしてもそのような事情になりそうだと言うだけだった。使いの帰った後、彼女が先方の申し出を承諾したらしいのは、その言葉や彼女の放心したような顔から判断がついた。

「まだよく分からないけれどね」

と彼女は最後につけ足したように言った。

スタンドの光が彼女の額から鼻筋に当たり、頬の半分から口もと、顎《あご》のほうは影になっていた。眼のまわりも影が溜《た》まったように暗くなっていた。その淡い明暗が女の顔を薄彫りにしていた。甘酸《あまず》っぱいような匂《にお》いは、さっきから漂っている。周吉は長く其処《そこ》に居ることが出来ず、自分の部屋に急いで帰った。それから、表の窓ガラスを開けて冷たい空気を鼻の奥に吸った。

もう一つ、周吉に忘れられないことがあった。やはり夜コーヒーを喫みに行った後だったが、その時に限って、暗い裏通りを二人は歩いた。ひっそりした通りに、一軒だけ表に明かりをこぼしている家があった。それは手刷りの石版屋だった。夫婦が一しょに印刷していた。機械を挟んで、妻と夫とが立ち、夫がインキの付いたローラーを石版の上に転がし紙を当て機械を手で回すと、妻が乾いた石を素早く水で濡《ぬ》らすのだった。

その動作を、杉原冴子は道路から喰い入るようにして見ていた。周吉は初め、彼女が見とれているのは、その印刷屋の動作が珍しいからかと思っていた。

あまり長く立っているので、帰ろう、と周吉は誘った。彼女もようやく歩き出したが、二人はいつか肩を並べていた。暗い通りで、寺の塀の上から早春の白い花が咲いていた。それが夜の闇《やみ》にぼんやりと見えている。

周吉は動悸《どうき》が弾んでいた。すぐ横を歩く杉原冴子の手が、彼の手にときどき触れるのだった。周吉は、思い切って彼女の手を握ることを何度か考えた。心臓は苦しいくらいに搏《う》っていた。彼女は黙ったまま歩いている。それが余計に周吉の気持を煽《あお》った。が、二町ばかりの暗い通りは、忽《たちま》ち明るい通りにきてしまった。

商店街に出たとき、杉原冴子は周吉にぽつんと言った。

「わたしの家もね、今の印刷屋さんとおんなじなのよ」

周吉は、彼女が喰い入るようにして外から印刷屋を見ていたことも、暗い通りを黙った《》まま歩いていたことも、それが別居している夫のことを考えていたのだと分かった。杉原冴子の部屋への訪問客は、それからもたびたびあった。男もいたし、女も来た。それは悉《ことごと》く三十以上の人たちばかりだった。

或る日、彼女は、ちょっとN市に帰って来る、と周吉に言った。N市を出てそれっきりになっているので気がかりだから、と言った。

彼女は、それから二、三日してN市に帰った。廊下を一つ隔てた座敷は、まるで倉庫のように周吉には思えた。彼はN市に帰っている杉原冴子に逢いたくなった。周吉は、N市という土地をまだ知らなかった。彼女が生まれたというその土地も見たかったし、其処へ不意に訪ねて行った自分を彼女に見せ、びっくりさせたい気持もあった。だが、周吉は、そんな場合、自分がいかにも少年らしい服装しかないことに気がついた。彼は杉原冴子に逢うとき、彼女の年齢に相応《ふさわ》しいくらいな大人びた格好をしたかった。彼はそれまで被《かぶ》っていた学生帽の古いのを捨て、新しい鳥打帽を買った。

*

周吉は、日曜日の朝、早い汽車でN市に向かった。二時間ばかりかかると、汽車は長い橋を渡って駅に着いた。

周吉は、以前に杉原冴子の実家の住所を聞いて知っていた。駅前からその町名を尋ねて行った。その町はN市の中心から離れて、ほとんど外れに近かった。家なみの尽きたすぐ向こうが広い畑になっていた。三月の末で、畑には青麦がかなり伸びていた。周吉は、最初から彼女の実家に行くつもりはなかった。彼女を訪ねる用件は何も無かったし、そういう面会の仕方は心が怯《お》じた。そんなことよりも、彼女がその近所に出たとき、道端で都合好《よ》く出遇うつもりだった。

町は古かった。小さい家が多い。しかし、此処《ここ》が杉原冴子の生まれた町だと思うと、周吉には一種の懐《なつか》しさが湧いた。

彼は彼女の実家を探し当てた。それは格子戸《こうしど》の狭い家だった。周吉は、その前を恐れるように通った。通る時に、家の中をちらりと見たのだが、暗くて何も見えなかった。

彼は道路の上で待った。何時間でもこうしているつもりだった。道には、近所の子供が遊び、おかみさんたちが往来していた。しかし、かなりの時間が経《た》っても彼女の姿は見えなかった。明るくなった春先の陽射《ひざ》しが、家の屋根と道とに白っぽく当たっていた。

周吉は脚がくたびれてきた。さすがにこれ以上待つことの空《むな》しさを覚えた。それに、果たして彼女が家に居るものかどうかも分からなかった。一日中留守だとなると、ここで待っていても無駄だった。

周吉は最初の決心を翻《ひるがえ》して、その古い格子戸を思い切って開けた。出て来たのは、案外年取った彼女の父親だった。周吉がはずかしそうに彼女を訪ねてＫ市から来たことを言うと、冴子は今、川の土堤《どて》のほうに行っている、と父親は教えた。彼女の勤め先のＫ市から来たというので、会社の連絡ぐらいに思ったのか老父は周吉を怪しまなかった。

周吉は、彼女の所在が知れたので胸を轟《とどろ》かせて、其処から二町ばかり離れた、Ｙ川のほうへ歩いた。麦畑が多く、遠くの山脈《やまなみ》にもうすい霞《かすみ》が立っていた。通りがかりの家の軒には、桃が盛りだった。その桃は畑の間にもあった。

Ｙ川の堤は涯《はて》しなく長かった。川は周吉が小学校の地理でも習っているくらいに大きい。川幅は広いが、水は河床の真ん中を流れる程度だった。水を挟んで両方の土堤の間には、やはり青麦が一面に伸びてひろがっていた。

周吉は土堤の上に立ち、広い展望の中で彼女を探した。すると、ずっと向こうのほうに子供が十人ばかり群れていた。その中に背の高い女がいた。周吉は、一目でそれが杉原冴子だと知った。

彼は土堤を歩いた。冴子のほうはまだ周吉が来るのは知らず、子供たちを遊ばせていた。周吉は、自分が近づいたら、どんなに彼女がびっくりするだろうと思い、その瞬間を考え、胸に早鐘が打っていた。

河床には麦畑のほか、雑草も多かった。その草の間に、牛が二、三頭繋《つな》がれていた。萌《も》え出た一面の草の青さの中で牛の胴体の黄色さは、絵具で点を付けたようだった。

周吉は彼女の傍に近づいて行った。それまで、タダの通行人としか思っていなかったらしい彼女は、周吉が声をかけたことで愕《おどろ》いてこっちを見た。そして、それが周吉だと分かると、もっとびっくりした顔をした。彼女は大きい眼をさらに丸くして、一瞬に周吉を見つめた。

「何をしに来たの?」

彼女の言った最初の言葉がそれだった。その声の中には、明らかに驚愕《きょうがく》と、周吉への非難とが籠《こも》っていた。

周吉は赧《あか》くなった。遊びに来たのです、と言った。

「よく、わたしが此処に居るのが分かったのね?」

周吉が、いま家に行ってお父さんから聞いたのだ、と言うと、彼女ははっきり不愉快な表情を見せた。

「こっちに帰っても用が無いから、こうして子供と遊んでるのよ」

それでも彼女はそんなことを話した。周吉は、自分が訪ねて来たことをどう表現していいか分からなかった。遊びに来たという言葉がいかにも彼女に親密のように与え、しかも、それだけの資格が自分に無いことも同時に反省した。真新しい鳥打帽は、いくぶんでも彼女の年齢に近づきたいためだったが、それすら杉原冴子はあまり愉快でない眼付きでじろじろと見た。

「そんな帽子、あんたには似合わないわよ」

周吉は、すぐにその帽子を脱いで、手に皺《しわ》だらけにして握った。

周吉は、其処で三十分も彼女と一しょに居なかった。子供たちは草の間を走り回っている。彼女は周吉に、此処に来るのを両親に断わって来たのか、と訊いた。そうでない、と云うと、彼女はまた嫌な顔をした。

その不愉快な顔が、明るい陽射しの下で、周吉にかえって美しく見えた。

それでも周吉が折角遠いところから来たことを思いやったのか、冴子は周吉としばらく道の上を歩いた。

が、周吉は、もう弾んできた気持が完全に崩されて、悄気《しょげ》ていた。

ふと見ると、牛を繋いでいる草の間を、背の高い青年が草笛を鳴らしながら歩いていた。

「あのひと、詩人だわ」

それは半分揶揄《やゆ》的だったが、周吉は彼女の文学的な資性を何となく知ったような気がした。草笛の青年は、広い草の間から麦畑のほうへ歩いていた。

＊

ふたたび同じ家での生活がはじまった。

しかし、帰って来た杉原冴子は、もう周吉と一しょに散歩することはなかった。それだけではなく、以前ほどに彼とは親しそうな口を利《き》かなかった。彼女は相変わらず会社に出勤し、晩には帰っていたが、周吉が待っているのを裏切って、彼の部屋を覗《のぞ》きにくることもなくなった。

周吉は、自分がN市に彼女を訪ねたことが彼女を怒らせたと思った。実際、その時を境にして、彼女の周吉に見せる態度が冷淡に変わってしまった。

周吉は彼女の顔を頭の中に泛《うか》べながら、それを頼りに画を鉛筆で描いた。画は自分ながら彼女に似ていると思った。それを机の抽斗《ひきだし》の中に入れた。そして、ときどき、ひとりで出して眺めた。

彼女の部屋に訪ねてくる人が殖えてきた。それは毎晩のようにつづいた。周吉は、彼女が間もなく夫の所に帰ることを予感した。

その予感は当たり、或《あ》る日、彼女は久しぶりに周吉の部屋に来た。

「いろいろお世話になったわね。でも、今度、都合があって、やっぱりN市に帰るわ。会社も明日っきりで辞めるの」

それが彼女の別れの予告だった。

周吉は、久しぶりに彼女が来てくれたことでうれしかった。

彼女がこの家を出て行き、N市に帰るであろうことは予想していたので、それほど意外ではなかった。周吉は思わず机の抽斗から彼女の似顔絵を出し、それを彼女の眼の前に翳《かざ》した。

杉原冴子は、それをちょっと見ていたが、急に憤《いきどお》ったような顔をした。

「あんた、どうしてこんなつまんないことをするの?」

彼女はそう言うなり、周吉が翳しているその絵をいきなり奪い取ると、力をこめてそれを裂いた。周吉は呆気《あっけ》にとられた。その破り方がひどく強烈だったし、表情もいつになく真剣だった。周吉は、彼女をこんなことでまた怒らせたのを後悔した。

いよいよその家を出るという前の日、彼女は周吉の祖母に挨拶に来た。それは夕ダの別れの挨拶だったが、その後で、周吉が廊下で彼女と逢《あ》うと、彼女は周吉の顔をじっと見て低い声で言った。

「周吉さん、堪忍《かんにん》してね」ただ、それだけだった。周吉は、その一言がどのような意味か分からなかった。堪忍してくれ、と言ったのは彼の描いた絵を破ったことを詫《わ》びたのであろうか。周吉にその意味が初めて分かったのは、彼が十七歳という年齢から五、六年経ったあとだった。

＊

N市に帰った杉原冴子からは、簡単な端書《はがき》が周吉宛《あて》に来た。

それからしばらくして、彼女から同人雑誌が送られてきた。表紙は石版刷りの五、六色を使ったけばけばしいものだった。が、中は謄写版《とうしやばん》刷りだった。杉原冴子の夫の名前があった。周吉は、その詩を読んだが、がっかりした。当時、流行《はや》りかけていた象徴派のような文句と、感傷めいた安易な文字とが無統制に書かれていた。

周吉は、その詩を読んでから、Y川のほとりを草笛を鳴らしながら歩いている青年が、もしかすると彼女の夫ではなかったかと想像した。

その後、二、三年くらいはつづけて彼女から年賀状が来た。それも石版刷りの派手なものだった。周吉は、杉原冴子と一しょに見た、暗い裏道の石版屋を思い出した。——爾来《じらい》、音沙汰《おとさた》もない数十年が経った。

周吉は、東京に出ていた。或る日、郵便物の中から杉原冴子の手紙を発見した。やはりN市の住所になっていた。手紙の内容は、二人の息子が成長して、今もやはり石版屋をやっていること。

夫には他に女が出来て、数年前から家出していること、自分は年を取って息子たちの仕事をぼつぼつ手伝っていること。印刷業が不況でひどく困っていること。新しい機械を入れたが、その金が無いので数万円貸してくれないかということだった。やはり昔ながらの達筆な文字だった。周吉の住所は年鑑の人名欄で調べた、と書いてある。

周吉はその無心の手紙に返事を出さなかった。もちろん、金も送らなかった。もし、返事を出したり金を送ったりすると、彼女との文通が頻《しき》りとなり、少年の頃、彼の胸の中に居た杉原冴子が、忽ちうす汚ない不幸な老婆《ろうば》になってしまうからだった。

間借りの家を出てゆく前日、年下の周吉に、堪忍してね、と詫びた彼女の顔の美しさと若さを、周吉はいつまでも気持の中に保存しておきたかった。

確証

一

大庭章二は、一年前から、妻の多恵子が不貞を働いているのではないかという疑惑をもっていた。

章二は三十四歳。多恵子は二十七歳だった。結婚して六年になる。

多恵子は、明るい性格で、賑《にぎ》やかなことが好きである。これは、章二が多少陰気な性格だったから、妻がかえってそうなったのかもしれない。章二は、他人がちょっと取りつきにくいくらい重苦しい雰囲気を持っていた。人と逢《あ》っても、必要以外には話をしない。自分では他人の話を充分に聞いているつもりだが、相槌《あいづち》もあまり打てないので、対手《あいて》には気難しそうに見えるのだった。何人かの同僚と話し合っていても、彼だけは気軽に仲間の話の中に入ってゆけなかった。また、好き嫌いが強いほうだから、嫌な奴《やつ》だと思うと、すぐ、それが顔色に現われる。

多恵子のほうは、誰にも愛嬌《あいきよう》がよかった。それほど美人ではないが、どこか笑い顔に人好きのするようなところがあって、それなりの魅力を持っていた。

夫婦の仲は、悪いほうではなかった。が、特別睦《むつま》じいというほどでもなかった。結婚後六年になるが、章二は妻に積極的に愛情を見せる、あのちょっとした細かな技術も知らなかった。面倒なのではなく、性格として、それが出来ないのである。だが、妻の明るさには実は彼も救われていた。自分では、この性分はどうにもしようがないと思っている。一方、妻の朗かさに秘《ひそ》かに満足していた。

第一、多恵子は他人《ひと》に会うのが好きだった。だから、家に客があるのをひどく悦《よろこ》んだ。章二が会社の者を連れて来ると、ことのほか歓迎する。

そういうときの章二は、いつの間にか霞《かす》んでしまい、座は多恵子を中心に興が盛り上がるのだった。事実、彼女の客あしらいは巧《うま》かった。もともと、郷里《くに》の大きな呉服屋の娘で、育ちも悪くはなかったから、客を上手にもてなすなかには、どことなくその躾《しつけ》の良さも現われていた。

彼女の笑い声がまた客の好感を得た。それを聞くと、誰の心もが愉《たの》しくなるような声だった。だから、少しでも彼女が座を外すと、急に部屋の光線がうすくなったような寂しさになる。

章二の仲間が遊びに来ても、よく多恵子は賞《ほ》められた。ことに、同僚の片倉政太郎は、会社でも章二に多恵子のことを賞讃した。

「君の奥さんは素晴らしいね。ぼくはいろいろと奥さんがたに会うが、まず、ほかに見当たらない。ぼくのワイフも、せめて君の奥さんの半分でも愛嬌があるといいんだがな」

もっとも、それは片倉だけではない。章二は、同じ意味の言葉を何人かの人物から聞いた。

だが、章二は、妻を賞めてくれるその連中が、半面には章二の陰気な性格を嘲笑《あざわら》っているような気がした。

実際、交際下手というのか、社交性がないというのか、章二は、自分の孤独癖を自覚していた。だが、どんなに融合に努力しても、長つづきはしなかった。無理をしてやれば、自分がいかにも柄にないことをしているような感じがして、気が射《さ》すのだった。

大庭章二は、関西のほうにある大きな陶器会社の、東京での一手販売をしている商会に勤めていた。それは、陶器会社の同系資本で作られた子会社のようなもので、営業所は田村町のほうにあった。従業員は三十人くらいだが、そのほとんどが販売課に属していた。

販売課は、直属の扱店を都内に数軒持ち、また、問屋とも数十店の取引があった。都内に限らず、近県にも販売網を持っている。こういう関係で、販売課員は絶えず外回りをしていた。また、本社のある関西にも出張があったりする。

章二が多恵子に疑惑を持ったのは、特にこれという根拠があるからではなかった。感じとして、漠然とそんな気がしているのだ。

だが、それは根の深い、直感めいた信じ方を章二に持たせていた。といって、多恵子の章二に対する態度に変化があるというのではなかった。章二がそんなことを考えなかったら、結婚直後と同じ状態の継続で、少しも違ったところはないのだ。

多恵子は、いわば世話女房型で、章二の世話には細かいところまで行届いた。普通は、そろそろ馴《な》れてきて面倒がるところだが、彼女は少しも手を省かない。例えば、冬の朝など、湯を沸かして、章二が顔を洗うのを待っている。歯磨のチューブもブラシに塗って差し出す。清潔なタオルは、彼が顔を洗うや否《いな》やすぐに差し出す。

下着は、三日と同じ物を着せないで出す。髪の手入れも、彼女がポマードまで頭に塗ってくれる。ワイシャツのボタンを掛けることから、靴下を穿《は》かせること、ネクタイを締めることまで、多恵子がやってくれた。このような動作の間にも、章二は不機嫌そうな顔をしているのだが、多恵子は、その間にも絶えず夫の気持を引き立てるように、明るい話をしかけるのだった。

料理にしてもその通りで、章二は食べ物に好き嫌いが多いから、彼の好むものを心がけて用意する。例えば、章二は魚も野菜も嫌いで、どちらかというと、肉類を好むほうだった。すると、肉の料理には、多恵子は絶えず変化をつけてくれる。

そのためには、近くの牛肉屋から肉料理のできる主人を呼んで来ては、ステーキの焼き方、タレの作り方などを教えてもらったりする。この牛肉屋は、店の半分がビフテキ、スキ焼きなどを主に出す割烹《かっぽう》店になっていた。

要するに、多恵子は普通の女房以上の世話振りだった。この点は、章二が彼女に疑惑をかけて以来も、ちっとも変わっていない。

章二が妻の不貞を何となく嗅《か》いだ原因を強いていえば、一年ぐらい前から妻に外出が増えたことからだった。もっとも、それまで、まるきり彼女が外出しなかったのではない。増えたといっても、急激にそうだというのではなかった。

多恵子は、前からのつづきで、茶、花などを習いに行っていた。買物のついでに、映画にもときどき行っていた。これも前から好きなほうだった。だから、彼女の外出が気になるというのはおかしなわけだったが、ひとたび、疑いが起こってみると、いちいち、それが気にかかる。茶を習いに行っていても、帰りが随分と暇どるような気がする。

もともと、多恵子はそんな性質だから、誰からでも好かれて、茶の師匠のところに行っても、同じ仲間に誘われて、いっしょに銀座などに行ったりしているようだった。

これも前からあったことで、近ごろ、特にそうなったのではない。

章二は、出張のない日は、大抵、六時ごろには帰宅する。多恵子もそれは心得ていて、稽古《けいこ》ごとがあっても、必ず家にいた。

もちろん、日曜日などは、多恵子は決して外には出ない。

章二は一日中家にいるときに思うのだが、多恵子は近所の誰とでも実に仲よく話をしている。彼女の明るい笑い声が、家の近くの垣根や裏口などから聞こえていた。

近所の者ばかりでなく、御用聞きなども、多恵子に遇うと、つい、話し込んでいるようだった。実際、彼女の多少軽口めいた言い方は、御用聞きなどを愉しませているようだった。保険会社の若い外交員など、いつまでも坐《すわ》り込んで面白そうに彼女と話し合っている。

ところで、その連中が章二に遇《あ》うと、こそこそと避けるようにして立ち去るのだ。近所の人など、彼と道で出遇っても、何かぎごちないお辞儀をするだけで、向こうから隠れるようにするのだった。

章二が多恵子に疑惑を持った、ただ一つの根拠らしいものといえば、彼が何かの用事で途中で会社から帰宅したとき、妻の留守に三、四度出遇ったことだった。それも、ここ一年の間だから、彼女が茶や花などを習いに出た留守だったとしてもふしぎではない。事実、その後で帰った多恵子は、今日は花を習いに行って友達に誘われた、と言い、今日は銀座へ買物に出た、と言ったりした。

そんなことは何でもないことかもしれない。が、ふいと疑いが起こってみると、自分の留守の間に黙っていた妻の外出が意味合いを持ってくるような気がする。

それまで、多恵子は外出の予定があると、大抵、彼が出勤の前に話すとか、前夜のうちに言ったりしていたが、それがなくなったことも、彼の疑惑を起こさせる一因にもなった。

もっとも、茶だとか花だとかいうのは日常的なことで、いちいち、断わることもないのだ。その集まりから派生した友達との銀座回りも予定にないことだし、前もって夫に断わるはずもなかった。そんなことを咎《とが》めている自分の気持が、章二にも神経質に思われぬでもない。が、漠然とした深い疑惑は、どのような細かなことも神経に引っかかってくるのだ。

章二は、そんな疑いが起こると、夜の行為に寄せて妻を観察するようになった。

多恵子は、それほど身体《からだ》が丈夫ではなかった。そのせいか、夫の愛撫《あいぶ》をときどき拒絶する。それも結婚直後からのことで、近ごろそう変わったというのではなかった。ところが、彼女が拒絶する日が、最近、どうも彼女の外出した日に多いのだ。

床に入って睡《ねむ》る前、彼女は枕許《まくらもと》のスタンドに灯を点《つ》けて、いつまでも本や雑誌などを読む癖があったが、外出した日の夜は、本を読んでもいつもの半分ぐらいの時間で伏せて、寝入ってしまう。章二が妻の足に触れても、疲れているから、と言って夫の手を払い除《の》けた。

だが、子細に気をつけて見ると、ときには、それが全く逆のことがあるのだった。これもかえって章二の疑惑を起こさせた一つになっている。

というのは、ときたまだが、昼間外に出た日に限って、彼女のほうが刺戟《しげき》的に夫の身体を求めるのだった。

章二は、何となく、そこに妻の策略を嗅《か》ぐような気持がした。

二

章二が妻への疑いを成長させたのは、彼自身の出張が多いことだった。

社の販売課の性格として、都内はもとより、近県の直売店や問屋などを歩き回らねばならない。近県に出れば、どうしてもそこで一泊することになる。ことに、月末の集金とか、決算期などになると多忙だから、日帰りでも遅くなるし、一泊のところは二泊ということにもなる。それに、三カ月おきぐらいには、関西の本社にも出張しなければならない。

こういう妻と隔離されたときの状態が、彼の妄想を助長してくるのだった。宿に着いて、蒲団《ふとん》にくるまって、仰向けになっていると、すぐにでも跳び起きて洋服に着替え、東京行の汽車に乗りたくなってしまうことがある。

確かに、妻は自分の留守中に不貞を働いている——この信念は、近ごろ、いよいよ強くなってきた。

章二は、もし、それが当たっているとすると、対手は一体何者であろう、と考えた。

多恵子は、同性からもだが、特に男から好感を持たれるほうだった。しかし、彼女の対手は、章二の知らない男ではなく、彼と交際のある、もしくは、その顔を彼が何度も見たことのある男のような気がした。女の場合、ことに家庭に入ってしまってからは、その交際範囲が限られてしまう。こういう点から、章二は、妻の相手は自分と共通の交際範囲の中だと思った。

章二は、これまで、自分のその疑惑を確かめるために、多少の策略を考えぬではなかった。例えば、彼女が外出した日には、いろいろとその行先を追及し、さりげなく、その話の矛盾から真実を知ろうとも考えた。また、出張に行くと称して、急に夜中に帰ってみるということも考えぬではなかった。

だが、話のほうは、自分の口下手を知っている彼には柄にないことだった。その点は、多恵子のほうがずっと上である。来客があっても、彼自身は沈黙し、多恵子がいつの間にか彼の代弁をやっているような状態だ。また、策略で確かめようとしたことも、実際に二、三度くらい実行した。今日から関西の本社に行く、と言い置いて家を出て、急に取止《とりや》めとなった、と称して、夜の十一時ごろに帰ってみたりした。

が、胸を躍らせてわが家のベルを押すと、その都度、多恵子はちゃんと家にいるのだ。迎える様子も少しも変わったところはない。予定が変わって夫が帰宅したのを喜んでくれる普通の妻だった。

章二は、こういう詭計《きけい》も自分の得意でないことを覚《さと》った。あまりこちらの意図が露骨になって、多恵子に覚られては困ると思って止めた。

章二は、こんな素行調査によく利用される私立探偵社に頼んでみようかと思ったこともないではなかった。事実、その建物のすぐ前まで行ったこともある。が、どうしても、その入口のドアを押す勇気がなかった。

結局、多恵子のことは、自分の手で突き止めるほかはないのだ。他人の手を借りて分かるよりも、自分で究明したほうがはるかに真実感がある。

章二は、多恵子の対手をいろいろと考えた末に、結局、自分の同僚の中にあると判断した。

章二は、酒を少々呑《の》むので、同僚の四、五人と一種の呑み仲間をつくっている。社が退《ひ》けてから誘い合って、銀座裏や、新宿の馴染《なじ》みの店に行くのだが、それは、割勘になったり、互いのオゴリになったりする。また、いつもおでん屋ばかりでなしに、その仲間の家にも、会のあとの流れのように押しかける。

お互いがそんなふうだから、章二も義理から仲間を伴《つ》れて家に帰るのだが、そういうときの多恵子は、少しも嫌な顔をしないで、かえってそれを歓迎するのだった。

彼女の父親が酒呑みだったためもあってか、そういう席のあしらいは心得たものだった。これが同僚を感心させている。

ことに、片倉政太郎は、多恵子をいつも賞めている。

片倉は章二より二つ下だが、仕事のほうは切れるほうだった。朗かな男で、酒の席などは、いつも陽気に騒いでいる。しかし、何度か彼の家に行ったことで、章二にははじめて分かったのだが、その女房というのは、瘦《や》せて、ひどく陰気な女で、みんなで彼の家に行ったときなどろくに世話もしない。片倉が気をつかってひとりで立ち働くのだったが、これには片倉自身、ひどく参ったようで、女房のことをいつもこぼしている。

「せめて、うちのワイフも、君のうちの奥さんの半分でも、いいところがあったらな」

というのは、彼が章二にいつも言う言葉だった。

章二は、もし、自分の同僚の中で多恵子の対手《あいて》を求めるとすると、片倉以外にないように思った。

片倉の家とは、電車を利用すれば、乗換えなどあって一時間近くかかるが、タクシーだと、三十分そこその距離だ。

片倉の夫婦の仲は、うまく行っていないらしい。片倉自身は、どうやら女房と別れたいような気持を持っているように思われる。片倉でなくても、誰でもあんな女房だと別れたくなるに違いない。実際、片倉には、もっといい女が妻になってもおかしくはないのだ。

多恵子も片倉には一番親しさを持っているようだ。片倉は話題の豊富な、如才のない、朗かな話し方をする。自然と、家に来る連中では多恵子の印象に一番強いはずだった。

それと、同じ販売課なので、片倉にもよく出張がある。しかし、それぞれ受持が違うから、章二と片倉とは、絶えず出張の日がズレあうのである。

章二が出張のときは片倉は社に残っているし、彼が出張のときは章二は社にいる。また同時に出張していても、東京に帰るのが互いに早かったり遅かったりする。

こういう時間的なズレを考えると、片倉が章二に気づかれないで多恵子に逢《あ》う時間は、充分にあるのだ。また、都内を回っていても、受持分担が違うため多恵子が片倉と外で逢っていても、章二には分からない。片倉の回る区域も、仕事の都合も、章二には分からないのだった。

そう考えると、どうも、最近、片倉が章二の家にあまり来なくなったようだ。他の連中は来ても、彼だけは脱けるようにしている。これもかえって彼への疑惑を強いている。

しかし、確証はなかった。もし、二人の間を突き止めようとすれば、章二は、少なくとも十日間ぐらいは会社を休まなければならない。

それは出来ないことだったし、妻の後や、片倉の後を尾けるとしても、動作の鈍い自分に成功はおぼつかなかった。万一、失敗して、こちらの意図が対手に分かったあとは、一そう悪い状態になりそうだった。それに章二は性分として、体面を構うほうである。

彼は、他人の手を借りず、自分の時間も取られず、対手には絶対に気づかれないで、しかも動かせない証拠を握る方法はないかと、いろいろと考えはじめた。

だが、そんなうまい方法は、どうしても泛《うか》んで来ない。彼は、毎日、そのことばかり考えつづけた。何とかして発見しなければならぬ。何か方法はないか。考えると、何かありそうな気がする。彼は、少し大げさに言えば、仕事の合間でも、家に帰って飯を食っているときでも、その思案が心から離れなかった。

もちろん、他人は、章二がそんなことを考えているとは知らないから、片倉は章二に対していつもの態度と変わらない。多恵子も何も気づかないで、例によって甲斐甲斐《かいがい》しく、彼に細かい世話をするのだった。

章二は、家では多恵子に、社に出ては片倉に逢うわけだった。姦通者同士《かんつうしゃ》を一人ずつ、家と社で往復して見るのは、妙な気持だった。

一週間も、十日も、一カ月間も、彼は考え抜いた。だが、自分の手で、絶対に対手に気づかれず、しかも、自分の時間を割かれないで目的が果たせる絶対の方法が、どうしても考えつかない。

しかし、彼は、それで諦《あきら》めて計画を抛棄《ほうき》するようなことはしなかった。何とかして考え出して、突き止めずにはおられぬ。

それは出勤途上の或る日だった。

実は偶然のことから、彼にその方法の発見がもたらされたのだ。といって、他人の知恵や、外からの暗示でそれを思いついたのではなかった。ラッシュアワーの電車に乗って、混み合う乗客の中に包み込まれ、身動き出来ない状態になっていたとき、天啓のように、その理念が閃《ひらめ》いたのであった。

それを考えついたとき、章二は、まさにこれ以外に最良のものはないと思った。それは同時に、姦通者両人への復讐《ふくしゅう》を兼ねていた。

章二はその日、社の帰りに本屋に寄って、通俗的な医学知識の本を買った。

三

章二は、夜十一時ごろ、新宿の暗い電車通りをぶらぶらと歩いていた。其処《そこ》だけは、この地域の盲点みたいに灯が乏しく、その場所を穴のように包んで、ほかの界隈《かいわい》は賑《にぎ》やかな灯が下から夜空に明るく発光しているのだった。

その暗い通りに、人待ち顔に何人かの女が立っている。

章二は、わざと、その女たちの横をゆっくりと歩いた。すると、期待どおりに、彼のすぐ後から女が追いついて来て、肩を並べた。

「今、お帰りですか？」

簡単な洋装をした二十歳《はたち》くらいの女である。

「ねえ。お茶喫《の》みません？」

章二はうなずいた。

黙って従《つ》いてゆくと、女は近くの狭い喫茶店に入った。

「コーヒー頂くわ」

と彼女は勝手に注文した。

明るい灯の下で見ると、二十四、五歳くらいで、眼尻《めじり》に疲れたような小皺《こじわ》が出来ていた。口紅だけがいやに濃かった。

「ねえ。どこかに行きません？」

コーヒーを喫みながら、女は上眼使いにもちかけた。

「泊まれないよ」

「奥さんが怕《こわ》いのね。いいわ。時間だけでも」

「幾らだい？」

「ショート・タイムだったら、千円よ」

「高い」

章二は言った。

女は、ふん、と鼻を鳴らした。

章二は、コーヒー代を払って出た。金が惜しかったのではない。この女の顔が案外清潔だったからである。彼の目的は、もっと汚ない感じの女を求めていた。

こういう種類の女は、気をつけて見ると、ほうぼうに、さりげなく立っている。章二は、その女たちのひとりひとりを点検するようにして歩いた。その都度、女たちから誘われたが、彼の気に入った女はいなかった。

章二は、四十分ばかり歩いた末、ようやく適当なのを一人見つけた。三十近い女で、着物だったが、顔も身装《みなり》もうす汚れている。手には、買物籠《かご》みたいな手提げを提げていた。

こんな取引は、ほとんど喫茶店でするものらしい。

女は、コーヒーとケーキを注文し、それをがつがつと食べたり喫んだりした。色の黒い顔に白粉《おしろい》が斑《ふ》になりかかって浮いている。

「あたしの知った家があるわ。そこだと安いわよ」

女は先に立って章二を案内した。

新宿の都電の引込線の横を通って、小さな路地を入ってゆく。この一郭は、すべてが安建築の旅館になっていた。例外なく、看板に「御休憩三百円より」としてある。

女は、何度も路地を曲がって、角の家にさっさと入って行った。馴れたものだった。睡そうな女中が出て来たが、女とは顔馴染みらしく、眼を合わせて笑っていた。章二は、肌が寒くなったが、辛抱した。

狭い階段を上ると、真ん中に廊下があって、両側に部屋が並んでいる。

女は、まるで自分の部屋のように入ってゆく。

其処は三畳で、うそ寒い朱塗りのチャブ台が一つ置いてあった。それでも、片隅に小さな三面鏡が置いてあるのは、アクセサリーのつもりだろう。そう言えば、入口の襖《ふすま》との間に、しみのついたようなカーテンが芝居幕のように引いてある。

女は、女中が安菓子と茶を運んで退《さが》った後、早速、前金を請求した。章二は、千円札一枚を出した。

「これでいいでしょ？　だって、部屋代はわたしのサービスですからね」

女の眼の縁には黝《くろ》い隈《くま》が出ている。

隣室の襖を女が開けた。蒲団《ふとん》が敷いてあって、枕《まくら》が二つ並んでいる。蒲団の裾《すそ》には、格子縞《こうしじま》の浴衣《ゆかた》が糊《のり》を利《き》かせてたたんであった。

女は、さっさと着物を脱ぎ、音をたてて浴衣に着替えた。男の眼も何も意識していなかった。

「早く着替えなさいよ。時間を超すと、それだけオーバーを出さなきゃいけないからね。それとも、ゆっくりするんだったら、それでもいいわよ」

章二はまだ洋服を着たまま突っ立っていた。

枕許には貧弱な桃色のスタンドが点《つ》いている。

女は、章二が上衣を脱ぐのを横眼に見て、勝手に蒲団の中に身を入れた。

章二は眼をつむった。

「病気、持ってるかい？」

彼は女に訊いた。

「心配？」

女は、歯を出して、にっと笑った。

「まあね」

「失礼ね。あんたは大丈夫なの？」

「おれは大丈夫だ」

「そう。心配だったら、予防のものはあるわよ」

女は、ハンドバッグを手繰り寄せようとした。

「いや、いいよ」

「へえ。勇敢なのね」
女は、痩せた手を伸ばしてスタンドを消した。

章二は、本を読んだり、人から聞いたりして、もし感染したら、自覚症状のあるのが、早くて三日後、遅くとも一週後には出て来ることを知っていた。

彼は、ただ、自分の「異常」だけを待った。もっとも、彼が一番怕がったのは、梅毒だった。これだと潜伏期が長い。しかし、まさか、という気持があった。そう容易《たやす》くは罹《かか》らないだろうと思った。

それよりも、期待している別な病気のほうがもっとも可能性があるように思われる。あの女だったら、いかにも下等な客ばかり対手にしているようすだ。それに、金も無いようだから、治療も行届かないに決まっている。

二日過ぎても、何のことはなかった。彼は通俗医学書を開いて、最初に来る兆候を調べてみた。

〔男子の淋《りん》疾〕〈急性淋菌性尿道炎〉で始まる。淋菌が尿道粘膜に付着すると、二、三日の潜伏期の後に初期の症状が起こる。尿道に瘙痒《そうよう》感があり、粘液性の分泌《ぶんぴ》物《ぶつ》を排出する。数日のうちに分泌物はしだいに膿《のう》性となり、第二週の初めにはやや緑色をおびる。この旺盛期《おうせい》（膿漏期）が三、四週つづいてから、炎症はしだいに減退して分泌物はふたたび粘液性となり、粘膜上皮細胞の脱落が増加する。不幸な場合にはこの時期が数カ月以上に及ぶことがある。しかし、ペニシリンをはじめ急性淋疾に卓効のある抗生物質が使用されるようになってから、このような経過をとる症例はいちじるしく減少した。炎症のさかんなときは、尿道粘膜が腫張《しゅちょう》して尿道が狭くなり、排尿時に激しい疼痛《とうつう》を感ずる。尿道口は発赤腫張し、炎症の及ぶことがある。局所全体が腫張赤熱し、圧痛があり、局部皮膚のリンパ管はリンパ管炎を起こして赤い線状を呈し、かつ触れうるようになる。——

章二は、この医書に書かれた通りの症状が自分に起こるのを待った。

三日目に、その初期がはじめて彼に自覚された。章二は、心の中で歓声をあげた。もう少しの辛抱だった。まだ、今のままでは効果が期待出来ない。

章二は、自分の症状をさとられないように、出来る限り多恵子の前では普通の通りに振舞った。

その間、彼は妻の身体《からだ》に触れなかった。もっとも、三日ばかり関西の本社に本当の出張があった。

症状は、彼にとって苦しかった。ペニシリンを打てば、この苦痛もすぐ逃れられるはずだが、彼はわざと放任のまま、まるで殉教者のような気持で過した。これ以外に発見の方法がないのだ。彼は旅先の宿の蒲団の中にくるまって、自分の症状が早く、もっと酷《ひど》くなるように願った。目的を達したら、そのときこそ、あらゆる治療をするつもりだった。

一週間経《た》った。

経過は、彼の期待する通りに順調に進んだ。分泌物は膿性となって、彼の眼にも、それが緑色を帯びていることが分かった。医学書の教える通り、まさに症状は旺盛期を示していた。この時期が黴菌《ばいきん》の活動が一番活発で、伝染力も強いにちがいない。

多恵子の様子は、前と少しも変わらない。彼の疑惑が当たっているかどうか相変わらず判断がつかない。しかし、章二は、自分が関西に出張した留守に、必ず彼女は不貞を働いていたと信じている。片倉は、その間東京に残って、べつに近県の出張もなかったはずだ。

その朝、出勤する間際《まぎわ》になると、台所で、多恵子は例の肉料理の勉強をやっていた。彼女のステーキの作り方は、今では専門店に負けないくらいの腕になっている。近所の肉屋の主人の指導で、めきめきと腕を上げていた。

「今夜もステーキかい？」

章二は、玄関で靴を穿《は》きながら言った。

「ええ、今度また、変わった焼き方を覚えましたわ。お帰りは早いんですか?」

「今日は早いだろう」

「だったら、素敵なステーキを作っておきますわ」

相変わらず、明るい顔で、朗かなものの言い方だった。他人が見たら睦《むつま》じい夫婦としか思われない。

肉類を食べたら、この病気は亢進《こうしん》するに決まっていた。いいことだ。うんと肉を食べてやる。章二は、機嫌よく家を出た。

出てからすぐ、いつも妻と話をする保険会社の若い外交員に出遇《であ》った。その外交員は章二の顔をみて、あわてておじぎをした。

四

章二は、二、三日を過ぎた頃から、多恵子の様子をそれとなく注意深く観察した。

〔女子の淋疾〕男子の場合より少し複雑である。成人女子では尿道と同時に子宮にも感染して、尿道炎と子宮頸管炎《けいかんえん》とが見られる。膣《ちつ》もおかされるが、これは性成熟期の女子ではなおりやすいのが特徴である。急性淋菌性尿道炎では外尿道口が発赤腫張し、膿漏が見られる。自覚症状としては尿道に瘙痒感、赤熱感があり、排尿時に疼痛を感じ、また尿意ひん数を訴える。急性淋菌性子宮頸管炎では、子宮膣部が発赤し、子宮口から膿漏があり、下腹部の不快感を感じる。女子の急性炎症も、放置すると慢性症となり、症状は軽くなるが経過はすこぶる長い。合併症としては男子の部に述べたもののほかに、卵管炎、骨盤腹膜炎などがある。——

三日目になって、多恵子の様子が少しおかしいようにも思われてきた。気のせいか、これまで快活だった彼女の顔が、どことなく心配そうな表情に見えてきた。

章二は、これから起こるであろう彼女の変化を、いちいち、医学書の解説するところに従って当てはめようとした。もっとも、女子の場合は、男子と違って複雑で、すぐに伝染症状が起こるとはかぎらない、とあるが、多恵子の場合は、彼の思惑がどうやら当たっているようにも思われる。章二は、これが自分の願望から神経的にそう見えるのか、とも思い直してみた。彼女の様子はどうも変化があるようだが、まだ決定的なことは判じかねる。

都合のいいことに、章二に、またすぐ二晩ほどの出張があった。

彼は旅先に出ている間、帰ってからの結果が愉《たの》しみだった。

今度帰ると、多恵子の症状は、もっと悪くなっているかもしれない。

いや、多分、すぐに医者の所に駆けつけていることであろう。それでもいいのだ。医者に行ったとなると、どこかに、その証拠が必ず発見出来る。どんなに隠していても、そのことは、絶えず観察している自分の眼から逃れることは出来ないのだ。対手《あいて》も同様だった。つまり、彼が第一の嫌疑をかけている片倉の様子が、どう変わっているかである。

章二は、二日間の出張から帰った。

その日は遅かったので、社に寄らずに、真直《まっす》ぐに帰宅した。

「留守に、何か変わったことはなかったかい？」

彼は多恵子に訊《き》いた。

「いいえ、べつに」

彼女の顔色が悪い。確かに少し痩《や》せたように見える。すぐ見せるはずの笑い顔も、あまりないのだ。第一、元気がなかった。

「どうかしたのかい？」

章二はわざと訊いた。

「いいえ。どうして？」

多恵子はどきりとしたようだった。

「なんだか、元気がなさそうだな。顔色もよくないよ」

「そうお？」

彼女は、自分の頰に手を当てた。

「少し、疲れてるのかもしれませんわ。なんだか、だるくて仕方がないんですの」

「医者に診せたらどうだ？」

「でも、それほどひどくありませんから」

「気をつけたほうがいいな」

章二は、いよいよ間違いなし、と思った。

彼は、次の試験を行なった。その夜、彼は寝ている妻に手を伸ばした。

彼女は、夫の手をものうそうに払い除《の》け、蒲団の中に自分の肩を沈めた。

「駄目ですの」

「疲れているんです」

章二は、もう確かだと思った。

朝になった。多恵子は、自分の異状を夫に気づかれないように苦労している様子である。それは、気をつけて見ていると、こちらによく分かるのだ。話をしていても、ふいと、苦痛を怺《こら》えるような顔つきになる。が、すぐ、それを覚《さと》られまいとして、無理に平気そうに振舞うのだった。それに、多恵子は、手洗いに行く度数が多くなったようだった。それとても、彼女が夫の眼《ひ》を惹かないように苦心するさまが、ありありと読み取れる。

しかし、どんなに辛《つら》い自覚症状があっても、彼女はそれを章二に愬《うった》えることが出来ない。普通なら、当然、病気を移した夫を責めるはずだった。それがないのだ。いや、出来ないのだ。

彼女は、その忌《いま》わしい病菌が章二から感染《うつ》ったのか、対手の男から感染されたのか、判断に迷っているのだ。夫にも言えない。対手の男にも訊けない。万一、二人のうちのどちらかでも病気でなかったとき、彼女に破滅が来るからだ。

夫に訊いて、そうでなかったら、彼女は不貞を告白するようなものだし、愛の対手に質問して、その男からの伝染でなかったら、彼女には男への申し訳が立つまい。つまり彼女は双方ともが恐ろしくて詰問《きつもん》が出来ないのである。その悲惨な矛盾に落ち込んで彼女はもがいているのだ。

章二が食事をするころ、彼女はまた蒲団の中に入った。

「すみませんが、おひとりで食べて行って下さいな」

「どうしたのだ？」

「なんだか、寒けがして、頭が重いんです」

「そりゃいけないな。風邪かな？　医者に診てもらった方がいいな」

「ええ。あなたがお出かけになったら、後で行きます」

「出がけに、ぼくが杉村さんに声をかけておこうか？」

杉村というのは、近所のかかりつけの医者だった。

「いいえ。気分がよくなってから、ぼつぼつ歩いて行きますわ」

章二は、多恵子もさすがに我慢が出来なくなったと思った。彼はひとりで飯を食い、ひとりで出勤の支度をした。

「トーストを焼いて上げようか？」

彼はやさしく言った。

「いいえ。結構です。後で、わたくしが勝手に焼きますわ。今は頂けませんの」

章二は出かけた。自分の留守に妻が医者に行くことには間違いないだろうが、それは婦人科だろう。

ところで、多恵子があんな症状だと、片倉の奴《やつ》はどうだろう。

章二は、今度は片割れの様子を見究めるために、自分の机の斜め前に坐《すわ》っている片倉の様子を見戍《まも》った。

そういう気持で眺めるせいか、片倉もいつもの調子と違っている。もともと、元気な男で、賑《にぎ》やかなのだが、何となくうち沈んでいるのだ。仕事を懸命にやっているようだが、どこか浮かぬ顔をしている。顔の皮膚も冴《さ》えない。

章二は、ことさらに片倉に声をかけた。ところが、それにも彼ははかばかしく返事をしない。仕事に熱中している模様が、どうやら、見せかけとも取れるのだ。或《ある》いは、自分の苦痛を紛らすためにそうしているのかもしれない。

「どうだ。近いうちに、ぼくの家に遊びに来ないか?」

章二は珍しくにこにこして誘った。

すると、俯向《うつむ》いて帳簿か何かを見ている片倉の瞼《まぶた》が、ぴくりと痙攣《けいれん》したようだった。

「一ぱい呑《の》もう。女房も、君なら歓迎するよ」

章二は追い討ちをかけた。

片倉は、また、どきりとしたらしかった。

「何故《なぜ》だい?」

しかし片倉はすぐ立ち直って、さりげなく章二に訊いた。

「君が一番朗かでいい、と女房が言っている」

章二は、彼の顔をじろじろ見て、正面から浴びせた。

「有難う。そのうちに、お邪魔するよ」

対手もさるものだった。この答をよどみなく言った。

片倉の顔には、何か無理をしているようなところがある。今、有難う、と言ったが、そのとき、ちらりと唇を笑わせた。作り笑いをしているのだ。それに、いつもの彼だったら、じゃ、すぐ今夜にでもお邪魔しよう、と言うところを、そのうちに、と答えたのもおかしい。さすがに気がさすのであろうか。

それに、片倉も、手洗いに行く回数がどうも多いようだ。章二にはその頻度まで分かる。

それに、手洗いから机に戻ったときの彼の顔がまた見ものだった。渋面で帰って来るのだ。それは、痛みを耐えているような、心配しているような、不安とも憂鬱《ゆううつ》ともつかない顔だった。

それから、机に向かっていても、片倉は絶えずどこかが気になるらしく、身体をもぞもぞさせている。もう、あれに間違いはない、と章二は直感した。

一体、片倉は、いつから発病したのであろう。この様子から見ると、どうやら、四、五日から一週目というところだ。章二は逆算した。すると、伝染の時期は、ちょうど、章二が関西に二泊の出張したときに当たる。まさに時間的にも合致するのだ。

章二はさらに念を入れた。

彼は、すきを見つけて片倉に話しかけた。

「おい。今夜、一ぱい呑みに行こうか?」

この誘いも、片倉は憂鬱そうな顔で断わった。

「いや、今日は、ちょっと止《よ》そう」

「へえ、珍しいね」

章二は、にやにやして見せた。

「いつもの君だったら、すぐ賛成してくれるんだがな」

「いや、実は、この一週間ばかり、郷里《くに》から客が来ていてね」

片倉は弾まない声で答えた。

「だから、ちょっと、そういうわけにはいかないんだ。早く帰ってやらないとな」

この病気には、むろん、酒が一番悪い。だから、彼が断わるのは当然だった。早く帰るというのも、どこかの泌尿器《ひにょうき》科の医院に、こっそりと寄るつもりなのだろう。

章二は、片倉がちょっと席を外した留守に、書類を探すようなふりをして、彼の机の上を探し、抽斗《ひきだし》を開けた。すると、奥のほうから、秘密らしく新聞紙に包んだものが出て来た。彼は、それを素早く手に取って開いた。

それは、抗生物質の売薬の函《はこ》だった。も早、疑うところはなかった。こういうものを隠して服用しているからには、完全に確証を得たようなものだった。

章二自身は、一昨日から医者に通っていた。実験が済めば、こちらは一日でも早く癒《なお》さなければならない。

五

章二が家に帰ってみると、妻はいなかった。こんなことは珍しい。玄関の鍵《かぎ》は、二人だけの分かる所に置いてあった。裏口の出窓の桟の裏側に隠すことになっている。章二が裏口に回ると、やはりそこに鍵があった。

時計を見ると、七時だった。妻のいないところに帰るのは、これで珍しい経験だった。どこに行っているのだろうか。いつも、彼が帰って来る前に家にいるはずの妻としては不覚だった。章二は彼女が医者に行って、そこで遅くなっているような気がした。

ちょうど、いい機会だった。

彼は、家の中の、妻が隠しておきそうなあらゆる所を探した。鏡台の抽斗、箪笥《たんす》の抽斗、仏壇の奥、押入れの中の積み重ねた函の内側、そういう場所を思いつくまま、空巣狙《ねら》いのように捜索した。

すると、小さな仏壇の下に、ようやく目的のものを発見した。彼は中身を出した。平べったい、細長い包みで、レッテルを読むと、淋《りん》疾の治療剤だった。彼は中身を出した。すると、綿にくるまった白い錠剤が三粒ほど出て来た。レッテルには二十錠入とある。不足の分は、多恵子が飲んだにちがいない。彼は包みを仕舞って、元の位置に戻した。

これで、姦通者《かんつうしゃ》同士の証拠は押えた。こちらの予感に狂いはなかった。両方とも確証が上がったのだ。

それから三十分ばかりして、表に多恵子の急ぐ跫音《あしおと》がした。玄関の戸が開いた。章二が新聞を読んでいると、彼女の着物の裾《すそ》がすうと眼の前に現われた。

「お帰んなさい。済みません、遅くなっちゃって」

見上げると、彼女は外出着を着ている。章二は、わざとおとなしい声を出した。

「どこへ行ってたんだい？」

「買物ですわ。そうしたら、市場で近所の方にお逢《あ》いしたんです。その方、とても話が長くて、つい、遅くなりました。ごめんなさい」

なるほど、彼女は片手に買物袋を提げていた。

が、それが嘘《うそ》だということは、はっきりと分かった。第一、それくらいの買物に行くのに、いま着ているような外出着にわざわざ着替えるわけもない。多恵子は冴えない顔色で、眼つきも濁っている。それが無理に愛嬌《あいきょう》笑いをしているから、かえって暗い不潔を感じる。

「どうした？　顔が蒼《あお》いぞ」

実際、皮膚からは艶《つや》が失《う》せ、血の気がなかった。思いなしか、眼も吊《つ》り上がったようになっている。

「そうかしら？」

「お前、どこか、身体《からだ》が悪いんじゃないか？」

果たして、多恵子はぎょっとしたようだった。思わず怯《ひる》んだ眼つきになったが、すぐに愛嬌のある眼差《まなざ》しに変わった。

「いいえ、べつに。ただ、この間から、なんとなく疲れが来ているんです。どうしたのでしょう？」

章二は思わず、とぼけるな、という声が咽喉《のど》から走り出そうになったが、それを抑えた。まだ早いのだ。もっともっと苦しめて、最後ののっぴきならぬところまで追い込んでやる。

「大事にしろよ」

と彼は妻に言った。

多恵子は、夕食の支度にとりかかるように、急いで彼から離れた。それがまるで遁《に》げるような感じだ。

「多恵子」

と彼は後ろから呼んだ。

「近いうち、片倉を家に呼んで、一ぱいやろうと思ってるがな。いいだろう?」

たいていの女なら、そう言えばはっと気がつくと思うのだ。多恵子の声は、すぐ次の間から返って来た。

「ええ、それは構いませんが。でも、もう少し先になすったら?」

やっぱり、そういう返事だった。

「どうしてだい?」

「もう少し、わたしの疲れが癒ってからにして頂きたいわ」

疲れが癒るのではない。医者に通って治療した上で呼びたいのであろう。

片倉にしてもそうだ。病気が治らなければ酒も呑めない。それまで、こちらが待つものか、と思った。

章二は、仏壇の下のあの薬を出して、多恵子に突きつけたい衝動に駆られたが、やっと、それも抑えた。まだまだ、一時的な感情で行動するのは早い。もっと計算したうえで、多恵子と片倉とが一番思い知るような方法でやらねばならぬ。もう少し待って、横からこの二人の苦しんでいる様子や、無理な芝居を、知らぬ顔をしてじっと眺めているのも悪くはない。

近ごろ、床に入ってからも、多恵子は、最初から章二を拒むような様子になっていた。何とかして章二に気づかれないように、しかも、自分の身体を彼から防禦《ぼうぎょ》するような態勢に苦心している。それがありありと見えすいていた。

あくる朝も、章二は軽い気持で社に出た。自分のほうは、少し良くなってきたように思える。だから、この二人も、あんまりぐずぐず日を延ばすと癒ってしまう惧《おそ》れがある。もう、最後の方法を考えなければならない。章二は、今後は、その方法の案出に没頭することに決めた。

社では、片倉が相変わらずトイレに立つことが激しい。章二は、それを気づかぬふうをして眺め、せせら笑った。そうだ、今日は、もう一発かましてやろう。

昼休みだったが、彼は雑談するようなふうで、ぼんやりと椅子《いす》に掛けている片倉の横に来た。

「どうした？　いやに元気がないじゃないか」

章二は笑いかけて言った。

「そうかい」

片倉は、片手でつるりと顔を撫《な》でた。

「だって、昼休みには、いつも、君は散歩に出ていたじゃないか。椅子にぼんやり坐っているのはおかしいよ」

「なんだか、疲れてるからな」

章二は、こいつも多恵子と同じことを言ってる、と思った。もしかすると、二人は、この病気に罹《かか》ってから一、二度ぐらいは逢ってるかもしれない。

「それはそうとね」

章二は、とっておきの言葉を言った。

「こないだ、君の机の抽斗の中を失敬したよ」

片倉は、表情を変えたようだった。

「君に断わらなくて失敬だったが、探しても居なかったのでね。××商会に出す計算書が一枚足りなくて参った。もしか、君の机の中に紛れ込んでいたんじゃないかと思って、無断で開けて見た……なあ、片倉君」

章二は、わざと声をひそめた。

「君は、何か病気に罹ってるんじゃないか？　おい、妙な薬があったぞ」

片倉は、本当に顔色を変えた。それは、恥ずかしいような、怒ったような、愕《おどろ》いたような、複雑な表情だった。

「おい、言えよ……君、安ものを買ったな。あの薬だろう？」

片倉は、それを聞くと、すぐ、激しく首を振った。

「違う、違う。君のカン違いだよ。ぼくは、こないだから、股《また》に性質《たち》の悪いデキモノが出来てね。どうしても癒らないんで、憂欝《ゆううつ》なんだよ。それで抗生物質を飲んでいるが、まだすっきりしない」

「そうかい」

章二は抗《あらが》わなかった。こいつ、巧《うま》い言訳を言うと思った。が、とにかく、その場は、大事にし給《たま》え、といって切り上げた。

章二は、だんだん追詰めたぞ、と思った。もう一息だ。さて、その方法をどうするかだ。むろん、多恵子などは、とっくに追い出すつもりだった。が、同じ追い出すにしても、痛烈な屈辱の烙印《らくいん》を捺《お》さねば肚《はら》が納まらなかった。

六

その日も、章二は最後の方法を考えながら家に帰った。歩いていても、電車に乗っていても、自分の目的を達する最良の方法を案出するのに懸命になっていた。

帰ってみると、家の中は外から見ても暗い。両隣りからあかあかと灯があるのに、自分の家だけは暗かった。妻はまたどこかに出かけて、帰っていないのだ。

また医者の所に行っているのかな、と思った。いや、或いは片倉としめし合わせて、病気の治療の相談をしているのかもしれない。あいつも、自分と一緒に社を出たはずだ。

例によって、多恵子は急いで帰り、口実を言って、遅くなった、と平気な顔で詫《わ》びるだろう。そのとき、どういうふうにこちらが出るべきか。章二は考えながら裏口に回った。鍵《かぎ》を取るためだった。

が、鍵は無かった。

おかしいと思って、裏の狭い戸を手で突くと、それは自然と内側へすうっと開いた。不用心な話だ。錠も掛けないで出てゆく。よほど急いであわてたのであろう。彼は、すぐ横が台所になっている所から靴を脱いだ。近所の電燈が、ガラス戸越しに淡く家の中を照らしている。

すると、彼の脚がずるりと辷《すべ》った。台所から座敷に行くまでは、板の間になっている。多恵子が水をこぼしたまま、放って出たらしかった。そんなにまで急いで出る必要があろうか。いやいや、彼女としては、もう、必死なのだ。

一体、靴下の底にべっとりと濡《ぬ》れているものは何だろう、と思い、台所の電燈を点《つ》けた。瞬間、章二の眼に映ったのは、血の海だった。

座敷に通じる障子が倒れていて、その上に多恵子の着物がふわりと掛かっていた。血は、その着物から、廊下まで、帯のように曳《ひ》いて流れていた。

赤い着物の端に生白い腕を見たとき、章二は眼が眩《くら》んだ。

多恵子を殺した近所の肉屋の若い主人は、警察に自首した。

彼も、自分自身の肉切庖丁で咽喉に傷をつけていた。死に切れなくて、警察へ自首したのである。

警察署では章二を呼び、犯人が書いた遺書を読ませた。

「……（略）一年前から、多恵子と自分とは恋愛におちた。それまで、多恵子にステーキの焼き方など牛肉料理を教えていたが、いつか、自分は彼女に愛を覚えるようになり、彼女もそれを受け容《い》れた。

そういう関係になってから、自分と多恵子との間には、互いの家庭（つまり自分にとっては妻、彼女にとっては夫）は、存在しないことになった。自分は愛をひたむきに多恵子に注いだ。以来、彼女への純粋な愛情を持ちつづけるため、自分は妻と肉体上の交渉を絶った。多恵子も同じことを自分に誓ってくれた。男の場合よりも女の場合は、はるかにそのことが困難である。しかし、彼女は、それを自分のために固く守ると約束した。自分としても、多恵子が自分以外の男性（それは彼女の夫だが）に身体をゆるしているかと思うと、ときには嫉妬《しっと》に頭が狂いそうなときがある。だから、彼女の申し出は、自分をひどく喜ばせた。自分は彼女の愛情を信じていたから、その言葉を信じつづけていた。

しかし、それが虚偽であることが、最近になって分かった。自分は裏切られたのだ。確証を求めるまでもなかった。自分自身の身体がそれを知ったのだ。一週間前から、自分は忌《いま》わしい病気に罹った。自分は、この一年間、多恵子以外の女との交渉がない。淋疾を自覚したとき、自分ははっきり彼女の不貞（自分にとっては多恵子の行為は不貞なのだ）を知った。彼女が、これまで、どのように自分を騙《だま》しつづけて来たか。それが、あの忌わしい病気をうつされたことで暴露したのだ。彼女自身はそれを彼女の夫から背負わされたにちがいない。

自分は、彼女のために、この一年間、妻との間を絶って、愛情を捧げていたのだ。それを彼女は踏みにじった。自分に取るべき手段は一つしかない。この上、多恵子が不貞を働くことはゆるされないのだ。自分は二、三日前から多恵子を責めた。彼女は泣いて詫びたが、自分にはゆるせない。彼女を失うと、自分はこの世に生きている気力もない。自分は彼女と死を決心した。

だが、ここでも自分は裏切られた。いっしょに死んでもいい、と口癖のように言った彼女が、いざ、そのことを自分が真剣に言うと、自分のもとから遁走《とんそう》にかかったのだ。しかし、自分は彼女を逃しはしない。自分はどうしても、彼女を永遠の所有物とする。あの偏屈な、陰気な夫に再び渡したくないのだ。世間では、自分のしたことを無理心中と言うかもしれない。しかし、自分としては、あくまで彼女の常からの美しい言葉――死を求めていた彼女の言葉を信じ、いっしょに死ぬだけなのだ。多恵子にこれ以上の不貞を許さないためにも……」

解説

平野謙

本巻に収められた九篇の作品のうち、まず私の注目したいのは「真贋《しんがん》の森」「装飾評伝」の二篇である。前者は昭和三十三年に、後者は昭和三十五年に発表された。便宜上、後者の一挿話からさきに書きつけておきたい。それは歴史学者桑田《くわた》忠親《ただちか》の短い感想にほかならぬのだが、桑田忠親は「装飾評伝」を読んだつぎのような読後感を、東京新聞に発表したのである。いまその切抜きがみあたらないが、かなりつよい印象をうけたので、大意に誤りはないつもりである。

よく知られているように、桑田忠親は主として織田・豊臣の時代を専攻する史家であるためか、上京まもないころの著者はよく桑田忠親をたずねて、その時代の史書などについて、訓《おし》えを乞《こ》うたことがあったようだ。おそらく本短篇集第四巻に収録された「戦国謀略」その他の歴史小説執筆前後のことではないかと思われる。しかし、最近は、と桑田忠親は語りながら、著者は流行作家となり、多忙のためか、あまり来宅されないが、著書の恵贈だけはうけている。先だっても「装飾評伝」を読んで感服した。一画家のなにげない評伝から、著者がおそるべき真実をさぐりあてたその眼光には、感服のほかなかった。ひとりの歴史学者として、著者のような史料の読みかたには訓えられるところが多い。いわゆる一等史料だけがたいせつなのではない。一見価値の乏しいような史料から、歴史の真実をさぐりあてる著者のような眼光紙背に徹する態度こそ、私ども史家の学ぶべきものにほかならぬだろう、というのが、桑田忠親の読後感の大意だった。

ここで注意すべきは、桑田忠親が「装飾評伝」の主人公を実在の人物をモデルにしたと信じて疑わない点だろう。だからこそ、そのささやかな評伝から、主人公と伝記作者との歪《ゆが》んだ関係をさぐりあてた著者の眼光に感服することにもなり、ここから史料を読みとるべき歴史家の態度という教訓をひきだすことにもなったのである。しかし、すこし現代画壇に通じている人なら、「装飾評伝」の主人公が架空の人物にすぎないことは明らかだ。たとえば岸田劉生《りゆうせい》をちょっと連想させるようなところがないわけではないとしても、全体としてこの主人公が著者の詩的想像力から生れた架空の人物たることは、まず動かぬところである。だから、なにげない評伝の一節から、主人公の秘密をかぎとるという段取りも成功するわけである。最初から著者がそういうふうに話の段取りを仕組み、構想したのだから。つまり、桑田忠親は著者の仕組みにうまうまひっかかったことになる。私はここで歴史学者の迂愚《うぐ》を嗤《わら》おうとするものではない。反対に、ひとりのすぐれた歴史家をさえ一杯くわせたところに、この作品のリアリティの保証をみたいと思うものである。

有名な話柄《わへい》だが、芥川龍之介が「奉教人の死」の最後に、「れげんだ・おうれあ」という架空の書物のことを、いかにも実在のそれのように書きしるし、「奉教人の死」一篇の材料はそこから採った、と尤《もつと》もらしく附記したことがあって、その附記にひっかかり、内田魯庵《ろあん》その他の人々がその奇コウ本を一覧したい、と申しこんだことがある。芥川龍之介らしい知的悪戯《いたずら》に一杯くわされたのである。「装飾評伝」の場合はそういう知的悪戯にひっかかったというより、もうすこし本質的な問題を示唆《しさ》しているように思う。おそらく桑田忠親は著者の文壇的出世作たる「或《あ》る『小倉日記』伝」以下「菊枕《きくまくら》」「断碑」「石の骨」などのモデル小説を読み、それがモデル小説たることを知らされたのだろう。その先入主が「装飾評伝」一篇をもモデル小説と早合点させる一因をなしていたかもしれない。しかし、史料の読みかたについて訓えられるところがあった、と書きしるした桑田忠親の感想は、やはり本心からのものとみていいだろう。それは著者のフィクションにひっかかったことにはちがいないが、逆にいえば、それほど著者のフィクションが迫真的であることの一証明でもあるだろう。おそらく著者は桑田忠親の感想を読んだとき、会心の笑みをもらしたにちがいない。佐藤春夫によれば、小説とは根も葉もない嘘《うそ》八百のことではなくて、根も葉もある嘘八百のことだ、とあるが、たしかに「装飾評伝」はそういう根も葉もあるつくり話の一典型ともいえそうである。桑田忠親はその「根も葉もある」ところをそのまま受けとって、歴史家としての自家の反省の資としたのである。

私はこの一挿話をいまに忘れないのは、ここに著者の構想力の性格が巧まずうきでている、と思えるからだ。かつて小林秀雄は現実と芸術との相関関係を絵画にたとえて、つぎのような指摘をしたことがある。人は自然の美景を眺めたとき、まるで絵のようだと感嘆し、反対に、すぐれた絵画に接すると、まるでホントみたいだ、と感嘆することを指摘していたのだが、この一見素人《しろうと》くさい鑑賞法のなかに、実は現実と芸術とのディアレクティッシュな相関関係が暗示されている、と私は思う。現実をただなぞるだけでは芸術は生れない。しかし、反対に、現実をただ切断することからも芸術は生れないのである。このイロハを著者の場合にあてはめれば、「装飾評伝」のリアリティを一歴史学者に感得させたのは、やはり「装飾評伝」に先行して、著者が孤独のなかに「或る『小倉日記』伝」以下のモデル小説を書き、現実から汲《く》みとるべき主体的な方法をよく確立したからだ、といえよう。私はそういう著者の方法確立の一話柄を、桑田忠親の読後感にみたいと思う。

そういう著者独特の方法の存分に発揮されているのが「真贋の森」にほかなるまい。すでに解説した「或る『小倉日記』伝」以下のモデル小説の諸特徴をそのままふくみながら、いわばそれらの諸特徴を集大成した観のあるのが「真贋の森」にほかならぬ、と私には思える。すでに早く佐野乾山事件を予見したようなこの作品は、実は著者にヒントを与えた現実の一事件に基いている、という。しかし、「真贋の森」になると、もはやそれがモデル小説であるかないかなどの詮索《せんさく》はどうでもよくなる。私どもは現実を切りとる著者独自の方法の展開に、ただカタズをのむばかりである。

「真贋の森」は形骸《けいがい》化したアカデミズムに対する大胆不敵な挑戦という主題を中心として、美術界における計画的な贋作《がんさく》事件を描いたものだ。私どもはそのスリリングなテーマにそのままひきいれられ、成功の一歩手前でついに挫折《ざせつ》する主人公の運命に、思わずため息をつかざるを得ないが、そのため息とともに、著者のモティーフをも一緒《ヽ》にはきだしてしまってはならないと思う。「考えてみれば、今の日本美術史という学問からして不合理である。材料の多くは、大名貴族や、明治の新貴族や、財閥の手にあって、蔵の奥に埋蔵されている。彼らはそれを公開することを好まない。(中略)

特権者だけが、材料を見られるという封建的な学問がどこの世界にあろう。西洋美術史とくらべて、日本美術史が未だ学問になっていないのはそのためだ」という一節に著者のモティーフが存していることは明らかだろう。こういう閉鎖的な学者世界の暗いヒエラルシイは、なにも日本美術史だけに限られていないように思われるが、その点はしばらく措《お》くとして、この封建的な学者世界の盲点を見事に逆用することによって、「真贋の森」一篇のテーマが成立していることを、スリリングな興味のままに、私どもは忘れてはなるまい。学者世界にあるまじき閉鎖的な封建性に対する著者のプロテストこそ、この作品のモティーフにほかならない、と私には思える。そういう現実に対する著者の切りこみかた、つかみかたを、著者独特の方法と私は呼びたいのである。「或る『小倉日記』伝」以来、著者が刻苦して身につけた方法がここに花さいている、といわざるを得ない。

　そういう「真贋の森」「装飾評伝」を本巻ではまず注目したいと思う所以《ゆえん》である。つぎに私はやはり「黒地の絵」に注目するものだが、このショッキングな作品にも、著者の現実に対する独特の切りこみかたは存分に発揮されていると思うものの、ここでは題材それ自体の衝撃的な重さを、まだ十全に処理されていない憾《うら》みがある。すくなくとも私はこのショッキングな作品をくりかえし読む気にならない。そこに「装飾評伝」などにくらべて、文学的処理のいまだしい点があるのではないか。題材の重さに、方法的処理がよく拮抗《きっこう》し得ていないところがある。しかし、著者がいかなる現実に著目《ちゃくもく》し、それをどのように文学的に処理したかの一点において、「真贋の森」「装飾評伝」「黒地の絵」に一貫するもののあることは明らかである。

そういう現実処理の方法を主とした地点に、「二階」「拐帯行」「確証」などの鮮かなテーマ小説ともいうべき作品群が書かれている。テーマ小説という言葉は、日本の文壇に関するかぎり、菊池寛の創見にかかるものだが、著者の作風には、単にテーマ小説という点だけでなく、文体の簡明、テーマのポピュラリティその他においても、菊池寛と類似しているところが多い。しかし、その点に関しては、すでに一度書いたことがあるので、いまは省略する。

本巻の現代小説を通読すれば、著者が一方では「日本の黒い霧」のような作品を書き、他方では推理小説に新風をもたらした文学的必然みたいなものも、よくわかるはずである。

（昭和四十年十月、文芸評論家）

松本清張著
小説日本芸譚

千利休、運慶、光悦——。日本美術史に燦然と輝く芸術家十人が煩悩に翻弄される姿——人間の業の深さを描く異色の歴史短編集。

松本清張著
或る「小倉日記」伝
芥川賞受賞　傑作短編集(一)

体が不自由で孤独な青年が小倉在住時代の鷗外を追究する姿を描いて、芥川賞に輝いた表題作など、名もない庶民を主人公にした12編。

松本清張著
西郷札
傑作短編集(三)

西南戦争の際に、薩軍が発行した軍票をもとに一攫千金を夢みる男の破滅を描く処女作の「西郷札」など、異色時代小説12編を収める。

松本清張著
佐渡流人行
傑作短編集(四)

逃れるすべのない絶海の孤島佐渡を描く「佐渡流人行」、下級役人の哀しい運命を辿る「甲府在番」など、歴史に材を取った力作11編。

松本清張著
張込み
傑作短編集(五)

平凡な主婦の秘められた過去を、殺人犯を張込み中の刑事の眼でとらえて、推理小説界に新風を吹きこんだ表題作など8編を収める。

松本清張著
駅路
傑作短編集(六)

これまでの平凡な人生から解放されたい……。停年後を愛人と送るために失踪した男の悲しい結末を描く表題作など、10編の推理小説集。

松本清張著

わるいやつら（上・下）

厚い病院の壁の中で計画される院長戸谷信一の完全犯罪！　次々と女を騙しては金をまき上げて殺す恐るべき欲望を描く長編推理小説。

松本清張著

歪んだ複写
―税務署殺人事件―

武蔵野に発掘された他殺死体。腐敗した税務署の機構の中に発生した恐るべき連続殺人を描いて、現代社会の病巣をあばいた長編推理。

松本清張著

けものみち（上・下）

病気の夫を焼き殺して行方を絶った民子。疑惑と欲望に憑かれて彼女を追う久恒刑事。悪と情痴のドラマの中に権力機構の裏面を抉る。

松本清張著

半生の記

金も学問も希望もなく、印刷所の版下工としてインクにまみれていた若き日の姿を回想して綴る〈人間松本清張〉の魂の記録である。

松本清張著

黒い福音

現実に起った、外人神父によるスチュワーデス殺人事件の顚末に、強い疑問と怒りをいだいた著者が、推理と解決を提示した問題作。

松本清張著

ゼロの焦点

新婚一週間で失踪した夫の行方を求めて、北陸の灰色の空の下を尋ね歩く禎子がまき込まれた連続殺人！　『点と線』と並ぶ代表作品。

松本清張著 時間の習俗

相模湖畔で業界紙の社長が殺された！ 容疑者の強力なアリバイを『点と線』の名コンビ三原警部補と鳥飼刑事が解明する本格推理長編。

松本清張著 砂の器（上・下）

東京・蒲田駅操車場で発見された扼殺死体！ 新進芸術家として栄光の座をねらう青年の過去を執拗に追う老練刑事の艱難辛苦を描く。

松本清張著 Dの複合

雑誌連載「僻地に伝説をさぐる旅」の取材旅行にまつわる不可解な謎と奇怪な事件！ 古代史、民俗説話と現代の事件を結ぶ推理長編。

松本清張著 死の枝

現代社会の裏面で複雑にもつれ、からみあう様々な犯罪――死神にとらえられ、破滅の淵に陥ちてゆく人間たちを描く連作推理小説。

松本清張著 眼の気流

車の座席で戯れる男女に憎悪を燃やす若い運転手、愛人に裏切られた初老の男。二人の男の接点に生じた殺人事件を描く表題作等５編。

松本清張著 渦

テレビ局を一喜一憂させ、その全てを支配する視聴率。だが、正体も定かならぬ調査による集計は信用に価するか。視聴率の怪に挑む。

松本清張著
共犯者
銀行を襲い、その金をもとに事業に成功した内堀彦介は、真相露顕の恐怖から五年前に別れた共犯者を監視し始める……表題作等10編。

松本清張著
渡された場面
四国と九州の二つの殺人事件が、小さな同人雑誌に発表された小説の一場面によって結びついた時、予期せぬ真相が……。推理長編。

松本清張著
水の肌
利用して捨てた女がかつての同僚と再婚していた——男の心に湧いた理不尽な怒りが平凡な日常を悲劇にかえる。表題作等5編を収録。

松本清張著
天才画の女
彗星のように現われた新人女流画家。その作品が放つ謎めいた魅力——。画壇に巧妙にめぐらされた策謀を暴くサスペンス長編。

松本清張著
憎悪の依頼
金銭貸借のもつれから友人を殺した孤独な男の、秘められた動機を追及する表題作をはじめ、多彩な魅力溢れる10編を収録した短編集。

松本清張著
砂漠の塩
カイロからバグダッドへ向う一組の日本人男女。妻を捨て夫を裏切った二人は、不毛の愛を砂漠の谷間に埋めねばならなかった——。

黒《くろ》地《じ》の絵《え》 傑作短編集（二）

新潮文庫 ま-1-3

昭和四十年十月十五日 発行
平成十五年五月二十五日 四十九刷改版
令和 六 年十二月十五日 六十九刷

著者 松《まつ》本《もと》清《せい》張《ちょう》

発行者 佐藤隆信
発行所 株式会社 新潮社
郵便番号 一六二―八七一一
東京都新宿区矢来町七一
電話 編集部(〇三)三二六六―五四四〇
読者係(〇三)三二六六―五一一一
https://www.shinchosha.co.jp
価格はカバーに表示してあります。
乱丁・落丁本は、ご面倒ですが小社読者係宛ご送付ください。送料小社負担にてお取替えいたします。

印刷・錦明印刷株式会社 製本・錦明印刷株式会社

ISBN978-4-10-110903-9 C0193